¿Quién eres?

Biblioteca Megan Maxwell

Biografía

Megan Maxwell es una reconocida y prolífica escritora del género romántico que vive en un precioso pueblecito de Madrid. De madre española y padre americano, ha publicado más de treinta novelas, además de cuentos y relatos en antologías colectivas. En 2010 fue ganadora del Premio Internacional Seseña de Novela Romántica, en 2010, 2011, 2012 y 2013 recibió el Premio Dama de Clubromantica.com. En 2013 recibió también el AURA, galardón que otorga el Encuentro Yo Leo RA (Romántica Adulta), y en 2017 resultó ganadora del Premio Letras del Mediterráneo en el apartado de novela romántica. *Pídeme lo que quieras*, su debut en el género erótico, fue premiada con las Tres Plumas a la mejor novela erótica que otorga el Premio Pasión por la novela romántica.

Encontrarás más información sobre la autora y su obra en:

www.megan-maxwell.com

@MeganMaxwellOficial

@megan__maxwell

@MeganMaxwell

Megan Maxwell

¿Quién eres?

Esencia/Planeta

El papel utilizado para la impresión de este libro está calificado como **papel ecológico** y procede de bosques gestionados de manera **sostenible**.

Avinguda Diagonal, 662, 6.ª planta. 08034 Barcelona (España)
www.esenciaeditorial.com
www.planetadelibros.com

Adaptación de la cubierta: Booket / Área Editorial Grupo Planeta
Imagen de la cubierta: © Pevuna / Shutterstock
Primera edición en Colección Booket: junio de 2021

Depósito legal: B. 7.778-2021
ISBN: 978-84-08-24352-6
Impresión y encuadernación: CPI Black Print
Printed in Spain - Impreso en España

Esta novela está dedicada a Mi Sielo Asul...
porque aunque estés lejos de mi mirada,
siempre estarás en mis pensamientos.
También a mi abueli Basi, porque el día que la escribí y leyó que
Consuegra, su pueblo, salía en ella, su rostro se iluminó de satisfacción.
Abueli, nunca he propuesto una despedida entre nosotras
porque siempre..., siempre..., siempre te llevo en mi corazón.
Y, por supuesto, a mis Guerreras y Guerreros, porque nosotros
sabemos que la felicidad comienza donde terminan los miedos
y que a la cima de nuestros sueños no se llega superando
a los demás, sino superándonos a nosotros mismos.
Un beso,

MEGAN

Capítulo 1

Madrid, 1998

—En serio, María, no sé cómo mis padres siguen creyendo a mi hermana Julia, pero el caso es que, les cuente lo que les cuente, ¡la creen siempre!

—La colega se lo monta bien y miente aún mejor.

—¿Que si miente bien? —se mofó Martina pensando en su hermana—. Julia se está haciendo una profesional de la mentira. A mí..., es que... es que me deja sin palabras, pero eso sí, luego, cuando la lía, ¿a quién acude siempre?

—A ti..., porque para eso eres la pringada de su hermana.

—¡Maríaaaaaaa!

—Ehhhh... Yo soy sincera y digo la verdad. No te enfades.

Martina y María, que eran amigas desde hacía años, caminaban por una céntrica calle de Madrid hablando de sus cosas.

—No me enfado, y no te voy a quitar la razón —aseguró Martina—. Soy una pringada y mi hermana se lo monta muy bien.

—¡Pero que muy bien!

Ambas rieron por aquello, y María, deseosa de cambiar de tema, miró a su amiga y propuso:

—¿Qué te parece si esta noche nos vamos de fiesta?

—Imposible.

—¿Imposible?

—Sí —afirmó Martina.

—¿Por qué?

Martina lo pensó rápidamente. La verdad era que no tenía nada que hacer, pero no le apetecía salir, y, antes de que pudiera responder, María contraatacó.

—¿Pretendes meterte en el sobre a las diez de la noche un viernes? ¡Pero serás abuela!

Martina resopló, ¡ya empezaba!, y su amiga insistió:

—Tengo entradas para una fiesta muy chula que da un servidor de informática y las vamos a aprovechar sí o sí.

—Maríaaaaaaaaaaaaaaa...

Divertida, ésta cogió del brazo a su amiga y pidió:

—Va, petarda, no seas aburrida y vayamos a esa fiesta juntas.

Martina sonrió al oírla. Aquel tipo de fiestas tan tecnológicas y con tanto listillo que entendía de informática no eran lo suyo.

A pesar de ser profesora de niños pequeños, ella se resistía a informatizarse. Sabía lo justo de ordenadores, y aunque era consciente de que luchaba contra un imposible, era de las que seguían prefiriendo apuntar con bolígrafo en un papel las cosas y, por supuesto, ignorar esos chats de ligar que tan populares se habían vuelto en internet. Todo lo contrario de María, a la que le encantaban.

—Vamos, tronca.

—¡No soy tu tronca!

—Quizá conozcas a alguien interesante. ¡Nunca se sabe!

Martina sonrió. Interesante..., interesante, dudaba que encontrara nada, y musitó:

—Lo pensaré.

—¡Nanay de la China!

—Maríaaaaaaaaaa...

—Mira, tronca, ¡tú te vienes!

—¡Te he dicho que no soy tu tronca!

—Vale, colega, pues eres mi cortarrollos.

Martina rio divertida. María era ¡María! Ella y su particular manera de hablar siempre le habían hecho mucha gracia, y para picarla respondió:

—Mira que eres macarra hablando.

María resopló. Adoraba a su amiga. La quería una barbaridad, pero su negatividad y sus miedos después de lo que le ocurrió a su novio tiempo atrás no le permitían avanzar.

Martina era guapa, joven, lista, simpática. Tenía todos los ingredientes necesarios para ser feliz, pero se negaba a darse la oportunidad de conocer de nuevo a alguien interesante y, como le había confesado en alguna ocasión, para ella el amor se había marchado con su ex.

Ambas amigas se miraron. Se conocían muy bien. En la mayoría de las ocasiones una simple mirada lo decía todo entre ellas, y María soltó suspirando:

—Como siempre te digo, tu felicidad comienza donde terminan tus miedos.

—No empecemos. —Martina sonrió.

María protestó. Veía en su amiga las ganas de llegar a casa, ponerse el pijama, prepararse algo de cena y tirarse en el sofá junto a su perro para ver algún aburrido concurso de la televisión o garabatear en el supuesto libro que estaba escribiendo para sí misma. ¡Planazo!

Pero no, esa noche no iba a consentirlo, e insistió:

—Mira que eres tostón.

—Que no, María, ¡que no salgo!

—Pero, vamos a ver, ¿acaso pretendes convertirte en una vieja solterona que vive rodeada de gatos?

Martina soltó una carcajada.

—No tengo gatos. Tengo un precioso perro y...

—Terminarás teniéndolos, tronca —la cortó—. Y les darás atún rojo con caviar iraní y hablarás con ellos. Lo sé.

Ambas rieron por aquello, y María insistió:

—Venga, es una fiesta. Habrá basca de todos los lugares, religiones y colores. Además, te podré presentar a esos colegas que conocí por la red de los que tanto te hablo últimamente.

—¡Paso!

—Van a sortear siete ordenadores.

—¡Qué ilusión! —se mofó Martina.

María resopló, pero insistió sin querer perder su positividad:

—Tía, pues a ti uno te vendría de lujo.

—¿Para que coja polvo? —se burló.

María meneó la cabeza.

—A ver, ¿tú no quieres escribir un libro?

—¡Baja la voz! —gruñó Martina.

Pero su amiga pasó de ella una vez más e indicó ignorándola:

—¿Y quién te dice que no conseguirás hoy la idea en esa fiesta para ese libro?

Según dijo eso, Martina parpadeó. Llevaba años intentando escribir algo, pero nunca encontraba «la idea». Sin embargo, ése no era el tema. El tema era que nadie a excepción de María lo sabía.

—En lo referente a eso —musitó—, ya sabes que...

—Lo sé. Lo sé. Ese libro es uno de los secretos mejor guardados del universo, pero, joder, tronca, ¿cómo vas a tener ideas si sólo trabajas, paseas a *Johnny* y ves la televisión? ¿Realmente crees que así se te ocurrirá una buena historia?

Martina no contestó. Sabía que su amiga llevaba razón.

—Además, me has dicho mil veces que las cosas que se te ocurren luego las pasas a limpio furtivamente en el ordenata del colegio —insistió María—. ¿Te imaginas poder hacerlo en tu casa?

—No.

—Te digo yo que te molaría.

Martina se encogió de hombros y, cuando se disponía a responder, María insistió:

—Venga, tía..., me muero porque escribas ese libro, leerlo y chulear de amiga escritora. ¿Te imaginas?

Divertida al oírla, Martina se mofó:

—¡Pero si tú no lees libros!

—Lo sé. Demasiadas letras juntas.

—¿Entonces...?

Parpadeando con gracia, María afirmó convencida:

—Pero el tuyo sí lo leeré. ¡Lo prometo! Es más, ¡espero que me lo dediques!

Martina sonrió divertida.

—Mira, me da igual lo que digas —dijo a continuación María con rotundidad—. A las diez en punto paso a buscarte por tu casa.

Ponte mona y guapa. —Sonrió y añadió, ignorando el gesto serio de su amiga—: Esto quiere decir taconcitos, no zapatillas de deporte. Hoy no toca eso, ¿vale?

Martina resopló al oírla, y aquélla insistió, mirándola con sus preciosos ojos azules:

—Y como estés en pijama cuando llegue, te juro por mi tía Lola la del pueblo que te saco de tu casa a rastras de ese modo, ¿entendido?

Su amiga sonrió. Conociéndola, sin duda lo haría.

María, encantada por la mirada de aquélla, se atusó con gracia su largo cabello negro mientras sus ojos vivos y chispeantes sonreían por sí solos.

Estaba claro que esa noche tenía que salir sí o sí, y finalmente Martina asintió y claudicó.

María era la gran amiga que toda persona querría tener y, por suerte, ella la tenía. Loca, divertida, amiga de sus amigos y muy muy sincera. Siempre decía las cosas a la cara, aun a sabiendas de que a veces podían doler. Pero María era así, directa y sin dobleces.

Una vez que llegaron al portal de Martina, su amiga se despidió con su clásico «¡Hasta luego, Lucas!» y se marchó. Debían prepararse para la fiesta.

Con una sonrisa, la joven entró en su portal y, mientras esperaba el ascensor, miró en su buzón. Como siempre había facturas y publicidad, en esta ocasión se sorprendió al encontrar una preciosa postal sin remitente en la que sólo ponía: «En el amor es imposible mentir. Te amo, princesa».

Asombrada, volvió a leerla. Sin duda el cartero se había equivocado de buzón y, sonriendo, se metió en el ascensor mientras pensaba quién sería esa afortunada princesa.

Cuando Martina llegó a su casa, nada más abrir la puerta su precioso perro *Johnny* salió a recibirla y a obsequiarla como cada día con uno de sus largos y maravillosos lametazos. *Johnny* era un hermoso gran danés gris que imponía más por su apariencia que por su carácter en sí.

Tras dejar el bolso sobre la mesita del salón junto con la postal y el resto del correo, Martina miró el reloj que había encima del televisor. Eran las siete y media. Tenía dos horas y media antes de que la petarda de María pasara a buscarla.

Antes de eso debía ducharse, darle su paseo a *Johnny* y, cómo no, encontrar en su revuelto armario algo que ponerse para la dichosa fiesta. Por ello miró a su perro y dijo cogiendo la correa:

—Lo primero es lo primero: ¡salgamos a dar tu paseo!

Vivir cerca del precioso parque de El Retiro de Madrid era un lujazo que Martina siempre había valorado. Y el día que encontraron aquella casa de grandes ventanales y con una luz increíble, se enamoraron de ella.

En cuanto Martina llegó con *Johnny* a una zona donde sabía que podía soltarlo, lo hizo rápidamente y el animal corrió en busca de sus amigos perrunos.

Durante más de media hora, Martina disfrutó de la compañía de aquellos amigos del parque, personas que, como ella, adoraban a sus animales y disfrutaban charlando mientras éstos corrían en libertad.

Al cabo de un rato, tras despedirse de ellos, Martina regresó a su casa para ducharse.

Nada más llegar, dejó la correa y comprobó que su perro tuviera agua, se encaminó hacia el equipo de música y puso la radio. Instantáneamente comenzó a sonar *Inolvidable,* de Laura Pausini. Le encantaba aquella cantante, y, tarareándola, se dirigió hacia la ducha.

Diez minutos después, cuando acabó, fue en albornoz hasta su habitación y se paró ante el armario. Después miró a su perro, que la observaba, y cuchicheó:

—Y ahora, veamos qué me pongo.

Durante un buen rato buscó y rebuscó. Su intención, como siempre, era no llamar la atención, y finalmente se decidió por un vestido negro que María y ella habían comprado a medias dos años atrás en las rebajas. Un vestido sencillo de gasa con los hombros al aire que las enamoró a ambas y que apenas se habían puesto un par de veces cada una.

Cuando acabó de vestirse, se maquilló un poco y, a continuación, levantando las cejas, se miró al espejo y afirmó:

—Reconstrucción terminada.

A las diez menos cinco sonó el portero automático y, como era de esperar, *Johnny* empezó a ladrar. Con una sonrisa, Martina cogió un pequeño bolso donde metió las llaves, el tabaco y la documentación y, tras mirar a su perro, se acercó hasta la alfombra donde éste descansaba y le dio un cariñoso beso en su enorme cabezota gris.

—Pórtate bien, ¿vale?

Dicho esto, le guiñó el ojo y, encaminándose hacia la puerta, se marchó.

Mientras bajaba en el ascensor, se miró en el espejo. Pocas eran las veces que se animaba a salir de fiesta y, observándose el trasero, musitó:

—Por suerte, sigues estando perfecto.

Segundos después, cuando el ascensor se detuvo y ella bajó, se dirigió con seguridad hacia la puerta del portal y, una vez que la abrió, oyó:

—¡Toma, Jeroma, pastillas de goma...!

—¡Maríaaaaa!

—Estás imponente, colega.

—¡Gracias, tronca! —se mofó Martina.

Sorprendida por lo guapa que estaba su amiga, tras darle dos besos en las mejillas, María preguntó:

—¿Te has comprado el vestido? ¿Es nuevo?

—No. Lavado con Perlan —se mofó Martina.

Según dijo eso, ambas rieron. Allí la de las frasecitas y las macarradas era María, no Martina, y esa frase era parte de la campaña de un famoso anuncio de detergentes de la época. Estaban divertidas por aquello cuando Martina preguntó:

—¿No te suena de nada el vestido?

María lo volvió a mirar. Era bonito. Y finalmente preguntó:

—¿De qué me tiene que sonar?

Sin perder un segundo, Martina le habló de cuando habían comprado aquel vestido a medias en cierta tienda de la calle Serrano, y ésta, al recordarlo, asintió y afirmó sonriendo:

—*Efectiviwonderrrrrrrrr*. Uis..., pues mañana mismo ya me lo estás pasando.

Ambas rieron por aquello y a continuación se dirigieron hacia el lugar donde María había dejado el coche aparcado, como siempre, mal y en segunda fila. Algo muy típico de ella.

Capítulo 2

Al arrancar el vehículo, por los altavoces del mismo comenzó a sonar *Creep*, de Radiohead, y ambas se pusieron a cantar. Todavía recordaban el día que habían ido al concierto de aquel grupo, fue increíble.

—Tronca, cómo me pone esta canción —comentó María—. Y ya si pienso en lo buenorro que sale Johnny Depp en ese videoclip. Ufff..., por Dios, ¡qué calores!

Martina sonrió. Su perro se llamaba así por aquel actor que tanto le gustaba a María, y, sin responder, continuó cantando.

Llevar el coche en reserva de gasolina era el mal de María. Muchas habían sido las veces que se habían quedado tiradas con el vehículo por falta de combustible, y Martina, al ver el pilotito de la reserva encendido, iba a decir algo cuando aquélla se le adelantó:

—Tranqui, tronca, que a la gasolinera más cercana llegamos.

Martina lo dudó. No sería la primera vez que decía aquello y no llegaban.

Pero sí. Llegaron hasta la gasolinera y, mientras esperaban en la fila a que otros vehículos repostaran, de pronto María susurró:

—Vaya culito que tienes, guapetón.

Martina la miró al oírla.

—¿Qué dices? —le preguntó.

Su amiga señaló divertida con el dedo e indicó:

—Mira a tu izquierda. Ese pibito es todo un espectáculo para la vista.

Rápidamente Martina miró y se encontró con un chico alto y moreno, uno de los empleados de la gasolinera, e indicó jocosa:

—Lo tuyo es grave, amiga. Pronto empezamos.

María asintió y se apresuró a añadir:

—Grave no, ¡gravísimo! Pero ¿tú has visto qué cuerpazo serrano se gasta el colega?

De nuevo ambas miraron hacia donde aquél trabajaba, y María dijo:

—Decidido. Nos cambiamos a su surtidor.

—¡María!

Pero ya estaba decidido. Y, dando marcha atrás, María hizo que el que vehículo que tenía detrás también se moviera, y cuando lo consiguió cruzó la gasolinera hasta ponerse en el surtidor donde aquél repostaba a los coches.

Martina estaba muerta de la risa. Su amiga no tenía vergüenza, y cuando el coche que había delante del suyo arrancó y les tocó colocarse, María metió primera y, acercándose lentamente a aquél, cuchicheó:

—Madre míaaaaaa, visto de cerca está de rechupete.

—¡María!

—No sé si voy a poder aguantar no lanzarme a sus brazos.

—¡María! —Su amiga rio divertida.

Una vez que hubo colocado el coche frente al surtidor, las dos jóvenes reían cuando el chico, ajeno a lo que hablaban, se acercó a ellas y, reclinándose sobre la ventanilla de María, saludó:

—Buenas noches, señorita.

—Buenas noches, caballero —saludó ella pestañeando.

El muchacho sonrió al oírla.

—¿Me permite las llaves para abrir el depósito? —preguntó.

María no contestó, y él insistió:

—Estaría bien tener las llaves y saber cuánta gasolina desea.

—Toda la que tú quieras —soltó ella.

Rápidamente Martina le dio un codazo a su amiga en las costillas. Pero ¿qué estaba diciendo? Ese movimiento no le pasó desapercibido al chico, que, sin inmutarse, insistió mirando a aquélla:

—¿Me permite la llave del depósito, señorita?

—Y encima educado, el colega —musitó ella.

Viendo cómo aquel tipo las miraba y entendiendo que su amiga iba a comenzar a decir cosas sin sentido, Martina se apresuró a quitar las llaves del contacto y, estirándose, dijo:

—Toma. Y, por favor, pon doscientas pesetas de gasoil.

En cuanto las llaves estuvieron en sus manos, el chico sonrió y, dando media vuelta, se encaminó hacia el depósito.

—¡Me he enamorado! —exclamó de repente María mirando a su amiga.

—¡María!

—Ahora mismo le pido que se case conmigo. Este tío va a ser el padre de mis seis hijos.

Martina soltó una carcajada y, al mirar hacia atrás y ver que el otro las observaba, cuchicheó:

—Baja la voz. Te va a oír.

—A mí, plin... Que me oiga, ¡lo tiene que saber!

De nuevo se carcajeaban por aquello cuando él, apoyándose otra vez en la ventanilla de María, preguntó mirándola:

—¿Puedo saber el motivo de tanta risa?

Martina contuvo el aliento. Conociendo a María, sin duda se lo diría, pero ésta preguntó:

—¿A qué hora terminas aquí?

Sin dar crédito, Martina la miró mientras aquél sonreía, lo de su amiga no tenía nombre, y entonces oyó que él respondía:

—Termino a la una de la madrugada. ¿Por qué?

A María le encantó saberlo y, sin mirar a su amiga, que sin duda la estaría observando como si se hubiera vuelto loca, contestó:

—Pues porque vamos a una fiestuqui y quizá te apetecería venir y tomarte algo conmigo.

Sorprendido, el chaval asintió. En la vida una mujer había sido tan directa con él. Eso le gustó, y respondió:

—¡Quizá!

María asintió divertida.

—¡Chachi! —murmuró sin apartar la vista de él.

Y, agarrando su bolso, que estaba sobre las piernas de Martina, sacó un papel y dijo:

—Toma. Una invitación a la fiesta con la dirección.

El tipo la cogió, la miró y se la guardó en el bolsillo del mono azul.

—Gracias.

Martina los observó. Ambos la estaban ignorando totalmente, y entonces oyó que su amiga decía:

—Soy María, y ella es Martina.

—Marco —se presentó él sonriendo.

En ese instante el surtidor de gasolina hizo un ruido. Marco se incorporó, retiró la manguera, cerró con llave la tapa del depósito y, tras coger las doscientas pesetas que aquélla le daba, él le entregó las llaves del vehículo e indicó:

—Intentaré ir a esa fiesta.

—Dabuten, colega.

—¿Dabuten? —repitió él divertido.

Encantada, María asintió y, tras coger las llaves del vehículo, introducirlas en su lugar y arrancar, afirmó metiendo primera:

—Pues allí nos vemos si vas.

Una vez que el coche se movió y el chico de la gasolinera quedó atrás, Martina preguntó mirándola:

—Vamos a ver, ¡¿cómo se te ocurre decirle «dabuten, colega»?!

Las dos amigas soltaron una carcajada. María tenía una manera de hablar muy particular. Utilizaba muchas palabras de la época, algo que Martina, por su trabajo como profesora, trataba de ignorar.

Y, consciente de lo que había dicho, María protestó:

—Joder..., es la manía. ¿Ha sonado muy mal?

—Bueno...

Ambas reían de nuevo por aquello cuando María preguntó:

—¿Crees que irá a la fiesta o lo habré asustado?

Martina se encogió de hombros. Eso era algo que aún estaba por ver, y respondió:

—Pues sinceramente, tronca, ¡a saber!

Capítulo 3

Como María había predicho, la fiesta estaba a rebosar.

En ella había gente de todos los países, y tan pronto oías hablar en italiano como en alemán o en inglés.

Según se fueron adentrando en el lugar, María se iba encontrando con conocidos a los que abrazaba encantada. Ella era así de efusiva. Tras el riguroso chillido y abrazo, se los presentaba a Martina, y fue entonces cuando ésta se enteró de que aquéllos eran los amigos de los que tanto le había hablado y que había conocido a través de los chats.

Sus nombres eran extraños y divertidos, y María le aclaró que se llamaban por sus curiosos *nicks*, pseudónimos que cada uno habían elegido para chatear en la red. El de María, por ejemplo, era «Sielo Asul», un nombre gracioso para ellas y que había surgido después de que Martina pillase años atrás una buena borrachera y llamase así a su amiga en vez de María por el color de sus bonitos ojos azules.

Encantada, Martina habló con aquéllos mirándolos a los ojos. Eso era lo que a ella le gustaba, no comunicarse a través de la pantalla de un ordenador. Teniéndolos enfrente, pudo sacar sus propias conclusiones, como, por ejemplo, que «Mambrú» era un chavalito muy agradable; «Isra», un loco de la informática; «Magneta», una chica encantadora que sin duda suspiraba por Mambrú; «Ágata», una muchacha alegre y pizpireta; «Fayna», una canaria muy salada, y «Latina», una colombiana muy dulce.

Estaba hablando con aquéllos cuando de pronto notó que alguien le tocaba la cintura y, al volverse, parpadeó al ver una cara conocida. Era Enrique, su compañero de trabajo, el chico que se había incorporado a la plantilla dos años atrás para dar apoyo a las clases.

—Anda, ¡hola! —lo saludó sonriendo.

Él, sorprendido aún por haberla encontrado en un lugar como aquél cuando sabía perfectamente que Martina huía de todo lo que fuera tecnología, preguntó:

—No me digas que al final le das a esto...

Ella sonrió divertida.

De todos era sabido lo *antiinformática* que era, y respondió viendo cómo él se recogía su bonita melena clara en una coleta:

—Qué va. He venido con mi amiga María; ¿sabes de quién te hablo?

Siguiendo su dedo, Enrique miró hacia donde le señalaba y asintió. Aunque Martina lo ignoraba, él sabía mucho de ella.

—María es la chica para la que conseguiste las entradas para el concierto de Los Secretos el año pasado —afirmó ella—, ¿lo recuerdas?

Enrique asintió de nuevo, por supuesto que lo recordaba.

—Claro que sí.

Encantado de haberse encontrado allí a aquella mujer que tanto le gustaba, no desaprovechó la oportunidad de hablar con ella.

—Yo he venido con un grupo de amigos internautas —dijo Enrique.

—¿Inter... qué? —preguntó riendo Martina.

Ambos sonrieron. Había sido una suerte coincidir con ella y, deseoso de aprovechar hasta el último segundo de su compañía, propuso:

—¿Te apetece una copa?

Martina asintió. Claro que le apetecía.

Juntos, sortearon a la gente que había por en medio charlando hasta llegar a la barra. Allí, pidieron un vodka con Coca-Cola para ella y un whisky solo para él.

Durante alrededor de media hora hablaron, rieron, disfrutaron, hasta que unas personas que Martina no conocía se acercaron a ellos. Eran los amigos internautas de Enrique. Sin perder tiempo, éste se los presentó: Javier, Samuel, Lola, su primo Sergio, Adolfo, Isabel y Virginia. Habló con ellos encantada hasta que Fayna y María se les acercaron, y esta vez fue ella quien las presentó.

Instantes después se les unieron Mambrú, Isra y el resto. Y, tras un rato de risas, Martina observó cómo Enrique y Fayna intercambiaban miradas y se sonreían. Estaba claro que entre ellos había cierta conexión.

De nuevo el buen rollo y las ganas de pasarlo bien crearon un excelente ambiente, hasta que María, agarrando a su amiga del brazo, dijo:

—Ven. Quiero presentarte a alguien.

Tras indicarle con la mirada a Enrique que regresarían al cabo de unos minutos, Martina se dejó guiar por su amiga hasta llegar al fondo de la barra. Frente a ellas, pero dándoles la espalda, había dos hombres altos y trajeados.

—¿Qué pasa, troncos? —les soltó María.

Según dijo eso, ambos se volvieron para mirarlas y el del bigote y las gafas de pasta negra abrió los brazos sonriendo y exclamó:

—¡Sielo Asullllllllllllllll, estás divina!

—Lo sé, tronco —afirmó ella divertida.

Martina observó cómo su amiga se lanzaba a los brazos de aquel tipo rubio sin ningún decoro. Primero abrazó al rubio y luego al moreno y, cuando dejó de hacerlo, indicó:

—Martina, te presento a «Brad Pitt» y a «Freddy Krueger».

Todos sonrieron, aquellos nombres eran unos *nicks* muy significativos, y el moreno aclaró:

—También puedes llamarnos Carlos y Luis.

Eso hizo reír a la joven. Había oído a María hablar de aquellos tipos, que, como al resto, había conocido por la red, y, tras darles un par de besos a cada uno en las mejillas, preguntó:

—Bueno, ¿y quién es Carlos y quién Luis?

El rubio soltó una risotada.

—Yo soy Carlos, o Brad, y él es Freddy, o Luis.

Asintió complacida. Dio un beso al rubio del bigote y después miró al moreno, que no se había movido, y simplemente le sonrió. Estaba claro que el del nombrecito inquietante era más serio.

Mientras hablaban, Martina los observó. Carlos era rubio, con el pelo rizado. Ojos verdes claros, 1,73 de altura, extrovertido y con algunos kilitos de más. Y Luis, moreno, ojos grises y pelo oscuro. Rondaría el 1,80 y era tremendamente reservado. Y, por el modo en que se le ceñía la camisa granate al cuerpo, se notaba que se cuidaba e iba al gimnasio.

Enrique los miraba a distancia cuando Martina se volvió y, al verlo, le sonrió. Él le devolvió la sonrisa y, azorado, se volvió para charlar con su grupo, al que se habían añadido Fayna y Latina, que en ese momento reían a mandíbula batiente con su primo.

Después de un rato, durante el cual Martina escuchó a Carlos, a Luis, a María y a otra mujer que se les había unido y que parecía tener buen *feeling* con Luis, por fin se enteró de la razón de aquella fiesta: una multinacional presentaba un nuevo servidor de internet llamado Entre Nosotros.

Carlos y Luis hablaban con la mujer acerca de determinados problemas que había con unas tarjetas de sonido, y el primero, al ver a Martina algo perdida, la miró y, para integrarla en la conversación, le preguntó algo que hizo que se atragantara. No sabía de qué le hablaban y, como necesitaba que supieran la verdad, respondió:

—A riesgo de que penséis de mí que soy poco más que una anticuada, he de decir que yo de ordenadores, poco o nada. No nos entendemos. Lo mío es la enseñanza a niños con pizarra y tiza en mano, y solamente utilizo la informática a nivel de usuario en el colegio, y me refiero a utilizar WordPerfect o Excel.

—¡Santo Dios! —murmuró Carlos llevándose las manos a la cabeza.

—¡La cagaste, Burt Lancaster! —se mofó María al ver el gesto de sus amigos.

En esa época en la que todos se morían por aprender informática, ¿cómo podía una chica joven vivir así de desconectada?

—Pero si la informática es un mundo increíble que te abre puertas al exterior —señaló Luis—; ¿no te atrae saber y conocer?

Martina vio cómo la miraban todos y se encogió de hombros.

—Pues sí, pero no —musitó—. Quizá es que no tengo tiempo para abrir esas puertas.

—O quizá —intervino Carlos— es que no has abierto las adecuadas.

—Ahí le has dado, querido Brad —afirmó María.

—Mira, Martina —insistió Carlos—, esto es como un helado: cuanto más lo pruebas, más lo entiendes y más te gusta.

Ella asintió, no le quitaba la razón, y respondió en confianza:

—Te aseguro que los helados me gustan mucho.

Eso hizo sonreír a todos, y entonces Luis, tras despedirse de la otra mujer, preguntó con interés:

—¿Qué ordenador tienes en casa?

—No tengo.

—¡¿Cómooo?! —preguntaron aquéllos sin dar crédito.

María sonrió, y Martina indicó:

—¿Para qué quiero uno si os estoy diciendo que no los entiendo?

Los demás se miraron, y Carlos cuchicheó:

—Eso es imperdonable.

—Se lo llevo diciendo meses —terció María—. Le he hablado de los programas que yo utilizo para cientos de cosas, pero nada, ¡pasa de mí!, y mira que le vendría bien. Está intentando escribir un libro y...

—¡María! —gruñó Martina al oírla.

Consciente de lo que había dicho, la aludida asintió y dijo mirando a sus amigos Carlos y Luis:

—Borrad de vuestras memorias eso del libro, ¿vale?

Asintieron sonriendo, y Carlos preguntó:

—¿Cómo es posible que una chica tan joven como tú, siendo profesora, no esté interesada por la informática ni tenga un ordenador personal en casa?

Martina, sorprendida por el asombro de todos, no supo qué responder. Si antes ya pensaba que era un bicho raro por resistirse a aquellos aparatitos, ahora más aún. Luis, en un tono tajante, tras saludar a un tipo que se les había acercado, replicó:

—Carlos, ya te ha contestado. No la agobies.

Pero aquél no se dio por vencido e insistió:

—Entonces ¿realmente no sabes las ventajas que proporciona internet?

Martina se tocó la oreja. Parecer tan paleta u obsoleta ante aquéllos no le estaba gustando nada, y respondió:

—A ver, tonta no soy. Sé que es algo que sirve para recibir información y poder comunicarse con otros.

Carlos soltó una carcajada. Llevaba años sin encontrarse con alguien tan anticuado en el tema, e indicó divertido:

—Martina, cariño, internet es una red de comunicación mundial, y te aseguro que dentro de unos años será imprescindible en cualquier hogar. Todo el mundo lo va a utilizar. ¡Hasta para mear necesitarás una red!

Martina lo dudaba.

—Si tú lo dices...

A continuación, un tipo nuevo se unió al grupo y, segundos después, todos excepto Martina hablaban sobre software, discos flexibles de alta capacidad, Corel Draw 8 y un sinfín de nombres extraños y aburridos para ella.

Desde donde estaba, Enrique, que hablaba vivamente con Fayna, observaba a Martina, que parecía muy integrada en aquel grupo. Pensó en acercarse a ella, esa mujer lo atraía como un imán, pero decidió que no debía hacerlo. No quería ser pesado, por lo que continuó riendo y charlando, ahora con Ágata, que era animada y dicharachera.

No obstante, algo en su interior le impedía dejar de mirar a Martina; la atracción que sentía por ella era irresistible. Luego oyó a su primo proponer al grupo marcharse a otro lugar a tomar algo; finalmente ganó esa opción, y Fayna y Latina también se apuntaron.

—¡*Yes, very well*, fandango! —exclamó de pronto María alejándose de su amiga.

Justo cuando Martina estaba deseando escapar de aquella charla tan soporífera sobre ordenadores y software, vio cómo Enrique, su compañero de trabajo, se acercaba a ella sonriendo. En ocasiones, aquella sonrisa le era extrañamente familiar, pero siempre había pensado que era por verlo tan a menudo en el colegio. Enrique era un excelente compañero, y siempre que lo necesitaba estaba ahí para ayudarla.

Se le aproximó junto al resto de su grupo, que lo seguía, y comentó:

—Vamos a tomar algo a otro sitio. Ya nos hemos cansado de ordenadores; ¿te vienes?

Nada en el mundo le habría gustado más a la joven que marcharse de allí, pero repuso:

—Gracias, pero he venido con María y creo que nos quedaremos aquí un rato más.

La decepción le llegó al corazón a Enrique; inconscientemente, agarró a Fayna de la cintura y, para disimular cómo se sentía, indicó guiñándole un ojo:

—Nos vemos el lunes.

Martina sonrió y asintió.

Una vez que él se alejó en compañía de su grupo, lo siguió con la mirada con curiosidad. Vaya con Enrique, ¡era todo un ligón! Sólo había que ver la sonrisa de Fayna para saber que aquella noche terminaría bien para los dos. Sin apartar los ojos de ellos, los miró hasta que llegaron a la puerta y, en cuanto desaparecieron, buscó a su amiga María. ¿Dónde se había metido?

Continuó mirando hasta que la localizó hablando con un tipo muy elegante. Sin dudarlo, se acercó a ellos y de pronto María, con una sonrisa de oreja a oreja, canturreó:

—¡Flipa en colores!

—¿Qué pasa? —preguntó Martina.

Encantada por lo que veía, María parpadeó y afirmó señalando:

—¡Ha venido el menda lerenda!

Martina siguió su dedo e intentó recordar de qué conocía a aquel tipo tan bien vestido y peinado, pero, incapaz de hacerlo, iba a hablar cuando su amiga soltó llamando la atención de aquél:

—¡Holaaaaaaaaaaaa! Qué alegría verte por aquí.

El recién llegado se acercó a ellas y sonrió. Dio un beso a María en la cara, después a Martina, y, al acabar, la segunda dijo mirándolo:

—Discúlpame, ¿nos conocemos? Soy tremendamente despistada.

—Yo alucino contigo... —musitó su amiga al oírla.

El tipo soltó entonces una risotada y, dirigiéndose a una apurada Martina, indicó:

—Tranquila. Solamente nos hemos visto una vez y en circunstancias muy diferentes de las de ahora. Soy Marco, el de la gasolinera.

Según oyó eso, Martina lo volvió a mirar. Aquel tipo tan bien vestido y limpio nada tenía que ver con el chaval del mono azul, y, volviéndose hacia María, iba a decir algo cuando ésta exclamó:

—¡¿A que es para flipar?!

—Y tanto —dijo ella sorprendida. Y, mirándolo una vez más, lo saludó—: Pues qué bien que hayas venido.

Marco asintió, estaba claro que no lo esperaban.

—La verdad, no he podido resistirme a esos preciosos ojos azules —declaró contemplando a María.

Ella, encantada, lo agarró del brazo y afirmó:

—Has hecho muy bien, colega; ¿te apetece beber algo?

—Sí. Estoy sediento.

Los tres se dirigieron hacia una de las barras y, tras pedirse aquél una copa, María preguntó:

—¿Qué te parece este sitio?

El recién llegado miró a su alrededor. El mundo de la informática siempre le había gustado, y respondió:

—Pues no está nada mal. Por lo que veo, es la presentación de un nuevo servidor llamado Entre Nosotros y, como era de esperar, todo el mundo que tiene que ver con el tema y entiende está en esta fiesta.

—No lo creas. Las apariencias engañan —oyeron decir entonces a sus espaldas.

Al volverse se encontraron con los gestos divertidos de Luis y Carlos, y Martina, al entender su gesto, musitó:

—No empecéis.

Tres minutos después, Carlos, Luis y Marco estaban sumergidos en una charla sobre cibercentros comerciales.

La noche fue transcurriendo entre humo, risas y alcohol, y a las seis de la mañana, Carlos, Luis, Marco, María y Martina decidieron pasar por una cafetería para desayunar algo. Había hambre.

—Ha sido un placer conoceros —afirmó Martina encantada.

Pocas veces de las que había salido por la noche había conocido a personas tan encantadoras como aquéllas, y Carlos respondió:

—El placer ha sido nuestro. Y, oye, esto tiene que repetirse, y no me vale un no por respuesta.

—Por supuesto que se tiene que repetir —afirmó Marco mirando a María.

Luis y él, que se habían caído muy bien, volvieron a hablar entonces de temas informáticos, y Carlos preguntó mirando a Martina:

—¿Sigues pensando que no te iría bien tener un ordenador en casa?

—Sí.

—Es un hueso duro de roer —se mofó María comiéndose una porra.

—Podrías hablar con tus amigos desde el salón de tu casa.

—Prefiero hablar con ellos mirándolos a los ojos —insistió Martina.

Todos sonrieron al oírla, y Carlos insistió:

—Pues que sepas que esto es el futuro. Algún día podrás hablar con esas personas mirándolas a los ojos, pero sentada en el salón de tu casa, ¡recuérdalo!

—Lo sabe, pero se resiste —afirmó María—. Le he dicho mil millones de veces que se tiene que comprar un ordenador, pero es cabezota. Muy cabezota.

Al oírlos, por primera vez en su vida Martina notó el gusanillo de pensar en tener un ordenador. Quizá podría ser divertido hablar a través de la red con aquéllos. Pero, consciente de su realidad, respondió:

—Bueno..., ya veré.

Carlos y María se miraron y el primero se apresuró a decir:

—Dame tu número de teléfono ahora mismo. Yo puedo conseguirte un buen equipo a buen precio.

Martina sonrió. ¡Pero qué insistente!

Y, sin querer entrar al trapo, respondió:

—Oye..., no seas pesado.

Su manera de contestar hizo que todos la miraran. Su voz había sonado algo tensa, y Carlos finalmente indicó dándose por vencido:

—Vale, me callaré. Sólo intentaba ayudarte en un tema del que veo que no tienes ni idea.

A continuación, todos guardaron silencio y Martina, sintiéndose fatal, le cogió la mano y cuchicheó con una sonrisa:

—Hey, Carlos. No te me vayas a poner serio. Sólo te digo que lo pensaré, ¿vale?

Diez minutos después, los cinco salían de la cafetería y, tras despedirse, María, Marco y Martina se dirigieron hacia el coche de la primera.

Una vez que hubieron llegado al portal de Martina, María miró a su amiga y, con una sonrisa, iba a decir algo cuando ella se despidió divertida:

—¡Hasta luego, Lucas!

María soltó una carcajada. Marco sonrió, y, en cuanto desapareció el coche con aquéllos, Martina se quitó los zapatos en la acera y caminó hasta su portal. Estaba destrozada.

Al entrar se fijó en su buzón y se sorprendió al ver una flor en él. Sonriendo, se acercó y, cogiendo la margarita amarilla, la olfateó. Olía de maravilla.

¿Quién la habría puesto allí?

Pero, sin darle mayor importancia, caminó hacia el ascensor y se metió en él. Segundos después, tras llegar a su descansillo, sacó las llaves del bolso, abrió la puerta y su perro *Johnny* la recibió con verdadero amor.

Capítulo 4

Martina trabajaba en el colegio público Santa Verónica de Madrid desde hacía años. Allí ejercía como profesora en una clase de veinte niños de entre seis y siete años y era feliz.

El trabajo de docente era agotador, pero siempre había ansiado ser maestra de primaria para poder enseñar a los niños y poder ser parte de sus vidas, del mismo modo que para ella lo habían sido sus profesores.

Y aunque sus padres habrían preferido que aprobara las oposiciones para ejercer en Consuegra, el municipio de Toledo en el que vivían, Martina era feliz en Madrid. Le encantó la ciudad desde la primera vez que puso un pie en ella y ya nada la haría regresar al pueblo.

Aquel lunes, durante el recreo de los niños en el patio, Martina se tomaba un café en la sala de profesores. Tranquilamente se fumaba un cigarro y pasaba unos apuntes al ordenador mientras sonaba por la radio *Vivimos siempre juntos* de Nacho Cano.

Su vicio secreto era escribir. Le encantaba. Llevaba años intentando escribir un libro, pero nada. Se le resistía. Comenzaba mil proyectos, pero luego los dejaba inacabados. Todos parecían perder la fuerza y el interés pasados unos días.

Estaba abstraída en ello cuando la puerta de la sala se abrió. Era Enrique, que, mirándola, se dirigió a una estantería para coger su taza y, antes de servirse un café, comentó:

—Bonita canción.

Martina asintió.

—Nacho es un compositor increíble.

Ambos sonrieron, y a continuación Enrique preguntó:

—¿Tú no sabes que fumar es malo?

Al oírlo, Martina rio. Sus padres no se cansaban de repetírselo cada vez que la veían y, encogiéndose de hombros, respondió:

—Eso dicen y dices cada vez que me ves.

—¿Y por qué sigues fumando?

—Porque me gusta fumar.

Una vez que se sirvió el café y le echó azúcar, Enrique iba a hablar cuando ella añadió:

—Y como decimos todos los fumadores, ¡de algo hay que morir!

En ese instante al muchacho le sonó el móvil. En silencio, Martina escuchó cómo hablaba y, cuando colgó, quiso saber curiosa:

—¿Qué es el Chamizo?

Divertido por lo que aquélla preguntaba, respondió:

—Es una nave que tenemos alquilada mi primo Sergio, unos amigos y yo para poder arreglar nuestras motos. Digamos que es nuestro pequeño taller.

—¿Cuántas motos tienes?

—Dos.

La joven asintió y entonces él preguntó:

—¿Te gustan las motos?

Sin pensarlo, Martina negó con la cabeza.

—No.

Al ver que no tenía intención de añadir nada más, Enrique se sentó junto a ella y, con curiosidad, preguntó al verla teclear:

—¿Qué haces?

Rápidamente Martina camufló sus apuntes particulares con otros del colegio y respondió sin decir la verdad:

—Pasar cosas a limpio.

Enrique asintió y, sin indicarle que se había dado cuenta del movimiento de papeles que había hecho, preguntó:

—No sabía que controlaras Windows 95.

Al oír eso, ella sonrió. *Controlar* no era la palabra exacta, y matizó:

—Más que controlar, digamos que me manejo en cuatro cosas. Eso sí, no me saques de ahí porque me pierdo. Ya sabes que lo mío no es la informática.

Ambos rieron por aquello, y él preguntó:

—¿Os fuisteis muy tarde de la fiesta el otro día?

Martina sonrió. Recordar aquella fiesta y a las personas que había conocido esa noche era agradable, y, dejando los apuntes a un lado, indicó:

—Sí. La verdad es que nos enrollamos más de lo que esperábamos; ¿y vosotros?

Tras dar un trago a su taza y evitar preguntar si entre aquéllos había conocido a alguien especial, Enrique dejó su café sobre la mesa y contestó:

—Pues también.

—Pero... ¿bien, bien, bien? —se mofó ella.

—Bien —afirmó divertido.

Ambos rieron y a continuación ella cuchicheó:

—Puedo ser cotilla e indiscreta.

Enrique la miró.

—¿Terminaste la noche solo o acompañado? —insistió ella.

El joven sonrió al ver su gesto y, bajando la voz, dijo:

—Soy un caballero, por lo que sólo diré que acompañado de una preciosa mujer.

—Vayaaaaaaaaaaa. —Martina rio encantada sabiendo que se trataba de Fayna. Estaba claro. Sabía que aquello iba a pasar, y Enrique añadió:

—Fuimos a un par de locales y acabamos tardísimo. Por cierto, no veas la marcha que tienen las chicas de vuestro grupo, ¡son la leche!

Martina asintió. Apenas conocía a Latina, a Fayna y a Ágata, pues no eran amigas suyas, sino de María, e indicó:

—Como tengan la mitad de marcha que María, ¡me lo creo!

Ambos rieron de nuevo y, a continuación, el silencio se apoderó de la estancia. Martina fumaba y Enrique bebía su café cuando éste, que necesitaba comunicarse con ella, dijo:

—Las chicas me comentaron que entraban en un portal llamado Chatmanía, en la sala de amigos; ¿tú entras también?

Al oírlo, ella expulsó el humo de su cigarro y preguntó:

—¿Qué es eso? —Y, al ver el gesto de Enrique y recordar lo que María le contaba, afirmó—: Ah, vale..., como dice mi hermana Julia, de ligoteo, ¿verdad?

Ambos rieron por aquello y acto seguido éste dijo:

—Por cierto, a ver si me presentas a tu hermana. Valle me comentó que estuvo trabajando hace años en los comedores del colegio, pero cuando yo llegué ya no estaba y no la conozco.

Martina pensó en su hermana y sonrió. El año que Julia estuvo ayudando en el comedor del colegio fue un desastre. Julia restaba más que sumaba y, al final, la directora tuvo que despedirla. Julia era así, y una vez que se marchó de allí nunca más quiso volver.

—Algún día te la presentaré —contestó Martina.

—¿Es tan guapa como tú?

Al oír eso, ella sonrió. Aquel chico, ocho años más joven que ella, la miraba a la espera de una contestación, y musitó divertida:

—Vaya... ¿Y esa faceta de zalamero?

Enrique sonrió. Si alguien le parecía guapa era aquella chica, y cuando iba a responder, Martina comentó para cortar el tema:

—Julia es muy guapa. Y, volviendo al asunto de los chats, ¿tú le das mucho a eso?

Enrique asintió. Él era un hombre de su tiempo, y afirmó:

—Siempre es bueno conocer a gente, y la red te ofrece esa gran posibilidad.

—Sigo prefiriendo conocer a la gente mirándola a los ojos.

Ambos rieron y luego ella preguntó señalando el ordenador:

—¿Tú has conocido a gente interesante a través de esto?

—Sí —aseguró Enrique.

Martina sonrió, y él matizó necesitando que lo entendiera:

—Pero siempre utilizando la cabeza y filtrando. No todo el mundo vale y no todo el mundo dice la verdad.

—¿Mucho mentiroso y mentirosa?

—¡Ni te lo imaginas! —Enrique sonrió.

Entonces ella, sorprendiéndolo, y sorprendiéndose a sí misma, indicó tocando la pantalla:

—¿Sabes? Lo creas o no, la fiesta del otro día está haciendo que me replantee comprarme un bicho de éstos.

—¿Un ordenador?

—Sí.

—¡No me digas!

—Pues sí. Increíble pero cierto.

Deseoso de saber más, Enrique insistió:

—¿Y eso por qué?

Martina dio una calada a su cigarrillo y respondió:

—No lo sé. Llámalo *curiosidad*.

Oír eso era, como poco, inaudito. Muchas habían sido las veces que ellos habían hablado de las nuevas tecnologías y la joven se negaba a entrar en ellas.

—Lo cierto es que por primera vez en mi vida me pica el gusanillo de la curiosidad en cuanto a estas cosas tecnológicas —añadió.

—¡Estaremos creando un monstruo! —se mofó Enrique, haciéndola reír.

Martina asintió divertida y, sin revelar cómo le facilitaba aquel programa informático tener sus apuntes del libro al día, prosiguió:

—Sé que hemos hablado mil veces acerca de que los ordenadores pueden facilitar el trabajo, y, aunque me negaba, cada vez soy más consciente de que tenéis razón y que es inútil que lo siga retrasando. Por tanto, creo que debo comenzar a adaptarme a las nuevas tecnologías o dentro de un par de años me quedaré totalmente obsoleta y un niño de diez me tendrá que dar clases a mí.

—Eso es cierto.

—Y en cuanto al tema de conocer a gente o no a través de la red, no es mi prioridad. Hasta el momento sólo erais María, mi hermana o tú quienes me hablabais del tema. Y aunque sigo prefiriendo conocer a las personas mirándolas a los ojos, reconozco que ese mundillo raro de salas, chats y nombres en ocasiones ridículos me llama cada vez más la atención.

Enrique soltó una carcajada, le hacía gracia oír eso de ella, y afirmó:

—Pues, ¿sabes?, aplaudo tu decisión.

—¿Crees que voy por el camino correcto?

—Sin duda alguna. Ya sabes eso de... renovarse o morir.

—¡Exacto! —asintió Martina intentando convencerse.

Enrique se levantó entonces y se dirigió a lavar su taza bajo el grifo mientras por la radio comenzaba a sonar la canción *La Flaca* de Jarabe de Palo.

Instintivamente, ambos empezaron a tararearla, y cuando Enrique terminó de lavar su taza indicó:

—Si al final lo haces y te apetece, dímelo, te daré mi email y podremos estar conectados también por la red. —Martina asintió y él, deseoso, añadió—: Incluso podremos hablar alguna noche si tienes ganas o salir a cenar, lo que quieras.

Martina asintió sin darle mucha importancia a lo que acababa de decirle y apagó su cigarrillo en el cenicero para, a continuación, recolocar en una carpeta las hojas manuscritas.

Segundos después, tras secar su taza con un trozo de papel y dejarla en una estantería, Enrique dijo mirándola:

—Me voy. He de hacer de apoyo en la clase de Santos. ¡Hasta luego!

—Adiós.

Cuando quedó sola, la joven miró a través de la ventana. Los niños jugaban y reían en el recreo. Sin duda, la mejor manera de conocer a las personas era de tú a tú, mirándose a los ojos. Pero estaba claro que comenzaba a implantarse una nueva forma y, siendo una chica joven como era, tendría que probarla.

Pensó de nuevo en la posibilidad de tener un ordenador en casa. ¿Le sacaría rendimiento?

Estaba claro que poder pasar los apuntes de su libro a limpio le facilitaba la vida, pero sin duda se la facilitaría más aún si directamente lo escribía en él. Tenía que pensarlo. Meditarlo. Y, si se decidía, llamaría a Carlos. Él le había dicho que podría conseguirle un equipo a buen precio.

El timbre del fin del recreo sonó. Martina rápidamente lavó su taza, la secó, recogió su carpeta, apagó el ordenador, la radio, y, en cuanto lo dejó todo en orden, se dirigió a su clase. Los niños la esperaban.

Capítulo 5

Esa tarde, cuando regresó a casa, tras darle a *Johnny* su paseíto por el parque de El Retiro y disfrutar del momento, cuando Martina regresó a su casa vio que la lucecita parpadeante de su contestador automático le chivaba que tenía mensajes.

Una vez que le hubo dado al perro su galletita, se sentó junto al contestador y procedió a escuchar los mensajes. El primero era de su hermana Julia:

«¿Qué tal, hermanita?

»Tenemos que hablar. No es ningún asunto de vida o muerte, pero ya te llamaré, ¿vale? Adiósssss».

Tan pronto como terminó el mensaje de su hermana, Martina resopló. Sin duda ya se había metido en otro problema, Julia era especialista en ello, pero entonces comenzó a sonar la voz de María:

«¡Hola, caracola!

»¡Soy tu Sielo Asul!

»Madre mía, lo que tengo que contarte del gasolinero buenorro... Dios, qué noche, ¡qué noche!... Sólo te diré que ¡flipé en colores! ¡Lo de este chico es como poco increíble! Esta noche he vuelto a quedar con él para dar un voltio y mover el esqueleto, y bueno... [Risas.]

»¡Hablamos! ¡Hasta luego, Lucas!».

Martina sonrió. La alegría y la positividad de su amiga eran contagiosas. Estaba riendo cuando oyó:

«Hola, Martina, soy Carlos, o Brad Pitt, ¡como prefieras!

»Vale, soy pesado. Lo sé. Pero no puedo aceptar que una chica como tú no se interese por el mundo que yo creo y del que vivo. Por tanto, insisto: ¿te localizo un buen equipo? La informática es el futuro y tienes que estar al día.

»Besos, llámame y hablamos».

Cuando el mensaje acabó, Martina parpadeó. Ella no le había dado su número de teléfono a Carlos, pero, sonriendo, imaginó que se lo habría dado María. Lo tenía claro.

Tras acabar de escuchar los mensajes, se dirigió a su habitación para coger ropa limpia y luego se fue directa a la ducha.

* * *

Un par de horas más tarde, después de cenar, se tumbó en el sofá junto a su perro. Cogió el mando a distancia y se puso a ver un concurso de televisión. La entretenían bastante. Estaba abstraída por él cuando el teléfono de su casa comenzó a sonar. Miró el reloj. Eran casi las once de la noche. Eso la inquietó. Nadie llamaba tan tarde y, cogiéndolo, rápidamente respondió:

—¿Dígame?

—Hola, preciosa; como no me llamas, he decidido llamarte yo.

De inmediato reconoció la voz de Carlos. Eso la tranquilizó y, sentándose en una silla, preguntó:

—¿Te dio María mi teléfono?

—Claro, ¡¿quién me lo iba a dar?! Ay, preciosa..., espero que no te moleste.

—No..., no, para nada —aseguró.

—Vale. Soy un pesado, ¡pero me da igual! Te he conseguido un chollito increíble ¡y no puedes decirme que no!

—Carlos...

—Mira, tengo para ti un procesador Intel Pentium con tecnología MMX, 200 MHz, pantalla TFT, memoria ampliable a 128 MB, memoria caché de 412 KB, Vga con 4 MB Edo, disco duro de 3.2 GB, CD-ROM integrado, tarjeta de sonido Full Duplex y 3D, dos altavoces, conectores de micrófono, dos puertos de serie, uno paralelo y...

—Para..., para... —lo cortó Martina.

No entendía nada de lo que decía y, sin poder evitar reír por todo aquello, preguntó:

—Pero ¿en qué idiomas hablas?

Ahora fue Carlos el que rio. Sin duda lo que decía era del todo desconocido para ella, y ésta añadió:

—A ver, Carlos. No entiendo nada de lo que dices. Yo creía que un ordenador era sólo la pantalla, el disco duro y el teclado, pero... pero no sé lo que son los conectores, ni los paralelos ni...

—Vale. Te he atosigado.

—Un poco..., la verdad.

Ambos rieron de nuevo, y Carlos indicó:

—Para que me entiendas, lo que he conseguido para ti es un buen bicho con el sistema operativo Windows 95; ¿eso te suena?

Ella se apresuró a asentir.

—Es justamente el sistema que utilizamos en los ordenadores del colegio.

—¡Estupendo! —afirmo él—. Así te valdría para trabajar y muchas cosas más.

—No sé... Es que no sé si yo le sacaría provecho a un ordenador tan increíble.

Carlos soltó entonces una carcajada.

—No te preocupes. Aprenderás a manejarte y luego no podrás vivir sin él, ¡ya lo verás! —aseguró.

Martina suspiró. Estaba claro que la oportunidad la tenía frente a su cara, e indicó:

—A ver, Carlos... Sinceramente, entre tú y yo, si me compro algo, quiero que no sea muy caro. Soy novata en todo esto y mi presupuesto no es muy alto.

—Tranquila, mujer. No pienses en el precio, sino en la maravilla de la que te estoy hablando.

—¿Cómo no voy a pensar en el precio? —insistió ella. Carlos soltó una risotada y Martina, dándose por vencida, preguntó—: A ver, risitas, ¿cuánto me costaría esa maravilla?

—Un par de cenas conmigo, algún cine, una copa de vez en cuando y tu inestimable amistad.

Bloqueada al oír eso, Martina parpadeó y rápidamente soltó:

—Pero ¿qué dices? ¡Tú estás loco! Pero ¿cómo voy a pagarte así?

Carlos volvió a sonreír.

Estaba claro que Martina no se había enterado de quién era él, e indicó:

—Primero, no estoy loco. Sólo quiero ser tu amigo y, como amigo tuyo, deseo que tengas lo mejor de lo mejor.

—Pero...

—Segundo —la cortó—, soy el dueño de una multinacional informática.

—¿Quééé?

—Me dedico a crear estas maravillas y por eso quiero que tengas una de ellas. Lo creas o no, mi empresa regala ordenadores a ciertas personas para promocionarlos y tú, querida, vas a ser una de ellas. Y, antes de que pienses cosas raras en referencia a este regalo, quiero que te quede claro que no busco sexo, sino sólo tu amistad.

—Ten por seguro que no me vendo por un ordenador —le señaló la joven.

—Y muy bien que haces. Te considero una chica lista y creo que eso es lo que más me gusta de ti —se mofó él divertido.

Boquiabierta, Martina asintió. En ningún momento María le había comentado nada de aquél, y en la fiesta nadie tampoco había dicho nada.

—Gracias por los piropos —murmuró—, pero ¿cómo vas a hacer eso?...

—Pues haciéndolo.

—Pero...

—Martina —volvió a cortarla—, es sólo un regalo. Un ordenador. Quiero que alguien como tú descubra mi mágico mundo y lo disfrute. Tú eres profesora, deberías entenderme. ¿A que te gusta enseñar para que tus alumnos aprendan?

—Sí.

—Pues a mí me pasa igual. Soy un profesional en lo mío y, como tal, he de hacer todo lo posible para que mi trabajo llegue a todos los lugares, incluida tu cabeza, por muy dura que sea.

Eso hizo reír a Martina a carcajadas, e indicó:
—Soy bastante torpe con la informática.
—No eres torpe, simplemente no sabes.
—Pero...
—Lo solucionaremos —insistió Carlos.
Divertida, ella finalmente asintió y preguntó dándose por vencida:
—¿Dueño de una multinacional?
—Como diría nuestro Sielo Asul..., *¡efectiviwonder!*
Ambos rieron, y él, consciente de las preguntas que aquélla podía hacerse en su cabeza, indicó:
—Ya te contaré.
Martina asintió, sin duda tendría que explicárselo, y musitó:
—De acuerdo. Ya me contarás, pero las cenas de los próximos años y el cine los pagaré yo.
—Bueno..., ¡ya veremos!
—¡Carlos!
—Bueno..., bueno...
De nuevo rieron por aquello, y él preguntó:
—Dime, ¿cuándo quieres que te lleve esta maravilla de la tecnología?
Martina lo pensó. No había imaginado tener un ordenador tan pronto en su casa, pero ante la pregunta respondió:
—¿Qué te parece mañana?
—¡Estupendo!
—¿Te doy mi dirección?
Carlos soltó una carcajada y ella, entendiéndola, cuchicheó:
—Ya te la dio María, ¿verdad?
—Sí.
La joven asintió y, sin ningún tipo de problema, añadió:
—Podemos quedar a las ocho en mi casa. Te invito a cenar fuera o preparo yo algo. ¿Qué te parece?
—Si haces algo de cena casera, ¡mejor!
—Vale.
—Pues entonces ¡hasta mañana, preciosa!
—Hasta mañana, Carlos.

Una vez que colgó el teléfono, Martina suspiró aún perpleja por dos cosas. Mejor dicho, tres. La primera: en su casa iba a entrar un ordenador. La segunda: era un regalo y no le iba a costar un duro. Y la tercera: Carlos era dueño de una multinacional informática.

Sonriendo, se levantó de la silla y se tiró de nuevo en el sofá, donde *Johnny* la esperaba ocupándolo todo. Miró el televisor y sonrió.

Sin duda, en ocasiones la vida sorprendía. Y ésa era una de ellas.

Capítulo 6

Al día siguiente, a las ocho y veinte de la tarde, mientras Martina escuchaba por la radio a Ricky Martin cantar *María*, sonó el portero automático de su casa. Carlos llegaba con retraso. Al abrir, *Johnny* fue a recibirlo con su cara de pocos amigos. La joven lo dejó salir. Le encantaba ver el efecto que su perro podía causar en los demás y, mirando a Carlos, preguntó:

—¿No habíamos quedado a otra hora?

Él, acojonado por el modo en que aquel gigante gris lo observaba, respondió parapetado tras la enorme caja que llevaba entre las manos:

—Lo... lo siento. El tráfico está horroroso.

Martina no se movió, Carlos tampoco, y finalmente ella rio y dijo, agarrando al animal por el collar:

—*Johnny*, tranquilo. Hoy no te lo comas.

—¡No jodas! —murmuró Carlos.

Ella se echó a un lado e insistió:

—Anda, pasa. Y, tranquilo, *Johnny* no te comerá.

Con cierto recelo, Carlos pasó sintiéndose observado en todo momento por el enorme animal. Una vez aquél dejó la caja, Martina lo miró y dijo con guasa.

—Toma.

Carlos vio que le tendía una pequeña bolsa de plástico y, al ver lo que contenía, la joven indicó:

—Si quieres hacerte amigo de *Johnny*, con las cortezas de cerdo lo conseguirás. ¡No puede resistirse a ellas! —se mofó—. Por tanto, dile lo que quieras que haga y él obedecerá a cambio de una corteza.

Él vio sorprendido cómo el animal lo miraba atentamente y, sacando una corteza de la bolsa, ordenó:

—*Johnny*, siéntate.

Rápidamente el animal lo hizo y, tras entregarle la corteza a modo de premio, Carlos le sonrió a la joven.

—Es un yonqui de las cortezas de cerdo —suspiró Martina.

Una vez que Carlos le hubo dado toda la bolsa y el animal cambió su actitud hacia él, decidieron cenar. Estaban hambrientos. Martina preparó un sabroso pescado a la sal. Se había esmerado, Carlos se lo merecía. Le estaba regalando un ordenador.

Durante la cena, mientras sonaba en el equipo de música la voz de Bryan Adams cantando *Have You Ever Really Loved a Woman*, hablaron sobre infinidad de cosas, y ella se sorprendió al saber que Carlos estaba separado y tenía dos hijas de nueve y diez años a las que adoraba.

—Me casé enamorado de mi mujer, pero el amor se nos acabó y nos separamos —explicó él al ver su gesto de asombro.

Charlaron de mil cosas, entre ellas de cómo él, antes de casarse y ser padre, fundó su propia empresa, algo que con los años había crecido y que gracias a su excelente gestión se había convertido en una poderosa multinacional consolidada en el mercado informático.

El teléfono de la casa sonó en un momento dado y Martina, tras pedirle un segundo, se levantó a atenderlo.

—¿Dígame?

Pero al otro lado de la línea no se oía nada y, tras sonreír a Carlos, la joven insistió:

—¿Dígame?

De nuevo, silencio, nadie hablaba, y finalmente Martina colgó y regresó a la mesa.

—Se habrán equivocado.

María fue su siguiente tema de conversación. Carlos le confesó que la había conocido a través de la red tiempo atrás y que la primera vez que la vio en persona se enamoró de ella y de su increíble locura y personalidad.

Cuando la cena terminó, recogieron la mesa y se encaminaron hacia donde estaba la caja del ordenador. Martina, que estaba acostumbrada a los enormes PC del colegio, preguntó mirándola:

—¿Hay que bajar a tu coche a por el resto?

Eso le hizo gracia a Carlos, que aclaró:

—No, preciosa. Aquí está todo.

Sin entender a qué se refería, ella lo observó, y aquél, al abrir la caja, sacó un portátil y rio mirándola.

—¡Tachánnnnnnnnnnnnnnnn!

Boquiabierta, la joven observó el aparato, que no tenía nada que ver con los que ella conocía, y Carlos rápidamente dijo:

—Tranquila. Lo manejarás tan bien como un ordenador de sobremesa en dos días. No te agobies.

En cuanto lo sacó y lo enchufó a la corriente, comenzó a hablar de aquella maravilla de la tecnología que tenía módem interno y, después, extrajo un cable que conectó al teléfono del salón y al ordenador.

A continuación, encendió el portátil y tecleó varios comandos acerca de los cuales Martina ni siquiera preguntó. ¿Para qué, si no se iba a enterar?

—Y ahora nos conectaremos a internet —dijo Carlos.

—¿Tengo internet? —preguntó ella sorprendida.

Él asintió. Ya se había encargado él de hablar con el servidor para conseguirle todo lo necesario y que tuviera conexión. De pronto, se oyó un ruido raro, metálico.

—Es la llamada que estamos haciendo a través del módem para conectar —explicó Carlos.

Martina asintió y él cuchicheó divertido:

—Ya sé que debería haberlo borrado de mi memoria, pero ¿quién te dice que aquí no encontrarás la inspiración que necesitas para ese libro que quieres escribir?

Al oír eso, Martina lo miró y él, al ver su gesto, matizó:

—Olvídalo. No he dicho nada.

Segundos después, obró su magia y le explicó a la joven cómo investigar por las páginas web de AltaVista y cómo entrar en el reino de los foros y los chats.

Sin dar crédito, Martina observó todo aquello de lo que tanto había oído hablar, en especial a su hermana Julia y a María, y decidió investigar más tarde. ¿Qué podía perder?

—Una cosa: ten mucho cuidado con a quién le das tu email.

—¿Por qué?

—Porque hay mucho *hacker*.

Sin entender qué era aquello, Martina preguntó:

—¿Qué es un *hacker*?

Carlos sonrió.

—¿Has visto una película que se llama *Hackers, piratas informáticos*?

Martina asintió, recordaba haberla visto, y él aclaró:

—Pues un *hacker* es lo que viste en la película. Un cabroncete que entra en tu sistema sin permiso y que te puede organizar una buena pifia.

—Vaya...

—Además de los *hackers* están los *lammers*, que son los novatos que quieren ir de *hackers*, y los *crackers*, que suelen ir a joderte el sistema informático. Repito: vigila a quién le das tu email, pues hay piratas muy buenos que podrían acceder a tu ordenador y robarte la información.

—Alucinada me dejas... ¿En serio se pueden hacer esas cosas?

Carlos se carcajeó. El mundo de la informática era bueno, pero también peligroso para la información.

—Mira, tuve una temporada en que varios *hackers* la tomaron con nosotros —indicó—, hasta que contraté a un cabroncete buenísimo que lo tiene todo controlado. Es un monstruo, el tío. Y desde entonces, cero problemas.

—Menos mal.

Él asintió y, mirándola, preguntó:

—¿Y qué *nick* te vas a poner? Siento curiosidad. —Y se apresuró a añadir—: Un *nick* es tu nombre de guerra. El mío es «Brad Pitt» y el de María, «Sielo Asul».

—Lo sé..., lo sé... —Ella rio al recordar por qué se llamaba así, e indicó—: Pues, la verdad, ¡ni lo he pensado!

Carlos sonrió.

—Pues debes pensarlo. Sin un *nick* no puedes entrar en ningún foro ni en ningún chat. Y, recuerda, esos sitios son como grandes habitaciones a las que acceden cientos de navegantes de todo el mundo para charlar, reír o incluso insultar.

—¡Qué majos!

—Majísimos. —Y, al ver cómo Martina miraba el portátil, añadió—: No te preocupes por nada. Cualquier duda o problema, levantas el auricular, marcas mi teléfono y allí estaré yo.

—Vale.

—Y lo bueno de que sea un portátil es que te lo puedes llevar a cualquier sitio. Simplemente desconectas esta clavija, la metes en el bolso, cierras el ordenador y ya está. Eso sí, si te lo llevas, no olvides estos cables. Los necesitarás para conectarte.

Martina asintió; demasiada información y demasiados cables para una sola noche. De pronto, él dijo enseñándole su móvil:

—Tengo que hacer una llamada, ¿te importa?

Ella negó con la cabeza.

—Adelante.

Carlos abrió su teléfono móvil y ella se dirigió a la cocina. Quería darle intimidad, pero como aquél levantó la voz, se enteró de más de lo que debía. Cuando lo oyó cerrar el teléfono, regresó al salón y, al ver su gesto serio, preguntó:

—¿Todo bien, Carlos?

Él asintió. Pero no, Martina sabía que algo pasaba, y él dijo levantándose:

—Tengo que marcharme. Aquí tienes mi número de móvil. Ante cualquier duda, llámame a la oficina o a casa.

Ella cogió la tarjeta que él le tendía y, mirándolo, dijo:

—De acuerdo. Pero que sepas que me dejas preocupada. Te anoto aquí mi número, aunque te advierto que yo uso muy poco ese cacharro —y cogió un trozo de papel en el que escribió su número de móvil.

Carlos intentó sonreír.

—Tranquila —repuso—. Ya hablaremos otro día. Es tarde y yo mañana trabajo, tú no lo sé.

—Yo también, ¿qué te has creído? —se mofó ella.

Agarrados del brazo, y bajo la atenta mirada de *Johnny*, se dirigieron hacia la puerta de la casa, y Martina comentó:

—Carlos, de verdad, muchas gracias por este regalo. Creo sinceramente que es demasiado y...

—Es lo que necesitas y te mereces —la cortó—. Y, tranquila, sólo hay que ponerse con ello para entender.

La joven sonrió. Él le dio un beso en la mejilla y, saliendo de la casa, se despidió.

—Adiós. ¡Hablamos!

Una vez que se hubo montado en el ascensor, Martina cerró la puerta y al volverse se encontró con la fiel mirada de su perro.

Chasqueó los dedos encantada y él acudió a su lado para recibir carantoñas. *Johnny* era un perro que todo lo que tenía de grande lo tenía de bueno y de noble.

Martina se sentó en el suelo. Nada le gustaba más que mimar a aquel gigante y, cuando éste se sentó a su lado ella lo abrazó y sonrió. Aún recordaba la primera vez que lo había visto en casa de la madre de su amiga María seis años atrás. Era un bebé de tres meses gigante. Se lo habían regalado a María, pero su madre se negaba a quedárselo. No estaba por la labor de tener un perro en casa y hubo que buscar una solución. Y la solución fue Martina.

En un principio ella se lo quedó en su casa hasta que María encontrara apartamento, pero cuando lo encontró, el perro no se movió de su lado. *Johnny* y ella eran un equipo y el equipo debía continuar junto.

Estuvo un rato abrazada a él, hasta que finalmente se levantó del suelo y, acompañada por el animal, se lavó los dientes en el baño. Después entró en su habitación. Allí, tras mirar durante varios minutos una foto que reflejaba un tiempo feliz, se tumbó en la cama y no tardó ni cinco minutos en quedarse frita.

Capítulo 7

El despertador sonó a las siete de la mañana.

Martina lo apagó horrorizada y se levantó. No había dormido las horas que necesitaba y, si remoloneaba, corría el riesgo de quedarse dormida.

Como todas las mañanas, *Johnny* fue a darle los buenos días, y ella, poniéndose rápidamente un chándal y las zapatillas de deporte, corrió hacia la puerta y cogió su correa.

—Vamos —dijo—. Te toca salir.

El paseo mañanero por El Retiro no fue de los más largos porque llovía, pero *Johnny* se lo merecía, y cuando el animal hubo hecho sus necesidades y trotado un rato, regresaron a casa. Martina se duchó, se vistió y, posteriormente, tras coger las llaves de su coche, que estaban en la entrada, se marchó a trabajar.

Esa mañana, cuando se cruzó con Enrique en el colegio, le contó que ya tenía conexión a internet en su casa. A él le alegró saberlo y le dijo que más tarde se verían para pasarse los emails. Sería una buena cosa estar conectados a través de la red.

El día en clase fue lento y pesado. Llovía, los niños estaban aburridos por no poder salir al patio a desahogarse y Martina tuvo que inventarse varios juegos para entretenerlos.

Cuando dieron las cinco de la tarde y ya recogía su clase, apareció Enrique y le tendió un bolígrafo y un papel.

—Señorita..., deme su email.

Ella lo anotó encantada. Luego él escribió el suyo y, cuando iban a ponerse a hablar, Valle, la secretaria de la escuela, entró en el aula.

—Enrique, necesito que vengas a secretaría a ayudarme —pidió.

Él sonrió y, guiñándole un ojo a Martina, dijo antes de marcharse:

—¡Hablamos!

Ella asintió y, también con una sonrisa, continuó recogiendo las cosas.

Una vez que hubo terminado y la clase quedó como a ella le gustaba, asió su paraguas y su bolso y se dispuso a salir a la calle. Ya en la puerta de la escuela, se cruzó con alguien y, al fijarse en él, vio que era el primo de Enrique.

—Hola, Sergio —lo saludó.

Al oírla, él la miró y sonrió.

—Hey, Martina, ten cuidado, que llueve a mares.

—Lo sé. Vaya día.

—¿Has visto a mi primo?

Ella asintió y, señalando, contestó:

—Creo que está con Valle en secretaría. No tardará en salir.

Sergio asintió y luego fue a sentarse a uno de los bancos de la entrada.

—OK. Pues lo esperaré aquí. No hay quien esté ahí fuera.

Martina sonrió, el día era terrible, y abriendo la puerta del centro, se despidió.

—Voy a ver si llego hasta mi coche sin ahogarme. Adiós, Sergio.

—Adiós.

Parapetada bajo su paraguas, la joven corrió hasta donde tenía el vehículo. Por suerte, había un descampado frente al colegio donde podían aparcar y pronto llegó a él.

En cuanto arrancó el motor, comenzó a sonar por la radio la canción *Suave*, de Luis Miguel, y con una sonrisa, a pesar del día tan horrible que hacía, Martina empezó a cantar.

En cuanto llegó a su barrio y aparcó en su parking privado, subió en el ascensor interior hasta su casa. Al llegar, como siempre, *Johnny* la recibió con alegría y, tras dejar el bolso y cambiarse los zapatos por unas botas de agua, cogió la correa de su perro y lo sacó a la calle.

Media hora más tarde, *Johnny* y Martina entraban en casa empapados pero felices. Estar con aquel perro la llenaba de alegría.

Después de darle la galleta habitual de cuando regresaban de la calle, pasó a su habitación para cambiarse. Se puso su camiseta preferida de los Giants, se recogió el pelo en una coleta alta y, saliendo del cuarto, se dirigió al salón.

Miró el contestador, que le chivaba que tenía dos mensajes, que se apresuró a escuchar.

«Hermosa, soy tu madre. Sólo era para decirte que tu padre ya está mejor del constipado. Por tanto, parará de gruñir y me dejará respirar. ¡Aisss, qué cansino es este hombre! En cuanto a tu hermana, llevo sin saber de ella cuatro días. Cuando la veas dile que haga el favor de llamarme, ¿de acuerdo? Ah, por cierto, ayer estuve en *ca* la Engracia y me dijo que su nieta Gema, la muchacha de Gerardito y Alfonsita, se va a vivir a Madrid y...»

Con una sonrisa en los labios escuchó cómo su madre le contaba los últimos cotilleos del pueblo y, cuando aquélla terminó, sonó un zumbido y oyó:

«Hola, hermanita. ¿Qué tal?

»Tema solucionado. ¡Ya tengo trabajo!

»Debo hacer un curso en Sevilla y estaré una semana fuera de Madrid, ya te contaré a mi regreso... Y no les digas nada a los papis, que no quiero que se preocupen. Besos y nos vemos a mi vuelta».

Cuando el mensaje se cortó, Martina asintió con la cabeza para sí. No sabía que Julia hubiera perdido su anterior trabajo, y resopló. Su hermana y sus problemas laborales, y ahora, encima, tenía que guardarles el secreto a sus padres de que aquélla no estaba en Madrid. ¿Cuándo maduraría?

Una vez que dejó de escuchar los mensajes, se dirigió hacia su torre de CD y, tras buscar con la mirada y encontrar el de Texas que buscaba, lo puso en el equipo. Instantes después comenzó a sonar *I Don't Want a Lover*, y Martina, bailando, se dejó llevar por la música. Le encantaba aquel grupo.

Luego fijó la vista en el portátil. No lo había vuelto a tocar desde que Carlos se marchó, así que cogió los apuntes que él le había dado, los siguió paso por paso y sonrió al ver que había sabido ponerlo en marcha y se había conectado con el módem a internet.

Lo primero que hizo fue abrir Word. Tenía toda la tarde para poder escribir lo que quisiera y durante un par de horas estuvo disfrutando y liberando la mente.

En el momento en que el estómago le rugió decidió comer algo y apagó el ordenador. Las horas habían pasado y, cuando eran más de las diez, se puso de nuevo las botas y dijo mirando a su perro:

—Vamos. Llueve, pero tenemos que volver a salir.

De nuevo dieron un paseo por el barrio bajo la lluvia. Estaba solitario y oscuro, y Martina se inquietó. Salir de noche con *Johnny* a la calle le creaba cierta inseguridad, por muy grande que fuera el animal. Era miedosa. No era la mujer más valiente del mundo, y con las cosas que oía en la televisión aquel miedo se iba acrecentando, aunque a ella nunca le hubiera ocurrido nada.

Apremió a *Johnny* a que hiciera sus necesidades rápidamente y, cuando ya regresaban hacia casa, de pronto oyó un ruido a su espalda. Miró hacia atrás, pero no había nadie. La calle estaba desierta. Habrían sido la lluvia y el viento.

En cuanto entraron en la casa, la joven cerró la puerta con la llave. Eso le daba seguridad. Se quitó las botas, dispuesta a sentarse para ver algo en la televisión, pero miró el ordenador y musitó:

—De acuerdo..., te voy a utilizar.

Cogió de nuevo los papeles de Carlos y volvió a encender el portátil. Enchufó la clavija al teléfono, luego se conectó al servidor y, después, abrió el navegador de internet.

¡Era fácil!

A continuación ya podía visitar las páginas que quisiera.

Pensó en entrar en Chatmanía, pero ¿cómo se hacía?

Cogiendo de nuevo los papeles de Carlos, los leyó y vio que lo primero que tenía que hacer era entrar en Ciudad Futura. Una vez allí, vio las posibilidades que la página le ofrecía y con el ratón pulsó «Chatmanía».

A continuación, en la pantalla salieron varias salas con diferentes nombres. Entre ellas estaban: «Amigos», «Amor», «Madrid», «Barcelona», «Informática», «Jardinería», «Cocina», «Contactos»...

Pensó en qué sala entrar y finalmente pulsó con el ratón en la que ponía «Amigos». De allí eran los amigos que María le había presentado. Quizá alguno estuviera en línea...

Instantes después, un cuadro de diálogo le pedía un *nick*. Rápidamente recordó que aquello era, como decía Carlos, el nombre de guerra de cada uno. ¿Qué *nick* debía ponerse?

Durante un rato lo pensó y al final, al recordar el nombre de una heroína de un libro que había leído y le había gustado mucho, decidió usar el *nick* de «Shanna».

En el recuadrito del mensaje, tecleó el nombre y posteriormente le dio a conectar. A los pocos segundos se abrió una pantalla nueva en cuya parte derecha aparecían unos nombres rarísimos y, a la izquierda, esos mismos nombres seguidos por frases.

Observó que su nombre, Shanna, estaba a la derecha, como el de los demás, y, sentándose recta en la silla, se limitó a observar lo que otros ponían.

Varias veces sonrió por las cosas que leía, hasta que de pronto se dio cuenta de que hablaban de ella. De la tal Shanna que había entrado y ni siquiera había saludado. Muchos de aquéllos escribían «¡Hola, Shanna!», ¡la saludaban! Y finalmente y con dedos temblorosos, decidió saludar:

<SHANNA> Hola.

De nuevo, muchos volvieron a saludarla. Todo iba rápido, demasiado rápido, y leyó:

<MAMBRÚ> Hola, Shanna, ¿de dónde eres?
<SHANNA> Madrid.
<BIRUZ> Hola, Shanna de Madrid.
<BOMBÓN> ¿Quién es Shanna?
<PINOCHO> Un placer, Shanna.

De nuevo aquéllos hablaban rápido y Martina era incapaz de seguir la conversación, le resultaba imposible. Entonces entró un nuevo navegante y leyó:

<LATINA> Hola, chicos, ¿cómo estáis?

Aquel nombre llamó su atención. Recordaba a una Latina, e instintivamente preguntó:

<SHANNA> Latina, ¿estuviste en la fiesta de Entre Nosotros?
<MAMBRÚ> Yo sí.
<LATINA> Sí. ¿Alguien habló con Fayna?

Contenta de conocer a alguien, Martina escribió:

<SHANNA> Yo también. Soy la amiga de Sielo Asul.

De nuevo rápidas conversaciones, hasta que leyó:

<BOMBÓN> Llevo días sin ver a Fayna. Estará de viaje.
<LATINA> Te recuerdo, Shanna. Encantada de verte por aquí.

Durante un rato, Martina intentó escribir deprisa para entrar en las conversaciones, pero le era imposible. Aquella gente tecleaba a una velocidad vertiginosa, y decidió simplemente leer. Era lo mejor.

<MAMBRÚ> ¿Dónde andará la loca de Fayna?

Martina leía y leía mensajes.

Sus ojos no daban abasto para leer la cantidad de cosas que se decían.

<LATINA> Shanna, ¿sigues ahí?
<BIRUZ> Nenas..., venid a míííííííííí.
<SHANNA> Sí, Latina.

<ISRA> Hola a todos.

<BIRUZ> Hey, Shanna, bonito nombre.

<BOMBÓN> Biruz..., ligónnnnnnnnnnnnnnnn, es amiga de Sielo Asul. Fue a la quedada de la fiesta de Entre Nosotros a la que no fuimos.

<PINOCHO> Me perdí esa quedada, ¡mierda!

La conversación comenzó a ser fluida y Martina cada vez se sentía más integrada y relajada con aquellos desconocidos, hasta que de pronto miró el reloj que tenía frente a ella y vio que era casi la una de la madrugada.

¿Qué?

Pero ¿cómo podía haber pasado tan rápido el tiempo?

Así pues, consciente de que al día siguiente tenía que trabajar, se despidió de ellos y prometió volver antes de desconectar. El tema le había resultado divertido.

Una vez que apagó el ordenador, sonrió y pensó en aquella gente, con la que había sido fácil hablar. Era extraño, pero le había resultado divertido comunicarse con ellos, y por primera vez entendió lo que su hermana, María o Carlos le decían. Chatear servía para desconectar y pasarlo bien.

Finalmente se levantó de la silla y, acompañada por *Johnny*, se dirigió a su habitación, donde, tras mirar como cada noche la foto en la que ella aparecía junto al que fue su novio, le lanzó un beso y cayó rendida sobre la cama.

Capítulo 8

Pasaron diez días en los que la joven comenzó a hacer buenas migas con aquel portátil. Como le había dicho Carlos, no era difícil. Sólo era cuestión de perderle el miedo a la informática y de un poco de experiencia.

Lo que días antes le parecía un horror reconocía que comenzaba a resultarle divertido e interesante. Eso de reír con María a través del ordenador y conocer gente nueva cada día la atraía más.

Una tarde, su hermana Julia por fin apareció en su casa y le habló de su nuevo trabajo en una compañía de seguros. Martina, como siempre, la escuchó sin rechistar, hasta que aquélla dijo:

—Creo que a ti el seguro de hogar «Vida y día» te vendría muy bien.

Al oírla, Martina sonrió. No pensaba caer en una trampa más de su hermana, e indicó:

—Ni lo sueñes. No quiero otro seguro.

Pero Julia la miró e insistió:

—Martinaaaaaaaaaaaa, mira, puedes asegurar desde la lámpara de la cocina hasta...

—¡Que no! —la cortó—. No voy a asegurar nada. Cada vez que tienes un nuevo trabajo intentas vendérmelo a mí, y no, guapa. Esta vez no.

—¡Tengo que hacer clientes!

—Me parece muy bien. Pero no pienses en mí.

—Jo, tataaaaaaaaa...

Al oír eso, la joven miró a su hermana. Sólo la llamaba «tata» en momentos puntuales, y, sonriendo, musitó:

—Aunque me llames así tampoco me vas a convencer.

—Joooooooo —volvió a protestar aquélla.

Martina suspiró; lo de su hermana era de escándalo.

—Pero vamos a ver... —preguntó—, ¿tengo que recordarte quién te compró doscientos mil productos cuando trabajaste para esa empresa de cosmética?

Julia suspiró y, antes de que dijera algo, su hermana prosiguió:

—Tengo productos de cosmética para el resto de mi vida. Ni en dos vidas podría gastar todo lo que me vendiste, y lo gracioso ¡es que yo no los necesito! No, Julia, no, esta vez no me vas a vender ningún seguro, ¿entendido?

Julia asintió, aquélla tenía razón, y preguntó:

—¿María querrá alguno?

—¡Lo dudo!

Tras unos segundos en silencio, Julia miró al perro, que dormitaba cerca de ellas, e insistió:

—Oye, ¿y no te interesaría hacerle un seguro a *Johnny*?

Oír eso hizo que Martina mirara a su hermana con gesto implacable mientras susurraba:

—¡Julia! Eres...

—Vale. Vale. Era una simple broma.

De pronto, al otro lado de la ventana comenzó a oírse un ruido estridente. Rápidamente ambas se asomaron y vieron que en la acera de enfrente varios coches de la Policía Nacional tenían acorralados contra la pared a unos hombres.

—¿Qué habrán hecho? —preguntó Julia.

—Seguro que nada bueno —respondió Martina.

Durante varios minutos observaron la escena, hasta que Julia protestó murmurando:

—No soporto su chulería.

Martina la miró y aquélla insistió:

—Ese poli, el de la derecha, mira cómo le habla al hombre. Lo intimida. ¿Tú lo ves normal?

Martina enseguida se fijó en aquéllos y, tras unos segundos en los que el agente tuvo que forcejear con aquél, replicó mirando a su hermana:

—Por Dios, Julia, pero ¿cómo quieres que le hable? ¿No has visto el cuchillo que le ha tenido que quitar a la fuerza y que llevaba escondido debajo de la chaqueta?

Julia resopló.

—Paso de los polis. No me gustan nada de nada —insistió.

—Pues que sepas que la policía está para ayudar y proteger —replicó Martina—, no para lo contrario.

—Sí tú lo dices...

—Pero, vamos a ver, ¿tú te imaginas encontrarte con ese tipo en la calle y sola?

Julia no contestó. Su hermana y sus miedos... Y, sin querer continuar con aquel tema o terminarían discutiendo, dio media vuelta y, señalando algo, comentó:

—Anda..., esto es nuevo, ¿no?

Al ver que señalaba el ordenador portátil, Martina asintió; cerró la ventana y, cuando iba a responder, su hermana indicó quejándose:

—O sea, ¿tienes dinero para comprarte un portátil y no para contratarme a mí un seguro?

Oír eso hizo que Martina la mirara de nuevo con cara de pocos amigos, pero sin querer hacer leña del árbol caído, repuso:

—No lo he comprado. Me lo han regalado.

Julia no la creyó y, mofándose, preguntó:

—¡¿Regalado?!

—Sí.

—¿Y quién te regala un pedazo de portátil como éste?

—Un amigo —respondió con tranquilidad.

Curiosa y perpleja, Julia sonrió y, achinando los ojos, insistió:

—¿Sales con alguien?

—No

—¿Te has echado un churri con pasta y te acuestas con él?

Oír eso no le gustó y, sin querer aclarar más de lo necesario, Martina indicó:

—Ni churri, ni novio, ni me acuesto. Simplemente, un amigo me lo regaló.

Julia volvió a mirar el ordenador; por lo que entendía ella de aparatitos, aquél era de los buenos.

—Pues a mí mis amigos no me regalan cosas así —insistió.

Martina la entendió. Realmente pocas personas recibían regalos como aquél, y, consciente de que no la creería, añadió:

—Mira, si te esperas un rato, mi amigo vendrá a buscarme y te lo presentaré. He quedado para cenar con él.

Julia la miró. Su hermana no solía salir con hombres tras lo que le pasó a su novio, y preguntó sorprendida:

—¿Va a venir a buscarte?

—Sí. Vente con nosotros a cenar —propuso.

Julia sonrió asombrada. Vaya, al final su hermana comenzaba a despertarse de su letargo. Genial. Era viernes y qué mejor que empezar el fin de semana saliendo de cena.

Pero su sonrisita a Martina no le gustó. Estaba claro que Julia pensaba lo que no era, y aclaró:

—Es sólo un amigo. Quiere contarme algo y vamos a salir a cenar. Fin del tema.

—Vaaaleeee, hermanitaaaaaaaaaa.

Ninguna dijo nada más, y Martina supo que no la había creído; entonces a su hermana de pronto le sonó algo en el bolso y, al verla sacar un teléfono móvil, la miró sorprendida.

—¿Desde cuándo tienes tú móvil? —preguntó cuando colgó la llamada.

Julia miró encantada aquel aparatito que tan de moda se estaba poniendo y, guardándolo de nuevo, respondió:

—Desde que lo regalaban en el súper por una compra superior a tres mil pesetas.

Martina asintió. Dudaba que tuviera para pagar las facturas, pero, recordando con quién la había oído hablar, señaló:

—Por lo que veo, sigues viviendo con Emma.

Julia no respondió. Sabía que a su hermana Emma no le caía nada bien por los problemas en los que solía meterse, y, encogiéndose de hombros, finalmente dijo:

—Yo no me meto en tu vida, por tanto, tú no te metas en la mía, ¿vale?

Martina fue ahora la que no respondió. No merecía la pena.

A las ocho y diez sonó el portero de la casa. *Johnny* ladró. Y tanto Julia como Martina se pusieron sus abrigos para salir.

—Pórtate bien —murmuró esta última dirigiéndose a su perro.

—Adiós, Mastodonte —se despidió Julia.

Una vez que salieron del ascensor en el portal, Martina se fijó en que en su buzón había correo, por lo que se dirigió a él y lo abrió.

Sacó varios papeles de él. Como siempre, había propaganda, también dos cartas del banco y una postal de una preciosa puesta de sol, sin remitente.

—¿De quién es la postal? —preguntó Julia.

Martina lo miró; de nuevo otra postal sin remitente.

—Ni idea —musitó extrañada.

Julia, al ver que había algo escrito, se la quitó rápidamente de las manos y, leyéndolo en voz alta, dijo:

—«Princesa, cada día cierro los ojos ante cosas que no quiero ver, pero no puedo cerrar mi corazón ante las cosas que tú, y sólo tú, me haces sentir».

Ambas se miraron sorprendidas, y Julia se mofó:

—Vayaaaaaa, hermanita, ¡levantas pasiones!

Rápidamente Martina le quitó la postal de las manos e indicó frunciendo el entrecejo:

—Esto no es para mí.

—Pues, chica... —replicó Julia sin moverse—, qué bonito y romántico es eso que hay escrito.

—Sí, muy bonito —afirmó Martina recordando la postal que tiempo atrás estaba también en su buzón. Y, leyéndola de nuevo, susurró—: La pena es que la pobre afortunada a la que va dirigido esto se va a quedar sin leerlo.

Julia volvió a reírse e insistió:

—¿Y si eres tú?

Martina se guardó la postal en el bolso.

—Anda ya —repuso—. ¡No digas tonterías! —Miró al exterior del portal y la apremió—: Vamos, creo que Carlos ya ha llegado.

Olvidándose de la postal, las dos hermanas salieron a la calle y cuando éste, que ya esperaba en el exterior, se acercó a ellas con una sonrisa, Julia cuchicheó:

—¡Qué monooooo!

—¡Cállate, Julia! —la regañó Martina.

Luego, una vez que aquél llegó a su altura, ella indicó con una sonrisa:

—Carlos, te presento a mi hermana Julia. Julia, él es Carlos.

El recién llegado la observó. Aquellas dos tenían cierto parecido físico, aunque para su gusto Martina era más guapa que su hermana.

—Hola, Julia —saludó—, encantado de conocerte.

—Lo mismo digo, Carlos.

Tras darse un par de besos en las mejillas, Martina comentó mirando a su amigo:

—Le estaba diciendo a Julia que se viniera a cenar con nosotros y...

—No puedo —la cortó aquélla—. He quedado con Emma.

Ambas hermanas se miraron con rivalidad.

—Otro día... quizá —cuchicheó Julia.

Y finalmente, obviando el gesto de Martina, le dio un beso y, tras guiñarle el ojo a Carlos, dio media vuelta y se marchó. Tenía prisa.

Una vez que se quedaron solos, él miró a Martina y preguntó:

—No te gusta esa tal Emma, ¿verdad?

—Nada de nada —afirmó ella con seguridad.

Carlos asintió y, tomando aire, susurró:

—Sin conoceros a tu hermana y a ti, ya presupongo que tú eres la juiciosa y ella la problemática; ¿me equivoco?

Martina sonrió y se encogió de hombros.

—Vas por buen camino —asintió—. En ocasiones ciertas compañías restan más que suman. Venga, vamos, que te invito a cenar.

Capítulo 9

Cogidos del brazo, los dos amigos caminaron por la calle Alcalá hasta llegar a un restaurante pequeñito, y Martina dijo sonriendo:

—Entremos. Es aquí.

El sitio era encantador y la comida casera y buenísima, pero a Martina le parecía que a Carlos le ocurría algo. La conversación entre ellos era floja, le faltaba la alegría que él solía tener, entre otras cosas, y mientras esperaban los postres, no pudo más y decidió preguntar:

—Carlos, ¿te ocurre algo?

Él la miró y contestó negando con la cabeza:

—No. ¿Por...?

Y Martina, que como María en ocasiones prefería ser sincera a ir dando rodeos, repuso:

—A ver, durante la cena te has levantado cuatro veces para hablar por teléfono y, cada vez que regresabas, tu cara era un poema. Vale. Si tengo que creer que no pasa nada, lo creeré, pero sé que no es así, y eso me tiene preocupada. ¿Qué ocurre? ¿Qué te pasa?

Carlos suspiró. Ocultar el problema era imposible; las mentiras tenían las patitas muy cortas.

—Cuando me llamaste para cenar me dijiste que tenías que comentarme algo importante —insistió ella—; ¿lo has hecho ya?

De nuevo, Carlos suspiró.

¿Por qué todo en la vida se le complicaba?

Y como necesitaba sincerarse respondió:

—Tienes razón. Pasa algo.

—Lo sabía.

—Mi pareja tiene celos de ti, de esta cena, y he tenido que tranquilizarla.

—¡¿Qué?!

Carlos sonrió. Martina no. Y él, al ver su gesto, añadió:

—Tranquila, ahora te cuento, aunque ese tema está controlado. —Y sin apartarle la mirada prosiguió—: pero, dejando eso a un lado, si te he llamado para quedar es porque necesito pedirte un favor.

Martina asintió, ya hablarían más tarde de los celos de su pareja, y soltó:

—Sea lo que sea, aquí me tienes. ¿Cuál es ese favor?

Carlos se rascó una ceja, después la otra, y, apurado, musitó:

—Creo que, antes de pedirte nada, debería comentarte algo, pero no sé por dónde empezar.

Martina sonrió y, recordando algo que su padre solía decir, repuso:

—Es fácil, Carlos. Comienza por el principio.

Él tomó aire. Miró hacia los lados y, al comprobar que nadie podía oírlos, se puso a hablar.

Le habló de su matrimonio con Almudena, la madre de sus dos hijas, con la que estuvo casado doce años, y finalizó diciendo que, tras un más que complicado proceso, actualmente estaba esperando la llegada de su sentencia de divorcio.

—Eso ya lo sabía. Me lo comentaste en mi casa.

Él asintió y luego, mirándola a los ojos, matizó:

—Lo que no te dije es que la causa de mi separación fue traumática para mi exmujer, porque yo me enamoré de otra persona.

Martina le tocó el rostro con cariño. Estaba claro que pasar por algo así no debía de ser fácil, pero, intentando entenderlo, indicó:

—Carlos, un divorcio, por muy amistoso que sea, nunca es fácil. Pero no sois ni las primeras ni las últimas personas que se separan por algo así.

Él suspiró. Cogió su vaso de agua, dio un trago y, cuando lo dejó de nuevo sobre la mesa, soltó:

—Me enamoré de un hombre, no de una mujer.

Al oír eso, Martina asintió con lentitud.

El amor entre personas del mismo género no estaba muy bien visto, era algo que sólo los valientes defendían y se atrevían a encarar, y, cogiéndole la mano, afirmó segura de lo que pensaba:

—El amor es amor. Da igual de quién te enamores.

A Carlos le gustó su respuesta, y afirmó:

—Sería estupendo que el resto del mundo pensara de ese modo. Pero por desgracia no es así.

Ambos asintieron, eran conscientes de la sociedad en la que vivían.

—El sueño de nuestra vida sería poder casarnos —susurró él entonces—. Pero... somos realistas.

Martina lo miró. Aquello que Carlos deseaba era complicado, difícil, pero, deseosa de darle una esperanza, musitó:

—Pensemos en positivo. El mundo tiene que avanzar.

—Eso siempre. —Él sonrió.

La relación de Carlos con el hombre al que amaba era algo que ninguno de los dos ocultaba a sus allegados, pero que llevaban con total discreción con el resto del mundo, precisamente para evitarse problemas.

—¿En qué te puedo ayudar? —le preguntó Martina.

Satisfecho por su comprensión y su aceptación con respecto a lo que le había contado, él asintió y, tomando aire, indicó:

—Almudena, mi exmujer, aún no me ha perdonado que me enamorara de un hombre, y cada vez que quiero ver a mis hijas es todo un numerito.

—Lo siento...

Carlos asintió; odiaba que sus hijas tuvieran que pasar por aquello.

—Mis pobres niñas no entienden nada. Son demasiado pequeñas para explicarles ciertas cosas del mundo de los mayores, y aunque sé que algún día se lo tendré que contar, también sé que todavía no es el momento. Ellas ven a mi pareja como a un amigo y nada más. Ya nos ocupamos nosotros de que vean eso. Y, bueno —le pidió—, el favor es que en alguna ocasión me acompañes y finjas que eres mi novia.

—¡¿Qué?!

Carlos suspiró. Entendía el gesto de aquélla, y aclaró:

—Si Almudena cree que el depravado de su exmarido ha vuelto a meterse en el armario en beneficio de las niñas, quizá no me lo ponga tan difícil para verlas.

Martina asintió.

Nunca le había gustado meterse en los problemas de las parejas, pero, consciente de que Carlos la necesitaba en algo tan importante como sus hijas, cuchicheó bromeando:

—Ahora entiendo el regalo del portátil.

Al oír eso, él abrió desmesuradamente los ojos y negó con la cabeza.

—No. No... No... Por favor, no pienses eso.

—Tranquilo...

—Te juro por lo que más quiero, que son mis niñas, que esto se me ocurrió anoche. Por eso te he llamado esta mañana para cenar contigo y proponértelo.

—Mi respuesta es sí.

Él, apurado por lo que aquélla pudiera pensar, insistió:

—Si te lo he pedido a ti y no a María es porque Almudena me conoce muy bien y, si me viera con ella, nunca creería que tenemos algo. Conoce mis preferencias y sabe que tú eres justamente el tipo de mujer que siempre me ha gustado.

Sorprendida, Martina parpadeó, y él aclaró:

—Rubita. Media melena. Culta. Elegante. Comedida al hablar. Nada que ver con nuestra maravillosa y loca María.

—Si María te oye decir eso..., ¡te mata!

Ambos rieron, y luego ella añadió:

—Bueno, aunque quizá te mate yo porque, según lo que has dicho, ella es la divertida y yo la aburrida... ¿Nos ves así?

Esta vez Carlos soltó una carcajada.

—Yo no te veo aburrida, ¿qué dices? Es sólo que si mis hijas regresan a casa diciendo que la novia de su padre dice cosas como «la cagaste, Burt Lancaster», «al loro, que es de oro», «dabuten» o «tronco, no me toques los pinreles», eso no me beneficiará en absoluto. En cambio, tú no dices esas cosas y por eso te elegí a ti. No por aburrida.

—Vale, vale. Te creo.

Ambos sonrieron por aquello, y Martina agregó:

—En cuanto a lo que le ocurre a tu mujer, creo que el hecho de que te dejen por otra es duro, pero que tu marido te abandone por un hombre... es como poco traumático.

—No ha sido fácil. Nada fácil.

De nuevo se miraban cuando ella afirmó:

—Yo creo en el amor, y si lo has encontrado junto a otro hombre, soy de las que piensan que has de luchar por él, le pese a quien le pese, porque en tu vida, en tu cuerpo y en tu corazón sólo mandas tú. Nadie que no seas tú ha de decidir a quién has de amar.

Oír eso a Carlos lo emocionó. En los tiempos que corrían no era fácil hablar de aquello tan abiertamente. No todos comprendían lo que Martina parecía comprender, y, recordando otras conversaciones, preguntó:

—¿Y tú cuándo te vas a dar una oportunidad en el amor?

La joven resopló.

—Ése no es el tema. El tema es...

—¿A qué le tienes tanto miedo? —insistió Carlos.

Martina lo miró y finalmente, encogiéndose de hombros, respondió:

—A volver a sufrir. No lo pasé bien cuando ocurrió lo de Miguel y..., bueno, así estoy muy bien.

—Pero con miedo no se puede vivir.

—Lo sé. —Y encogiéndose de hombros añadió—: Como dice María, mi felicidad comienza donde terminan mis miedos.

Según dijo eso, ambos se miraron, y Carlos, viendo la tristeza en sus ojos, cuchicheó para hacerla reír:

—La verdad es que el amor es un estado de idiotez agradable.

Ambos rieron, y Martina musitó:

—El amor es difícil..., complicado.

Carlos le cogió entonces la mano con cariño.

—Eres una chica preciosa y joven que ha de volver a confiar en el amor, y sé que tarde o temprano lo harás. Pero, recuerda, enamórate de quien te haga sentir que el amor es bonito, no complicado ni difícil.

Al oír eso, ella sonrió de nuevo.

—Lo recordaré.

Continuaron hablando de mil cosas, hasta que Martina dijo curiosa:

—¿Puedo preguntarte algo?

—Por supuesto.

Y, con una sonrisa pícara, añadió:

—¿Por qué tu pareja no está cenando con nosotros?

Carlos sonrió.

—Porque creo que no habría sido justo para ti que Luis y yo te...

—¿Luis? —lo cortó ella—. ¿El Luis que yo conozco?

—Sí.

—¿Freddy Krueger?

—El mismo —confirmó Carlos sonriendo.

Sin sorprenderse en exceso, Martina asintió. María tampoco le había comentado nada, y, sonriendo, musitó:

—¿Todas las veces que te has levantado de la mesa para hablar por teléfono era para hablar con Luis?

—¡Diez puntos para mi chica! —afirmó él.

Martina soltó una risotada. Aquello era como poco surrealista y, señalando su moderno teléfono Motorola StarTAC, lo apremió:

—Llámalo ahora mismo y dile que no tomaremos el postre hasta que llegue.

Carlos, emocionado, cogió su móvil y se levantó, pero antes de llamar miró a Martina y dijo tras darle un beso en la mejilla:

—Gracias, preciosa. Eres una tía fenómeno y, si algún día nos casamos, serás la madrina de mi boda.

Eso hizo que ambos rieran a carcajadas y ella, guiñándole el ojo, insistió:

—Venga, tonto, llámalo.

Sin moverse de su sitio observó como él hacía la llamada desde su teléfono. Carlos se merecía ser feliz, ¿qué más daba si estaba enamorado de un hombre o de una mujer?

* * *

Treinta y cinco minutos después, un sonriente Luis llegaba al restaurante y, tras mirar a Carlos, abrazó a Martina. Se sentó con ellos y, entre risas y buen rollo, se comió un postre.

Más tarde, decidieron ir a tomar algo y se dirigieron al Streess, un nuevo local de ambiente en Madrid. Nada más entrar, Luis y Carlos le presentaron a infinidad de personas que la saludaban con una bonita sonrisa. Hombres y mujeres que, dando igual a quién quisieran amar, estaban allí como ellos, simplemente porque querían disfrutar de un rato agradable y divertirse. Tan sólo eso.

Pasaron un par de horas de lo más agradables. Al final Luis resultó no ser tan introvertido, y, con Carlos, Martina se partía de la risa. Y cuando sonó por los altavoces del local la voz de Gloria Gaynor interpretando *I Will Survive*, todos los presentes, deseosos de libertad, comenzaron a bailar y a corear aquella canción tan increíble.

Y, al igual que Carlos, Luis y muchos de los presentes la llevaban a su terreno, Martina la llevaba al suyo. Ella estaba viva, no estaba muerta, como lo estaba su ex, y tenía que vivir.

Esa noche llegó a su casa a las tres de la madrugada con una sonrisa de oreja a oreja. Lo había pasado bien. Necesitaba pasarlo bien.

Capítulo 10

Cuando despertó el sábado por la mañana, lo primero que sus ojos enfocaron al abrirse fue la enorme cabezota de su perro *Johnny*, que la miraba implorando que lo bajara a la calle.

Agotada por la noche de fiesta que se había pegado, Martina extendió la mano y le tocó la cabeza.

—Dame unos minutos —murmuró—. Ahora te bajo.

Pero al mirar el reloj que tenía sobre la mesilla dio un brinco. ¡Eran las once y veinte de la mañana! ¡Pobre *Johnny*!

Como si le hubieran metido un petardo en el culo, Martina corrió por la casa. Entró en el baño, se lavó los dientes, la cara, y se recogió en una coleta rápida el cabello. Después corrió de nuevo a su habitación, donde se puso unos calcetines, un chándal y unas zapatillas de deporte.

¡*Johnny* tenía que salir a la calle con urgencia!

Cuando estuvo lista, corrió hacia la entrada, cogió la correa del animal y se la enganchó al collar. Luego se apresuró a recoger las llaves y también su monedero.

—Lo sé..., lo sé... —murmuró—, tienes que salir.

A toda prisa bajaron a la calle, donde, en el primer árbol que el perro encontró, se detuvo y se alivió. Martina sonrió y, con su perro, se encaminó hacia El Retiro. Daría un buen paseo con él, puesto que hacía un bonito día de sol.

Tras más de una hora caminando por el parque, durante la cual se encontró con varios amigos con sus mascotas, al regresar hacia su casa decidió parar en un quiosco. Compró el periódico, un par de revistas y, curiosa, observó las publicaciones que hablaban de internet. Finalmente, también compró una. Le iría bien para saber un poquito más.

De camino a casa vio un coche de la policía aparcado con los agentes dentro. Desde que había recibido aquellas postales de carácter romántico se sentía algo inquieta. Siempre había sido muy alarmista y, sin pensarlo, se acercó hasta ellos y, tocando en el cristal para llamar su atención, dijo:

—¿Podría hacerles una pregunta?

Sin dudarlo, los agentes salieron del coche y la saludaron con cortesía.

—Usted dirá, señorita —contestó uno de los dos.

—Bonito perro —comentó el otro sin tocar al animal, que, sentado, los observaba.

Martina sonrió y, mirándolos, explicó:

—Quizá esto que voy a contarles les parezca una tontería, pero yo estoy intranquila. He recibido unas postales sin remitente con mensajes de amor en el buzón de mi casa y..., bueno, no sé si eso es motivo suficiente para estar nerviosa o...

Los policías se miraron y sonrieron. Aquella muchacha era muy guapa y sin duda debía de levantar muchas pasiones.

—Señorita —repuso el más joven de los dos—, a mi modo de ver eso no debería quitarle el sueño.

En ese instante la emisora de la radio los alertaba de un apuñalamiento en una calle cercana. Al oír eso, Martina los miró avergonzada; lo suyo era una tontería. El más mayor de los policías, antes de meterse en el vehículo para atender el aviso, indicó:

—Jovencita, deje de romper corazones y relájese.

Al oír eso, ella no supo qué decir, y los policías, arrancando el coche, pusieron la sirena y se marcharon a toda pastilla.

—Vamos, *Johnny* —musitó avergonzada comenzando a andar.

Sin duda acababa de hacer el ridículo y, como decían su hermana y su amiga María, ¡era una alarmista!

Ya en casa, olvidando lo vivido y sin ninguna prisa, se sentó en la terraza con toda la prensa que había comprado. Primero leyó el periódico, donde le llamaron la atención varias noticias relacionadas con internet. La primera era la desaparición de una adolescente en el estado de Ohio tras quedar con un desconocido a través de la red, y después leyó la noticia del aumento de divorcios en España y en el mundo en general desde que internet había entrado en sus vidas.

Según contaba la noticia, el índice de parejas que rompían su relación por conocer a otras personas a través de la red subía como la espuma a unos límites alarmantes. Hombres y mujeres se enamoraban y vivían apasionantes historias de amor con personas que se encontraban a miles de kilómetros sin ni siquiera haberse visto ni tocado. «Cibernovios», los llamaban.

Leer eso hizo sonreír a Martina.

¿En serio la gente se podía enamorar de esa forma?

¿De verdad había personas que lo dejaban todo por algo que era poco más que humo para comenzar una nueva vida?

Durante un buen rato leyó interesada todos aquellos artículos relacionados con internet, hasta que el estómago le rugió y supo que era la hora de prepararse algo de comer.

* * *

A las cuatro de la tarde, mientras estaba tirada en el sofá a la espera de que comenzara cualquier película en la tele, decidió llamar a María.

Un timbrazo. Dos.

—*¿Digamelón?*

Al oír eso, Martina sonrió y saludó:

—¿Qué pasa, loca?

—¿Qué pasa, tronca? —contestó María, sonriendo también—. Oye, te iba a llamar..., ¿te apetece que nos piremos a la bolera?

Martina lo pensó. Pero, tras ver que llovía a mares y que sus ovarios le estaban avisando de algo, respondió:

—Pues va a ser que no. Me va a venir la regla esta tarde y no me apetece mucho.

María no insistió. Sabía lo mal que lo pasaba su amiga todos los meses con los dolores de regla, e indicó mirando por la ventana:

—Vale. Te salvas por eso y porque llueve y reconozco que me da pereza.

—OK, colega —se mofó Martina, que preguntó—: ¿No quedas con Marco hoy?

—No.

—¿Por qué? —La oyó reír y musitó—: No me digas que ya...

—No, hombre, no. —La cortó riendo—. No le he dado boleto todavía. Me gusta mucho. Pero está trabajando en la gasofa. ¡Alguien tiene que levantar el país!

Ambas rieron por aquello, y María añadió gustosa:

—Mañana he quedado con él para comernos un bocata en la plaza Mayor y pasar el día juntos.

Martina asintió; estaba claro que aquel tipo le gustaba mucho a su amiga.

—Por cierto —dijo aquélla—, he hablado con Carlos hace un rato y me ha dicho que anoche salisteis de juerga los tres.

Ese «tres»... y su manera de decirlo hicieron sonreír a Martina, que replicó:

—Anda que me dijiste algo...

Sin necesidad de preguntar a qué se refería, María la entendió. Hablaba de la relación de aquéllos, e indicó:

—Vivo y dejo vivir. La sexualidad es elección de cada uno y, bueno, eso era algo que Carlos y Luis debían contarte si ellos querían, no yo.

—Tienes toda la razón —afirmó Martina.

—Oye, ya que vamos a estar las dos en casita como dos abuelas Anacletas, ¿qué tal si te conectas dentro de un rato al chat y nos vemos por allí?

—¡¿Por la tarde?!

—Sí.

—Sabes que suelo hacerlo por las noches.

—Pues hoy lo harás por la tarde. Venga, va. He quedado en Chatmanía con Latina y compañía sobre las cinco, será divertido.

Martina lo pensó, realmente no tenía nada mejor que hacer, e indicó:

—Muy bien. Allí nos vemos.

—¡Genial!

Tras despedirse, ambas colgaron el teléfono, y de pronto *Johnny* comenzó a ladrar. Martina lo miró e, intentando tranquilizarlo, preguntó:

—¿Qué te pasa?

El animal ladraba y ladraba, cosa rara en él. *Johnny* sólo ladraba cuando llamaban al portero automático o a la puerta de entrada, y eso no había ocurrido.

Como una fiera, gruñía y ladraba mirando hacia la puerta del piso. Al ver aquello, a Martina se le encogió el corazón y murmuró:

—Que sepas que me estás asustando.

Sin saber por qué, cogió el mando del televisor a modo de garrote y caminó hacia la puerta de entrada. Una vez allí, y ante los insistentes ladridos de *Johnny*, se acercó a la puerta y con cierto resquemor acercó un ojo a la mirilla para echar un vistazo. Allí no había nadie. El descansillo estaba vacío, y, contemplando al animal, que había dejado de ladrar, dijo:

—Casi se me sale el corazón.

Al rato, miró el reloj. Eran las cuatro y diez, todavía era pronto para conectarse y hablar con sus amigos, pero, cogiendo el portátil, lo colocó frente a ella y, abriéndolo, lo puso en marcha.

Ya no necesitaba mirar los papeles de los primeros días. Ya sabía encenderlo y abrir el programa que quería con total facilidad. Sus amigos tenían razón: no era difícil, sólo era cuestión de práctica y poco más.

Durante un buen rato estuvo navegando y conociendo nuevas webs. El universo informático cada día crecía más, y, cogiendo la revista que había comprado, visitó páginas que mencionaban allí y se sorprendió de lo mucho que le gustaron.

Estaba abstraída cuando se dio cuenta de que casi eran las seis de la tarde. El tiempo en la red pasaba muy rápido. Por ello, dejó de navegar y buscó Chatmanía.

Una vez que entró en la sala donde sabía que estarían sus amigos, sonrió. A la izquierda, como siempre, vio nombres de personas conocidas como María, y, sin dudarlo, saludó:

<SHANNA> Holaaaaaaaaa.
<BOMBÓN> Hola, Shanna.
<CHUCKY> Holaaaa.
<BRAD PITT> Shannaaaaaaa.
<SIELO ASUL> Hombreeeeeee, troncaaaa, ya estabas tardando...
<LATINA> Hola...

Al leer aquello de parte de su amiga María, Martina sonrió y, cuando iba a responder, leyó:

<ERSORRO> Hola, Shanna, guapa. ¿Qué haces aquí a estas horas?

Aquél era Enrique, su compañero del colegio, con el que ya había coincidido alguna que otra vez.

<SHANNA> Sielo Asul, aquí estoy. Ersorro, hola, guapo.
<ERSORRO> ¡Guapa tú!
<BOMBÓN> Ehhh..., ¿qué pasa aquí?

Martina soltó una risotada, y a continuación leyó:

<BOMBÓN> ¿Alguien sabe algo de Fayna?
<ERSORRO> No.
<LATINA> Lleva días sin conectarse. Raro...
<CHUCKY> ¿Desde dónde os conectáis?
<LATINA> ¿Gas no está?

Martina sonrió. Gas era Marco, y rápidamente su amiga María respondió:

<SIELO ASUL> Está trabajando.

Durante horas, aquellos amigos virtuales y no virtuales charlaron, rieron y disfrutaron a través de las pantallas de sus respectivos ordenadores. Hablar entre ellos era fácil. Aquella comunidad de personas sin duda había atraído la atención de Martina, y más ahora, que, a pesar de que siempre entraba gente nueva en el chat, se daba cuenta de quiénes ligaban y de quiénes no se soportaban.

A las nueve y media de la noche decidió dejar el ordenador. Los dolores de regla comenzaban a martirizarla y, tras tomarse un calmante, se tumbó en el sofá con una mantita, dispuesta a ver una película.

* * *

El domingo, tras sacar a *Johnny* a dar su paseo mañanero de todos los días, decidió cultivar su faceta de cocinera. Por ello, lo primero que hizo fue coger de su torre el último CD de su cantante preferido, Alejandro Sanz. Se titulaba *Más* y, colocándolo en el equipo de música, le dio al *play* y, encantada, comenzó a cantar.

Caminó gustosa hacia la cocina mientras canturreaba a su manera y con una voz horrorosa el tema *¿Y si fuera ella?*, y de pronto sintió cómo el corazón se le encogía a causa de los recuerdos al tararear la letra.

Una vez en la cocina, coció unos huevos. Había decidido hacer unos huevos rellenos como su madre le había enseñado, una receta fácil de preparar y que le gustaba mucho.

Horas después, tras comer y saberle los huevos rellenos a rechupete, se tiró en el sofá, momento en que el teléfono comenzó a sonar.

—Hola, Martina, soy Marco —oyó al contestar.

—Hola, Marco —saludó sorprendida.

—¿Está María contigo?

—No.

Luego oyó el resoplido de aquél y preguntó:

—¿Ocurre algo?

—Pues ocurre que hemos quedado hace más de dos horas en la puerta de su casa y ni rastro de ella.

Aquello extrañó a Martina. El día anterior ella misma le había dicho que había quedado con él, y preguntó:

—¿La has llamado al móvil?

—Sí —afirmó él—, pero por más que la llamo no me lo coge.

—Pues no sé qué decirte —musitó extrañada.

Algo molesto, Marco tomó aire y, caminando hacia su moto para regresar a su casa, repuso:

—No te preocupes, Martina. Ya llamará cuando quiera.

En cuanto se despidieron, Martina llamó a su amiga desde su casa, pero nada, tampoco se lo cogió. Y, tumbándose en el sofá, encendió el televisor y, sin darse cuenta, se quedó dormida.

Capítulo 11

El lunes llegó y, con él, vuelta a dar clases en el colegio, donde los niños, dependiendo de los días, estaban más o menos alterados, y aquél era uno de esos días en los que estaban repletos de energía.

Durante la pausa de la comida, Martina decidió aprovechar esas dos horas para ir a un centro comercial a hacer unas compras. A la salida se encontró con Enrique, que, al verla y saber adónde iba, se apuntó y se marcharon juntos.

Comieron unas hamburguesas mientras él disfrutaba de cada segundo que pasaba junto a la joven como algo único y especial. Muy especial.

* * *

El martes, tras otro nuevo día laborioso, cuando Martina salió del colegio y llegó hasta el descampado donde ella y todo el mundo dejaban sus vehículos, maldijo: le habían roto el espejo retrovisor derecho del coche.

Esa noche, cuando quedó con María en el restaurante donde solían verse y donde se ponían moradas a patatas fritas, calamares, croquetas y pimientos rellenos de bacalao, entre otras cosas, María cuchicheó mirando a su amiga:

—He discutido con el colega.

—¿Qué colega?

—¡Marco!

Martina asintió y se mofó:

—Pero, Sielito Asul, ¿qué dices?

María asintió, y añadió:

—Anoche, cuando llegué de trabajar, estaba sentado en mi portal con ganas de discutir, ¡y discutimos! Y, mira, a mí esto no me mola. Si alguien me agobia ya sabes lo que hago: le doy un besito en la frente y lo mando con su puñetera madre a su casa.

—María, ¡no seas así!

La joven sonrió e iba a contestar cuando el camarero, que ya las conocía, se acercó a ellas y dijo dejando algo sobre la mesa:

—Racioncita de chorizo del bueno para mis chicas.

Al oírlo, ambas rieron, y Martina musitó:

—Gracias, Gregorio.

—¡Eres el mejor! —afirmó María y, divertida, añadió mirando al hombre—: Como diría mi abuela, el chorizo no es dañino si se cuece en vino fino.

Una vez que aquél se marchó sonriendo por las ocurrencias de la joven, ésta estaba a punto de coger un trozo de chorizo cuando Martina insistió, retomando la conversación:

—Marco me llamó por teléfono el domingo preocupado por ti.

—Me parece muy bien. ¡Pero que no me agobie!

—Maríaaaaaaaa.

Ambas se miraron. Y la aludida, sabiendo que no tenía razón, finalmente musitó:

—Mi madre me llamó. Ya sabes cómo está mi abuela y bueno...

—¿Y por qué no lo avisaste?

—Lo llamé, pero no me lo cogió. Y luego llegó mi tía Lucía, nos pusimos a cotorrear, y cuando me di cuenta ya era muy tarde. Y la verdad, nunca pensé que estaría esperándome en la puerta de mi casa. Pero ¡vale!, me equivoqué.

—Pues sí, ¡te equivocaste!

María sonrió y cuchicheó:

—Es la primera vez que un guaperas me cuida así. No estoy acostumbrada a la forma de ser de Marco y...

—Pues, querida amiga —la cortó—, si te gusta el guaperas y quieres algo con él, ya puedes cambiar o creo que por primera vez en tu vida el besito te lo van a dar a ti en la frente y te van a mandar con tu puñetera madre.

Según dijo eso, María parpadeó y preguntó:

—Pero ¿tú de qué vas, Bitter Kas?

Martina soltó una risotada al oírla.

—No, guapa..., ¿de qué vas tú?

Ambas rieron por aquello, y Martina comentó mirando a su amiga:

—A ver, Marco te gusta mucho y, lo mejor, parece ser una excelente persona. Por tanto, piensa qué es lo que quieres, para que ni sufra él ni sufras tú.

María asintió. Su amiga tenía razón y, cuando iba a hablar, Martina se le volvió a adelantar.

—Nos conocemos desde hace años y sé muy bien cuándo alguien te interesa y cuándo no. Y éste ¡te interesa! Sólo hay que ver cómo lo miras para saber que Marco te gusta mucho, ¡no me mientas!

María sonrió; su amiga tenía razón y, parpadeando, musitó:

—¡Me encanta!

—Lo sabía.

—Y si hubieras visto lo sexy que está cuando se enfada..., ¡madre mía!

—¡Maríaaaaaaaaaa!

Ambas rieron divertidas, hasta que la aludida indicó:

—En el fondo creo que estoy acojonada. Es todo tan perfecto con él que a veces ¡no me lo creo! ¿Y si he encontrado al amor de mi vida?

Emocionada por oír eso, Martina asintió. Ella también había creído encontrar al amor de su vida en una ocasión. Un amor que la hizo feliz, muy feliz, pero que el destino, trágicamente, se lo arrebató.

—Si crees que lo has encontrado —murmuró—, mi consejo es que no seas tonta y aproveches el tiempo porque nada es para siempre.

—Martinaaa —susurró su amiga al entenderla.

Habían pasado los años, pero la tristeza se instalaba de una manera brutal en los ojos de su amiga al recordarlo.

—Si realmente crees que es la persona que te complementa, deja que te ame y te quiera. No desperdicies el tiempo con bobadas y enfados tontos porque el tiempo pasa y luego no quiero que un día te preguntes: «¿Por qué perdía el tiempo con discusiones absurdas?». Lo que estás viviendo con Marco es algo único y maravilloso que ha de disfrutarse y aprovecharse al mil por mil, ¿entendido?

María asintió. La había entendido perfectamente.

Si alguien había vivido un bonito amor en el pasado que aún la tenía enganchada, ésa era su amiga Martina, que por miedo no se daba otra oportunidad.

Capítulo 12

Mientras Martina y María disfrutaban de la cena y de su mutua compañía, Julia se dirigió a casa de su hermana. Llamó al portero automático. Esperó, pero nadie abrió la puerta, por lo que, sin dudarlo, abrió su bolso, sacó la llave que Martina tiempo atrás le había dado y la utilizó.

Una vez que llegó al descansillo del piso, volvió a llamar a la puerta. No quería entrar en la casa de su hermana y sorprenderla con alguien. Pero, al ver que seguían sin contestar, abrió la puerta y, al encontrarse con el enorme perro, entró sonriendo y saludó:

—Hola, Mastodonte —y acto seguido dijo levantando la voz—: Martina, ¿estás ahí?

Nadie respondió y Julia, seguida por *Johnny*, entró en el comedor, dejó su bolso sobre la mesa y, agachándose, acarició a aquel perrete tan encantador.

Tras el momento de mimoteo, fue directa a la cocina. Allí abrió la nevera, cogió una Coca-Cola, sacó una fiambrera con queso y jamón dulce, la mantequilla y, tras buscar el pan de molde, se hizo un par de sándwiches, uno para ella y otro para el perro.

En cuanto acabó de preparar los bocadillos y cogió una bolsa de cortezas, se encaminó hacia el comedor seguida por un encantado *Johnny*, que sabía que iba a comer. Allí, se tiró en el sofá y, cuando el perro le dio la pata sin pedírsela, ella sonrió y, abriendo la bolsa de las cortezas de cerdo, se mofó:

—Lo tuyo ya es enfermedad... ¿Cómo te pueden gustar tanto?

Cenó gustosa junto al animal y, al terminar, encendió el televisor. Vio que en todos los canales había un debate sobre la nación, algo que la aburría soberanamente, y tras buscar qué hacer, vio el portátil nuevo de su hermana y pensó: «¿Por qué no utilizarlo?». Seguro que a Martina no le importaría.

A diferencia de ella, Julia se manejaba muy bien por internet. Era especialista en tener citas sorpresa, le encantaban. Como le encantaba disfrutar del sexo sin compromiso.

Tras encender el portátil, éste le pidió ciertas contraseñas que no sabía, pero al ver unos papeles, los cogió y sonrió. Allí Martina tenía apuntado todo lo que el ordenador le pedía.

—Vaya, Martina... ¡Chatmanía!

Rio al ver lo que su hermana tenía anotado y, sin dudarlo, entró en el chat para cotillear con el nombre que ella solía utilizar, que era Sheryl.

Una vez dentro, miró a la derecha para ver los nombres de las personas conectadas y, sin conocer a nadie, saludó y comenzó a hablar. Ella ya sabía de qué iba aquello.

Cuando llevaba unos veinte minutos vio que se abría una ventana. Al parecer, alguien quería hablar en privado con ella. Era un tal Dage y, sin dudarlo, Julia lo aceptó.

<DAGE> Hola, Sheryl, ¿o debería llamarte Shanna?...

Al leer eso, la joven frunció el ceño. ¿Cómo podía saber ese dato? Y, tecleando, preguntó:

<SHERYL> ¿A qué te refieres?

Él, un tipo que apenas hablaba en el chat pero que llevaba tiempo observando, respondió sin aclarar que era *hacker*:

<DAGE> No te diré cómo, pero sé que sueles entrar como Shanna.
<SHERYL> Ésa es mi hermana. Hoy he cogido su ordenador.

Al oír eso, Dage maldijo. Aquélla no le interesaba. Pensó en cortar la comunicación, pero, tras meditarlo unos segundos, vio otra posibilidad a través de ella y, sonriendo, escribió:

<DAGE> Entonces, encantado de conocerte, Sheryl.
<SHERYL> Es mi primera vez en este chat.
<DAGE> ¿Y qué te gusta?
<SHERYL> ¿A qué te refieres?
<DAGE> ¿Qué te gusta hacer en la vida?
<SHERYL> Vivir.
<DAGE> Eso está bien.
<SHERYL> ¿De dónde eres?
<DAGE> Madrid.
<SHERYL> Anda, yo también.
<DAGE> Entonces ¿podemos tomar algo juntos?
<SHERYL> Puede...
<DAGE> Ese «puede» no me resulta muy convincente, bombón. Pero cuando siento que algo merece la pena, soy insistente hasta conseguir mi propósito.

Julia sonrió, ese tipo de respuesta le gustaba, y sin cortarse contestó:

<SHERYL> ¿Y qué harás para convencerme?
<DAGE> Demostrarte que soy de fiar.

Julia rio de nuevo. Que la llamaran Bombón era algo nuevo para ella. No estaba acostumbrada a esa clase de cortejo e, intentando hacerse la interesante, respondió:

<SHERYL> Lo siento, pero de momento no.
<DAGE> Esperaré. Las cosas buenas se hacen esperar.

Acto seguido, la ventana privada que aquel extraño había abierto se cerró. Julia sintió una punzada de decepción y, aunque continuó hablando con la gente que estaba en el chat, deseó volver a encontrarse con aquél. ¿Quién sería el tal Dage?

Pasado un rato, se percató de que *Johnny* se levantaba y miraba hacia la puerta. Sin duda, Martina regresaba, por lo que, apagando el portátil a toda velocidad, lo dejó donde estaba y se sentó en el suelo con el animal, delante del televisor.

Segundos después, Martina entró en su casa, y Julia gritó para que no se asustara:

—¡Estoy en el salón!

Martina entró con correo en la mano que había cogido del buzón, miró a su hermana y preguntó sonriendo:

—Vaya sorpresa; ¿a qué debo este honor?

Con cariño, Martina le dio un beso en la cabeza a *Johnny*, que exigía su mimo, y Julia respondió levantándose del suelo:

—Pensaba dormir contigo y hacerte compañía. ¿Dónde estabas?

—Cenando con María. Si me hubieras avisado, podrías haber venido con nosotras.

Distraídamente, dejó el bolso sobre la mesa y comenzó a abrir las cartas que había cogido del buzón; entonces preguntó:

—Julia, ¿has cenado?

—Sí. El Mastodonte y yo ya hemos cenado.

Eso hizo sonreír a Martina, que musitó:

—Seguro que *Johnny* no ha comido cortezas... —Ambas rieron, y luego ella preguntó—: ¿Y qué ves en la tele?

Julia se encogió de hombros y contestó mirando la pantalla:

—Nada interesante. Pensé que pondrían alguna película, pero hay un debate sobre la nación. Un rollo.

—Y que lo digas.

Tras abrir una carta del banco, Martina se quedó mirando la postal que sostenía en las manos.

—Otra vez me han vuelto a echar una postal que no es mía —murmuró.

—A ver...

—Y sin remitente de nuevo —añadió confusa.

—¿Qué pone esta vez?

Martina, viendo la expectativa de su hermana, leyó:

—«Todas las noches veo tu imagen en mi mente. Hago el amor

contigo y puedo oler el perfume irresistible de tu cuerpo. Pero cada amanecer, al despertar, tú no estás a mi lado y me siento perdido y desconcertado».

—Uauuuuuuuuuuuuuuuuu...

Rápidamente Julia le quitó la postal de las manos y musitó abriendo mucho los ojos:

—Desde luego, quien lo escribe se ha superado. Pero qué cosas tan bonitas dice. Debe de estar muy colgado por esa chica.

Martina asintió. Como le habían dicho los policías, aquello no debía quitarle el sueño, pero, sintiendo un extraño escalofrío, cuchicheó:

—La verdad, a través de sus palabras percibo un poco su desesperación.

Julia leyó de nuevo la postal.

—¿Estás segura de que no las han escrito para ti? —preguntó al cabo.

Martina la miró y ella, sacando su vena cómica, añadió exagerando sus gestos:

—Quizá tengas un amor en la sombra que arde en deseos de besar y tocar tu cuerpo serrano.

Martina cogió un cojín del sofá y se lo tiró a la cara.

—¡Anda ya! —soltó muerta de risa.

Sin embargo, de inmediato se puso seria.

—No creas que me hacen gracia estas cosas.

Y, quitándole a su hermana la postal de las manos, se dirigió hacia el aparador, abrió un cajón y la metió allí junto a las demás.

—No creo que amar de la manera que ama quien ha escrito estas postales sea bueno ni saludable.

—¿Por qué?

—Pues porque intuyo que esa persona no es correspondida y sufre.

—O esa persona es tremendamente romántica y necesita expresarse así —indicó Julia.

—A saber —murmuró Martina. Y, sin ganas de seguir hablando de aquello, sus ojos volaron hacia su ordenador y, al ver los cables del mismo enredados, preguntó—: ¿Has utilizado el portátil?

—No.

Martina miró sorprendida a su perro, que la observaba.

—*Johnny*, ¿cuántas veces tengo que decirte que no uses el ordenador?

Ambas rieron, y luego Martina preguntó:

—¿Por qué mientes?

—No sé...

—¿Acaso crees que me importa que lo utilices?

Julia asintió. Se sentía ridícula por la mentira que había dicho y, suspirando, murmuró:

—He entrado un rato en internet. He charlado con unos amigos y poco más.

Le ocultó, sin embargo, que había entrado en Chatmanía; no quería que su hermana pensara que la espiaba entrando en los mismos sitios que ella. Sin embargo, Martina se encogió de hombros, miró el reloj y, viendo que no era excesivamente tarde, dijo:

—Hablando de amigos, voy a entrar en mi grupo a ver si hay alguno de los míos. ¿Te importa, Julia?

—No me importa —repuso ella—. Es más, bajaré a *Johnny* a que haga su pis de antes de dormir.

—Espera, lo bajaremos las dos y así no vas sola.

Al oír eso, Julia sonrió.

—Tranquila, hermanita... Puedo ir sola. No soy tan cagona como tú.

—¡Que te den!

Julia rio y, como si no hubiera cotilleado por dónde andaba su hermana, preguntó:

—¿En qué sitios entras?

—Chatmanía..., ¿lo conoces?

Ella se encogió de hombros y, mintiendo de nuevo, respondió:

—De oídas.

Martina encendió el portátil y entró en el chat.

Allí estaban los de siempre y otros nuevos, y sus ojos se dirigieron de inmediato al nombre de Pinocho. Como de costumbre, hablaron de todo. Las conversaciones eran rápidas, aceleradas, y ella, divertida e ignorando a su hermana, rio mientras hablaba con aquéllos y tecleaba.

<BIRUZ> Pues tendrás que ir al programa «Lo que necesitas es amor».

<REMO> Ja, ja, ja, ja.

<QUIKE> Biruz, macho..., no seas tan duro.

<LATINA> Los machitos... ¡son los peores!

<FREDDY KRUEGER> El amor está en el aire...

<BOMBÓN> Biruz, en privado no me dices eso.

<SHANNA> ¡Muy bien, Bombón! Dale fuerte.

<PINOCHO> Biruz..., te van a caer por todos lados.

<BIRUZ> Tranquilo, las nenas me adoran.

<BOMBÓN> ¡Imbécil!

<REMO> Todas son iguales. Unas guarras.

<BRAD PITT> ¡Eh, Remo!

<PINOCHO> Remo, ¡no te pases!

<ERSORRO> Hola a todos.

<REMO> Mejor me callo

<BIRUZ> Para insultar, mejor cállate.

<SHANNA> Sí..., cállate.

<BOMBÓN> Remo..., vete de paseo con Biruz

<LATINA> Remo, ¡que te den!

<FREDDY KRUEGER> Paz..., no guerra.

<SHANNA> Hola, Ersorro.

<LATINA> Bombón..., pasa de Biruz.

<PINOCHO> Hola, Ersorro.

<BOMBÓN> Por suerte, paso de él y de Remo. Por cierto, Fayna está comenzando a preocuparme.

<ERSORRO> ¿Y de Ágata sabéis algo?

<FREDDY KRUEGER> Ágata me dijo que se iba de viaje.

<BIRUZ> Es raro lo de Fayna.

<SHANNA> ¿Qué le ocurre a Fayna?

<BRAD PITT> Lleva demasiados días sin conectarse.

<LATINA> Y la llamo por teléfono y no me lo coge.

Al cabo de unos instantes, en el ordenador de Martina se abrió una ventana privada. Era Pinocho, y leyó:

<PINOCHO> Hola, Shanna.
<SHANNA> Hola, ¿pasa algo?
<PINOCHO> ¿Podríamos conocernos más?
<SHANNA> ¿Para qué?
<PINOCHO> Me gusta leer lo que escribes.
<SHANNA> ¡Qué bien!
<PINOCHO> ¿Te apetece quedar y conocernos en persona?
<SHANNA> Oye, mejor volvamos con el grupo.
<PINOCHO> ¿Por qué?

Dispuesta a quitárselo de encima, Martina mintió:

<SHANNA> Porque si estoy hablando contigo se me cuelga el ordenador.

Según dijo eso, cerró el privado y volvió a la pantalla principal.

<BRAD PITT> Vaya imbécil, el tío.
<LATINA> Si es que hay cada uno ¡que para qué!
<FREDDY KRUEGER> Pasad de él.
<SHANNA> ¿Qué ha ocurrido?
<BIRUZ> Bombón..., ¿por qué me cierras los privados?
<ERSORRO> El Remo ese..., que se ha pasado
<BOMBÓN> No me mandes más privados.
<MURPHY> Chicas..., ya estoy aquí. ¿Alguna quiere algo fuerte?
<PINOCHO> Shanna..., sigo aquí.
<SHANNA> Me alegro.
<BIRUZ> Bombón, no seas así.
<LATINA> Shanna..., ¡has ligado!
<BOMBÓN> Paso de ti, Biruz.
<BRAD PITT> Shanna, no seas mala con Pinocho.

Martina sonrió divertida. Había evitado hablarle por privado al tal Pinocho. No quería nada personal ni con él ni con ninguno, pero, sin saber por qué, a partir de ese instante se fijó en lo que él decía. Parecía un tipo culto y educado y, lo mejor, no volvió a molestarla.

A la una de la madrugada, se despidió de quienes estaban todavía en el chat y apagó el ordenador. Al mirar, vio a su hermana dormida en el sofá. Con una sonrisa, se levantó, fue hasta una cesta que tenía bajo la ventana, la abrió, sacó una manta y se la echó a Julia por encima.

Cuando su hermana dormía, el gesto se le dulcificaba. Volvía a ser la niña que siempre fue y no la mujer complicada que no hacía más que meterse en líos. Se dirigió hacia el pasillo y se detuvo frente al aparador. Abrió el cajón donde había metido las postales recibidas por error y volvió a leerlas. Sin duda, el remitente sufría por amor. Y no había nada peor que eso. Ella lo sabía muy bien.

Capítulo 13

Los siguientes días, Martina estuvo muy ocupada por distintos temas del colegio.

Durante sus jornadas se limitaba a trabajar en la escuela y después regresaba a su piso junto a su perro, daba un paseo por El Retiro con él, volvía a casa, hacía las cosas propias de un hogar, preparaba la cena y, a veces, salía a cenar algo con su amiga María o hablaba con los amigos del chat. En especial, con el tal Pinocho. Con él lo pasaba bien. Sin duda, aquellas divertidas conversaciones que se extendían hasta la madrugada se habían vuelto una necesidad. Era su ratito de relax.

Uno de aquellos días, tras hablar a mediodía con Carlos por teléfono, cuando terminó las clases quedó con él y con Luis para ir de compras. Y, cómo no, acabó comprando lo que no esperaba, pues Carlos y Luis la convencieron de que necesitaba renovar su vestuario.

Durante su tarde de compras con aquéllos, Martina rio y disfrutó. Estar con ellos era divertido, a pesar de lo sinceros que eran cuando se probaba algo que no les gustaba. No se andaban con tonterías. No se andaban con rodeos. No decían un simple «no está mal». Ellos directamente soltaban «estás horrible» o «quítate eso, que me estás destrozando la retina de los ojos». Pero cuando algo les gustaba, la alababan hasta la saciedad y soltaban la coletilla «estás divina de la muerte».

Tras una increíble tarde de compras por tiendas que ella no habría visitado si no hubiera sido animada por aquéllos, terminó con dos enormes bolsas de ropa y con la cuenta del banco temblando. Pero no le importó. Se lo merecía. Sabía que así era.

Agotados y divertidos, los tres entraron en un local de Chueca para tomar algo. Llamaron a María para que se reuniera con ellos, pero ella, entre susurros, les comentó que estaba con Marco en su casa y que por nada del mundo iban a vestirse para quedar con ellos. Eso les hizo gracia. El romance entre Marco y María iba viento en popa o, como decía la propia interesada, sin frenos y a toda velocidad.

Tras la conversación con María, los tres hablaron de infinidad de cosas mientras por los altavoces del local sonaba la voz de Meredith Brooks cantando *Bitch*.

Hablaron del tonteo que había comenzado en la red entre de Biruz y Bombón y que ya era más que eso tras haberse conocido en persona, y terminaron hablando de Ágata y de Fayna y de lo extraño de su falta de noticias. Estaban comentando eso cuando Carlos preguntó, dirigiéndose a Martina:

—¿Y qué te traes tú con Pinocho?

Al oír eso, ella soltó una risotada.

—Yo no me traigo nada —murmuró.

Luis y Carlos se miraron y el primero insistió:

—Pues no sé por qué yo percibo que entre vosotros hay un poco de tonteo.

Molesta en cierto modo al oír eso, que tenía algo de verdad, Martina insistió:

—Te equivocas. No lo hay.

Carlos, al ver a Martina tan seria, cuchicheó:

—Déjame decirte que es un caramelito y deberías conocerlo. ¿Quieres saber su nombre real?

Ella sonrió y, dando un trago a su bebida, musitó:

—No, gracias. Estoy muy bien como estoy sin saber y sin conocerlo.

—Pues viene para acá —tosió Luis como si nada.

Al oír eso, Martina parpadeó y, cuando iba a protestar, Carlos insistió:

—Vale. ¡Puedes llamarnos «celestinos»!

Incómoda por saber aquello, la joven se tensó y gruñó:

—Pero ¿vosotros de qué vais?

Carlos y Luis sonrieron; habían planeado aquel encuentro sin que ninguno de los dos protagonistas lo supiera.

—Vale —susurró entonces el primero—. Alguien tenía que hacer algo y...

—¡Me voy! —dijo Martina levantándose.

—Él tampoco sabe que tú estás aquí. ¡Será una sorpresa!

Sin poder creérselo y horrorizada al saber aquello, gruñó:

—Pero ¿os habéis vuelto locos?

Luis la agarró entonces del brazo e hizo que se sentara.

—¿Tan cerrada estás al amor? —le preguntó.

Agobiada por saber que el tal Pinocho aparecería de un momento a otro por allí, a Martina le entró calor. Una parte de ella deseaba conocerlo, pero otra parte no, por lo que resopló. Ella siempre había sido una enamorada del amor, hasta que la vida se la jugó; suspiró y afirmó mientras escuchaba cómo sonaba la canción *Don't Speak* de No Doubt:

—Entre nosotros, la puerta de mi corazón está cerrada. Estoy muy bien así y no tengo la menor intención de conocer a nadie.

Luis resopló al oírla y, bajando la voz, musitó:

—Pues muy mal.

—¿Muy mal?

—Sí. Muy mal —afirmó él con seguridad.

Ese comentario hizo sonreír con frialdad a Martina, que preguntó:

—¿Y por qué crees eso?

Los dos hombres se miraron con complicidad y fue Carlos el que respondió:

—Porque, vale, lo que te ocurrió con tu ex fue una putada de la vida, pero, como ya te he dicho en otras ocasiones, eres joven, guapa, divina, y creemos que ya es hora de que olvides tus miedos a todo, vuelvas a darte otra oportunidad y abras esa puertecita cerrada de tu corazón.

Al oír eso, el gesto de Martina cambió. Recordar esa parte de su pasado siempre la hacía contraerse porque, pasara el tiempo que pasase, seguía doliendo. Por ello, pero sin querer dar más explicaciones, indicó:

—Eso que vosotros llamáis «oportunidad» surge, no se provoca. Y vosotros estáis provocando algo con ese tal Pinocho, al que no me he planteado conocer. Y... y, por cierto, menudo nombrecito se ha puesto el amigo, ¡como para fiarse de él!

—Yo soy Freddy Krueger —se mofó Luis.

Martina suspiró y, cuando iba a hablar, Carlos insistió:

—Mira, guapa, las oportunidades claro que surgen, pero en tu caso es imposible. Vas de casa al trabajo y viceversa. Y cuando alguna noche hemos salido, eres arisca y miras a los hombres con una cara de ajo podrido ¡que echa para atrás!

Al oír eso, Martina soltó una risotada. Sabía que tenían razón. Se había creado una coraza impresionante a su alrededor en lo que a hombres se refería. No le interesaba ninguno. No quería volver a sufrir por amor, e insistió:

—Vale. No niego lo que dices, pero...

—¿Pretendes quedarte sola el resto de tu vida? —quiso saber Carlos.

—Posiblemente.

Ellos se miraron sin dar crédito y luego Carlos preguntó con gracia:

—¿En serio vas a permitir que las tetas se te caigan, las orejas te crezcan y el culo se te llene de hoyuelos sin volver a tener sexo ni disfrutar de la vida?

—Sí —volvió a asentir ella convencida.

Todo aquello no era algo que le preocupara, pero Luis musitó:

—No te puedo creer.

—Pues créeme.

—Uis... Tú tienes algún caramelito oculto del que no hablas...

Eso le hizo gracia y, sin saber por qué, se acordó de las postales que había recibido en su casa. Pensó en comentarlo, pero finalmente lo omitió y respondió:

—Mi vida es tranquila. Estoy bien así. ¿Tan difícil es de entender?

De nuevo los hombres se miraron, y Carlos insistió:

—Por Dios, chica. Eres joven, guapa, lista... ¿Por qué te niegas a...?

—Carlos —lo cortó—, no quiero caramelitos en mi vida. Simplemente estoy bien así. Sólo eso.

Y, dicho esto, Martina se miró el reloj y dio la conversación por finalizada. Así pues, despidiéndose de ellos con prisa, se marchó sin escuchar sus quejas. No pensaba provocar nada que no quisiera y menos aún con un desconocido.

Una vez que ella salió del local, Luis se dirigió a su chico y murmuró:

—Como dijo María, es dura de roer.

Carlos asintió, aquello estaba claro, pero tomando la mano de Luis, le besó los nudillos con mimo y afirmó:

—Pues sí. Pero ya me conoces, cariño: yo soy muy cabezón y no pararé hasta que Martina y ese caramelito se conozcan. Y ahora, por favor, no le digas ni una palabra a él cuando llegue. Esto ha de sorprenderlos a los dos.

Luis sonrió y Carlos le guiñó un ojo con su natural complicidad.

* * *

Un buen rato después, nada más llegar a su casa, Martina saludó a *Johnny*, dejó con prisas las bolsas de sus compras sobre el sofá y, tras coger la correa del animal, que estaba colgada en la entrada, se la puso y volvió a salir a la calle. Era el momento de su perro.

Durante el paseo pensó en la encerrona que le habían preparado Carlos y Luis. Reconocía que cada noche que entraba en el chat y hablaba con sus amigos era consciente del buen rollito que tenía con el tal Pinocho, «el caramelito», según Carlos. Era entrar él en la sala y a ella como que se le aceleraba el corazón. Pero ¿por qué? ¿Por qué le ocurría eso si no buscaba nada? Y, sobre todo, ¿tan evidente era para los demás?

Aquel tipo era alguien virtual. Nada importante o real como lo que tenían Bombón y Biruz, que ya se conocían. Lo suyo era una simple atracción tonta, y no había que darle mayor importancia. Se negaba.

Una hora después, cuando regresó a su casa, tras darle a *Johnny* su premio y ver que tenía agua fresca en el cazo, encendió la radio de su equipo de música y comenzó a sonar *Torn*, de Natalie Imbruglia.

Después cogió las bolsas de las compras del sofá y, con una sonrisa, se las llevó a su habitación para colgar las prendas en el armario. Al entrar en ella, sus ojos como siempre fueron hacia la foto de ella con su novio que allí tenía. Con su amor. Con Miguel. Una foto en la que sonreía junto a él, con el que había sido el amor de su vida.

¿Sería posible encontrar a otra persona que la quisiera tanto como la quiso él?

¿Sería posible volver a tener esa conexión mágica con alguien?

Suspiró. Lo dudaba.

Y, sacando uno de los vestidos de una de las bolsas, se lo colocó por encima y, dando una vuelta ante el espejo, murmuró:

—¡Divina de la muerte! Con eso me vale.

Capítulo 14

Como cada año, el colegio donde trabajaba organizaba un festival de primavera para los niños, y ese año a su clase le tocaba representar una pequeña obra de teatro musical. Como profesora, Martina deseaba saber qué querían hacer sus pequeños, lo había hablado con ellos y finalmente habían decidido representar el cuento de *La bella durmiente*. Por ello, organizó una reunión con los padres de sus alumnos para pedir colaboración en cuanto al vestuario de los chiquillos y ellos, encantados, decidieron ayudar.

Por las noches llegaba tan agotada a casa que, tras sacar a *Johnny* a dar su paseo nocturno, se sentaba en el sofá y se dormía, olvidándose de entrar en el chat.

Tres días después, María fue a su casa a buscarla para ir a cenar, y en cuanto llegaron a su restaurante favorito y se sentaron, ésta, al verla emocionada, cuchicheó:

—*Joer*, si lo sé no te cuento lo de mi prima.

Martina, que era de emocionarse rápidamente por todo, susurró:

—A ver, ¿qué quieres? Me cuentas que a tu prima le han detectado un cáncer y que su novio al saberlo le ha pedido matrimonio... ¿Cómo no quieres que me emocione?

María sonrió con cariño. Cuando había sabido lo de su prima y la reacción de su novio, también se emocionó, pero, omitiéndolo, se mofó:

—Mira que eres jodidamente ligera de lágrimas.

Ahora Martina sonrió. Su amiga tenía razón, las lágrimas y ella eran íntimas amigas, y musitó divertida:

—Y tú... mira que eres malhablada y criticona —y sonrió.

Ambas rieron por aquello. Nada de lo que se dijeran podía hacer variar su amistad y el cariño que se tenían; entonces María cuchicheó con cariño:

—Da igual lo que me llames. Te lo perdono todo porque eres mi persona favorita.

Complacida, Martina le dio un beso en la mejilla.

—Y tú eres Mi Sielo Asul.

En ese instante se les acercó Gregorio, el camarero, que al verlas preguntó dejando sobre la mesa una ración de croquetas:

—¿Se reparten besos por aquí? Porque, si es así, yo quiero los míos.

Las dos soltaron una carcajada y, cuando aquél se marchó tras ser besado por las muchachas en la mejilla, María indicó mirando a su amiga:

—Tengo una proposición para ti.

—¿Una proposición indecente? ¿Como la película?

Ambas rieron de nuevo y María añadió:

—Marco tiene un colega de la gasolinera. Se llama Nicolás y...

—No.

—Pero...

—Que no.

—¡Pero si no sabes lo que te voy a proponer!

Martina sonrió. Lo sabía, claro que lo sabía, y respondió:

—Da igual. La respuesta sigue siendo no.

María resopló. Su amiga no podía continuar así, e insistió:

—A ver, tronquita, escúchame, ¡sólo será una cena! Nada más.

Martina negó con la cabeza y, tras tragar una patata frita, sentenció:

—He dicho que no. Pero ¿qué bicho os ha picado a todos ahora con querer buscarme novio?

María le estaba proponiendo cenar con ella, Marco y un amigo de aquél, y quiso saber:

—¿Quién más te está buscando novio?

Martina suspiro y, al ver reír a su amiga, musitó:

—Lo sabes muy bien, no disimules.

María dio un trago a su bebida, divertida.

—Ya me contó Carlos que saliste huyendo el otro día. Pero, tronca, ¿no te apetece ponerle cara al tal Pinocho?

—No.

—¿Por qué?

—Pues porque no, María. Estoy muy bien así.

—¡Serás miedica!

—Paso de ti.

María masticó la croqueta que comía con gusto y luego susurró:

—¿Y por qué tampoco quieres saber su nombre?

—Porque cuanto menos sepa de él..., mejor.

María resopló. Su amiga era una cabezota.

—Podría ser otra opción.

—¿Otra opción? —protestó Martina soltando los cubiertos.

—Hombres..., opciones..., caramelitos..., polvos mágicos..., sexo... ¿Desde cuándo llevas sin tener sexo?

—Siglos —murmuró ella, y al ver cómo su amiga la miraba, añadió—: Y te digo lo mismo que a ellos: me importa una mierda si se me caen las tetas o me crecen las orejas. En mi vida el sexo no es una prioridad.

—¡Qué triste!

—María, por favor...

La aludida sonrió; su vida nunca había sido tan ordenada como la de su amiga.

—Vale, no quieres un novio. Bien, lo acepto. Pero al menos date alguna alegría al cuerpo antes de que las tetas te lleguen a las rodillas —insistió.

—Maríaaaaaaaaaaaa...

—Repito: ¿cuánto tiempo llevas sin echar un buen polvo?

Ella resopló al oírla y su amiga prosiguió, pues sabía la respuesta:

—Años, Martina, ¡años! ¿No crees que es una barbaridad? ¿Acaso no echas de menos el sexo y lo bien que se te queda el cuerpo cuando echas un buen polvo?

Sin saber por qué, oír eso la hizo sonreír, y tomando aire respondió:

—Yo no soy como tú.

—¿Me estás llamando «pendón desorejado»?

Martina soltó una carcajada, María también, y la primera aclaró:

—No. Yo no te estoy llamando eso porque sabes que respeto lo que haces, cuándo lo haces, con quién lo haces y cómo lo haces. Es tu vida y tu sexualidad, y en eso no me meto. Sólo te digo que yo para acostarme con alguien, para intimar, tengo que sentir algo.

—Toma, ¡y yo!

Martina resopló.

—Pero yo para acostarme con alguien he de sentir algo más que una simple atracción.

—Ah, vale —afirmó María—. Diciendo eso te entiendo mejor. Pero mira, chica, ¡no sabes lo que te pierdes! Por cierto, el otro día leí un artículo que decía que el sexo mejora el cutis y la elasticidad de la piel..., ¡piénsalo!

Martina asintió. Sin duda sabía lo que se perdía, y María, bajando la voz, musitó:

—Mira a tu derecha.

Ella obedeció y de inmediato su amiga cuchicheó:

—Creo que le gustas a Gregorio...

Martina parpadeó sin dar crédito. Aquel al que se refería era un hombre de cerca de setenta años, calvo y barrigón, nada que a ella le llamara la atención. Y, cuando iba a protestar, su amiga añadió:

—Sólo hay que ver cómo te mira para saber lo que piensa.

—María...

Aquélla sonrió divertida y susurró:

—Colega..., ¡levantas pasiones hasta en el Imserso!

Martina observó sorprendida a Gregorio, que trabajaba, y gruñó:

—Tú flipas, amiga, ¡flipas! Lo tuyo es una enfermedad.

María asintió y cogió otra croqueta.

—Vale..., yo flipo. Pero déjame recordarte que del pasado no se vive, ¡se aprende!

—¡Ya estamos!

—Y aunque te jorobe —insistió María—, gustas a los hombres de cualquier edad y eso es porque estás de muy buen ver y, sobre todo, ¡estás viva!

Poniendo los ojos en blanco, Martina cogió otra croqueta y, tras partirla con el tenedor, susurró:

—A ver, María, que paso de tíos.

—¿Te vas a cambiar de acera ahora?

Oír eso la hizo sonreír y, divertida, respondió:

—No creo. Pero mira, ¡nunca se sabe!

Ambas rieron, hasta que María se puso repentinamente seria.

—Seis años, Martina... —señaló.

—Quedan unos días para los seis años —afirmó ella con tristeza.

De nuevo los ojos de Martina se humedecieron; recordar a Miguel era doloroso.

—A él no le gustaría lo que estás haciendo —indicó entonces María—, y lo sabes.

—Déjame en paz.

—A ver..., no haces locuras. Huyes de los hombres. Pero, joder, ¡si ni siquiera montas en moto, cuando te apasionaba...!

—Paso de ti.

—No tienes sexo y seguramente ¡ni te tocas!

—¡Maríaaaaaaaaaaaaa! —gruñó horrorizada.

Pero la aludida prosiguió:

—Doña lágrima fácil... ¡Te estás convirtiendo en una abuelita Cebolleta!

—No quiero escucharte...

—Martina, Miguel vivía la vida a tope, la disfrutaba.

—María...

—Martina, por Dios, ¡reacciona! Miguel murió hace seis años, pero tú estás viva. Y aunque te enfades conmigo, tengo la obligación de recordarte que él amaba la vida, la exprimía al máximo, y sólo por eso creo que tú deberías vivirla.

Oír eso dolía, aunque con el paso de los años Martina sentía cómo el dolor iba aminorando. Miguel había sido tal y como decía

María: un chico que había vivido y disfrutado a tope de la vida; pero, no queriendo entrar en aquello, musitó:

—Es mi vida y...

—Mira —la cortó su amiga—, sigues en tu puto bucle de miedo. Pero aquí estoy yo para darte por culo y recordarte que la felicidad comienza donde terminan los jodidos miedos.

—Dijo Sielo Asul... —se mofó Martina.

—¡Vive, joder! Vive como lo hacía Miguel. Vive como lo hago yo. Vive como lo hace tu hermana, tus padres, tus vecinos, los niños del colegio. Joder, tronca, ¡vive! Porque si mañana el puto destino decide llevarte al otro barrio, al menos te irás sabiendo que has aprovechado el tiempo y que quienes te conocimos sabremos que fuiste feliz, y no una pobre y triste desgraciada.

Esta vez Martina no respondió y siguió comiendo. Era lo mejor que podía hacer.

* * *

Más tarde, tras regresar de su cena con su amiga y sacar a *Johnny* a la calle, observó que la lucecita de su contestador automático parpadeaba. Tenía tres llamadas. Rápidamente comprobó de quién se trataba. En las dos primeras no había mensaje, pero en la tercera sonrió al oír la voz de una de las amigas de Chatmanía:

«Hola, soy Verónica, o Bombón, como prefieras. Te llamo porque llevas días sin conectarte y quiero saber si estás bien. Tienes mi teléfono, ¡llámame!».

Oír su voz no era algo nuevo. Ya habían hablado varias veces por teléfono. Noche tras noche, entre ellas se había fraguado una bonita amistad y finalmente, una de aquellas madrugadas Martina notó rara a la joven a través de la red, y entonces le pidió su teléfono y la llamó. Estaba claro que necesitaba hablar con alguien.

Fue en ese momento cuando se enteró de que se llamaba Verónica, vivía en Mérida y era administrativa en una empresa de informática. Aquella primera noche, y sin haberse visto nunca en persona, ambas hablaron a través del teléfono como si se conocieran de toda la vida, y Verónica se sinceró. Estaba totalmente enamorada de Biruz, un chaval catalán que había conocido por la red, con el que se había visto y habían comenzado una extraña relación a distancia.

Una vez que escuchó el mensaje, enseguida marcó el número de aquélla.

Un timbrazo, dos..., y al oír su voz Martina saludó:

—Hola, Verónica, ¿qué pasa?

La joven sonrió sentada en el sofá de su casa.

—¿Se puede saber por qué ya no te conectas por las noches? Me tenías preocupada.

Martina sonrió. Estaba claro que se estaba creando una especie de familia a través de la red y, sentándose a su vez en el sofá, apoyó la cabeza en un cojín y respondió:

—La verdad, estamos con el festival de primavera y estoy preparando con mis peques una obra de teatro que saldrá... ¡desastrosa! —Rio—. Y, bueno, estoy tannnn agotada que cuando llego a casa me quedo dormida en el sofá.

Verónica, a la que los niños no la apasionaban, musitó:

—Uf..., no te envidio. Soportar a tanto canijo junto tiene que ser agotador.

—Lo es —afirmó Martina, aunque añadió sonriendo—: Pero también es alucinante. Si conocieras a Pedro te reirías un montón con él. O a Alberto, que se enfada por todo, pero luego es muy salado. Y luego tengo a alguna chica como Silvia, que con seis años es la persona más presumida que he conocido en mi vida... Compadezco a sus padres cuando tenga dieciséis.

—Pequeños monstruos en potencia.

Ambas rieron por aquello y después Verónica preguntó:

—¿Cuándo es el festival?

Tapándose la cara con un cojín, Martina respondió:

—Dentro de mes y medio.

Mentalmente, Verónica echó cuentas y dijo:

—Más o menos para cuando queremos hacer la quedada en Madrid los del grupo. Seremos unos treinta.

Martina asintió. Lo sabía. En el grupo llevaban tiempo organizando aquella quedada para conocerse en Madrid. Una cita a la que ella ya había dicho que no pensaba asistir.

—Podríamos aprovechar la quedada para conocernos, aunque tú no vayas —propuso Verónica.

Al oír eso, Martina preguntó quitándose el cojín de los ojos:

—¿Lo dices en serio?

—Totalmente. Puedo sacar tiempo para estar con el grupo el sábado y para estar contigo. Sólo es cuestión de organizarse.

Contenta al oírlo, Martina sonrió y se apresuró a responder:

—¡Genial! Me encantaría. Es más, puedes dormir en casa si quieres. Tengo sitio. Sólo estamos *Johnny* y yo y...

—*¡¿Johnny?!*

—Sí.

Sorprendida por aquello, que no esperaba, Verónica preguntó:

—¿Es tu novio o tu marido?

Martina rio al oírla, y contestó divertida:

—No tengo ni novio ni marido. *Johnny* es mi perro. Un gran danés precioso que, si vienes, seguro que te comerá a besos.

De nuevo ambas rieron por aquello y, sin tiempo que perder, comenzaron a hacer planes.

Un buen rato después fue Verónica quien dijo:

—¿Sabes que seguimos sin localizar a Fayna? Ya nos preocupa.

—¿Tan raro es?

Verónica asintió. Conocía a Fayna desde hacía más de un año. Era una mujer que vivía sola y con la que hablaba por teléfono con asiduidad, e indicó:

—Tanto Latina como yo la llamamos por teléfono, pero nada. Sea la hora que sea, no lo coge, y comienza a preocuparnos. ¿Y si le ha pasado algo?

Martina suspiró, pero murmuró:

—Seamos positivas y pensemos que está hasta arriba de trabajo, como lo estoy yo, y la pobre no tiene tiempo para nada.

Verónica asintió. Seguramente sería algo así, pero bajando la voz dijo:

—¿Sabes quién no para de preguntar por ti estos días?

Al oír eso, a Martina se le aceleró el corazón. Intuía la respuesta, pero preguntó:

—¿Quién?

—¡Pinocho!

—Vaya —murmuró complacida.

—¡Yo lo conozco!

—¿Lo conoces?

—Sí.

—Se llama...

—¡No quiero saber cómo se llama! —la cortó ella levantando la voz.

—Vale, mujer —musitó Verónica sorprendida—. Tampoco hace falta ponerse así. Sólo te diré que es un tipo muy mono, y me parece buena gente.

Martina asintió; le gustaba oír eso. Entonces Verónica propuso:

—Podrías conocerlo en persona en la quedada de Madrid...

Eso la hizo reaccionar y se apresuró a decir:

—Sinceramente, Verónica, voy tan liada que paso. Quizá a la siguiente. Además, no quiero complicarme la vida, y menos con alguien que ni siquiera conozco, que se llama Pinocho y que para mí es solamente un nombre en la pantalla de mi ordenador.

—Eso no es justo —replicó Verónica.

—¿Por qué?

—Pues porque yo también era un nombre en la pantalla de tu ordenador, nos dimos la oportunidad y ¿no crees que hemos creado una bonita amistad?

Martina asintió, sin duda tenía razón, por lo que murmuró:

—Vale..., te entiendo. Pero...

—No hay peros que valgan, Martina. Creo que ya es hora de que conozcas a gente y abras tu corazón. Me contaste lo de Miguel. Lo que sufriste cuando murió. Pero ¿no crees que te mereces volver a sentir?

Según Verónica dijo eso, resopló. En el transcurso de dos horas había oído lo mismo por parte de María y, ahora, de aquélla, y sin querer entrar en el tema preguntó:

—¿Crees que lo tuyo con Xavi merece la pena?

Verónica suspiró y respondió con sinceridad:

—Eso el tiempo lo dirá. Pero, mientras lo dice, te aseguro que lo estoy disfrutando mucho, a pesar de que en ocasiones no lo entiendo, me desconcierta y siento ganas de mandarlo a freír espárragos. Pero me gusta. Me atrae y no puedo ni quiero remediarlo. Y, hablando de él, te diré que lo veré en Barcelona.

—¡¿Qué?!

—Me ha invitado a ir a su casa y, por supuesto, he aceptado —explicó emocionada.

—Pero ¿qué me dices?

—Lo que oyes.

—¿Y estás convencida?

—De momento, sí —contestó Verónica con positividad.

Hablaban de aquello cuando el timbre de la casa de esta última sonó. La joven rápidamente se levantó a abrir y, al encontrarse con su hermana y su cuñado, que llevaban algo de cena, dijo sonriendo al teléfono:

—Mi hermana y su marido acaban de llegar con comida china, así que te dejo.

—Vale. ¡Que aproveche!

Verónica sonrió y añadió antes de colgar:

—Dentro de un par de días te llamo para hablar de si al final me quedo en tu casa o no, ¿vale?

—OK. Besos.

Una vez que colgó el teléfono, Martina se quedó mirándolo.

¿En serio había invitado a una desconocida a su casa?

Asintió sonriendo. Estaba claro que algo en ella estaba cambiando.

Capítulo 15

Un par de días después, tras otra agotadora jornada de trabajo en el colegio, cuando Martina llegó a su casa, estaba desganada. Aquella fecha no era buena para ella. Era el sexto aniversario de la muerte de Miguel, un día imposible de olvidar. Un día aterrador.

Cuando regresó de dar su paseo con *Johnny* por el parque, sonó su teléfono. Era María.

—Tienes que salir a tomar algo, colega.

—No quiero.

—Hoy precisamente tienes que salir —insistió su amiga.

Al oírla, Martina resopló; todos los años lo mismo, y sentenció:

—He dicho que no.

Según dijo eso, los ojos se le llenaron irremediablemente de lágrimas.

—A ver... —musitó—, entiendo lo que dices, pero... pero... me gustaría que tú me entendieras a mí. Hoy no es un día fácil, y lo sabes.

María, que la oía lloriquear desde el otro lado del teléfono, resopló. Un año más en el que su amiga se martirizaba por lo que había pasado, y cuando iba a protestar aquélla declaró:

—Me da igual que me llames «abuela», «vieja», «frígida», «aburrida»... Hoy no voy a salir porque no quiero y no me da la gana; ¿te has enterado de una vez..., colega?

María asintió. La conocía muy bien y sabía cuándo debía claudicar, por lo que cuchicheó:

—Dabuten, tronca, ¡tú misma!

Y, tras despedirse y colgar el teléfono, Martina se encaminó hacia la ducha. Lo necesitaba.

Antes de entrar en el baño, encendió el equipo de música y, tras buscar un casete que apenas ponía, lo puso. Era el preferido de Miguel, una de las pocas cosas que seguía teniendo de él y que se resignaba a tirar, aunque aquella música no le gustara. Segundos después, la música estridente y cañera de Motörhead comenzó a sonar a toda mecha en su casa y, como una autómata, se dirigió hacia el baño.

Allí, se desnudó y se metió en la ducha, donde instantes después comenzó a sentir el agua recorriendo su cuerpo. Lo agradeció e inevitablemente lloró. Lloró por aquel al que amó. Adoró. Deseó. Un hombre que lo fue todo para ella y al que era imposible olvidar.

Una vez que hubo salido de la ducha sintió que las fuerzas le fallaban y, en albornoz, caminó hasta su habitación. Allí, mientras se secaba el pelo con una toalla, sus ojos miraron la foto de Miguel, y Martina sonrió. Verlo sonreír aún le llenaba el corazón. Se acercó hasta la foto y la cogió.

Los ojos de nuevo se le llenaron de lágrimas y los cerró con fuerza. Nunca más volvería a besar, a tocar o a sentir a aquel hombre. Nunca más volvería a oír su risa, a percibir su olor o a reír como una loca cuando le hacía cosquillas. Nunca más...

Él y su afición a las motos. La última vez que lo vio se marchaba con sus amigos a una concentración en Jerez. Ella siempre lo acompañaba. Siempre. Pero en esa ocasión no lo hizo porque su hermana Julia tenía programada una operación de apendicitis, y tanto ella como sus padres viajaban allí desde el pueblo y no quería dejarlos solos.

Con lágrimas en los ojos, se sentó en la cama y los cerró mientras los recuerdos imborrables llenaban su mente. La última noche que ella y Miguel estuvieron juntos salieron a cenar como muchas otras veces. Se divirtieron, lo pasaron bien, pero regresaron pronto a casa porque al día siguiente él y varios de sus amigos salían pronto hacia Jerez.

Aquella noche, Miguel, como siempre, le hizo el amor primero en el sofá y después con dulzura sobre la cama, sin saber lo que el destino les deparaba.

A las seis de la mañana sonó el despertador y él salió como una flecha hacia el cuarto de baño para ducharse. Estaba nervioso por el viaje. Martina se levantó y, mientras él se aseaba, ella le preparó el desayuno.

A las siete bajaron juntos al garaje, montaron en su bonita Genesis y salieron al exterior a esperar a sus amigos, que comenzaron a llegar. A las siete y media ya estaban todos, entre ellos Manuel y Alicia, el hermano de Miguel y su mujer, por lo que Martina y él se besaron, se despidieron y él prometió llamarla cuando llegaran a Jerez.

Con una sonrisa, se puso el casco, arrancó la moto y, antes de meter primera, la miró, le guiñó un ojo y, con su habitual sonrisa, le dijo: «Bruja».

Cuando el grupo de motoristas se marchó, Martina regresó a su casa, donde, tras saludar a *Johnny*, se duchó. Sus padres y su hermana llegarían en el autobús del pueblo, al cabo de poco más de una hora, y tenía que recogerlos para ir al hospital...

La operación de Julia fue bien. Saber que su hermana estaba perfectamente era lo que más deseaba en el mundo y, tras despedirse de ella, que se quedaría ingresada en el hospital con la compañía de sus padres, a los que no hubo manera de sacarlos de allí, la joven regresó a su casa.

Al llegar, miró el contestador automático y sonrió. El pilotito rojo le indicaba que había recibido varios mensajes, y con seguridad alguno era de Miguel. El primero era de su amiga María, preguntándole por la operación de Julia. Mientras lo escuchaba, Martina sonreía y caminaba por la casa recogiendo varias cosas. Cuando comenzó el siguiente mensaje, en cambio, se detuvo. Era de Manuel, el hermano de Miguel, que le decía que había ocurrido un accidente, que estuviera tranquila y que la volvería a llamar. Sorprendida, corrió hacia el contestador, pero entonces empezó el tercer mensaje. Era Alicia, la mujer de Manuel, indicándole que acababan de llegar en ambulancia al servicio de urgencias del hospital Doce de Octubre.

El corazón se le aceleró. ¿Por qué no era Miguel quien le hablaba? ¿Por qué eran Manuel y Alicia los que la llamaban?

Sin tiempo que perder, con el corazón encogido por el miedo, cogió su chaqueta, el bolso y las llaves de su coche y salió a toda prisa de casa. El trayecto hasta el hospital se le hizo eterno y tortuoso. Una vez allí, tras aparcar rápidamente en el primer hueco que encontró, corrió hasta urgencias y, nada más entrar, se paró. Al fondo vio al grupo de moteros. Parecían desesperados. Lloraban, se lamentaban.

Acelerada, buscó a Miguel. Él se lo explicaría. Él la tranquilizaría. Cuando su mirada se encontró con la de Manuel, éste rápidamente se levantó y se dirigió hacia ella. A Martina le temblaba el cuerpo descontroladamente.

—¿Dónde está Miguel? —preguntó, viendo cómo el resto los observaban.

Con los ojos llorosos, Manuel intentó hablar, y ella insistió:

—¿Dónde está? ¿Qué ha pasado?

Tomando aire, el hombre la agarró del brazo.

—Tina, ven —le dijo—, siéntate...

Aquellas palabras le hicieron saber que nada bueno había ocurrido. Le hicieron entender que nada bueno le iba a decir, y, al borde del desmayo, murmuró dando un paso atrás:

—No... No...

Alicia rápidamente se acercó a ellos y entre los dos sujetaron a la asustada muchacha y la hicieron sentarse.

—Tina, ha ocurrido algo terrible —murmuró Manuel con la voz rota—. Y... y... y...

No hizo falta decir más.

No hizo falta oír más.

Sólo viendo el dolor, la angustia y la desazón de aquéllos, Martina supo lo que había ocurrido y, perdiendo el sentido, se desmayó.

Los que siguieron fueron días terribles, angustiosos. Días en los que creyó enloquecer. ¿Cómo un chico lleno de vida como Miguel podía morir a los veinticinco años?

Preguntas sin respuesta la estaban volviendo loca, y más cuando se enteró de que el motivo del accidente fue una absurda apuesta entre Miguel y Antonio, dos excelentes amigos, y el resultado fue la muerte de ambos.

Sus padres, su hermana, María y la familia de Miguel, junto con los amigos, se preocupaban por ella e intentaban consolarla y arroparla todo lo que podían. Manuel trataba de ocuparse de Martina como lo habría hecho su hermano, pero en ocasiones el dolor era tan descomunal que podía con él.

Después de un mes, Martina les pidió a sus padres y a su hermana que regresaran al pueblo. Necesitaba estar tranquila y retomar su vida. Pero quedarse sola hizo que no pudiera dormir durante varios días, hasta que su amiga María fue consciente de su problema, le ayudó a encontrar otra casa, y se mudó con ella. No pensaba marcharse de allí hasta que Martina volviera a dormir.

Manuel, Alicia y los amigos no la dejaban. Estaban pendientes todos los días de ella, algo que ésta agradecía, pero la presencia de aquéllos le hacía creer que Miguel aparecería en cualquier momento. Estar con aquellas personas a las que tanto quería y apreciaba le gustaba, pero le producía un dolor inmenso, por lo que poco a poco se fue alejando de sus vidas y éstos, entendiendo su duelo, así lo aceptaron. Martina decidía.

Así habían pasado seis años.

Seis años en los que el dolor nunca la había abandonado y en los que había decidido cerrar las puertas al amor por miedo. No merecía la pena enamorarse. Tarde o temprano, aquel sentimiento tan bonito, mágico e irreal la haría sufrir de nuevo. Miguel era una parte importante de su vida pasada. Había sido su amor. Su todo. Y, como tal, lo guardaba celosamente en su corazón.

Cuando Martina abrió los ojos, tenía las mejillas completamente mojadas. Un año más, había revivido la angustia de hacía seis. Un año más, se lo permitió.

Miró a sus pies y vio a *Johnny* tumbado junto a ella. Después desvió la vista hacia el marco de fotos que tenía en las manos, donde Miguel y ella sonreían montados en aquella Genesis roja y negra que él tanto adoraba.

—Siempre seré tu bruja —murmuró.

Con una triste sonrisa, se levantó de la cama, dejó la foto y se encaminó al baño para lavarse la cara. Tenía que dejar de llorar.

Una hora después, cuando sintió que su pulso se había tranquilizado, decidió hacerse algo de cena, tenía que comer. Pero, tras mirar en la nevera y valorar las opciones, optó por un simple vaso de leche con galletas. Con eso le bastaría.

Sentada en el sofá de su casa junto a *Johnny*, vio un rato la televisión, pero nada de lo que le ofrecía la hacía olvidar lo que no se podía quitar de la cabeza, por lo que, al final, tras mirar su portátil, optó por encenderlo para charlar con sus amigos. Quizá un rato de conversación le haría olvidar.

Cuando entró en el chat miró a la derecha de la pantalla para leer los nombres de los que allí estaban y sonrió.

<SHANNA> Hola a todos.
<FREDDY KRUEGER> Bombón, tranquilízate.
<PINOCHO> Pero ¿cuándo ha pasado?
<BOMBÓN> Estoy fatal..., fatal.
<SHANNA> ¿Qué ocurre?
<PINOCHO> Shanna, te esperaba.
<BIRUZ> Cielo..., llámame.
<BOMBÓN> Shanna, Fayna ha aparecido muerta.

Boquiabierta al leer aquello, Martina parpadeó, y luego leyó:

<BOMBÓN> Hablé con Latina, que está muy afectada. Por fin le cogieron el teléfono. Era la hermana de Fayna y le dijo eso.
<SHANNA> Pero ¿cómo? ¿Qué ha pasado?
<PINOCHO> Eso querríamos saber.
<BOMBÓN> Chicos, os dejo. Estoy fatal. Mañana hablamos.

Y, sin más, Verónica se desconectó, dejando al resto del grupo sin saber qué pensar. Segundos después se desconectó también Xavi, y Martina, que iba a llamar a Verónica, no lo hizo. Imaginó que ellos dos estarían hablando por teléfono.

Durante un buen rato el resto del grupo continuó hablando. La noticia de la muerte de Fayna los había descolocado a todos un poco y, cuando entraron personas nuevas en la sala, dejaron de hablar del tema. No procedía. Martina estaba mirando el chat cuando se le abrió una ventana privada. Era Pinocho.

Dudó si aceptar o no su invitación para hablar, pero finalmente lo hizo. Le apetecía charlar un rato.

Por su parte, cuando Pinocho, cuyo verdadero nombre era Asier, vio la oportunidad de seguir hablando con ella, no lo dudó. Llevaba tiempo queriendo hacerlo, pero, al ver lo esquiva que era, no deseaba incomodarla, por lo que esperó. Aguardó el momento y ya había llegado. El momento ¡estaba ahí!

<PINOCHO> Hola de nuevo.

<SHANNA> Hola. Increíble lo de Fayna.

<PINOCHO> Sí. Aunque yo apenas la conocía.

<SHANNA> Yo un poco, y me pareció buena persona.

Durante un buen rato hablaron de aquello que ninguno de los dos entendía, y para relajar el ambiente Pinocho le contó que era periodista y trabajaba para una revista en Madrid. Ella le dijo que era profesora de niños y, sin darse cuenta, el tiempo fue pasando.

<PINOCHO> Vaya..., vaya..., ¡profesora!

<SHANNA> Me gustan los niños, y enseñarles aún más.

<PINOCHO> Yo tengo sobrinos y me divierto mucho con ellos. ¿Tienes sobrinos?

<SHANNA> No. Todavía no, y con lo loca que está mi hermana, dudo que los tenga algún día.

<PINOCHO> ¿Puedo preguntarte tu edad, o es tema tabú?

Eso hizo reír a Martina. Nunca habían hablado los dos solos y menos aún habían intimado tanto, pero, complacida por el buen rato que estaban pasando, respondió:

<SHANNA> Treinta y tres. ¿Y tú?

<PINOCHO> Treinta y cinco. ¿Puedo seguir saciando mi curiosidad?

<SHANNA> Depende. Inténtalo.

<PINOCHO> ¿De qué zona de Madrid eres?

<SHANNA> Soy de Madrid. No hace falta que sepas más.

Ahora el que rio fue Asier. Ella y sus cortantes respuestas; pero, sin importarle, prosiguió:

<PINOCHO> Bueno, mujer, no seas así. ¿Casada, soltera...?

<SHANNA> ¿Cambiaría en algo tus supuestos planes que estuviera casada?

Como siempre, aquélla tiraba a matar. Estaba claro que algo le tenía que haber pasado en alguna relación personal, y, con tranquilidad, él respondió:

<PINOCHO> No tengo ningún plan, Shanna. Yo tampoco estoy casado, y no cambiaría nada si tú lo estuvieras o estuvieses soltera. Simplemente me gusta ser cortés con las personas y saber con quién hablo. Disculpa si mi pregunta te ha incomodado.

Según leyó eso, Shanna se sintió fatal. Aquel hombre nunca había hecho nada que se le pudiera reprochar, y, suspirando, tecleó.

<SHANNA> No estoy casada. Lo siento. Hoy no es un buen día.

<PINOCHO> Te preguntaría el motivo de tu mal día, pero no quiero incomodarte, por tanto, ¡lo omito!

Eso hizo sonreír de nuevo a aquélla; a continuación, leyó:

<PINOCHO> Te seré sincero. De todas las personas que he conocido en este chat, tú eres la que más llama mi atención por lo reservada y arisca que eres.

<SHANNA> Vaya...

<PINOCHO> Y como los dos vivimos en Madrid y veo que estamos sin compromiso, ¿qué te parece si nos conocemos?

<SHANNA> No.

<PINOCHO> Mujer, no seas así.

<SHANNA> Oye, no te ofendas, pero aquí, cuando quieras; en la vida real..., no.

<PINOCHO> Eres injusta. Muy injusta.

<SHANNA> ¿Por...?

<PINOCHO> Porque muchas veces has dicho que a ti te gusta conocer a las personas mirándolas a los ojos. Yo te lo propongo y no quieres; ¿no crees que es injusto?

Tenía razón, Martina lo sabía. En muchas de las conversaciones mantenidas en el grupo, ella siempre defendía conocer a las personas a la antigua usanza. Luego leyó:

<PINOCHO> ¿De qué tienes miedo?

<SHANNA> De nada.

<PINOCHO> Entonces ¿por qué si te pregunto parece sentarte mal? Ni tu nombre sé; ¿por qué eres tan hermética?

<SHANNA> ¿Qué tal si cambiamos de tema?

Asier asintió. Estaba claro que con aquélla por ese camino no iba a ir a ningún sitio, y cuando iba a preguntar leyó:

<SHANNA> De acuerdo. Estoy siendo una borde.

<PINOCHO> Eso lo has dicho tú, no yo.

Aquel comentario le hizo gracia a la joven, que, intentando poner paz, dijo:

<SHANNA> Vale. Te concedo dos preguntas. Escógelas muy bien.

<PINOCHO> Gracias, alteza.

<SHANNA> Ja, ja, ja, ja..., tonto.

Divertido por aquello, escribió:

<PINOCHO> ¿Tu nombre real?

<SHANNA> Martina.

<PINOCHO> Bonito nombre.

<SHANNA> Mi padre se llama Martín, por lo que decidieron que yo, al ser su primogénita, me llamara así.

<PINOCHO> ¿Vives sola, Martina?

<SHANNA> ¡Serás cotilla!
<PINOCHO> Más que cotilla, curioso.

Ella lo pensó. La realidad era la que era, pero sin llegar a fiarse del todo de aquel tipo, al que no conocía, por mucho que varios de sus amigos dijeran que era un encanto, respondió:

<SHANNA> No. No vivo sola.
<PINOCHO> OK. Ahora yo te concedo dos preguntas.
<SHANNA> No las necesito.
<PINOCHO> Nunca infravalores la información. Recuerda: es poder.

Martina suspiró. Se moría por saber, pero, no queriendo darlo a entender, preguntó:

<SHANNA> ¿Viajas mucho o poco?
<PINOCHO> Mucho.
<SHANNA> ¿Verano o invierno?
<PINOCHO> Verano, aunque el invierno tiene su magia.
<SHANNA> Se acabaron las preguntas.

Sin poder creer que éstas hubieran sido tan impersonales, Asier añadió:

<PINOCHO> ¿No quieres saber mi nombre o algo más personal?
<SHANNA> No. No soy curiosa.
<PINOCHO> Vaya...
<SHANNA> Además, es tarde y estoy cansada.
<PINOCHO> Vale..., capto la indirecta.
<SHANNA> Estupendo.
<PINOCHO> Que duermas bien.
<SHANNA> Tú también.
<PINOCHO> Oye.
<SHANNA> ¿Qué?
<PINOCHO> Me ha encantado hablar contigo y saber que te llamas Martina.
<SHANNA> Adiósssssssss.

Dicho esto, y con una sonrisa en los labios, se desconectó del chat.

Inconscientemente miró la hora en la parte inferior del portátil y se sorprendió. Había estado conectada casi tres horas. Se había olvidado de sus problemas y había estado más de dos y media chateando y tonteando a solas con Pinocho. ¡Increíble!

Cuando se levantó de la silla anotó mentalmente llamar al día siguiente a Verónica. Quería saber lo que había ocurrido con Fayna. Sin duda su muerte era una terrible desgracia.

Capítulo 16

El domingo, cuando se despertó, miró por la ventana y sonrió al ver que hacía un bonito día. ¡Estupendo!

Una vez que se hubo duchado y vestido para salir con *Johnny* al parque, le sonó el teléfono. Era María, y las dos amigas, horrorizadas, estuvieron hablando acerca de lo que le había ocurrido a Fayna. Finalmente, Martina, para que aquélla se relajara, la animó a que se marchase a pasar el día fuera de la ciudad con Marco. A su amiga le gustó la idea, y la joven sonrió. Estaba claro que aquellos dos tenían algo bonito.

Tras colgar, llamó a la casa que su hermana Julia compartía con unos amigos para invitarla a comer.

Un timbrazo. Dos. Tres, y, al décimo, cuando iba a colgar, oyó:

—¿Sí?

Rápidamente reconoció la voz de Emma, la desastrosa amiga de su hermana, y saludó:

—Hola, soy Martina, ¿está Julia por ahí?

Emma, que acababa de despertarse, se sentó en el sofá y contestó cogiendo una bolsa de marihuana:

—Julia ya no vive aquí.

La noticia sorprendió a Martina, que enseguida preguntó:

—¿Cómo que no vive ahí?

—Pues no.

—¿Desde cuándo?

—Desde hace dos días. Discutió con mi chico y tuve que echarla.

Boquiabierta, Martina asintió.

—Con amigas como tú, ¿quién quiere enemigos? —replicó. Emma no respondió y ella insistió—: ¿Sabes dónde está?

—Últimamente estaba liada con Goyo, pero también con Fran. No sé..., con cualquiera de esos dos.

Sin ganas de preguntar nada más, Martina se despidió de ella y luego llamó al móvil de su hermana, que no se lo cogió. Cuando le saltó el buzón de voz, dijo:

—He hablado con Emma. Llámame o ven a mi casa.

En cuanto colgó, resopló.

Lo de Julia era un verdadero problema. ¿Cuándo iba a sentar la cabeza? Si sus padres se enteraban de la mala vida que llevaba en Madrid, se llevarían un buen disgusto.

—Joder, Julia... —murmuró—. ¿Dónde narices estás?

Johnny la observaba con paciencia, esperaba su salida, y Martina, tras tranquilizarse, indicó mirándolo:

—Dame un segundo. Tengo que hacer una llamada más.

Rápidamente marcó el teléfono de Verónica. Quería saber sobre el tema de Fayna, pero tampoco se lo cogió, por lo que le dejó un mensaje en el contestador.

—Muy bien, ¡vamos! —dijo a continuación.

El animal corrió encantado hacia la puerta. Estaba deseando salir.

Ya en la calle, Martina caminó junto a su perro, ajena a alguien que la observaba a varios metros de distancia. El día era radiante y el solecito que hacía, muy reconfortante. Al llegar junto al quiosco de prensa, paró a comprar una revista. Y después de elegir la *Cosmopolitan* y comprar también una pequeña bolsa de cortezas, continuó su camino.

Una vez en El Retiro, en la zona donde sabía que podía soltar a su perro, la joven lo hizo y el animal, encantado, comenzó a corretear a su alrededor mientras ella lo observaba y sonreía. Le gustaba verlo feliz.

Cuando vio un banco vacío se sentó en él, y, acomodándose, abrió la revista mientras *Johnny* trotaba a su alrededor olisqueando todo lo que encontraba y acudiendo a comer cortezas cuando Martina lo llamaba.

La bolsa se terminó, y Martina se centró en leer un artículo que hablaba sobre las relaciones cibernéticas, hasta que de pronto levantó la vista para buscar a su perro y lo vio parado, mirando a alguien que se le acercaba.

Lo observó y de pronto se alarmó. El animal tenía la típica pose tensa de cuando alguien no le gustaba y eso no era bueno para quien se le acercaba. Por ello, se puso en pie y se apresuró a llamarlo.

—*¡Johnny!*

El perro la miró pero no se movió, y Martina, sin dudarlo, comenzó a correr hacia él mientras lo llamaba por su nombre para acaparar su atención.

—*¡Johnny!* ¡Ven aquí! —exigía con dureza.

El hombre que se aproximaba al perro de pronto se detuvo, estaba claro que había entendido lo que pasaba al ver a Martina correr, y, dando media vuelta, se alejó por donde había llegado.

Eso tranquilizó a la joven, que, al llegar junto al animal, lo asió con fuerza del collar y lo regañó poniéndole la correa:

—Mal, *Johnny*, mal. ¡Te estaba llamando!

El perro cambió su gesto hosco por otro de culpabilidad mientras Martina, molesta, repetía:

—Estoy enfadada contigo, ¡que lo sepas!

A continuación, ella miró al hombre que se alejaba, oculto bajo la capucha de su sudadera, y gritó:

—¡Lo siento! ¡Oiga...! ¡Lo siento!

Él no se volvió para mirarla, y Martina, mirando a su perro, preguntó:

—Pero ¿se puede saber qué pensabas hacer?

Dicho esto, caminó hacia una de las salidas del parque para regresar a su casa. Al entrar en el portal, por inercia miró el buzón. Como siempre, estaba lleno de propaganda y poco más.

Al llegar a casa soltó a *Johnny*, que rápidamente se marchó a la cocina a beber agua de su cazo, mientras ella se cambiaba de ropa para vestirse con algo cómodo.

Una vez que hubo salido de su habitación se fijó en la lucecita parpadeante de su contestador automático y vio que tenía cinco mensajes.

—Vaya..., habéis esperado a que saliera de casa.

El primero era de su hermana, quien le indicaba que más tarde pasaría a verla. Eso la tranquilizó. Ya la tenía localizada. El segundo, de Enrique, su compañero de trabajo, para comentarle que el lunes llevara unos adornos al colegio. El tercero era de Verónica, quien la emplazaba a que la llamara. El cuarto, de sus padres, para saber cómo estaba, y el quinto de Carlos.

Llamó a sus padres. Éstos, sabiendo las fechas que eran, se preocupaban por ella, pero Martina les aseguró que estaba bien y eso los tranquilizó.

Cuando colgó llamó a Carlos. El pobre estaba agobiado con el problema que tenía con su exmujer. Una vez más, ella se había negado a que viera a las niñas.

—Joder, Martina. Esa mujer está loca. Ayer hablé con ella para decirle que hoy recogería a las niñas a las diez de la mañana. Me dice que sí, que todo está preparado. Y voy hoy y me monta un numerito que yo ya no sabía ni qué hacer. Total, que las niñas siguen con ella.

—Tranquilo...

—¡¿Tranquilo?! Mis hijas tendrían que estar conmigo. Éste era mi fin de semana y... y... ¡Joder! Pero ¿de verdad esa bicha quiere que vuelva a meterme en otra batalla judicial para poder ver a mis hijas?

Martina suspiró.

No tenía que ser fácil el momento por el que su amigo estaba pasando anímicamente, ni tampoco tenía que estar siendo fácil para sus hijas, por lo que dijo:

—Lo primero de todo, debes tranquilizarte.

—Lo sé... Lo sé...

—Lo malo de esto es que tus hijas ya no son unos bebés y, si alguien no les explica algo, deben de estar sacando conclusiones erróneas que, a la larga, no os beneficiarán ni a tu exmujer ni a ti.

Carlos, que estaba desesperado en su casa, asintió, y Martina preguntó:

—¿Está Luis contigo?

—No. Se ha marchado hace un rato. Tenía que recoger no sé qué.

Martina suspiró e iba a hablar cuando aquél insistió:

—La mala bicha de Almudena es imprevisible. Y me va a joder. Lo sé. Me va a joder todo lo que pueda, la muy perra, sin darse cuenta de que no sólo me jode a mí, sino también a las niñas.

—Carlos —terció Martina—, lo primero que no tienes que hacer es faltarle al respeto. Así no se solucionan las cosas.

—Lo sé..., lo sé, ¡pero estoy tan cabreado!

La joven lo entendía. Era normal sentirse como se sentía él, y propuso:

—Llámala y queda con ella para hablar.

—¡¿Qué?!

—Por tus hijas y su bienestar, trágate tu orgullo e intenta reconducir el tema. —En ese instante sonó el portero automático de su casa y Martina se levantó—. Quizá si habláis, las niñas puedan estar contigo esta tarde. Piénsalo con detenimiento.

Mientras Carlos hablaba muy nervioso, Martina se acercó al portero y, al comprobar que era su hermana Julia, directamente le abrió el portal y dejó también abierta la puerta del piso. Cuando Julia llegara, entraría.

—Hazme caso, Carlos —siguió diciendo—. Inténtalo como te he dicho.

—Lo intentaré. Por mis niñas, lo que sea.

Ese comentario hizo sonreír a la joven, que preguntó:

—¿Qué piensa Luis de todo esto?

Carlos, que en ese instante abría la nevera de su casa para coger una cerveza, respondió:

—Se mantiene al margen. Dice que debo ser yo quien lo solucione y que él me apoyará en cualquier decisión que tome en lo referente a la asquerosa de Almudena.

—Carlosssssssssss...

—Vale, retiro lo de «asquerosa».

En ese instante Julia entró en el comedor seguida por *Johnny* y, dejando su bolso y una bolsa de deporte sobre la mesa, le guiñó un ojo.

—Recuerda, tranquilidad —continuó Martina al teléfono—. Las personas hablando se entienden más que discutiendo.

—Tienes razón, reina. Venga, ya no te doy más la plasta con mis problemas.

—No digas tonterías, Carlos. Los amigos estamos para eso.

—Un beso.

—Dos.

Acto seguido, Martina colgó el teléfono y, al ver que su hermana le entregaba un sobre blanco cerrado, preguntó sin mirarlo:

—¿Qué es eso de que ya no vives en casa de Emma?

Julia resopló y, sentándose, dijo:

—Su nuevo novio y yo no somos compatibles. Sólo es eso.

—¿Y por qué no me habías dicho nada?

—Porque estaba intentando buscarme la vida para conseguir un lugar donde poner el huevo y mis cosas antes de que te enterases y me montases el numerito.

Ambas se miraron. El estilo de vida de Julia incomodaba a su hermana, que finalmente preguntó:

—¿Y lo has encontrado?

Julia, a la que en cierto modo todo le daba igual, se encogió de hombros y musitó:

—Puede...

—«¡¿Puede?!» ¿Cómo que «puede»? Maldita sea, Julia... Pero ¿qué estás haciendo con tu vida? O, mejor, ¿qué quieres hacer con ella? Vas dando bandazos de casa en casa, de trabajo en trabajo, y... y... ¡me preocupas!

Julia, quien había oído aquello ya demasiadas veces, puso los ojos en blanco y replicó:

—Cada día te pareces más a mamá.

—No me jorobes, y no me vengas ahora con eso.

—¡No me jorobes tú a mí! ¡Yo no soy tú! Yo no soy la perfecta, pulcra y decente Martina. Soy Julia, ¡Julia!

Ambas se retaron unos instantes con la mirada y luego Julia añadió:

—Me quedaré a dormir en casa de Fran hasta que encuentre un nuevo lugar.

Martina suspiró. No podía consentirlo y, cuando iba a replicar, su hermana musitó:

—Y, si no te importa, no quiero hablar más de ello.

Martina resopló. Le importaba, ¡claro que le importaba! Pero miró el sobre blanco que aquélla le había entregado y que tenía en las manos, y preguntó:

—¿Y esto qué es?

—No sé —respondió Julia mientras acariciaba la cabeza de *Johnny*—. Estaba en tu buzón.

—Qué raro —dijo Martina—. Hace un rato he venido de dar un paseo con el perro y creía que había recogido toda la correspondencia.

Sin más, miró el sobre y, abriéndolo, añadió:

—Será publicidad.

—Seguramente.

Pero, al abrirlo y sacar una postal como las que ya había recibido anteriormente, su hermana murmuró:

—¡No me lo puedo creer!

A cada segundo más sorprendida, Martina miró el papel.

En este caso era una postal donde se veía un precioso campo de flores multicolores al atardecer; dándole la vuelta, leyó:

—«En mis fantasías te llamo y vienes, pero en la realidad cada día estás más lejos de mí. Martina, por fin soy capaz de escribir tu nombre sabiendo que mi amor por ti no es correspondido. Eso no quiere decir que seas mala ni que yo no te merezca, sino simplemente que nuestros destinos parecen no cruzarse, y he de aceptarlo de ese modo. Esto no es un adiós, sino sólo un hasta pronto. Espero algún día reunir las suficientes fuerzas para poder decirte lo que siento mirándote a los ojos y no como un vil cobarde, escondido tras esta postal.»

Boquiabierta al comprobar que aquellas postales de amor eran para ella, Martina miró a su hermana.

—¡Alucina, vecina! —exclamó Julia—, ¡son para ti! ¿Lo ves?, ¡las postales son para ti!

Sin saber qué decir, volvió a leerla intentando encontrar respuestas.

¿Cómo alguien podía amarla de esa manera y ella no haberse dado cuenta siquiera?

Mientras lo pensaba, Julia le quitó la postal de la mano y, mofándose, la leyó de nuevo en voz alta.

Se reía de alguien que sufría.

Se cachondeaba de alguien que padecía por amor, y, sin saber por qué, Martina le quitó la postal de un manotazo y replicó mirándola muy seria:

—No tiene gracia, Julia.

—Pero, tata, ¿qué dices?

—No, Julia, no la tiene. Alguien sufre por amor y eso es injusto.

La aludida sonrió, su hermana era una exagerada, y, obviando sus palabras, canturreó:

—Tienes un enamoradoooooooo...

—¡Julia!

Agobiada, Martina caminó por el salón; no podía estar pasándole aquello. Mirando a su hermana, finalmente soltó:

—Esto no me gusta. Hay mucho loco suelto por el mundo y esto ¡no me agrada nada de nada!

—¡Dijo la alarmista!...

Martina suspiró. Pensó de nuevo en los policías a los que había consultado, y entonces su hermana preguntó:

—¿Y no se te ocurre quién puede ser?

—Ni idea.

—Wooooo, hermana, alguien se muere por tus huesitos... Por cierto, no es por acojonarte, pero la otra noche echaron en la tele la película *Atracción fatal*; ¿la viste?

Oír eso no le gustó, y replicó:

—No tiene gracia, Julia. Ninguna gracia.

Su hermana resopló y, cuando iba a añadir algo más, Martina abrió el cajón del aparador donde había guardado las otras postales y metió también ésa.

—Se acabó —dijo—. No quiero hablar más de ello.

Las dos hermanas se miraban calladas y en tensión cuando de pronto comenzó a sonar el teléfono. Ambas dieron un respingo y Julia, llevándose las manos al corazón, murmuró:

—¡Joder, qué susto!

Martina se apresuró a cogerlo y de inmediato oyó:

—Hola, soy Verónica.

Sentándose en una silla mientras Julia se acomodaba en el suelo para jugar con *Johnny*, respondió:

—Hola, Vero, ¿qué tal?

Su amiga, que estaba histérica por los últimos acontecimientos, rápidamente soltó:

—Dios mío, Martina, no me puedo creer lo de Fayna, ¡es horrible!

—Pero ¿sabes ya qué ha pasado?

Verónica, que aún estaba temblando en su casa, miró por la ventana y musitó:

—Mi cuñado tiene un amigo policía; hablé con Latina, y como ella me dijo que había algo raro en la muerte de Fayna por lo que la hermana de ésta le había dicho, lo llamé. Total, que mi cuñado llamó a su amigo para preguntarle, éste se interesó por el caso y me acaba de telefonear para decirme que la encontraron muerta en el garaje de su casa. Al parecer, alguien la estranguló.

De pronto, a Martina se le paró el corazón. Eso era horrible, y, cogiendo el paquete de tabaco que tenía sobre la mesa, sacó un cigarro, lo encendió y repitió:

—¿Que alguien la estranguló?

Al oírla, Julia miró a su hermana y la interrogó por gestos, pero ella estaba centrada en lo que su amiga le contaba.

—Ay, Dios mío, Martina, ¡sí!

Ambas se quedaron en silencio, y luego Verónica en un hilo de voz añadió:

—Mi cuñado me ha dicho que le han hecho la autopsia y que no hay indicios de violación. Tampoco le han robado nada, ni siquiera las pocas joyas que llevaba. Sólo la asaltaron y la mataron en el garaje de su casa.

A Martina se le estaba revolviendo el estómago.

Aquello que Verónica le contaba era lo típico que oía en la televisión, en las noticias. Nunca le había pasado a un conocido suyo y, retirándose el pelo del rostro, murmuró:

—Dios mío..., pobre chica.

—Estoy fatal, fatal. Pero ¿qué le pasa al mundo? ¿Acaso ya ni en tu casa puedes estar seguro?

—Hay mucho loco suelto por ahí —susurró Martina mirando el aparador donde había guardado aquellas extrañas postales.

De nuevo ambas guardaron silencio, hasta que ella preguntó:

—¿Lo has hablado con alguien del grupo?

—No. Acabo de hablar con mi cuñado. He llamado a Latina, pero comunicaba. Xavi está trabajando y te he llamado a ti. Ay, Dios..., ¡no me lo puedo creer!

Aquella noticia sin duda era terrible.

—Pondré un email colectivo para el grupo —decidió Verónica—. Creo que han de saber lo que ha ocurrido. Yo... yo nunca imaginé que mi cuñado me contaría algo así. Pensé que me diría que había muerto en un accidente de tráfico o yo qué sé, pero nunca habría esperado esto. Nunca.

—Te entiendo...

—Te dejo. Hablamos.

Y, sin más, Verónica colgó dejando a Martina sorprendida y boquiabierta. Fayna había sido asesinada. Estaba pensando en ello cuando Julia, que no se había movido del suelo, preguntó:

—¿Qué pasa?

Martina miró a su hermana y meneó la cabeza.

—Dios mío, Julia —murmuró—, han asesinado a una conocida.

—¡¿Qué?!

—La han estrangulado en el garaje de su casa —aclaró.

Tan impresionada como su hermana, Julia susurró:

—¡Ostras, qué fuerte! ¿A quién? ¿La conozco?

Martina negó con la cabeza, lo dudaba, y respondió:

—Es una de las amigas que me presentó María. Una de las integrantes del grupo con el que hablo por las noches por internet. Su *nick* era «Fayna». Pobrecilla. Pobrecilla...

Las dos hermanas asintieron. Sin duda, que le ocurriera algo así a alguien era una atrocidad. Rápidamente Martina llamó a María para contárselo y, como era de esperar, su amiga se quedó horripilada al saberlo.

Capítulo 17

Esa noche Martina era incapaz de conciliar el sueño.

¿Cómo iba a dormir sabiendo lo que le había ocurrido a Fayna?

Pensó en ella. En su sonrisa. En cómo bailaba el día que la conoció en aquella fiesta, y se desesperó.

¿Cómo le había podido pasar algo así?

Con el corazón encogido, miró el reloj despertador que tenía sobre la mesilla. Las tres y media de la madrugada. Finalmente se levantó para ir a la cocina y beber un vaso de agua. Tenía sed. En su camino por el pasillo vio a *Johnny* tumbado y sonrió. Se agachó, le acarició la cabeza y murmuró:

—Hola, Mastodonte.

De inmediato, él se puso panza arriba para que le tocara la barriga. Parecía increíble que con lo grande que era pudiera moverse con aquella agilidad. Encantada, Martina le acariciaba la barriga cuando oyó un ruido. Miró hacia la puerta donde sabía que su hermana dormía y, al no oír nada más, se levantó y caminó hacia la cocina.

Tras beber agua, al regresar pasó por el salón. Sin encender las luces, se acercó a la ventana y miró al exterior. La calle estaba oscura y solitaria, y, dando media vuelta, se encaminó de nuevo hacia su habitación. Sin embargo, antes de salir de la estancia se detuvo junto al aparador, abrió el cajón y, cogiendo las postales, las miró y murmuró curiosa:

—¿Quién eres?

De nuevo leyó las palabras de aquel que decía sentir algo por ella y, por más que lo pensó, no logró entender quién podía ser. Guardó las postales otra vez y se dirigió hacia su cuarto, pero esta vez se percató de que salía luz por debajo de la puerta de la habitación donde dormía su hermana y un cable larguísimo que llegaba hasta el módem que estaba en el comedor.

¿Estaba despierta?

Sin dudarlo y con sigilo, fue hasta la misma y la abrió. Al hacerlo, Julia dio un salto y, mirándola, gruñó:

—Joder, Martina, ¡qué susto me has dado!

Sorprendida por ver a su hermana con un portátil, se acercó para mirar y, al ver que estaba en un privado con alguien, murmuró:

—¿Qué haces que no estás durmiendo?

Julia, al verse sorprendida, se levantó de la silla y repitió tocándose el pecho:

—Qué susto... Estoy que se me sale el corazón.

Martina se acercó más y su hermana, bajando la pantalla del ordenador, la miró y preguntó:

—¿Qué quieres?

—¿Desde cuándo tienes un portátil?

Julia miró el aparato y sonrió.

—Desde que se lo compré a un amigo de un amigo.

Oír eso hizo que Martina levantara las cejas; sin duda se trataba de algún chanchullo de los suyos.

—Era indispensable para mi trabajo —añadió Julia—, por lo que les pedí dinero a papá y a mamá y me lo compré... ¡legalmente!

—¡Pero qué morro tienes!

—No empecemos —advirtió Julia entendiendo el gesto de su hermana.

Sorprendida, pero sin querer meter el dedo en la llaga, Martina indicó:

—Es tardísimo, deberías estar durmiendo. Mañana estarás hecha una mierda para ir a trabajar.

Al oír eso, Julia se tocó con los dedos la punta de la nariz. Aquel gesto tan propio de ella le hizo saber a su hermana que algo pasaba, y entonces aquélla soltó:

—Bueno, la verdad es que se me olvidó decirte que he dejado el trabajo.

No era la primera vez que Martina oía aquello y, antes de que pudiera siquiera protestar, Julia añadió:

—La verdad, hermanita, vender seguros no es lo mío.

Martina meneó la cabeza. Lo de su hermana era de traca, de numerito de circo. No aguantaba en un empleo más de tres meses; y, como creía que iba a explotar, protestó mirándola:

—¡Qué bien! La señorita vuelve a estar sin trabajo..., ¡perfecto!

Julia no contestó, sino que simplemente la miró, y su hermana, intentando no levantar la voz, prosiguió:

—¿Piensas vivir toda la vida de papá y mamá? Porque, si es así, lo mejor es que regreses al pueblo. Al menos les originarías menos gastos, ¿no crees? Porque, joder, te acabas de comprar un portátil con su dinero supuestamente para trabajar... Pero ¿de qué vas?

—¡No digas tonterías!

—No, Julia, ¡no digo tonterías!

Molesta por las palabras de su hermana, aquélla protestó:

—¿Qué hago yo en el pueblo? Allí no hay opciones de empleo como en la capital. Allí sólo puedo trabajar en la tienda de ultramarinos de papá o casarme con quien tú ya sabes... ¿Quieres eso para mí?

Boquiabierta, Martina se le acercó y musitó:

—Quiero lo mejor para ti. Y, visto lo visto, creo que estar en Madrid no lo está siendo. En cuanto a trabajar en la tienda de papá, quizá no sea mala opción y...

—¡Ni hablar! Me niego a estar toda mi vida vendiendo chóped y latas de conserva. Yo quiero algo más.

—¿Quieres algo más?

—Sí.

Enfadada con su hermana por el descontrol de vida que llevaba, Martina la miró con dureza.

—Lo que tú tienes es muy poca vergüenza. Pretendes vivir en la capital a tu antojo, pero con papá y mamá pagándote tus caprichos. Pero no, mona, no, crecer y vivir significa trabajar. Significa pagarte tú solita las facturas del agua, del gas o del teléfono, incluso pagarte el caprichito de un ordenador. Y, por supuesto, significa tener un par de dedos de frente para hacer lo correcto con tu vida y no ocasionar molestias y gastos a los demás.

—Ya estamos...

—Sí, ya estamos. Pero, Julia, por el amor de Dios, ¿qué estás haciendo con tu vida? ¿Acaso no quieres una estabilidad, una seguridad, una...?

—Te he dicho mil veces que yo no soy tú —la cortó—. Yo no soy la perfecta Martina. Soy Julia. Y si la cago, ¡es mi problema!

—No, guapa, no. No es tu problema. Si la cagas es problema de todos; pero ¿qué narices estás diciendo?

Julia se puso en pie y caminó por la habitación. No esperaba tener esa conversación en aquel instante y, como pudo, dijo:

—Claro que quiero estabilidad, pero no la encuentro. La busco, sabes que lo hago, pero...

—Pero, niñata, ¡¿tú qué crees que es la vida?! ¿Tú qué quieres? —dijo Martina levantando la voz—. ¿En serio me estás diciendo que buscas estabilidad comportándote como lo haces? Joder, Julia, que no soy tonta, que sé lo que haces. Y, mira, que te acuestes con quien te dé la gana, ¡vale!, ahí no me voy a meter. Pero ¿acaso crees que no sé que tu vida es una fiesta continua y...?

—Que te hayas convertido en una amargada y una reprimida por lo que te ocurrió con Miguel no quiere decir que yo tenga que serlo también.

Boquiabierta al oír eso, Martina parpadeó.

—¿Me acabas de llamar «amargada» y «reprimida» por la muerte de Miguel?

—Sí. Y creo que te estás pasando, hermanita.

A Martina no le gustó nada oír que metía a Miguel en su discusión y, perdiendo los papeles, siseó:

—No, guapa, no. Perdona, pero aquí la que se está pasando eres tú. No tienes ni puñetera idea de cómo es mi vida como para llamarme «amargada» y «reprimida». Y, ¿sabes?, a mí nadie me tiene que pagar ¡nada! porque trabajo para poder vivir y costearme mis caprichos. La diferencia entre tú y yo es que yo vivo la vida como puedo y tú vives del cuento.

—¿Cómo te atreves?

—¿Molesta oír la verdad de boca de una amargada y reprimida?

Julia se acercó hasta su bolsa y la abrió. Metió en ella unas camisetas y replicó:

—Mira, no tengo por qué aguantar esto.

Al oír jaleo, *Johnny* entró en la habitación y Martina, mirando a su hermana, prosiguió:

—Tú no vives y dejas vivir. Tú vives y pretendes que papá, mamá y yo estemos pendientes de ti y de tus necesidades. Y, mira, te quiero mucho, sabes que por ti daría mi vida, pero la situación comienza a cansarme. Dices que eres adulta, ¡pues demuéstralo de una vez! Deja de volvernos locos a todos, deja de dar preocupaciones y céntrate en encauzar tu vida, porque, tal y como la llevas, dudo que termine bien.

Julia maldijo. Las verdades dolían. Sabía que su hermana llevaba razón. No paraba de dar quebraderos de cabeza a sus padres y a Martina, pero espetó:

—Como veo que te molesto y te ocasiono tantos problemas, ¡me voy!

Martina maldijo a su vez. Era imposible hacer razonar a su hermana, e, intentando bajar la intensidad de sus palabras, musitó:

—A mí no me molesta que estés aquí, Julia. Pero sí tu manera de encarar la vida porque primero sólo piensas en ti, luego en ti y, después, de nuevo en ti y...

Incapaz de seguir escuchando, Julia cogió su bolsa para marcharse, pero su hermana la agarró del brazo y, mirándola, preguntó:

—Pero ¿adónde narices vas a estas horas?

Enfadada con ella y con el mundo en general, Julia replicó con los ojos cargados de lágrimas:

—A donde sea que no moleste.

A Martina le partió el corazón ver cómo una lágrima rodaba por su mejilla. Julia era su hermana. Su hermana pequeña. Aquella que siempre se había refugiado en ella, haciéndole saber que era su mayor heroína; por lo que, olvidándose de lo que hablaban, la abrazó y murmuró:

—Lo siento, perdóname.

Julia lloró desconsoladamente. Su hermana tenía razón, era un puñetero desastre y su vida era un caos, pero, por más que intentaba reconducirse, por más que trataba de hacer las cosas bien, al final siempre elegía el camino incorrecto.

—No, perdóname tú —repuso—. Siento haber nombrado a Miguel y siento haber dicho la tontería esa de que eres una amargada y una reprimida. No sé por qué lo he dicho..., perdóname.

Martina suspiró; como su padre siempre decía, en ocasiones los enfados te hacían decir maldades.

—Tranquila —susurró—. Te perdono. Quizá me he pasado en mis formas, pero entiende que no puedes seguir así, y si te llamo la atención es por tu bien. Necesitas un trabajo estable y reconducir tu vida.

Julia asintió y, limpiándose las lágrimas, murmuró:

—Lo sé, tata, tienes razón. Lo sé.

De nuevo se abrazaron. El cariño que ambas se tenían era incondicional a pesar de lo diferentes que eran y de lo mucho que discutían, y cuando se separaron, Martina musitó dándole un beso a aquélla en la frente:

—Son las cuatro y veinte de la madrugada. Me levanto dentro de tres horas para ir a trabajar, por lo que creo que este tema debemos hablarlo en otro momento, con tranquilidad, ¿te parece?

—Sí.

Tras separarse, Martina miró el portátil de su hermana y preguntó:

—¿Con quién hablabas?

Sonándose la nariz con un pañuelo de papel, Julia respondió:

—Con unos amigos. Pero tranquila, que ya me voy a la cama.

—Oye, por mí no lo hagas.

Julia asintió y sonrió.

—Lo sé —contestó—. Lo haré por mí. Mañana he de levantarme pronto para buscar trabajo.

Oír eso hizo que Martina sonriera y, tras guiñarle un ojo a su hermana, salió de la habitación seguida por *Johnny* y se dirigió a la suya, donde se acostó y finalmente logró conciliar el sueño.

Capítulo 18

Durante la semana siguiente, la noticia de la muerte de Fayna mantuvo a todo el grupo de internautas en vilo. Todos los que la conocían no comprendían qué había podido pasar para que aquella sonriente muchacha hubiera acabado así. Sin embargo, igual que el asunto los había alarmado a todos en un inicio, según fueron pasando los días comenzó a quedar olvidado. La vida continuaba para todos ellos.

Incapaz de callarlo por más tiempo, un día Martina le habló a María de las postales, y cuando fue a su casa se las enseñó. Al igual que su hermana, su amiga se lo tomó a guasa y, como era de esperar, al ver su preocupación también la tachó de alarmista.

¿Por qué Martina se lo tenía que tomar todo a la tremenda?

Por suerte, el tiempo fue pasando y no volvió a recibir ninguna postal más de su supuesto enamorado. Y, aunque todavía estaba asustada por lo que le había ocurrido a Fayna, decidió no dramatizar ni alarmarse innecesariamente. Era lo mejor.

Fueron muchos los días en los que Martina acompañó a Carlos a recoger a sus hijas, unas niñas encantadoras que adoraban a su padre, quien se desvivía por ellas. No obstante, muchas de aquellas veces su exmujer no se lo ponía fácil, y al final Carlos se vio obligado a denunciarla para no perder a sus hijas.

Durante sus conversaciones con la gente del chat, Martina era consciente de cómo cada noche deseaba su ratito a solas con Pinocho. Y la noche que no la tenía o él no aparecía, una extraña desilusión se apoderaba de ella. Sin saber por qué, las charlas con aquel desconocido se habían convertido en una necesidad, cosa que ni ella misma entendía y que, por supuesto, evitaba comentar con el resto del mundo.

¿Cómo podía necesitar hablar con alguien a quien ni siquiera conocía?

Pero lo cierto era que durante el día estaba deseando que llegara la noche para hablar con Pinocho.

Julia finalmente tuvo que vender su portátil. Necesitaba el dinero. Y Martina, al ver su grado de agobio, le propuso que viviera con ella. Su hermana aceptó, pero con la condición de que en cuanto volviera a tener un empleo se marcharía de allí.

Con el paso de los días, y tras muchas entrevistas, acabó encontrando trabajo gracias a Carlos. Éste, tras saber por Martina durante una de sus cenas entre amigos lo que a su hermana le ocurría, sin dudarlo, al día siguiente la llamó y le ofreció un puesto vacante de recepcionista en su empresa. Encantada, Julia lo aceptó, pero eso inquietó a Martina. Adoraba a su hermana, pero la conocía y sabía que en temas de trabajo podía dejar mucho que desear. Carlos, no obstante, la tranquilizó: la cagara o no su hermana en su nuevo puesto, su amistad no se vería afectada.

La relación de María y Marco iba viento en popa.

La incombustible joven parecía haber encontrado en aquél al hombre de sus sueños, y viceversa. Cuando salían, el grupo de amigos los miraban encantados, pues hacían una preciosa pareja, ella tan loca y él tan juicioso.

Incluso Martina en alguna ocasión le cuchicheó a su amiga que los envidiaba. Veía en ellos esa clase de conexión que ella había tenido en el pasado con Miguel, y eso no era fácil de crear ni de encontrar.

La problemática de Carlos con respecto a sus hijas había acabado al fin. Agobiado por el modo en que su exmujer incumplía todo lo pactado, su caso llegó a los tribunales y, tras ser citados de nuevo por el juez, los términos en los que se referían a las niñas quedaron claros. Como padre, Carlos tendría a sus hijas dos fines de semana al mes, la mitad de las vacaciones de verano y la mitad de las vacaciones de invierno, y si volvía a haber problemas, el magistrado tomaría otra decisión. Almudena estaba que trinaba. Su sucio juego había llegado a su fin y sabía que, si reincidía, tendría más que perder que ganar, por lo que finalmente no le quedó otro remedio que cejar en su empeño.

Una noche en la que Martina estaba chateando en el comedor con sus amigos, su hermana Julia caminaba inquieta por la casa. Martina la observaba en silencio y con el rabillo del ojo, y, cuando ya no pudo más, le preguntó:

—¿Qué pasa, Julia?

La joven se detuvo, la miró y respondió:

—Nada..., nada...

—¿Estás nerviosa por algo?

Julia, que se mudaba a un apartamento al día siguiente, repuso:

—No.

Su hermana asintió y, a continuación, musitó:

—Me estás poniendo a mí de los nervios con tanto paseíto arriba y abajo.

Julia miró su portátil de soslayo, lo que no le pasó por alto a su hermana, que preguntó:

—¿Quieres utilizar el ordenador?

Julia parpadeó. Desde que había vendido su portátil echaba en falta poder conectarse cuando ella quisiera a la red, pero, encogiéndose de hombros, respondió:

—No, tranquila. No.

Martina, que esa noche estaba un poco disgustada, pues Pinocho no había aparecido y las conversaciones del grupo la estaban aburriendo, insistió:

—Esto es ridículo, Julia. Si quieres utilizarlo, ¡dímelo! —Su hermana sonrió y Martina preguntó—: A ver, ¿con quién quieres hablar?

Julia, consciente de que su impaciencia por chatear con el hombre que la hacía arder desde la distancia era más que evidente, finalmente respondió:

—Es una tontería, pero bueno, sobre esta hora, siempre que puedo y tú estás cenando por ahí, suelo hablar con un amigo desde tu ordenador.

—¿Qué amigo? —se interesó Martina.

—Uno.

—¿Lo conoces de la vida real o lo conociste por la red?

Julia lo pensó. Dage siempre le pedía discreción y, mintiendo, dijo:

—Lo conozco de la oficina, pero allí no tenemos tiempo para charlar. Y, bueno, nos dimos los emails y siempre que podemos charlamos por las noches.

Martina sonrió.

Desde que estaba en su nuevo puesto de trabajo, Julia estaba cumpliendo con sus horarios y se estaba portando genial, algo raro en ella. Y que hubiera conocido a alguien en la oficina y no en un fumadero de marihuana era aún mejor. Así pues, despidiéndose rápidamente de los amigos del chat, cerró su sesión, se levantó y dijo mirando a su hermana:

—¡Todo tuyo!

Con una amplia sonrisa, Julia la abrazó y, cuando se separó de ella, murmuró:

—Graciasssss.

A continuación, sin tiempo que perder, se puso a teclear en el ordenador y Martina decidió darle intimidad.

—Buenas noches, Julia —dijo acariciando la cabeza de su perro.

—Buenas noches, tata.

Con una sonrisa en los labios, Martina se dirigió a su habitación, donde, tras desnudarse y mirar la foto de Miguel para desearle buenas noches, se tumbó y se durmió.

Julia entró impaciente en el chat, donde sabía que encontraría a Dage, pero vio sorprendida que no era así. Llevaba dos noches sin conectarse... ¿Eso podría haber cambiado algo?

Suspirando, comenzó a hablar con los desconocidos que allí estaban, hasta que de pronto vio cómo el nombre que esperaba entraba en el canal. Sonrió con nerviosismo. Allí estaba él, y no tardó en enviarle un privado, que aceptó.

<DAGE> Hola, bombón.

<SHERYL> Hola.

<DAGE> Me tenías preocupado al no verte por aquí.

A Julia le gustó leer eso, estaba claro que la había echado de menos, y respondió:

<SHERYL> He estado ocupada. Pero aquí estoy.
<DAGE> ¿Has pensado en lo que te propuse el otro día?

La joven sonrió. Aquel tipo le había propuesto quedar para conocerse y cenar, algo que le apetecía mucho, y respondió:

<SHERYL> Claro que lo he pensado.
<DAGE> ¿Y...?
<SHERYL> La respuesta es sí.
<DAGE> ¡Voy a conocer a mi chica!
<SHERYL> Ja, ja, ja, eso parece. ¿Nos damos el número del móvil?
<DAGE> No tengo móvil. Soy de los que aún se resisten a estar controlado las veinticuatro horas del día.
<SHERYL> Puedo entenderlo. ¿Cómo quedamos entonces?
<DAGE> ¿Te parece el viernes 15 en la plaza de Callao, a la salida del metro?

Rápidamente ella lo apuntó en un papel para no olvidarlo, y luego preguntó:

<SHERYL> ¿A qué hora?
<DAGE> A las diez. Pero recuerda, esto es algo entre tú y yo. De nadie más.
<SHERYL> Lo sé.
<DAGE> He de dejarte. Sólo he entrado para ver si estaba mi bombón.
<SHERYL> ¿Ésa soy yo?
<DAGE> La duda ofende, preciosa.

Emocionada por las cosas que aquel tipo le decía, Julia insistió:

<SHERYL> ¿Cómo te reconoceré?
<DAGE> Tranquila, cielo, lo harás.

Y, dicho esto, salió del canal dejando a Julia sin posibilidad de hacer más preguntas sobre la cita. Dage era enigmático, y eso a ella le encantaba. El misterio que aquel tipo le insuflaba en cada uno de sus encuentros virtuales le gustaba cada día más.

Una vez que se quedó sola en el privado, cerró la ventana y salió del canal. Desconectó el portátil y, tras apagar las luces, se dirigió hacia la habitación que ocupaba en la casa de su hermana. Cuando se acostó pensó en aquél. Por primera vez alguien la llamaba «preciosa». En el mundo en el que se movía los tíos no solían decirle esa clase de piropos, por lo que intuyó que era alguien muy romántico, y ella ardía en deseos de conocerlo y perderse entre sus brazos.

Capítulo 19

En el colegio todo era una locura.

El festival de primavera se acercaba y, aunque todo parecía que iba viento en popa, en los últimos días los nervios eran más que palpables.

Antes de que comenzara el recreo de los niños, en cinco minutos que tuvo libre, Martina llamó por teléfono a Interflora para pedir que le enviaran un ramo de flores a su madre a Consuegra. Era su cumpleaños. Una vez hecho esto, se dirigió al patio junto a Enrique. Ese día eran los encargados de vigilar a los chiquillos.

—¿Ya lo has pedido? —le preguntó él.

Martina asintió.

—Sí. Espero que dentro de un par de horas lo reciba. Sé que le hará mucha ilusión.

—No lo dudo —afirmó Enrique acordándose de su propia madre—. Por cierto, ¿qué tal tu hermana en su nuevo piso?

Al pensar en Julia, Martina sonrió. Su hermana no sólo había comenzado en un nuevo trabajo, sino que, además, otra vez gracias a Carlos, había conseguido un piso chiquitito. Casualmente, los inquilinos que su amigo tenía en aquella casa se marchaban y, sin dudarlo, se lo alquiló por un precio de risa a Julia.

—Genial —respondió—. Lleva pocos días, pero está contenta.

Mientras los niños jugaban, Enrique, que caminaba junto a Martina, pidió mirándola:

—Cuéntame algo de tu pueblo.

—¿De Consuegra?

—Sí.

—¿Y qué quieres que te cuente? —Sonrió.

Él se encogió de hombros. Cualquier cosa que ella le contara sería bien recibida y, mirándola con complicidad, soltó:

—Pues todo. No sé..., ¿tus padres ya eran de Consuegra?

Encantada, Martina asintió.

—Sí, mis padres nacieron allí. Allí se conocieron. Se casaron y posteriormente mi hermana y yo nacimos. En la familia de mi padre es costumbre que el primogénito lleve el nombre del progenitor y por eso yo me llamo Martina: él se llama Martín.

—Vaya... —Enrique sonrió.

—Sobre Consuegra te diré que es un precioso pueblo situado al sureste de la provincia de Toledo y...

—Consuegra, ¡curioso nombre! Oye, por curiosidad, si los madrileños somos de Madrid, ¿cómo se llama a los de Consuegra?

—Consaburenses.

Ambos rieron por aquello, y Enrique insistió:

—Vamos, sigue contándome.

Pensando en aquel lugar, donde había tenido una niñez muy bonita por sus gentes y su cariño, Martina le contó todo lo que se le ocurrió. Le habló de lo orgullosos que estaban los consaburenses de su pueblo, de su castillo y sus trece molinos, aunque sólo once de ellos seguían marcando el paisaje del pueblo. Sancho, Bolero, Espartero o Caballero Verde eran algunos de sus nombres.

Encantada, sonrió al recordar cómo de niña corría y jugaba con sus primos alrededor de aquellos monstruos gigantescos, e incluso le confesó que, en ocasiones, siendo una adolescente, había fantaseado con que ella era la princesa del castillo y un príncipe acudía para enamorarla. Le habló asimismo de las historias que su tío Isidro le contaba en las noches de luna llena mirando hacia el castillo, en las que aquél se recreaba haciéndole creer que habían existido caballos voladores que morían de amor junto a la princesa. Eso le hizo gracia a Enrique, que reía a mandíbula batiente mientras la joven decía:

—Eh..., era una niña; ¿cómo no iba a creer a mi tío?

Divertida, continuó hablándole de su pueblo, donde muchos de los edificios que aún se conservaban habían sido construidos entre los siglos XIV y XIX. Le habló del edificio castellano mudéjar que estaba en la plaza de España y de los Corredores, con sus magníficas balconadas de madera y sus soportales. Incluso recordó que la parroquia de Santa María fue construida con piedras extraídas de un antiguo templo romano.

—Curioso —murmuró Enrique.

—Mi madre es muy religiosa, algo que ni Julia ni yo somos, y ella siempre va a rezarle y a pedirle por nosotros a la Virgen Blanca. Su Virgen. Y algo tremendamente tradicional en mi pueblo y que no me suelo perder la última semana del mes de octubre es la Fiesta de la Rosa del Azafrán. Y, bueno, por fiestas no será, y también tenemos la de la Virgen del Carmen, la Virgen Blanca, las fiestas patronales y las batallas medievales. Te las recomiendo. Lo pasarías pipa.

—Tengo que ir a conocerlo. Según hablas de él, entran ganas.

—Tienes que ir —afirmó Martina.

—¿Qué tal si me llevas tú y me lo enseñas?

Ella sonrió y, encogiéndose de hombros, musitó:

—Cuando quieras.

—¡Genial! —afirmó él gustoso.

La joven añadió divertida:

—Te gustará mi pueblo y, si vamos en Navidades, sí o sí has de comprar mazapán, hojaldres y sequillos. Mmmm..., qué hambre sólo de pensar en ellos.

—Oye, he quedado con Valle, mi primo y dos amigos cuando salga de clase para tomar algo; ¿te apuntas? —propuso entonces Enrique.

A ella le pareció una excelente idea, pues no tenía nada mejor que hacer.

—Vale —contestó.

Enrique asintió encantado.

Aquello lo hacía muy feliz.

En ese instante sonó el timbre que marcaba el fin del recreo. Se miraron y él corrió hacia una puerta para abrirla y que entraran los niños.

—Nos vemos a la salida —se despidió Enrique.
Ella asintió y se apresuró hacia la otra puerta.

* * *

Esa tarde, cuando salieron del colegio, Martina, Enrique y Valle se reunieron con el primo de aquél y unos amigos y se fueron de tapas por la plaza Mayor de Madrid, donde lo pasaron estupendamente.

Capítulo 20

Dos noches después, cuando Martina aparcó su coche frente al restaurante donde había quedado con sus amigos, sonrió. Desde el vehículo podía verlos esperándola en el interior. Luis, Carlos, Marco y María reían. Era estupendo verlos así, y su vida era mucho más animada desde que aquéllos habían entrado en ella.

Martina se fijó en cómo Marco miraba a su amiga con verdadero amor. El chico era de Madrid, era el tercero de una familia bastante humilde y, según les contó, al acabar el servicio militar se independizó para suponer una carga menos para su familia.

Como necesitaba dinero, se enroló en un barco mercante noruego y durante siete años había estado viajando por el mundo, aprendiendo todo lo que pudo y más. Si había algo que a Marco le gustaba era la informática y, gracias a sus conocimientos de inglés, que había aprendido en aquellos años, y a las revistas que se compraba, había estudiado a su manera.

Cuando decidió regresar a España, al no tener ninguna titulación de informática, por mucho que supiera, las empresas no querían contratarlo, y no le quedó más remedio que ponerse a trabajar en una gasolinera. Debía ganar dinero para poder vivir. Era eso o regresar de nuevo a la mar, algo que ahora ni se planteaba, tras haber conocido a María.

Para Marco conocer a Carlos, que era el dueño de una multinacional informática, a través de su chica era como un arma de doble filo. Y aunque María y Martina le habían repetido en varias ocasiones que hablara con Carlos para barajar la posibilidad de trabajar con él y dejar la gasolinera, Marco se resistía, pues no quería que María pensara que estaba con ella por aquél ni que Carlos imaginara que era su amigo por conveniencia.

Pensando en Marco y en la suerte que había tenido María al conocerlo aquel día, Martina entró en el restaurante italiano donde habían quedado, que era de unos amigos de Carlos y Luis. Éstos, al verla, rápidamente llamaron su atención y entre risas se saludaron. Los cinco hacían un buen equipo. No obstante, cuando uno de ellos mencionó el nombre de Pinocho y su posible llegada, Martina amenazó con marcharse, aunque rápidamente le indicaron que era una broma. Nadie lo había invitado.

—¡Flipa, colega! Esta pizza está de muerte —comentó María.

Marco sonrió al oírla y, tras tragar el trozo que tenía en la boca, preguntó mirando a Luis:

—¿De dónde decís que son los dueños?

—De Roma —respondió el aludido—. Los conocimos durante un fin de semana que estuvimos en esa mágica ciudad.

Encantados, todos se miraron mientras disfrutaban de aquel exquisito manjar, y Carlos señaló:

—Fue curioso. Estábamos en la plaza de España, sentados tomando el sol como lagartos, bebiendo de una enorme botella de agua, cuando Luis comenzó a decirme que allí mismo era donde en ocasiones Versace, Armani o Ferrone, entre otros, preparaban desfiles de moda con reinas del Olimpo como Naomi Campbell; entonces tres guapísimos italianos que había a nuestro lado empezaron a contarnos cosas de esos desfiles, ¡y en castellano! Total, que al final los cinco nos fuimos a comer a un restaurante que curiosamente era propiedad de ellos. Y allí nos enteramos de que los tres, que eran hermanos, tenían locales en Madrid, Barcelona y Bilbao.

—¡Qué fuerte! —afirmó María.

Luis, a quien esa noche se lo veía especialmente dicharachero, sonrió e indicó:

—Estaban en su tierra comprando productos italianos. Compran lo básico allí y luego lo hacen traer a España.

—Hacen bien —afirmó Martina sonriendo.

Charlaron un poco de todo, pasando de un tema a otro, hasta que María preguntó:

—¿Qué tal van los ensayos con tus enanos?

Oír eso hizo que Martina pusiera los ojos en blanco.

—No me hables... Esos pequeños diablillos me están volviendo loca.

—No será para tanto, mujer —se mofó Marco.

Sonrió divertida.

—¿Que no? Tú no sabes lo que es eso. No hacen caso. Sólo quieren jugar, saltar, reír. Si no fuera por Enrique, a veces no sé lo que haría.

—¿Enrique? —preguntaron interesados al unísono Carlos y Luis.

Martina rio al ver sus gestos, y María, recordando quién era, afirmó:

—Lo conozco y mola. Es más, gracias a él pude ir al concierto de Los Secretos. Me consiguió las entradas a través de un colega suyo.

—¿Y por qué yo no conozco a Enrique? —preguntó divertido Carlos.

—Porque no tienes por qué conocerlo —replicó Martina, que, al ver cómo él le guiñaba el ojo, añadió—: Es un compañero de trabajo, nada más. Y, la verdad, siempre aparece en el momento más necesario. Tiene una paciencia increíble con los niños. Digamos que es el que me hace contar hasta cien antes de coger a algún diablillo y atarlo a la silla —cuchicheó sonriendo.

Aclarado el tema, continuaron disfrutando de la cena. De nuevo hablaban de todo un poco cuando Martina, mirando a Carlos, preguntó bajando la voz:

—¿Qué tal sigue Julia en el trabajo? Y no me mientas.

Su amigo sonrió. Sabía cuánto le preocupaba a aquélla su pregunta, y respondió con sinceridad:

—Se mueve más que un gato en la bañera, pero en general muy bien. Es espabilada, trabajadora y responsable.

—¿Seguro que hablamos de mi hermana? —se mofó Martina.

Divertido por aquello, Carlos soltó una risotada y luego preguntó:

—¿Te gustó el apartamento que le alquilé? Es cuco y chiquitito.

—Es una pasada. De verdad, Carlos, gracias. Te estás portando con mi hermana y conmigo de una manera que no tendré suficiente vida para agradecértelo.

—Anda ya, ¡exagerada! —exclamó él riendo.

Martina asintió y, seguro de lo que decía, indicó:

—Sólo te pido que, si hay algún problema con Julia en el trabajo o en el piso me lo digas, ¿vale?

—Que sí, mujer. Mira que eres pesadita... —Ambos rieron de nuevo, y luego él añadió—: ¿Sabes? Me ha dicho que le gustaría comprarse un portátil como el tuyo.

Oír eso no extrañó a Martina.

—Le he dicho que espere un poco —continuó Carlos—. Yo le conseguiré uno.

—Tendrá morro, la tía —murmuró ella moviendo la cabeza.

Carlos sonrió al oírla y se acercó más a ella.

—Según me ha contado, utilizaba el tuyo y, como ya no vive contigo, pues lo echa de menos. Por cierto, también me ha dicho que tú lo usas muchooooooo.

Martina sonrió. En aquello su hermana tenía razón, y afirmó:

—La verdad es que lo estoy utilizando más de lo que esperaba. Con el grupo por las noches lo paso bien, e incluso he invitado a Bombón a mi casa a dormir.

—Se ha lanzado a la piscina, ¡increíble! —se mofó María al oírla.

—Te estás modernizando —afirmó Luis—. Y me encanta ver que por fin estás entrando en el mundo de la informática.

Todos rieron por aquello, y Carlos, jugándosela, musitó:

—Te guste o no reconocerlo, en ese grupo de chat todos sabemos que alguien llama mucho tu atención...

—¡Muchísimo! —afirmó María, que la conocía muy bien.

Martina resopló; eran unos pesados con aquel tema. Marco, que los observaba, señaló:

—Que alguien llame tu atención no es malo.

Eso hizo sonreír a la joven. Claro que no era malo, pero reconocerlo abiertamente le parecía una deslealtad a Miguel. Sin embargo, incapaz de callar un segundo más, afirmó:

—De acuerdo, lo reconozco: me llama la atención.

De inmediato, todos aplaudieron y se abrazaron entre ellos emocionados, y, sorprendida por su reacción, Martina preguntó:

—Pero ¿qué os pasa?

—¡Alucina, vecina! —murmuró María cogiendo su mano—. Lo que acabas de decir es un gran paso para ti y también para la humanidad.

Martina sonrió sin poder evitarlo y, viendo cómo todos la observaban, dijo con cierta vergüenza:

—Me siento como una cría de doce años hablando de esto.

—El amor es lo que tiene.

—Carlos —lo cortó—, yo no estoy hablando de amor.

—Vale —repuso él divertido—. Dejémoslo en atracción. ¿Mejor así?

Martina asintió.

—Mucho mejor. —Sin embargo, intentando desviar el tema, añadió—: Pero, mirad, el otro día leí que desde que internet había llegado a España se estaban disparando las infidelidades y los divorcios; ¿no os parece increíble?

Todos asintieron. Aquella noticia era candente a nivel mundial.

—Nosotros conocemos más de un caso —afirmó Luis.

—Y de diez —afirmó Carlos, pero mirándola cuchicheó—: No obstante, volviendo al tema de antes..., ¿cuando hablas con él notas que el corazón se te acelera, te corre una lagartija por el estómago y te sudan las manos?

La joven lo pensó y finalmente asintió, y en ese momento todos se revolucionaron.

—Tienes que conocerlo..., ¡qué morbo, chica! —insistió Luis.

—Es un encanto, te lo aseguro —declaró Carlos.

Martina negó con la cabeza y María, mirándola, musitó:

—A ver, tonta, Luis y Carlos lo conocen y dicen que es un caramelito. Joder, ¡si hasta yo me muero por quedar con él!

—¡Heyyyyy! —protestó Marco al oírla—. A ti ni se te ocurra.

Sonriendo por la reacción de aquél, María le dio un beso en los labios y aclaró:

—A ver, cielo. Sólo quiero conocerlo para ver si es compatible con ella. Quien quiera conocerme, ¡a la cola, Pepsi-Cola!, porque primero estás tú.

—Vaya, qué honor —se mofó Marco.

Divertida por ver a su chico sonreír, María le dio otro beso en los labios y cuchicheó:

—Además, ¿dónde iba a encontrar a otro que me soportara como me soportas tú?

—También tienes razón. —Marco rio encantado por lo que oía.

Mientras aquéllos se besaban sin ningún filtro, Carlos, Luis y Martina se miraban, hasta que esta última comentó:

—De momento voy a conocer en persona a Bombón. Bueno, a Verónica.

—¿En serio no vas a venir a la quedada? —preguntó Luis.

—No. No voy a ir.

María puso los ojos en blanco. Pasaba de intentar convencerla, y Carlos señaló:

—Verónica es una buena chica. La conozco y es un amor.

Martina asintió, le gustaba oír eso, y, tras darle a su amiga un manotazo para que cambiara el gesto, indicó:

—Por teléfono congeniamos mucho, pero todo sea que luego en persona no nos soportemos más de media hora.

El grupo rio por aquello y luego Carlos preguntó:

—Entonces ¿Verónica va a ir al estreno de la obra de teatro de tu colegio?

—Sí.

—Nosotros también vamos —afirmó María.

—Pues yo quiero ir —cuchicheó Carlos.

Martina sonrió, y matizó:

—A ver, chicos, que son niños pequeños y seguro que os aburriréis.

—Pero es tu obra de teatro —insistió Luis.

Dándose por vencida, Martina se encogió de hombros y finalmente dijo:

—Muy bien, pues quiero veros a todos el viernes 15 a las cinco de la tarde en el salón de actos del colegio. Luego no digáis que no os he advertido.

—Mujer de poca fe —dijo Marco guiñándole un ojo—. Ten confianza en tus actores.

Y eso hizo reír a todos.

Capítulo 21

Esa noche, a las doce y diez, Martina llegó a su casa y, al abrir la puerta, se extrañó al ver que su perro no salía a recibirla.

—¡*Johnny*! —lo llamó.

Pero no lo oyó moverse y se inquietó.

—¡*Johnny*! —insistió con el corazón a mil.

¿Dónde estaba?

Soltó el bolso en el suelo y siguió llamándolo mientras abría las puertas del resto de la casa. Quizá lo hubiera dejado encerrado sin querer... Mientras se disponía a mirar en su cuarto oyó cómo la puerta de la calle se abría. Se apresuró a mirar y, al ver entrar a *Johnny* seguido de su hermana, fue hacia ellos y preguntó:

—¿Se puede saber de dónde vienes a estas horas con *Johnny*?

—Tata, madre mía, menos mal que he pasado por tu casa... —repuso Julia con gesto cansado.

—¿Por qué?

La joven colgó la correa tras la puerta e indicó:

—¡Porque el Mastodonte tiene cagalera!

Martina resopló al oír eso. Cada cierto tiempo al perro le sucedía aquello y, por más cultivos y analíticas que le habían hecho en el veterinario, no lograban saber por qué.

—Le he dado un sobrecito de esos que le das en estos casos —añadió Julia.

Martina miró a su perro, que la observaba, se agachó y, con cariño, le besó el morro mientras murmuraba:

—Está malito mi niño.

El animal, que conocía muy bien los tonos de voz de su dueña, restregó el morro contra ella y Martina cuchicheó con mimo:

—Tranquilo. Mañana estarás mejor.

Julia los observaba con una sonrisa.

—Cuando he llegado, estaba inquieto —explicó—. Luego, al ver que todo el rato me daba con el hocico y se dirigía a la puerta, he imaginado lo que ocurría y, bufff..., menos mal que lo he bajado a la calle, porque ni te cuento.

—Pues sí, menos mal —susurró Martina, que, al mirar a su hermana, preguntó—: ¿Ésa no es mi camisa?

Julia maldijo, había pasado por casa de su hermana precisamente para cogerle ropa: Martina la increpó:

—Te he dicho mil veces que no toques mi ropa.

—Lo sé...

—Y digo yo..., ¿qué tal si al menos me pides permiso para usarla?

Julia asintió y, mirándola, contestó:

—Tienes razón. Pero, tata, es que no tengo tanta ropa como tú, y para ir a la oficina no puedo ponerme mis cosas.

—Pues vete de compras.

—¿Con qué dinero?...

Martina resopló. Entendía lo que su hermana decía y, suspirando, indicó:

—Vale. Llévate tres conjuntos, pero ni uno más.

Satisfecha, Julia sonrió.

—En cuanto cobre este mes, prometo comprarme algo de ropa y devolverte la tuya.

—Eso espero.

Una vez que dejaron de hablar del tema, Julia recordó algo, caminó hasta la cocina y luego regresó con una rosa amarilla de tallo largo en la mano.

—Por cierto, cuando he llegado, esto estaba sobre el felpudo —dijo entregándosela.

Martina resopló al ver aquello, y Julia, divertida, añadió enseñándole el sobrecito que iba unido a la rosa:

—Pone «Martina». Creo que es de tu enamorado fantasma.

Pensar de nuevo en aquello la agobió, pero su hermana, increpándola, dijo:

—Vamos, abre el sobrecito. Me muero por saber qué pone en esta ocasión.

Molesta y desganada, finalmente la joven lo hizo y, sacando una tarjetita, leyó:

—«Al cortarla, su belleza se marchita y muere..., ¿y la tuya?»

De inmediato soltó la rosa y la nota, que cayeron al suelo.

—¿Qué haces? —preguntó Julia.

Mirando lo que estaba a sus pies, Martina respondió:

—Primero las postales y ahora esto. Joder, estoy comenzando a asustarme.

—¡Ya salió la miedica! —se mofó su hermana.

Pero Martina, a quien esas cosas no le gustaban, insistió:

—¿Y si es un loco de esos de los que oímos hablar en las noticias?

Julia se agachó, recogió la rosa y la nota y, riendo, cuchicheó:

—Sí. ¡Seguro!

—¡Julia!

—Venga, mujer, no seas alarmista.

—Julia, que hay mucho loco suelto por el mundo. Y, no, no quiero esa rosa. ¡Tírala!

—Pero si es preciosa —se quejó Julia y, mirando a su hermana, que se alejaba hacia su habitación, murmuró—: Como dice mamá, Dios le da pañuelos a quien no tiene mocos.

Cuando dejó la rosa en la cocina, metida en agua, al regresar al salón miró el reloj y dijo levantando la voz:

—Es tarde. ¿Puedo quedarme aquí a dormir?

—Claro —afirmó Martina.

Julia miró el portátil, lo necesitaba, y, acercándose a la habitación donde aquélla se cambiaba, preguntó:

—¿Vas a utilizar el ordenador?

Al oír eso, su hermana la miró.

—¿Por eso te quedas a dormir?

—Jolín, Martina —protestó ella.

La joven terminó de cambiarse de ropa y, recordando algo, dijo:

—Carlos me ha comentado que quieres comprarte un portátil.

Julia asintió.

—Sí. —Miró la hora de nuevo en el despertador que su hermana tenía sobre la mesilla e insistió—: ¿Te importa si lo utilizo ya?

Martina suspiró.

—Anda, ve —repuso haciendo un gesto con la mano—. Yo me voy a acostar.

Julia se acercó a ella, le dio un beso en la mejilla y luego se apresuró a marcharse al comedor.

Mientras se desmaquillaba, Martina se miraba en el espejo y pensaba en la rosa que había recibido junto con la nota. En esa ocasión no parecía una carta de amor. O, al menos, ella así lo sentía. El tema, aunque Julia y María se lo tomaran a risa, era agobiante. Pensó en Fayna, en lo que le había ocurrido a aquella joven, y se le puso todo el vello de punta.

Una vez que se hubo tumbado en la cama vio a *Johnny* echarse en la puerta y sonrió. Segundos después oyó a su hermana tecleando en el ordenador. ¿Quién sería aquel que la tenía tan atontada?

Eso llamó su atención. Por norma, Julia pasaba de los tíos. Simplemente se acostaba con ellos y poco más, pero éste, quien fuera, sin lugar a dudas debía de llamarle mucho la atención.

Estaba pensando en ello cuando oyó a *Johnny* moverse por el pasillo y lloriquear. Mal asunto. A oscuras, se puso las zapatillas y cuando salió se encontró a Julia tratando de calmar al animal. Las hermanas se miraron y Julia, resignada, murmuró:

—Venga, ya que estoy vestida, lo bajo yo.

—Te acompaño. Es muy tarde. Y las calles están solitarias.

—Tranquila. Si voy con el Mastodonte nadie se me va a acercar.

—Pero...

—Tata... —se mofó—, que yo no soy tan cagona como tú.

Y, sin más, cogió la correa y, cuando abrió la puerta, el animal salió escopetado.

—Ponle la correa —le advirtió Martina.

En cuanto aquéllos desaparecieron, cerró la puerta de su casa. Pobre *Johnny*. Lo pasaba fatal cuando le ocurría aquello.

Incapaz de irse a la cama hasta que regresaran, entró en el salón, donde miró el reloj. La una y diez de la madrugada. Se acercó a la ventana. La calle a esas horas estaba desierta, e, impaciente, echó un vistazo buscando a su hermana, pero no la vio. Estaría en el jardín de la casa de al lado.

Cuando se alejó de la ventana, se fijó en el portátil y vio que Julia estaba en el portal de Chatmanía, lo que no le extrañó, pues ella misma le había hablado de él. Instalándose delante de él, entró en la sala de amigos desde la sesión abierta por su hermana con el nombre de «Sheryl».

En la sala estaban varias de las personas que conocía: Latina, Bombón, Biruz... Pensó en salirse de la sesión abierta por su hermana para abrir una nueva con su nombre, «Shanna», pero le daba pereza. De pronto, se abrió una ventana privada en la pantalla.

<DAGE> Hola, bombón.

Ver eso la incomodó.

Aquel mensaje no era para ella, sino para su hermana, por lo que no contestó. Durante unos segundos observó parpadear aquel mensaje, hasta que de nuevo aquél escribió.

<DAGE> Sé que estás. ¿Por qué no me hablas?

Martina maldijo. Si no hubiera entrado en la sala, no podría ver que estaba. Y, temiendo que aquél pensara que su hermana estaba ligando con otro, acercó los dedos al teclado y escribió:

<SHERYL> Hola.
<DAGE> ¿Ligando con otros?

Según leyó eso, se apresuró a teclear:

<SHERYL> No. Estaba en el baño.
<DAGE> ¿Sigue en pie lo del viernes? No me digas que no.

Martina resopló. ¿Qué tenía que decir? Y, sin saber por qué, respondió:

<SHERYL> Sí.
<DAGE> Muy bien, bombón, hasta el viernes.

Y, sin más, la pantalla del privado se cerró y él salió del canal.

Martina se levantó de la silla sintiéndose culpable por haber suplantado a su hermana, aunque segundos después se relajó. Realmente no había pasado nada. Sólo que se había enterado de que Julia tenía una cita con aquél el viernes. Miró de nuevo el reloj: la una y veinticinco. De nuevo se acercó a la ventana para mirar y en ese momento oyó cómo la puerta de la casa se abría y *Johnny* entraba a buen paso y con la lengua fuera.

—Échale otro sobrecito de polvos en el agua al Mastodonte —dijo Julia—, que éste nos da la noche. Madre mía, pero ¿qué ha comido?

Mientras oía beber agua al perro, Martina se encogió de hombros.

—Pues, que yo sepa, lo de siempre —repuso—. Pero ya sabes que a veces ejerce de aspiradora, y a saber qué ha aspirado en la calle.

Julia asintió y Martina, sin más, dijo:

—Voy a echarle otro sobre y me voy a la cama.

—OK... ¡Que descanses!

Después de echarle otro sobrecito a *Johnny* en el agua, regresó a su cuarto y se tumbó en la cama. Sin embargo, se sentía mal. No le había contado a su hermana lo ocurrido y debería haberlo hecho. Estaba pensando en ello cuando se quedó dormida.

Capítulo 22

El despertador sonó a las siete y, como cada mañana, a Martina le costó levantarse.

Cuando lo hizo, su primera mirada fue para *Johnny*, y al verlo durmiendo tranquilamente en su puerta, se sintió más calmada. Sin duda el animalito se encontraba mejor.

Sin pensarlo, se recogió el pelo en una coleta, se puso un chándal, y, mirando al perro, que ya la observaba, dijo:

—Vamos, precioso.

Una vez que hubo bajado al parque, rápidamente pudo comprobar que los sobrecitos que le había dado al animal hacían efecto. Eso la tranquilizó y, en cuanto aquél hizo sus necesidades, regresó a casa. Tenía que ducharse, desayunar y, posteriormente, ir a trabajar.

Al entrar en la cocina para echarle otro sobrecito en el agua a *Johnny*, lo primero que vio fue la rosa amarilla. Era preciosa. Pero, sin pensarlo, la cogió, la sacó de donde su hermana la había metido con agua y la tiró a la basura. No la quería.

A continuación, despertó a Julia y se metió en el baño. Necesitaba reactivarse.

Media hora después, aún con el pelo empapado, cuando su hermana apareció en la cocina recién salida de la ducha, dijo mirándola:

—Vístete. Voy preparando el café.

—¡Genial!

Cinco minutos después, Julia aparecía con un pantalón y una camisa de su hermana.

—Como me estropees esa camisa, ¡te mato! —le advirtió Martina.

—Tranquila. Tendré cuidado.

Sentándose en el taburete de la cocina, Julia miró al animal, que estaba en un lateral tumbado, y preguntó:

—¿Cómo está el Mastodonte?

Martina, que se tomaba su café sentada, respondió:

—Mejor. Esos polvos son mágicos. Lo que no sé es lo que habrá comido.

Durante varios minutos hablaron sobre aquello, hasta que Martina preguntó curiosa:

—¿Estuviste mucho tiempo conectada anoche?

Julia se encogió de hombros. Estaba algo desconcertada por no haber hablado con Dage, pero si no había entrado era porque la cita que tenían seguía en pie. Sin embargo, omitiendo eso, respondió:

—Un ratito. Por cierto, vi a alguno de tus amigos —y, levantándose para tirar el papel de una magdalena a la basura, musitó—: Pero bueno..., ¿por qué has tirado la rosa?

—Porque no la quiero —dijo Martina sin mirarla—. Ya te dije que no me hace gracia, y simplemente la he tirado.

Cerrando la tapa del cubo de la basura, Julia volvió a sentarse y murmuró:

—Menuda histérica estas hecha. Pobre flor, ¡qué culpa tendrá ella!

Sin querer entrar en ello, a continuación, Martina preguntó:

—¿Te dijeron algo Verónica o Biruz?

—No. Debían de estar hablando por privado. Por cierto, mañana viene Verónica, ¿verdad?

Sonriendo al recordarlo, Martina afirmó:

—Sí. Luego me llamará para decirme la hora. Tengo unas ganas locas de conocerla —y luego preguntó—: ¿Tú has conocido a alguien del chat?

Julia negó con la cabeza sin mirarla, y, metiendo su taza vacía en el lavavajillas, respondió:

—No. Y ahora me voy. No quiero llegar tarde.

Martina no dijo nada. Su hermana le ocultaba la cita con aquél, y sonrió. ¡Qué tonta!

Cinco minutos después, tras despedirse de *Johnny*, cogió su bolso, las llaves del coche y se marchó ella también a trabajar.

Capítulo 23

En la escuela tenían el ensayo general.

La directora y varios de los profesores caminaban de un lado para otro poniendo nervioso a todo el mundo, incluidos a los niños, que estaban histéricos y no paraban de pelearse y empujarse.

Durante el recreo, Martina, que continuaba pensando en la rosa que había recibido el día anterior, llamó por teléfono a María.

—*¿Digamelón?*

—Ayer recibí una rosa sin remitente y con una notita inquietante.

—¡No me digas! ¡Qué emocionante! —exclamó su amiga.

Martina puso los ojos en blanco, otra como su hermana, y protestó:

—Desde luego. No sé para qué te lo cuento. Sabes que estas cosas a mí me asustan y tú, en vez de entender, me dices que es emocionante...

María, que estaba trabajando en la gestoría, sonrió.

—Vale. Vale, tronqui, lo siento. ¿Qué quieres hacer?

—No sé.

—¿Y si vas a la poli?

Al oír eso, Martina resopló y, recordando lo que aquellos policías le habían dicho al respecto, musitó:

—Sí, claro, para que se rían de mí en mi cara como la otra vez.

María asintió. Recordaba lo que su amiga le había contado y, entendiendo también el trabajo de los policías, repuso intentando calmarla:

—La verdad es que creo que deberías relajarte, doña Alarmas... Y, a riesgo de que te enfades conmigo, siento decirte que yo también creo que la policía está para algo más grave que para descubrir quién es tu enamorado.

—Claro, como no te está pasando a ti...

Divertida por aquello, María sonrió y, bajando la voz, dijo:

—Pues si me estuviera pasando a mí, seguramente lo estaría disfrutando. Joder, tronca, ¡tiene su morbo, ¿no?!

Martina resopló. Estaba claro que cada persona veía aquello a su manera. Cuando iba a hablar de nuevo, sonó el timbre del colegio y, viendo a los chavales entrar por la puerta del patio, se despidió de su amiga:

—Te dejo. Ya hablaremos.

—¡Dabuten!

—Oye, no le cuentes a nadie esto... Ni a Marco ni a nadie. Cuanta menos gente lo sepa, mejor, ¿entendido?

—OK. Te guardaré el secreto.

Una vez que las amigas se despidieron, Martina corrió hacia el salón de actos. El ensayo debía continuar.

De nuevo el caos y de nuevo los nervios por parte de todos. Y Enrique, viendo aquello, tuvo que poner orden varias veces entre la chavalería, pero aun así el día no estaba siendo fácil.

En una de las ocasiones, cuando los de sexto curso tiraron parte del decorado, Martina tuvo que regañarlos. No le gustaba hacerlo, pero aquellos muchachos, con sus pavonerías, se estaban pasando, y o los paraba o se cargarían el decorado entero.

En un momento dado de la mañana, cuando sus descontrolados niños corrían de un lado para otro por la sala de actos, Valle, la secretaria, fue a buscarla porque tenía una llamada. Necesitada de ayuda, Martina miró a su alrededor y, cuando vio a Enrique, que estaba arreglando el decorado roto, fue hacia él y exclamó:

—¡Socorro!

Él la miró divertido.

—¿Qué te pasa?

En ese instante, uno de sus niños pasó corriendo junto a ellos y Martina explicó:

—Tengo una llamada de teléfono en secretaría; ¿podrías ocuparte de mis niños unos minutos?

Enrique miró a aquéllos, que estaban histéricos, pero sonriendo musitó:

—Por supuesto. Anda, ¡ve!

Martina asintió y, tras darle las gracias, salió corriendo del salón y fue hasta secretaría. Allí, tras coger el teléfono, sonrió al ver que se trataba de Verónica.

—A ver, Martina, tengo un problema.

—No me digas que no vienes.

—No, no es eso. Es sólo que Xavi quiere que cojamos habitación juntos en el hotel y como yo he quedado contigo, pues...

Consciente de la encrucijada en la que se encontraba su amiga, Martina sonrió y, sin dudarlo, dijo:

—Pues que se venga él también a mi casa. Será tan bien recibido como tú.

Verónica suspiró al oír eso y, con sinceridad, murmuró:

—A ver..., piénsalo bien. Seremos dos y no me gustaría ser una molestia.

Segura de aquello y de las ganas que tenía de conocerlos, Martina insistió:

—No sois ninguna molestia.

—¿De verdad?

—Te lo prometo.

Ambas sonrieron por aquello, y a continuación Martina preguntó:

—¿A qué hora llegáis mañana?

Verónica miró los papeles que tenía frente a ella y luego respondió:

—Él cogerá el tren en Barcelona a las nueve de la mañana y llegará a la estación de Chamartín sobre las tres de la tarde. Y yo cogeré el que sale a las diez y llegaré allí sobre las dos y media.

Rápidamente Martina hizo cálculos. Iría bastante apurada para ir a recogerlos, pero, sin querer faltar a su palabra, repuso:

—De acuerdo. Nos vemos en la estación entonces.

—¡Qué ganas tengo de darte un abrazo!

—¡Y yo a ti!

—Oye, por cierto, aunque ya nos hemos visto en foto, he de decirte que me acabo de cortar el pelo. Podrás reconocerme porque llevaré un pantalón verde botella y un chaleco a juego.

Martina soltó una risotada.

—Sinceramente —murmuró—, esto me parece divertidísimo. Es como tener una cita a ciegas.

—¡Básicamente! —afirmó Verónica. Y, con prisa por su trabajo, musitó bajando el tono—: Te dejo, que viene mi jefe. Mañana nos vemos.

Martina colgó el teléfono, pero la sonrisa no se le borró de la boca. Le apetecía mucho conocer a Verónica.

Estaba pensando en ello mientras caminaba hacia la sala de actos cuando, al entrar, se quedó fascinada al ver a toda su clase sentada en el suelo con tranquilidad cantando la canción del pollito.

Divertida, miró a Enrique, que estaba sentado en el suelo con aquéllos, y, acomodándose junto a él, preguntó mientras todos seguían cantando:

—¿Qué ha ocurrido aquí?

Con una bonita sonrisa, él musitó:

—Les he prometido que, si se portan bien, el lunes les traeré un par de hámsteres para que los cuiden en la clase.

Ella abrió los ojos horrorizada. Aquellos bichos la repugnaban, y gruñó:

—¡¿Hámsteres?!

—Sí.

—Por Dios, Enrique, ¡soy incapaz de tocarlos! ¡Son ratas!...

—Que no, mujer —replicó él muerto de risa—. Son sólo unos dulces animalitos comilones y juguetones.

Martina, incapaz de pensar en tocar un bicho de aquéllos, aclaró mientras los niños seguían cantando:

—Pues te digo una cosa. Ya puedes ser tú el que venga a cuidarlos, porque si esperas que lo haga yo, ¡vas apañado!

—Pero ¿a ti no te gustaban los animales?

—Me encantan, y tengo a mi perro *Johnny*. Pero los hámsteres ¡no me van!

Él asintió.

—Yo tengo una perra, *Lara*. Era de mi hermano, y cuando él murió, mi madre decidió que nos la quedábamos. Es la reina de la casa.

Saber eso le llegó al corazón, y murmuró:

—Siento mucho lo de tu hermano. Y en cuanto a la perra y lo de ser la reina de la casa, te creo. *Johnny* es el puñetero rey.

Ambos rieron y luego Martina, mirando a los pequeños, que habían terminado la canción y comenzaban a levantarse del suelo, susurró:

—Gracias por quedarte con ellos y tranquilizarlos.

—De nada, lo hago encantado. Ya sabes que estoy aquí para ser el apoyo de quien me necesite. Y por lo del festival de mañana, no te preocupes. Saldrá fenomenal.

—Eso espero —y, viendo a uno de sus diablillos correr hacia un lateral, indicó levantándose—: Alberto, ven aquí o tirarás de nuevo el decorado.

El niño rápidamente hizo caso, Enrique, envalentonándose, se puso en pie y propuso:

—¿Qué te parece si mañana tomamos algo juntos cuando termine el festival?

Al oírlo, Martina lo miró y enseguida indicó:

—Lo siento. Mañana vienen unos amigos y después saldremos a cenar algo. Pero, oye, ¿por qué no te vienes tú con nosotros?

Enrique cogió entonces a uno de los pequeños, que pasaba corriendo por su lado y, alejándose de ella, contestó:

—No, gracias. Quizá en otra ocasión.

Martina asintió y, sin tiempo que perder, miró a una de sus alumnas y exclamó:

—Rocío..., ¡no empujes a Marieta!

Capítulo 24

Llegó el gran día y en la escuela todo el mundo estaba de los nervios.

Durante la mañana intentaron solucionar todo lo que quedaba pendiente para la tarde, y la directora estaba al borde del colapso; todos los años le pasaba lo mismo.

A la hora de la comida, Enrique y Martina terminaron de apuntar en un papel los distintos decorados para las actuaciones. En el caso de los más pequeños, el decorado era un fondo azul claro, pues cantaban una canción sobre patitos que nadaban. Para la clase de Martina, su decorado era un castillo medieval con un prado verde. El siguiente era un cielo estrellado con luna, y así sucesivamente, hasta llegar al último, que era el de los mayores, que bailaban, y su decorado era un fondo que simulaba una discoteca.

Cuando lo tuvieron listo, Enrique recortó el papel y lo pegó en un lateral del escenario, puesto que la información era necesaria para todos los que organizaban el evento.

El tiempo corría a una velocidad vertiginosa y Martina comenzó a angustiarse. Tenía que ir a la estación a recoger a Verónica y a Xavi, pero, segundo a segundo, se le complicaba poder hacerlo. Consciente de ello, llamó por teléfono a su amiga María, y ésta, sin dudarlo, se ofreció ir a buscarlos. Eso tranquilizó a Martina, que, en cuanto colgó el teléfono, volvió a concentrarse en el espectáculo.

A las cinco menos diez, mientras los también nerviosos papás de los alumnos tomaban asiento en la sala, tras el escenario todo era un torbellino de locura. Los niños jugaban, reían, lloraban, y los profesores, entendiendo su nerviosismo, los tranquilizaban.

Justo antes del inicio del espectáculo, Martina abrió con precaución una de las cortinas para asomarse. Sus compañeros decían que la sala estaba repleta, y se sorprendió al ver que así era. Buscó entre tanta cabeza las de sus amigos, que le habían dicho que estarían allí, pero le resultó imposible verlos. Había demasiada gente.

—¿Estás preparada?

Al oír eso, la joven se volvió. A su lado, Enrique le sonreía, y ella, cogiendo la mano que aquél le tendía para bajarse del escenario, afirmó:

—¡Que empiece el espectáculo!

A continuación corrió en busca de su clase, mientras comenzaba a oír las voces de los más pequeños cantando en el escenario. Cuando tuvo a los niños controlados, habló con ellos, los tranquilizó y, cuando Enrique los avisó de que les tocaba, sin dudarlo se encaminaron hacia el escenario.

Una vez allí, Martina les indicó sus puestos y, cuando las luces se atenuaron, se colocó en el suyo. La obra de teatro comenzó y, siguiendo las instrucciones de su profesora, los niños lo hacían de maravilla, a pesar de que dos de ellos se empujaron en el escenario, pues ambos querían ser el príncipe azul.

Martina dirigía y disfrutaba el espectáculo, sin ser consciente de que alguien en la oscuridad del salón de actos la observaba atentamente, sin perderse ninguno de sus movimientos.

Cuando la función acabó y los niños, animados por Enrique, le entregaron un precioso ramo de flores, la joven lo recogió emocionada.

Hora y media después terminó el festival, y, tras despedirse de los padres de sus alumnos y agradecerles su colaboración, Martina se dirigió hacia la sala de profesores. Su bolso estaba allí y quería marcharse ya.

Al pasar junto a secretaría vio a Valle y a Enrique, que charlaban animadamente mientras se comían las sobras de los canapés, por lo que entró divertida y cuchicheó:

—Pero ¡cómo os estáis poniendo!

Ellos sonrieron al verla y Valle, ofreciéndole la bandeja, afirmó feliz:

—Todo ha salido fenomenal, y tus niños han estado para comérselos.

Martina dejó las flores sobre una mesa y cogió un canapé de tortilla de patata.

—Mis niños son increíbles —aseguró pletórica—. Por suerte, otro año que salimos bien del trance.

Con camaradería, Valle y ella chocaron las manos, y Enrique musitó:

—Tampoco es tan terrible. Sois unas exageradas.

Martina y Valle, que habían vivido juntas muchos festivales, se rieron y la secretaria repuso:

—Terrible no..., ¡es un tormento!

De nuevo risas, y Martina añadió:

—Mira, Enrique, llevo varios años en este colegio y he hecho infinidad de festivales de primavera, invierno, verano, y ha ocurrido de todo: desde asistir al parto de una mami en la misma sala de actos...

—Fue una niña preciosa —terció Valle gesticulando—. Es la hermana de Damián, el de tercero. Por cierto, el año que viene, la niña entrará en el colegio.

—También esa otra vez en la que dos padres se enzarzaron en una tonta pelea por sacar la mejor foto de sus hijos... —continuó Martina.

—Madre mía... —la cortó de nuevo Valle—. Tuvimos que llamar a la policía.

—O aquella otra en la que tuve que arrastrarme por el suelo del escenario como una oruga porque mi querido alumno Juan Luis dijo ese mismo día que, si yo no lo hacía, él tampoco.

—Lo recuerdo —se mofó Valle ante las carcajadas de Enrique.

—Éste es tu segundo año —prosiguió Martina—. Cuando lleves más, ¡lo hablamos!

—Dos años dan para mucho —afirmó él mirándola directamente a los ojos—. Sobre todo, para conocer a una preciosidad encantadora que no para de sorprenderme...

Según dijo eso, Valle y Martina se miraron. Ya hablarían. Enrique, por su parte, consciente de lo que había dicho, se puso rojo como un tomate e, intentando arreglarlo, añadió:

—En este colegio hay muchas preciosidades y, por suerte, yo ahora mismo estoy aquí con dos.

Martina sonrió y Valle, divertida, afirmó:

—Eso..., tú arréglalo.

Dicho eso, Martina decidió marcharse. Sus amigos, a los que todavía no había podido saludar ni había visto siquiera, debían de estar esperándola en el exterior.

—Os dejo —dijo cogiendo el ramo de flores—. Voy con prisa.

Una vez que hubo salido de la secretaría, Valle y Enrique comenzaron a hablar de nuevo del espectáculo, y de pronto oyeron:

—¡Hola!

Ambos miraron hacia la puerta y la primera, al reconocerlo, lo saludó:

—Hey, Sergio, pasa, hombre, pasa.

Enrique sonrió al ver a su primo y, cuando él pasó, Valle preguntó enseñándole la bandeja:

—¿Quieres un canapé?

—¡Están de vicio! —afirmó Enrique.

Sergio, encantado, cogió uno de salmón y, tras probarlo e indicar lo rico que estaba, preguntó curioso:

—¿Qué tal ha salido todo?

Valle dio un trago a su refresco y rápidamente contestó:

—Fenomenal.

—¿No has llegado a tiempo para ver nada? —quiso saber Enrique.

—La sala estaba tan a tope que no he podido entrar —respondió Sergio mientras cogía otro canapé—. Por cierto, me parece que este año había más gente que el pasado, ¿verdad?

—Yo creo que sí.

—Definitivamente, sí —afirmó Valle, encantada de estar con aquéllos—. ¡El espectáculo lo merecía! Oye, ¿os apetece que nos vayamos de cañitas para celebrarlo?

Enrique y Sergio se miraron, no tenían nada mejor que hacer, y, sonriendo, afirmaron:

—¡Estupendo!

Capítulo 25

Martina, que ya había pasado por la sala de profesores, tras recoger sus cosas corrió hacia la puerta y, al salir, rio cuando vio a sus amigos y éstos comenzaron a gritar: «¡Viva la directora de la obra!».

Tras besar a Carlos, a Luis, a María y a Marco, Verónica se le acercó y ambas se abrazaron. Por fin se conocían en persona. Estaban abrazadas cuando un chico moreno y de ojos achinados comentó:

—No seas abusona, cariño, y deja algo para los demás.

Rápidamente Martina intuyó que aquél era Xavi y, antes de que pudiera decir nada, Verónica, que continuaba emocionada, susurró:

—Martina, te presento al pesado de Xavi.

—Ehhhh —protestó él ante la carcajada general de todos.

Encantada, ella aceptó el abrazo y el beso y lo saludó:

—Hola, Xavi.

—Un placer, Martina, y gracias por invitarme a tu casa.

La joven sonrió y él, volviéndose, preguntó:

—Asier, ¿dónde te has metido?

—Estoy aquí —dijo entonces una voz detrás de todos ellos.

Con curiosidad, Martina miró al hombre que se les aproximaba. Era alto, de pelo castaño, con los ojos entre marrones y verdes, vestía vaqueros y una camisa celeste y físicamente estaba muy bien. Martina le sonrió mientras Carlos los observaba tocándose encantado el bigote.

Asier se acercó a ellos con una sonrisa. Él sabía muy bien quién era aquella chica, pero, guardándose la información para el momento propicio, miró a Xavi y éste rápidamente dijo:

—Martina, él es Asier. Un amigo.

Ella asintió, y a continuación oyó a María cuchichearle:

—Flipa... A éste lo hacía yo padre.

Al oírla, Martina la miró, pero entonces aquél se acercó a ella y le dio dos besos. ¡Qué bien olía!

—Encantada —susurró con una sonrisa.

—Lo mismo digo —afirmó él.

Una vez hechas las presentaciones, Martina, al ver cómo todos la observaban, preguntó curiosa:

—¿Se puede saber qué ocurre?

Los demás sonrieron. Todos sabían quién era Asier, incluso María, pero ella no era consciente de ello.

—¡Me muero de hambre! —exclamó entonces Carlos divertido.

—Y yoooooooooo —secundó María.

—¿Os parece si vamos al italiano de nuestros amigos?

Todos asintieron y, sin más, se encaminaron hacia el parking cercano. Al llegar allí, Martina dejó las flores en su coche, que se quedaba allí, y luego se dirigió junto al resto del grupo hacia el Chrysler Voyager de ocho plazas que acababan de comprarse Carlos y Luis. Mejor ir todos juntos que en diferentes coches.

Una vez en el restaurante, todos comieron con avidez. Había hambre y todo estaba rico. Hablaron de mil temas, entre ellos de internet, y cómo no, salió a colación la muerte de Fayna. Nadie lo entendía. Nadie lo creía aún, pero la realidad era la que era. Y Fayna, por desgracia, ya no estaba allí.

—La red es peligrosa en muchos sentidos. Hay que utilizarla, hay que disfrutarla, pero con cabeza —señaló Asier.

A Martina le gustó ese comentario, y afirmó:

—Opino lo mismito que tú.

Carlos, que, como todos, observaba y callaba, matizó:

—Qué curioso. Pensáis lo mismo.

Al oírlo y ver su sonrisita, Martina le dio una patada por debajo de la mesa, y él, disimulando, continuó:

—El problema es que la gente es demasiado confiada. Y lo que tienen que saber es que internet es algo que ha llegado para quedarse en nuestras vidas, pero, sin lugar a dudas, también es un arma muy peligrosa.

Todos asintieron, y Xavi, al ver el cariz serio que estaba tomando la conversación, intervino con su natural gracia:

—Ya ves si es peligrosa que a mí alguien me ha robado el corazón a través de la pantalla de un ordenador...

Al oír eso, todos rieron, y Verónica musitó divertida:

—Lo que no acierto a entender es qué he visto en ti. Nuestros gustos son diferentes, nuestras vidas no tienen nada que ver, eres feo a rabiar —se mofó haciendo reír a todos—, y encima vives a demasiados kilómetros de mí.

—Cariño, son sólo novecientos kilómetros de nada... —expuso Xavi riendo.

—Joder, tronco, ¿y te parecen pocos? —se burló María. Y cuando todos la miraron, añadió—: Yo no creo que pudiera llevar una relación así.

—Nunca se sabe, cariño —indicó Marco.

María lo miró.

—Que no, hombre, que no. Que yo no podría llevar una relación a distancia. Yo necesito el contacto físico, sentir al otro cerca. No dudo que existan otras personas que lo lleven bien, como ellos. Sólo digo que yo, ¡ni de coña!

—Estoy contigo —afirmó Martina—. Yo tampoco valdría para ello.

El debate se abrió. Había quien pensaba como ellas y quien no. Todo era respetable, hasta que Luis susurró:

—Verónica y Xavi son cibernovios..., ¿no os parece excitante?

Con una sonrisa, la aludida miró a Xavi. Ambos tenían claros los pros y los contras de su relación, e indicó:

—Excitante o no, ¡aquí estamos!

Encantado con su respuesta, Xavi acercó su boca a la de ella y murmuró:

—Y ahora, dame un beso... para saber que estás aquí.

Encantada, ella así lo hizo mientras el resto gritaban y aplaudían divertidos.

—Ostras, tronca —dijo entonces María dirigiéndose a Martina—. Quizá el libro que quieres escribir podría ir sobre eso. Sobre personas que se conocen a través de la red y se enamoran.

Al oír eso, su amiga la miró. Por suerte, nadie les prestaba atención, y cuchicheó:

—Cierra el pico.

—No te pongas nervi... —susurró María—, ¡que nadie me ha oído!

En cuanto los gritos se calmaron, Luis sonrió y preguntó:

—Asier, ¿tú navegas por internet?

El aludido lo miró.

—Por supuesto —dijo sonriendo—. Y reconozco que en ocasiones he conocido a personas muy interesantes, aunque soy de los que prefieren mirar a los ojos a mirar la pantalla de un ordenador.

—Uis, anda, Martina, ¡como tú! —se mofó Carlos, que se ganó la mirada asesina de la aludida y, de regalo, recibió una patada por debajo de la mesa de María.

Aun así, insistió divertido:

—Vale. Conocerse a la antigua usanza es lo mejor. Todos lo sabemos. Pero ¿os habéis percatado de que muchos de los aquí presentes, si no hubiéramos entrado en internet, nunca nos habríamos conocido?

Todos asintieron, lo tenían claro, y Verónica dijo poniéndose en pie:

—Necesito ir al baño. ¿Dónde está?

María rápidamente se levantó, se estaba agobiando, y dijo:

—Te acompaño.

Según ellas desaparecieron con su habitual desparpajo, Carlos soltó:

—Vamos a ver, me gustaría que alguien me explicara el mayor secreto que existe en el mundo. ¿Por qué a las mujeres os gusta tanto acompañaros las unas a las otras al baño? ¿Qué hacéis allí? ¿Os dan algo que nosotros no sabemos?

Divertidos, todos comenzaron a reír mientras aquéllas se alejaban.

Una vez que entraron en el baño, María cerró la puerta y murmuró:

—Por favor, dime cómo he podido dejarme liar por la basca para ser tan mala colega y estar engañando a Martina de esta manera.

Verónica suspiró. Ella tampoco se sentía bien con aquel engaño, y cuando fue a hablar, María insistió:

—Joder..., joder... Martina va a flipar en colores cuando se entere de que Asier ¡es Pinocho! Me va a matar por no contárselo.

Verónica asintió. Entendía su preocupación, pero intentando tranquilizarla, repuso:

—Asier nos ha prometido que se lo dirá él mismo. Tranquila.

—Pero ¿cuándo? ¿Hoy?

—No lo sé —musitó Verónica.

Agobiada, María resopló. Su amiga no se merecía aquello, y gruñó:

—A Martina no le van las mentiras.

—Tranquila.

—Y, ¡joder, me siento fatal!

—Y yo... —murmuró Verónica.

Ambas entraron en distintos cubículos y María prosiguió:

—Lo pasó fatal por lo de su novio, ¿lo sabías?

—Sí. Me lo contó.

—Y, ¡joder!, ahora que está fenómena, me...

Martina, que entraba en ese instante en el baño, al oír eso preguntó:

—¿Quién es una *fenómena*?

María y Verónica, al verse sorprendidas, cada una en su cubículo rápidamente terminó de hacer lo que hacía, y María, tirando de la cadena, gritó:

—¡Yo! ¡Yo soy una *fenómena*!

Al oírla, Martina sonrió, y cuando aquéllas salieron de los aseos, las miró y preguntó:

—¿Habéis ido a mi casa a dejar las bolsas?

Ambas asintieron.

—Sí, hija, sí —dijo María—. Y no veas el pobre *Johnny*, qué mosqueo se ha pillado cuando lo he encerrado en el baño para que ellos pudieran entrar. Durante todo el rato que hemos estado allí no ha parado de ladrar.

—Pobre. —Martina sonrió—. ¿Por qué no le has dado cortezas?

—Con los nervios, no las he encontrado.

—Valeeeeeeee...

—Al marcharnos, primero han salido ellos, y una vez sola en casa lo he sacado del baño. Ni te imaginas cómo corría por la casa en busca de alguien. Total, que lo he llevado hasta las bolsas para que las oliera, y sólo espero que no se las coma o se mee en ellas.

Verónica se partía de la risa; los perros no le daban miedo, cosa que a Xavi sí.

—¡María! —respondió Martina—. *Johnny* es un perro civilizado. No digas eso.

Entre risas, aquéllas hablaban del animal cuando María, sin filtro, preguntó:

—¿Has vuelto a recibir algo más de tu romántico psicópata?

Según oyó eso, Martina maldijo y Verónica, mirándolas, quiso saber:

—¿Qué psicópata?

—¡Joder, María! —protestó Martina.

Consciente de su metedura de pata, su amiga musitó:

—Lo sé. Tengo una boca que es más grande que la estación de Atocha —y segundos después, mirando a Verónica, que las observaba, le explicó la situación.

Ella la escuchó en silencio y, en cuanto acabó, murmuró:

—Pues a mí eso me da un poco de cague.

—Hombre, ¡por fin! Alguien que piensa como yo... —suspiró Martina.

—¿Qué quieres que te diga? —añadió Verónica bajando la voz—. Con lo que le ha pasado a Fayna..., a saber.

—Madre mía... —se mofó María—. Os habéis juntado el hambre con las ganas de comer.

Verónica y Martina se miraron, y esta última cuchicheó al recordar lo de Fayna:

—¿Acaso crees que yo no pienso en ello?

María sonrió y, echándose el pelo hacia atrás, murmuró:

—Por favor, ¡sois unas caguicas y unas jodidas alarmistas! Desgraciadamente, a Fayna le pasó algo terrible, pero eso no quiere decir que tenga que pasarte a ti lo mismo.

Martina, sin ganas de oír nada más, entró en uno de los aseos mientras aquellas dos continuaban hablando del tema. No le hacía gracia ni recordarlo siquiera, pero de pronto se acordó de que su hermana tenía esa noche una cita con un tal Dage, un compañero de la oficina, según le había dicho.

Pensó en contárselo a aquéllas, o incluso preguntarle a Carlos si conocía a aquel tipo, pero se reprimió. Ella no era nadie para contar las intimidades de su hermana ni preguntar a Carlos. Estaba pensando en ello cuando salió del aseo y, mientras se lavaba las manos, oyó decir a María:

—Es muy agradable, ¿verdad?

Al ver que ambas la miraban, volvió en sí y preguntó:

—¿Quién es agradable?

—¡Joder, tronca! ¡Asier! —insistió su amiga.

Martina la miró. La conocía demasiado bien y, sin querer ahondar en el tema, simplemente afirmó:

—Sí, tronca. Es muy agradable.

Las dos se observaban ante la atenta mirada de Verónica. Y Martina preguntó dirigiéndose a María:

—¿Por qué me miras así?

Rápidamente ella desvió la vista.

—Yo no te estoy mirando de ninguna manera.

Al oír eso, Martina sonrió y, con guasa, insistió:

—Querida persona favorita..., conozco de ti hasta el modo en que respiras. Y te digo yo que tus ojos tienen algo que decirme.

Verónica y María se miraron y sonrieron. Estaba claro que la intuición de aquélla no fallaba, y Martina insistió:

—Vamos, suéltalo. ¿Qué es?

A María le entró un terrible calor por el cuerpo. Si alguien la pillaba siempre en sus mentiras, ésa era Martina. Debía ser sincera.

Debía decirle la verdad, y, cuando lo iba a hacer, Verónica, entrometiéndose, abrió la puerta del baño y dijo:

—Venga, chicas, ¡vámonos!

Martina no se movió, y, sin apartar la mirada de su amiga, insistió:

—María, te pasa algo..., lo sé.

Ella miró a Verónica en busca de ayuda, pero aquélla no supo qué hacer. ¿Qué podía decir?

Y cuando la de Mérida pensaba lo peor, María dio un paso atrás y dijo con seguridad:

—Vale. Lo confieso. Me pasa algo.

—¿Lo ves? —afirmó Martina mirando a Verónica—. ¡Lo sabía!

Ella no supo qué decir, y Martina insistió:

—Vamos. Cuéntame, ¿qué te pasa?

María asintió y, tomando aire, ante el gesto de horror de Verónica, soltó:

—Pues, tronca, ¡¿qué me va a pasar?! Que Verónica me acaba de confirmar que Xavi es familiar de un jugador del Barça que me rompió el jodido corazón en mil pedazos en cierto partido y... y, al enterarme, reconozco que ahora siento cierta desazón.

Sorprendida por aquello que su amiga acababa de sacarse de la manga, Verónica parpadeó. No sabía de lo que hablaba, y Martina, al ver la cara de alucine de la de Mérida, aclaró intentando no reírse:

—Somos del Atlético de Madrid. Y María, desde que el Barça en el año 1993, en la vuelta de los octavos de final de la Copa del Rey, nos metió seis contra cero, no lo ha podido superar.

Verónica las miró sin dar crédito y María matizó con gesto dramático:

—Nunca olvidaré la fecha: miércoles, 17 de febrero. Un día negro para mí.

—¿De qué jugador del Barça es familia Xavi? —preguntó entonces Martina con curiosidad.

Boquiabierta, Verónica no sabía qué decir, el fútbol no era lo suyo, pero entonces María susurró con dramatismo:

—No..., no lo digas. No quiero volver a oír su nombre.

Martina suspiró, María y sus dramas..., por lo que, cogiendo a su amiga de la mano, animó:

—Venga, vayámonos de aquí y olvídate de ese partido.

Al salir del baño, Verónica y María se miraron y sonrieron. Habían salvado el secreto, ¡por los pelos!

Capítulo 26

Se fueron de copas a la calle Huertas, y, mientras tomaban algo en un bar, a los que no eran de Madrid Carlos les explicó la trasformación para bien que estaba sufriendo el barrio.

Años atrás, durante la Movida madrileña, la zona de Huertas era un lugar lleno de glamur, aunque éste se marchitó años después, llenándose el barrio de drogadictos, camellos, putas y gente de mala vida. Algo que había desaparecido casi por completo al instalarse allí la comunidad gay y empezar a abrir pubs de ambiente.

Xavi, que escuchaba atentamente a Carlos, murmuró:

—Pues me dejas impresionado.

—¿Por qué?

—Porque es increíble que una comunidad como la gay, que está tan castigada, pudiera con ese tipo de gente.

—Pudimos y podemos, amigo —matizó Luis—. Mucha gente cree que ser gay es sinónimo de cosas no muy agradables, o un defecto, porque no acepta que otras personas como yo tengamos otras preferencias sexuales distintas de las establecidas. Pero ¿sabéis?, poco a poco la mentalidad va cambiando. Las generaciones que nos preceden vienen pisando fuerte, y ellos conseguirán no esconderse de nada ni de nadie. Aunque, bueno, yo no me escondo de nadie. Carlos y yo somos pareja y quien lo quiera aceptar bien y quien no, también.

Por los altavoces del local de copas sonaba *Mi soledad y yo*, de Alejandro Sanz, cuando Asier comentó:

—Sé de lo que hablas. Hace cuatro años, mi hermano contó a la familia que era gay y, pese a que a mis padres les costó aceptarlo en un principio, al final lo hicieron. Aunque no puedo decir lo mismo de otros familiares, que lo consideran una vergüenza y una deshonra para la familia.

María resopló al oír eso.

—No me jodas, tronco. Vergüenza y deshonra es ser asesino o violador.

Todos asintieron, y Asier, tras tomar un trago de su bebida, prosiguió:

—Somos cinco hermanos. El mayor es Dani, luego va Silvia, Ana, Iñaki, y yo soy el pequeño. Y si Dani lo contó fue porque estaba cansado de las típicas coletillas: «¿Y tu novia?», «¿No te casas?», «¡Se te va a pasar el arroz!»... —Asier sonrió al contarlo—. El día que nos hizo partícipes de su secreto estábamos todos en casa celebrando el cumpleaños de mi hermana Ana. Recuerdo que mi madre, al saberlo, se puso a llorar y mi padre, muy serio, se levantó y se marchó a dar una vuelta.

—¡Joder! —murmuró Luis.

—Mi hermana Silvia —prosiguió aquél— era la única que lo sabía. Ella y Dani siempre han estado muy unidos. Pero el resto de mis hermanos y yo nos quedamos boquiabiertos. No porque fuera gay, sino porque él nunca nos hubiera dado motivos para pensarlo.

—Vaya trago para tu hermano —indicó Carlos—. Imagino que no tuvo que ser fácil para él hablaros de su condición sexual.

Asier negó con la cabeza y miró a Martina, que lo observaba con detenimiento.

—Según él, fue peor dos años después, cuando tuvo que contarnos que tenía sida.

Al oír esa palabra tan maldita en la época en la que vivían, a todos se les encogió el corazón.

A Luis rápidamente se le llenaron los ojos de lágrimas. Muchos eran los amigos que había perdido y estaba perdiendo por culpa de esa odiosa enfermedad y, tocando el hombro de Asier, preguntó:

—¿Qué tal está?

Intentando sonreír, él respondió:

—Su positividad hace que esté bien, aunque siempre tiene controles rudimentarios. Pero, como dice él, sonriamos, que para llorar siempre hay tiempo.

Sin necesidad de decir nada más, todos asintieron. Carlos, que, como al resto, se le había encogido el corazón, dijo levantando su copa:

—Entonces sonriamos por Dani.

Todos chocaron sus copas gustosos, y en ese momento Martina, al ver a una chica que le recordó a su hermana, pensó en ella. ¿Dónde estaría ahora?

Capítulo 27

A las diez menos cinco de la noche, Julia esperaba ansiosa su cita a ciegas en la salida del metro de Callao.

No era la primera vez que lo hacía, ni sería la última. Le gustaba la sensación que le producían aquellas citas. Quedar con desconocidos era puro morbo y fantasía, y con curiosidad observaba a todos los hombres que pasaban por allí pensando quién sería Dage.

Él, por su cuenta, la observaba hacía rato desde una cafetería cercana. Dage siempre había sabido quién era ella: era justo lo que necesitaba. Al ver que se volvía para mirar hacia otro lado, salió de la cafetería y, con sigilo, se le acercó por detrás y, parándose a escasos centímetros de ella, murmuró en su oído:

—Hola, bombón.

Rápidamente, Julia se volvió y lo miró.

Ante ella tenía a un chico que no había visto en su vida, alto, atractivo, pelo largo y claro. Eso le gustó, pues estaba mejor de lo que esperaba, y sonrió. Sin duda había sabido elegir bien. Por ello preguntó sonriendo:

—¿Dage?

Él asintió.

—El mismo.

Sin dejar de sonreír, se dieron dos besos en las mejillas y, cuando se separaron, ella dijo curiosa:

—¿Cómo sabías que era yo?

Aquél sonrió y, acercándose a ella, le dio un beso en los labios y murmuró:

—Porque eres la chica más guapa de toda la plaza de Callao.

Encantada, la joven aceptó aquel beso y su explicación. Que la halagaran era algo que por supuesto le gustaba, y musitó:

—Gracias.

Él sonrió. Tenía una sonrisa preciosa.

—Me llamo Rubén —dijo a continuación—, pero prefiero que me llames Dage.

—Julia —indicó ella rápidamente.

—¿Es la primera vez que tienes una cita a ciegas? —quiso saber él intrigado.

Ella negó con la cabeza e, intentando parecer menos impresionada de lo que estaba, respondió:

—He tenido alguna anteriormente.

El tal Dage asintió y, con una sonrisa, susurró acercándose de nuevo a ella:

—Espero que ésta sea tan especial que la quieras repetir.

Su mirada enigmática la atraía. No tenía nada que ver con los chavales sin oficio ni beneficio con los que la joven solía quedar y, sonriendo por su buena suerte, afirmó:

—Seguro que sí.

Él la cogió entonces de la mano.

—Y ahora, bombón —dijo—, ¿qué te parece si nos vamos a cenar?

—¡Genial!

Capítulo 28

Martina se divertía con sus amigos. Tras tomarse un par de copas en el primer pub, Carlos propuso visitar el Streess y fueron allí. Al entrar en el local de ambiente, rápidamente él y Luis les presentaron a varios de sus amigos y, cuando comenzó a sonar *In the Navy* de los Village People, María, Verónica y Martina se lanzaron a la pista a bailar.

Instantes después se les unió Carlos, mientras Luis, Marco, Xavi y Asier charlaban animadamente con otras personas del local.

Una canción siguió a otra y Martina bailó y disfrutó como llevaba tiempo sin hacerlo. Eso necesitaba ella, pasarlo bien y no pensar en nada más.

Una hora más tarde, en el local bajaron las luces para hacerlo algo más íntimo y comenzó a sonar *Right Here Waiting*, del cantante Richard Marx.

Escuchar aquella canción, que tantas veces había bailado en el pasado con Miguel, hizo que el vello de todo el cuerpo se le erizara. Recuerdos..., infinidad de recuerdos llenaron su mente, hasta que oyó a su lado:

—¿Bailamos?

Al mirar, se encontró con Asier, aquel hombre que durante toda la noche se había comportado con ella con total caballerosidad; suspiró y murmuró:

—No.

Sorprendido por su respuesta, cuando creyó que iba a ser todo lo contrario, él no supo qué decir, y Martina, sintiéndose fatal por su contestación, añadió:

—La siguiente canción.

Boquiabierto, y sin entender nada, él asintió, pero, sin poder reprimirse, preguntó:

—¿Y qué no tendrá la siguiente canción que tenga ésta?

A la joven le hizo gracia esa pregunta y, sin dudarlo, respondió:

—Recuerdos.

Asier asintió otra vez. No hacía falta preguntar más y, sin hablar, ambos observaron a sus amigos bailar en la pista.

Cuando comenzó la siguiente canción, de nuevo Martina cerró los ojos. Sonaba *I Will Always Love You* de Whitney Houston, y Asier, al ver su gesto, murmuró:

—Ésta tampoco, ¿verdad?

De inmediato, ella negó con la cabeza, y Asier asintió. Sin duda su noche iba mejorando.

Sintiéndose como un tonto ante aquella rara situación, finalmente caminó hacia la barra. Era mejor que se pidiera algo de beber, y cuando el camarero se lo sirvió, oyó a su lado:

—Lo siento.

Al volverse para mirar, se encontró a Martina ante él y, sonriendo, cuchicheó:

—No sientas nada. Los recuerdos son así. ¿Quieres beber algo?

Cómoda por sus palabras y su expresión, ella afirmó:

—Un vodka con Coca-Cola.

Sin dudarlo, Asier lo pidió, y los dos esperaron en silencio mientras la preciosa voz de Whitney Houston llenaba toda la sala.

Al acabar aquella canción, nuevamente comenzó otra. En esta ocasión sonó *My Heart Will Go On* de Céline Dion, y Martina sonrió. Aquel tema era precioso y, levantando las cejas, miró a Asier para invitarlo a bailar, pero éste respondió:

—Ahora soy yo quien te dice que no. —Ella parpadeó boquiabierta, y él añadió—: El recuerdo de mi hermana Silvia llorando a moco tendido en el cine el día que fuimos a verla me encoge el corazón y te aseguro que aún me lo parte en mil pedazos.

Eso hizo sonreír a Martina, y más cuando él continuó bromeando sobre aquella película, su hermana y su reacción.

—Eh..., eh..., no te rías. Ni te imaginas el berrinche que mi hermana cogió en ese momento y la nochecita que luego me dio. Es más, le salió un sarpullido por todo el cuerpo y...

Durante toda la canción, Martina rio a mandíbula batiente por cómo le contaba aquello, y cuando ésta acabó y comenzó a sonar otra, Asier puso los ojos en blanco y cuchicheó, llevándose cómicamente las manos a la cabeza:

—*Lost in Love* de Air Supply. Mi primera novia me dejó por un compañero de FP justo cuando sonaba esta canción... Imposible ¡No puedo bailarla!

Martina rio y rio sin parar ante la sorprendida mirada de María, que la observaba desde la pista. Asier, en su afán de querer hacer que olvidara, la hacía reír todo el tiempo, y cuando terminó aquella canción comenzó a sonar *How Can You Mend a Broken Heart* de Al Green, y ella, con una sonrisa en los labios, lo cogió de la mano y dijo tirando de él:

—Ésta sí la vamos a bailar.

Divertidos, ambos salieron a la pista, donde, por primera vez en muchos años, Martina bailó con otro hombre que no era Miguel. Bailaron en silencio como una pareja más mientras Asier sentía la tensión de aquélla. ¿Qué era lo que le ocurría? Y, cuando no pudo más, murmuró en su oído:

—Tranquila. Sólo es una canción.

Martina asintió, él tenía razón, y, como necesitaba ser sincera, lo miró y dijo:

—Sé que puedo parecerte ridícula, pero llevaba sin bailar con un hombre más de seis años.

Asier sonrió y le guiñó un ojo.

—Entonces ahora esta canción será especial.

Martina sonrió nerviosa; sin duda lo sería para ella.

—¿Puedo saber por qué no has bailado con un hombre en más de seis años? —preguntó él.

Ella asintió y, tragando saliva con dificultad, respondió:

—Miguel, mi novio, murió en un accidente y...

Rápidamente él puso un dedo sobre sus labios y, entendiéndolo todo, indicó:

—No hace falta que digas nada más.

Martina asintió y con una triste sonrisa musitó:

—Gracias.

Con mimo, Asier la abrazó. Por fin comprendía muchas cosas, y, manteniendo las distancias para que ella no se incomodara, simplemente bailó aquella romántica y sensual canción.

Sobre las cinco de la madrugada, Marco propuso ir a tomar algo a un bar que conocía y, sin dudarlo, todos accedieron. Durante el trayecto, en un momento dado Martina se acercó a Xavi y preguntó curiosa:

—¿Qué familiar tuyo juega o ha jugado en el Barça?

Al oírla, él la miró. No sabía de qué le hablaba, y Verónica, que lo había oído, tiró enseguida de la mano de Xavi para evitar el desastre.

—¿Te he dicho lo guapo que estás esta noche?...

Divertida por aquello, Martina sonrió y, al ver que los dos se besaban, se encendió un cigarrillo. En cuanto lo hizo sintió cómo una mano le rozaba el brazo y, al mirar, se encontró con Asier, que le preguntó:

—¿Tú no sabes que fumar no es bueno?

Cada día se lo decían más personas, y, suspirando, respondió:

—Lo sé. Pero permíteme que sea yo la que decida cuándo dejarlo.

Asier levantó las manos en el aire y repuso:

—¡No se hable más!

Ambos sonrieron y él musitó:

—Tienes cara de cansada.

—Las dos últimas semanas han sido una locura con los niños —confesó Martina—. No te puedes imaginar lo que es montar una obra de teatro con ellos. Son encantadores, pero al mismo tiempo agotadores.

—Siempre he pensado que ser maestro es una vocación —cuchicheó Asier—. ¿Llevas mucho en ello?

Retirándose el pelo de los ojos, Martina asintió.

—Diez años. Acabé la carrera y fui de las afortunadas en encontrar trabajo rápidamente.

Prosiguieron hablando de aquello mientras ella, con cierto disimulo, se fijaba en él. Era un hombre alto, atractivo, de pelo castaño oscuro y ojos marrones. Sus manos eran fuertes y varoniles, algo en lo que ella siempre se fijaba, y le gustó.

Le resultaba agradable hablar con él, sus charlas eran fluidas.

—¿A ti te gusta tu trabajo? —preguntó ella a continuación.

—Sí. Trabajo en la empresa familiar.

Eso llamó la atención de Martina, que insistió:

—¿Y se puede saber en qué trabajas?

Sonriendo, él se metió las manos en los bolsillos e indicó:

—¿Conoces la revista *The Natural Wild World*?

Martina asintió, la había comprado en numerosas ocasiones, y preguntó:

—Es esa que es como el *National Geographic*, ¿verdad?

—Exacto —afirmó él divertido—. Se puede decir que somos competencia.

Boquiabierta por saber aquello, Martina insistió:

—Pero ¿no me habías dicho que era un negocio familiar?

—Y lo es.

Cada instante más confundida, prosiguió, apagando su cigarro:

—Pero ¿no es una revista americana?

Él la miró sonriendo. Muchos eran quienes se sorprendían al saber aquello, e indicó:

—Lo es. Mi padre es americano y es el propietario de la revista.

—Vaya...

—Se puede decir que la casa familiar está en Bilbao, de donde es mi madre y donde nacimos mis hermanos y yo, pero el domicilio fiscal de la revista siempre ha estado en Nueva York.

—¿Y tú vives en...?

Asier sonrió, entendía la pregunta, y respondió:

—En Madrid.

Martina asintió; qué curiosas eran en ocasiones las vidas de otras personas. A continuación, sin saber por qué, preguntó:

—Entonces ¿tu apellido es...?

—Anderson Garmendia.

—Asier Anderson Garmendia —repitió ella añadiendo el nombre—. Me dejas impactada.

—¿Qué te deja impactada? —preguntó María acercándose a ellos junto a Marco.

Sin dudarlo, Martina miró a su amiga y dijo:

—Asier es uno de los dueños de la revista *The Natural Wild World*.

—Yo no. Mi padre —matizó aquél.

—¿Y eso qué es? —preguntó María, a la que aquello le sonaba a chino.

Martina iba a contestar cuando Marco dijo sorprendido:

—¿En serio?

Asier asintió y en ese momento aquél comenzó a hablar en inglés. Rápidamente, él le contestó en el mismo idioma. Ambos tenían un buen nivel del idioma, y María, al no entender nada de lo que hablaban, protestó:

—Ehhhh, troncos, ¡en español!

Aquéllos se miraron divertidos y Marco explicó en castellano:

—Empecé a comprarla cuando estaba enrolado en el barco noruego y a día de hoy aún sigo haciéndolo. Me encantan sus artículos y sus reportajes.

—¡Genial! —Asier sonrió—. Intentamos que la revista sea interesante y que la gente que la compra sepa que ha adquirido algo de calidad. Mi padre siempre ha sido muy exigente al respecto.

—¿Y tu trabajo en la revista cuál es? —preguntó Martina interesada.

Encantado de ver cómo aquélla se interesaba por él, Asier se apresuró a contestar:

—Soy fotógrafo y tengo la carrera de periodismo. De hecho, aunque está mal que yo lo diga, pues puedo parecer un presuntuoso, os diré que el reportaje que hice sobre el Consejo Ártico celebrado en 1996 ganó un importante premio que, a nosotros, como revista, nos vino muy bien.

—Joder, macho, ¡lo recuerdo! —comentó Luis—. No sabía que lo hubieras firmado tú.

Asier sonrió y Carlos murmuró mirando a Martina:

—Además de guapo, caramelito e interesante..., ¡listo!

Al oír eso, ella sonrió, y Xavi, que caminaba junto a Verónica, añadió:

—El tío es toda una celebridad en ese mundillo.

—No te pases —se mofó Asier.

Entre comentarios divertidos caminaban hacia el local al que Marco los llevaba cuando Asier, recordando algo que había oído durante la cena, preguntó mirando a Martina:

—¿Estás escribiendo un libro?

Al oírlo, la joven resopló. Estaba claro que había oído a María durante la cena, y respondió:

—Qué va.

Sorprendido por su respuesta, él insistió:

—He oído a María que te decía...

—Simplemente es una idea —lo cortó—. Pero ya sabes que de lo que se desea a lo que uno quiere ¡hay un mundo!

Asier asintió y, sonriendo, indicó:

—Un mundo que sólo tú has de manejar. —Ella lo miró—. Como diría mi padre —continuó él—, si ese libro es una de las metas que te has marcado en la vida, inténtalo. No dejes de intentar lo que deseas, porque, si no lo haces, llegará el día en el que te darás cuenta de que te has dejado tus propios sueños por el camino y te arrepentirás. Por tanto, si quieres algo, ve a por ello.

Martina sonrió al oír eso. Sin duda era un buen consejo. Pero, sin querer seguir hablando del tema, musitó para zanjarlo:

—OK. Tomo nota.

A las seis y media de la mañana decidieron dar la noche por finalizada y Carlos los llevó a todos hasta el descampado frente al colegio de Martina para que recogieran sus vehículos. Una vez allí se despidieron y, cuando María caminaba hacia su coche con Marco, de pronto murmuró:

—No..., no..., no... ¡La cagaste, Burt Lancaster! ¡Joderrrrrrrrr!

Al oír eso, Marco la miró y, sin entender nada, preguntó:

—Pero ¿qué te pasa?

Suspirando, María abrió su coche y, con gesto de desagrado, indicó:

—Que Asier tiene moto.

—¿Y...?

María iba a contestarle cuando Marco, recordando lo ocurrido al novio de Martina, musitó:

—Vale. Ahora lo entiendo.

A pocos metros de aquéllos, que los observaban, Martina preguntó señalando a donde se dirigía Asier:

—¿Es tuya?

Él asintió mientras se acercaba a su moto.

—¿Te gustan las motos?

Esa pregunta hizo que el corazón de la joven se acelerara.

—No.

Al oír eso, Asier sonrió y, acariciando su moto roja, insistió:

—Esto es porque lo has probado poco.

Aquel comentario tenía una respuesta, pero Martina calló y, él viendo que la joven no pensaba contestar, preguntó entonces:

—Si te pido tu número de teléfono ¿me lo darás?

Ella lo miró y, cambiando el gesto, soltó:

—No.

—¿Por qué no?

—Porque ya he probado demasiado —replicó molesta.

Asier se la quedó mirando boquiabierto. En la vida le habían dado unas calabazas como aquéllas.

Pero ¿qué había dicho para que su estado de ánimo cambiara tan radicalmente? Martina, abriendo su coche, dijo dirigiéndose a Xavi y a Verónica:

—Venga, ¡vámonos! Adiós, Asier.

Sin moverse, él simplemente dijo adiós y, cuando aquéllos se marcharon, arrancó su moto y se dirigió a su casa.

Con el corazón acelerado por ver aquella Kawasaki ER 5 roja, Martina condujo en silencio mientras Xavi y Verónica hablaban divertidos. Las motos siempre le habían gustado mucho, pero, tras lo que le ocurrió a Miguel, simplemente había dejado de mirarlas. Cuanto más lejos estuviera de ellas, mejor.

Una vez que llegaron a casa de Martina, ésta indicó a sus amigos que esperaran en la puerta. Subiría a por *Johnny*, lo bajaría a la calle para que hiciera sus necesidades y, así, lo conocerían.

Minutos después, Xavi se llevó un sobresalto al ver a aquel enorme animal. Aquel perro era gigante. Durante el corto paseo, *Johnny* iba a lo suyo, aunque no les quitaba ojo. Divertida, Martina era testigo de cómo su perro los marcaba y, cuando subieron a la casa y cerró la puerta, mirando a aquellos dos, que estaban apoyados en la pared con cierto gesto de temor, les entregó una bolsa de cortezas de cerdo.

—Tranquilos —dijo—. Dadle esto y seréis amigos para toda la eternidad.

Y, dicho y hecho, la actitud del animal cambió radicalmente en cuanto le dieron las cortezas, y pasó de ser el fiero *Johnny* a *Johnny*, el osito comilón.

Encantados y más tranquilos por aquello, la pareja se metió en la habitación que Martina les había preparado, donde, en cuanto cerraron la puerta, se besaron y se hicieron el amor.

Por su parte, Martina, al quedar sola y entrar en su cuarto, lo primero que hizo fue mirar como siempre la foto de Miguel. Con una sonrisa, se acercó a ella y murmuró:

—Lo he pasado bien.

A continuación, fue hasta el baño, donde se desmaquilló y se desnudó. Minutos después, tras darle un beso a *Johnny* en la cabeza, la joven se acostó en su cama, donde, sin saber por qué, el recuerdo de Asier apareció hasta que se durmió.

* * *

Al día siguiente, de nuevo el grupo se juntó y Martina, aunque no dijo nada, se sintió un poco decepcionada al ver que Asier no se unía al encuentro.

¿Su contestación habría hecho que no apareciera?

El grupo decidió enseñarle a Xavi y a Verónica sitios bonitos de Madrid, como el templo de Debod, un lugar que enamoró a la de Mérida. Para comer decidieron ir a la plaza Mayor. Estaba claro que tenían que comerse un exquisito bocadillo de calamares, y una vez que se lo hubieron terminado, prosiguieron su camino hacia la calle Alcalá, hasta que, al llegar al parque de El Retiro, allí

Martina se despidió de los demás, pues ella no iba a la quedada del chat.

* * *

El domingo por la mañana, Martina, María, Verónica y Xavi visitaron el Rastro de Madrid, el mercadillo más famoso de la capital, donde todos se hicieron con infinidad de cosas. ¿Cómo ir al Rastro y no comprar nada?

Esa noche, en los últimos trenes, Xavi y Verónica regresaron a sus casas. María y Martina, junto a Marco, que había salido de trabajar y se había unido a ellos, fueron a despedirlos. Había sido un fin de semana fantástico que esperaban repetir.

Capítulo 29

El lunes, cuando Martina salía del colegio acompañada por Enrique, ambos reían mientras ella decía:

—No puedo con los hámsteres.

—Eres una exagerada..., ¡son graciosos!

—¡¿Graciosos?!

—Sí.

—Pues ya puedes venir tú a limpiarles la jaula. Te lo digo en serio. Yo no pienso tocarlos, y menos aún quitar sus caquitas.

—¡Vale! —dijo él riendo.

—¡Paso! —insistió ella.

Enrique asintió divertido.

Como les había prometido a los niños, les compró una jaula con dos hámsteres para que los cuidaran en clase; los pequeños les habían puesto los nombres de *Johnny Bravo* y *Burbuja*, como los personajes de unos dibujos animados de la televisión.

Estaban riendo por aquello cuando Martina se sorprendió al ver a Asier en el descampado. Estaba guapísimo con sus vaqueros y su camiseta blanca y, sin saber por qué, sonrió.

Al ver aquella sonrisa en ella y al tipo que estaba junto a una moto roja al lado del coche de Martina, Enrique preguntó:

—¿Lo conoces?

Sin poder dejar de sonreír, ella asintió y, guiñándole un ojo, se separó de él y dijo:

—Hasta mañana, Enrique.

—Hasta mañana —respondió él, y se dirigió a su moto.

Con cierto nerviosismo, Martina se acercó al guapo hombre que estaba apoyado en su coche y, parándose frente a él, preguntó:

—¿Qué haces tú por aquí?

Asier se incorporó sonriendo.

—Pasaba por aquí...

—¿Pasabas por aquí? —se mofó ella.

Gustoso de verla sonreír, él asintió y, moviendo la cabeza, murmuró:

—Ya que no me das tu número de teléfono, venía a invitarte a tomar algo o a cenar...

Sorprendida por aquello, parpadeó, pero él puntualizó:

—Lo que te apetezca.

Boquiabierta, Martina sonrió. Se sentía halagada, pero, segura de que no sería buena idea, musitó:

—Lo siento, pero no.

—¿Por qué?

Ella lo miró sin responder, y él, divertido, soltó:

—¿Porque «lo has probado mucho»?

—Posiblemente —replicó ella asombrada.

Asier no la creyó. Volvía a ser la escurridiza chica que veía a través de la pantalla de su ordenador; cuando iba a decir algo, Martina añadió abriendo su coche:

—Mira, te agradezco mucho la invitación, pero no.

Sin moverse ni insistir, él asintió y, tras dedicarle una sonrisa, vio cómo ella se marchaba con su coche.

* * *

El martes, cuando Martina salió del trabajo, de nuevo se sorprendió al ver a Asier allí, sentado sobre su moto. Mirándolo a los ojos, se acercó a él y preguntó:

—¿De nuevo pasabas por aquí?

—Exacto —afirmó aquél.

Eso le provocó risa, y mintió:

—Tengo planes.

—Vaya..., qué mala suerte la mía —dijo él sin moverse.

Azorada, y sintiéndose el ser más antipático del mundo, Martina abrió la puerta de su coche, se metió en él y, en cuanto arrancó, le sonrió y, sin decirle más, se marchó.

Esa noche entró en el grupo de chat y habló con sus amigos. Una vez más, Bombón, Latina, Pinocho y Biruz, entre otros, le hicieron pasar un buen rato.

* * *

El miércoles, Asier volvía a estar allí.

Sin dar crédito, Martina, que iba acompañada por Enrique, sonrió y, tras despedirse de él, se acercó hasta su coche y, mirándolo, preguntó:

—¿Esto va a repetirse todos los días?

Asier asintió sin dudarlo y, apoyado en su moto roja con los brazos cruzados ante él, repuso:

—Mi padre me enseñó que cuando algo se quiere se ha de intentar.

Martina asintió.

En cierto modo, su insistencia le gustaba, pero, resistiendo la tentación que le provocaba dejar a un lado sus ideas e irse con él, respondió abriendo su coche:

—Pues ánimo...

Asier sonrió. Estaba claro que su cara bonita no le impresionaba y, cuando ella se alejó en su vehículo, arrancó la moto y se largó. Allí no pintaba nada.

* * *

El jueves, antes de salir del colegio, Martina se pasó por el baño para mirarse en el espejo. Estaba haciéndolo cuando sonrió. En mucho tiempo, era la primera vez que hacía eso para estar guapa ante un hombre. Estaba claro que Asier la atraía y, cuando pensó que su apariencia era la correcta, salió del colegio con paso seguro. No obstante, el subidón que experimentaba se le bajó a los pies al ver que en esta ocasión Asier no estaba allí. Eso la decepcionó. Sin duda ya se había cansado de sus borderíos, así que se montó en el coche con cierto malestar y se marchó a su casa.

¿Cómo podía ser tan idiota?

* * *

El viernes, tras recoger su clase, Martina se sentó a su escritorio. Durante unos minutos estuvo ojeando las fichas que los niños le habían entregado, y sonrió al ver alguno de los dibujos. Sin lugar a dudas había chiquillos muy creativos.

Una vez que hubo recogido sus cosas sin mucha prisa, pasó por secretaría para desearle un buen fin de semana a Valle y, cuando salió del colegio, al dirigirse hacia su coche, el corazón se le aceleró. Allí estaba de nuevo Asier, apoyado en su moto roja y más guapo que nunca.

Mientras se acercaba a él, sonrió al ver su sonrisa guasona. Estaba claro que algo había surgido entre ellos y, por mucho que Martina se empeñara en querer negarlo, estaba ahí. Un silbido la sacó de su abstracción. Era Enrique, que, levantando la mano, le decía adiós. Ella le correspondió:

Con paso seguro, llegó hasta su coche, donde Asier la esperaba junto a su moto; lo miró e iba a decir algo cuando él se le adelantó:

—¿Hoy también tienes planes?

Decirle que sí sería fácil. Pero algo en su interior se lo impidió, y respondió:

—No.

Al oír eso, Asier asintió con la cabeza. Quiso saltar de alegría, pero, conteniendo las ganas, preguntó sin moverse de su sitio:

—¿Puedo alegrarme por ello?

—Tú sabrás. —Martina se encogió de hombros.

Durante unos segundos se miraron a los ojos, mientras ella no paraba de pensar en lo borde que habían sonado sus respuestas. Estaba pensando en ello cuando él preguntó:

—¿Por qué eres tan difícil?

Eso hizo sonreír a Martina.

—No es que sea difícil. Es simplemente que ni busco nada ni quiero complicaciones.

—¿Tomar algo conmigo es una complicación?

Aquella pregunta tan directa se merecía una respuesta a su altura y, sin dudarlo, la joven contestó:

—Sí.

—¿Por qué?

—Porque llevo mucho tiempo sola y reconozco que me gustas.

Sorprendido por su sinceridad, que no esperaba, Asier asintió y, dispuesto a ser tan claro como ella, declaró:

—Entonces has de saber que tú también me gustas a mí.

A Martina le temblaron las piernas.

¿Acababa de decirle a un hombre que le gustaba y viceversa?

Asier, al ver el desconcierto en sus ojos, dio un paso hacia ella.

—Sólo quiero tomar algo contigo y, si te parece bien, cenar. Nada más. No tienes por qué temerme. No te voy a exigir nada que tú no quieras dar.

Martina asintió. Ella lo deseaba también, pero la inseguridad de no estar haciendo lo correcto era más fuerte que ella, y cuando iba hablar, éste, viendo su gesto, dijo:

—Prometo no rozarte, ni besarte ni nada de nada. De hecho, tú decides dónde tomamos ese algo. Venga, no puedes decirme que no.

—Pero...

—Sólo tienes que montarte en mi moto —dijo él cortándola— e indicarme adónde quieres que te lleve.

Boquiabierta, Martina miró la moto. Era una preciosidad. Pero no. No pensaba subirse en ella. Había dejado de hacerlo cuando Miguel murió, pero, consciente de que quería esa copa con él, propuso:

—Vamos en mi coche.

Asier parpadeó y, al ver de nuevo cómo ella observaba su moto, quiso saber:

—Pero ¿qué te ha hecho mi moto para que la mires así?

Esa pregunta la hizo sonreír. Pero sin explicarse ni dar su brazo a torcer, señaló:

—Ése es el trato. O te montas en mi coche o no voy.

Sin dudarlo, Asier se dio por vencido. No pensaba desperdiciar aquella oportunidad.

Rápidamente ató con una cadena el casco de la moto a la misma y, una vez que acabó, dijo mirándola:

—Muy bien. Tú mandas. ¿Adónde quieres llevarme?

Divertida, Martina se apresuró a pensar.

¿Adónde podían ir?

Dudas. Todas las dudas del mundo pasaron por su cabeza en una fracción de segundo, hasta que, mirando de reojo la moto de aquél, pensó en un lugar al que llevaba siglos sin ir y finalmente dijo:

—Tú sube y calla.

Ahora el que rio fue él y, sin dudarlo, se subió. Segundos después, Martina arrancó su vehículo y abandonó el descampado, sin percatarse de que Enrique los observaba desde la distancia.

Capítulo 30

Mientras Martina conducía por el asfalto de Madrid, fueron charlando. Hablaron del tiempo, del tráfico, hasta entrar en un parking subterráneo para estacionar el coche.

Una vez en la calle, sin apenas rozarse, Asier preguntó:

—¿Adónde me llevas?

Convencida del lugar adonde de pronto se le había antojado ir, ella lo miró.

—A un sitio que no sé si estará abierto, pero que, si lo está, estoy segura de que te gustará —dijo ella sonriendo.

Mientras caminaban, la propia Martina se sorprendió de su decisión. De pronto, e incomprensiblemente, tenía claro que, tras muchos años de no pasar ni por la puerta de aquel lugar, había llegado el momento de ser valiente e ir.

¿En serio lo iba a hacer?

Caminaron de nuevo juntos y siguieron hablando de mil cosas, hasta que surgió el tema amigos e internet y Martina indicó, encendiéndose un cigarrillo:

—Es difícil explicar el tipo de amistad que uno hace a través de la red. Yo misma era escéptica y, cuando oía a María o a mi hermana hablar sobre el tema, pensaba que les faltaba un tornillo. Luego comprendí que no era así, sino que tenían razón. También puedes conocer a buenas personas por internet.

—Efectivamente —afirmó Asier sintiéndose culpable por ocultarle algo, y preguntó—: Entonces ¿has conocido a amigos de ese modo?

—Sí, pero tampoco a muchos —aclaró ella—, porque suelo ser un poco arisca con los desconocidos.

—Vaya... —Él sonrió.

—Entro por las noches en una de las salas de Chatmanía..., ¿lo conoces?

—Sí —afirmó Asier.

Tras dar una calada a su cigarrillo, la joven prosiguió:

—Allí conocí a Verónica y a Xavi, a Mambrú, a Pinocho y a otros. Aunque, en persona, de todos ellos sólo he visto a unos pocos.

Asier asintió.

—¿Y dices que eres arisca con algunos y con otros no?

Ese comentario la hizo sonreír y, pensando en Pinocho, respondió:

—Yo no pretendo ligar a través de la red como quieren algunos.

Sin sorprenderse, él la miró y preguntó:

—¿En serio quieren ligar contigo?

Oír eso le hizo gracia; todo el mundo intentaba ligar aprovechando el anonimato de internet.

—A ver —insistió Asier—, cuéntame algo de esos incautos.

Soltando una carcajada, ella rápidamente respondió:

—Hay un tipo que se llama Pinocho...

—¡¿Pinocho?! —la cortó y, mofándose, cuchicheó—: Qué nombre tan poco fiable...

—Y tanto que es poco fiable —afirmó divertida—. El caso es que es amable y simpático y, la verdad, reconozco que me agrada hablar con él, porque creo que ha entendido que yo no quiero ligar, pero a veces me agobia con sus preguntas y soy bastante huraña con él.

—Tranquila —repuso él al ver su gesto—. Seguro que no te lo tiene en cuenta.

Martina asintió y apagó su cigarrillo.

—Entre tú y yo —cuchicheó mirándolo—, creo que ese tipo debe de pensar que estoy loca o, como poco, desequilibrada. Tan pronto soy encantadora con él como soy una auténtica bruja. Pobre hombre, no sé cómo sigue hablándome.

Asier soltó una carcajada. Estaba claro que había llegado el momento de contarle la verdad y, parándose para mirarla a los ojos, dijo dispuesto a cargar con las consecuencias:

—Nunca te consideraría una bruja, ni una loca o una desequilibrada.

—Claro, tú me conoces en persona, pero él no.

Él le cogió entonces la mano y soltó:

—A riesgo de que me mates y me retires el saludo, tengo que decirte que el tal Pinocho soy yo.

Al oír eso, la joven se paralizó. Parpadeó. No sabía qué pensar, y él, al ver su expresión, se temió lo peor.

—Vale —dijo—. No estuvo bien no contártelo la otra noche, pero...

—¿Que tú eres Pinocho?

Asier asintió.

—Quería conocerte, pero tú no me dabas la oportunidad. Y cuando Xavi me dijo que él y Verónica habían quedado contigo para...

—No me jorobes —lo cortó ella sin poder creérselo—. ¡Eres Pinocho!

De nuevo, él afirmó con la cabeza.

—¿Y has estado hablando estas noches conmigo por la red sin decirme nada? —gruñó ella—. ¿Sin decirme que eras el tipo que me esperaba cada tarde a la salida del colegio, sin decirme que...?

—De acuerdo. Lo hice mal —la cortó él al ver que se estaba acelerando.

Soltándose de su mano con rapidez, Martina dio un paso atrás. Que la engañaran nunca le había gustado y, cuando iba a decir lo que pensaba él, intuyéndolo, él se le adelantó:

—Si el lunes fui a buscarte al colegio fue para ser sincero contigo y contarte la verdad. Pero tú no me diste la oportunidad. Regresé el martes, el miércoles, habría regresado ayer jueves, pero por trabajo tuve que viajar a Badajoz... ¡Joder, Martina! Odio las mentiras. No me gustan los engaños y, aunque no lo creas, me siento avergonzado de haber hecho algo así.

Ella no respondió. No podía.

Aquello era una verdadera sorpresa.

¡La vida seguía sorprendiéndola!

Y, sin saber por qué, pensó en Miguel y en cómo lo había conocido. Fue una tarde de verano en una fiesta. Concretamente, en la piscina del chalet de su amiga Cristina en Boadilla del Monte. Estaba en la cocina charlando con María cuando un desconocido, que más tarde supo que era Antonio, entró con gesto alarmado pidiendo ayuda. Enseguida salieron al exterior, y allí vieron a un chico moreno con barba empapado de agua y tumbado en el suelo. Antonio, nervioso, contó que se lo había encontrado en el agua boca abajo, y Martina, que había terminado días atrás un curso de primeros auxilios, al ver que no respiraba, sin dudarlo posó su boca sobre la de aquél para intentar hacer algo y entonces el que parecía desmayado reaccionó, la agarró y la besó.

Asustada por aquella broma, lo primero que hizo fue darle un bofetón con todas sus ganas al supuesto ahogado, que no era otro que Miguel. Al parecer, no se le había ocurrido otra cosa más que aquel engaño para llamar su atención.

Martina sonrió sin poder evitarlo. Estaba claro que, para que hiciera caso a un hombre, éste tenía que ingeniárselas para llamar su atención.

—Odio la mentira —declaró mirando a Asier.

Apurado y angustiado, él afirmó:

—Te entiendo, de verdad, y no estoy orgulloso de haberlo hecho.

Entonces él dio un paso hacia ella. Ella lo dio hacia atrás. Ese gesto hizo entender a Asier que había perdido toda su confianza, por lo que añadió:

—Mira, si quieres damos por finalizada la cita. Creo que será lo mejor.

Al oír eso y ver su gesto contrariado, algo en el interior de Martina se rompió en mil pedazos. No quería que su cita acabara. Deseaba conocerlo. Incluso deseaba besarlo.

Acalorada, pensó en ello.

Pero ¿se estaba volviendo loca?

El gesto de Asier era serio. Estaba en tensión. No eran unos niños. Ambos ya tenían una edad como para andarse con mentiras, así que ella sonrió y, consciente de que en la vida había cosas más importantes que el simple hecho de enfadarse por aquella tontería, bromeó:

—¿Crees que será lo mejor?

Él miró al suelo avergonzado.

—Sí. Oye...; te pido disculpas. No sé qué más decirte.

Martina no podía parar de sonreír.

De pronto, conocer a aquel hombre era su prioridad.

Necesitaba seguir pasándolo bien con él.

Era como si la tristeza del pasado se hubiera esfumado para dejar paso a la alegría del presente y, deseosa de que la mirara, bromeó:

—Te está creciendo la nariz.

Al oír eso, él levantó la mirada. Ver que le hablaba con aquella media sonrisa podía ser algo bueno, positivo, y como necesitaba esa positividad, insistió:

—Asumo la culpa del engaño, pero fue para conocerte. Me lo ponías tan difícil que ya no sabía qué hacer, y necesitaba ver en persona a la mujer con la que me tiro horas y horas hablando tras la pantalla de un ordenador. Deseaba ver tu cara, tus ojos, tu sonrisa, y...

—¿Estás ligando conmigo? —se mofó ella.

Asier rio.

—Sí —aseguró—. Pero esta vez mirándote a los ojos. Como a ti te gusta. No a través de la pantalla de un ordenador.

Martina estuvo encantada de oír eso. Lo que estaba ocurriendo era sorprendente. Nunca había imaginado que volvería a pasar de nuevo por una situación semejante con un hombre que le gustara tanto. Pero sí, estaba sucediendo, y se sentía receptiva.

Durante años se había cerrado a sentir por el género masculino algo más que una simple amistad, pero con aquél era diferente. Ya la había cautivado a través de la pantalla y ahora lo estaba haciendo mirándola a los ojos.

Asier nada tenía que ver con Miguel. Físicamente eran diferentes. El único nexo que veía entre los dos eran las motos. Estaba pensando en ello cuando lo oyó preguntar:

—¿Te parece buena idea?

Confundida por el cúmulo de sentimientos que brotaban en su interior, finalmente respondió:

—No lo sé.

Él asintió despacio. No sabía qué era lo que le había pasado a Martina, ni cómo había muerto su anterior novio, pero sí tenía claro que le gustaba. Le gustaba mucho. Y si con ella las cosas tenían que ser lentas y pausadas, así serían. Así pues, dejando de preguntar cosas que a ella pudieran incomodarla, añadió:

—En cuanto al grupo, me dijeron que...

—¿El grupo?

—Sí.

—¿Todos sabían quién eras?

—Sí —afirmó él.

—¿María también? —Asier asintió y ella, contra todo pronóstico, sonrió y murmuró—: Como diría mi padre, cría cuervos y te sacarán los ojos...

Sin moverse de donde estaban, ambos se miraban.

Algo había surgido entre ellos en la red, y ahora, en persona, se acrecentaba más; entonces Asier, que no sabía si ella le iba a dar un guantazo, dijo sin poder evitarlo:

—Te besaría, pero reconozco que me acojonas.

Al oír eso, Martina notó que se acaloraba. Era la primera vez desde la muerte de Miguel que se sentía así, una sensación de deseo que rápidamente identificó, y sin dudarlo murmuró:

—Quizá deberías...

Consciente de que ella le dejaba la puerta abierta, Asier dio un paso en su dirección y, acercando sus labios a los de la joven, aspiró su perfume y susurró:

—No seré yo el que no lo intente...

Martina cerró los ojos.

Anhelaba aquel suave contacto de piel contra piel. Deseaba que él la besara. Y cuando el deseo fue más fuerte que ella, acercando su cuerpo al suyo, fue ella quien lo besó.

Olvidándose del mundo, de donde estaban y de miedos e inseguridades, se dejaron llevar por el momento y, centrándose única y exclusivamente en ellos, Asier y Martina se besaron, mientras los viandantes que pasaban por su lado sonreían al ver la efusividad de dos jóvenes enamorados de Madrid.

Para Martina la sensación fue mágica, increíble. Asier besaba bien, muy bien, y ella sin dudarlo lo disfrutó.

¿Por qué no?

Cuando pasados unos minutos decidieron dar el beso por finalizado, se miraron a los ojos con mil preguntas sin respuestas y ella, poniéndose roja como un tomate, murmuró:

—Creo que estamos dando el espectáculo en medio de la calle.

Asier asintió hechizado. Besarla había sido maravilloso, y, al mirar a su alrededor y ver a varias personas observándolos mientras reían, la agarró con decisión de la mano e indicó:

—Muy bien, huyamos de aquí. ¿Izquierda o derecha?

—Derecha. —Ella rio y comenzó a caminar con una sonrisa en los labios.

Capítulo 31

Entre risas y bromas, continuaron su camino, esta vez agarrados de la mano, hasta que, al doblar una esquina, ella musitó:

—Así que... Pinocho.

—Sí.

—¿Y por qué ese nombre?

Asier sonrió. Era ridículo, lo sabía, y respondió:

—Pinocho era mi personaje favorito cuando era niño. Y el primer día que me conecté a la red, al pedirme un *nick*, fue el primer nombre en el que pensé. —Ambos rieron, y luego él preguntó—: ¿Y Shanna?

Consciente de que iban de la mano, y sin ganas de soltarse de él, ella rápidamente respondió:

—Me gusta mucho leer. Y Shanna es el nombre de una heroína de un libro que me encanta. Recuerdo que era de mi madre, y cuando lo leí me enamoré de él y quise haber sido yo quien escribiera esa historia.

—¿De ahí que quieras escribir un libro?

Al oír eso, Martina sonrió y, encogiéndose de hombros, respondió:

—Puede ser.

—Pues tienes que hacerlo. ¡Atrévete!

Estaba riendo por aquello cuando él, parándose para mirarla, dijo:

—Llamaste mi atención a través de la red y, cuando comencé a hablar contigo por privado, reconozco que me encantó tu manera de contarme las cosas y en especial tu modo de mandarme a freír espárragos cada dos por tres.

Martina soltó una carcajada. En ocasiones había sido una completa borde con él.

—No soy un crío de veinte años ni tú eres una niña. Por tanto, Shanna o Martina, tienes que saber que me gustas mucho, tanto como para mentir para conocerte, y espero que ahora me permitas hacerlo.

Ella sonrió y, sin saber por qué, se sintió liberada.

En una fracción de segundo la vida le había cambiado como de la noche a la mañana. De pronto, el pasado y sus recuerdos habían quedado atrás, y deseaba mirar al presente y caminar hacia el futuro.

Asier, con su insistencia, le había hecho querer comenzar a ver la vida de nuevo en color y, mientras lo besaba y aceptaba su beso, sentía cómo sus hombros se liberaban de la tremenda mochila de los recuerdos.

Sonrió encantada. Tenía claro lo que quería, y, ante las palabras de aquél, musitó:

—Ya veremos..., todo dependerá de si te crece o no la nariz.

Ambos rieron por aquello y prosiguieron caminando por Madrid hasta llegar frente a un local en el lateral de una plaza, donde Martina se paró. Ante su puerta había aparcadas más de quince motos y Asier, mirando el rótulo, leyó:

—El Claxon... ¿Venimos aquí?

Martina sonrió. No sabía si aquel bar continuaría abierto, pero sí, ¡allí estaba!

El Claxon era un local de moteros en una de las estrechas calles del centro de Madrid, un lugar al que ella solía ir a menudo cuando estaba con Miguel y al que dejó de acudir cuando él murió. En el pasado había sido el punto de reunión de su grupo de amigos. No hacía falta quedar con nadie. Simplemente ibas a El Claxon y siempre había alguien conocido.

Mientras seguía parada en la puerta, cientos de recuerdos acudieron a su mente, pero, a diferencia de lo que creía, aquellos recuerdos, unidos al momento que estaba viviendo, la hicieron sonreír y supo que había tardado demasiado en volver allí.

Asier la miró y, cuando Martina dio un paso hacia la entrada, él se le adelantó y, abriendo la puerta, le cedió el paso.

—Mi padre me enseñó que las señoritas van siempre primero.

—¡Qué caballeroso!

—Siempre —aseguró aquél.

Martina sonrió y, sin dudarlo, entró en el local.

Según lo hizo, el olor dulzón tan característico de la cerveza de barril que se servía en aquel bar le llenó las fosas nasales. El Claxon seguía oliendo igual. Olía a cerveza, a diversión, a motos y a colegueo.

Una vez en su interior, la música la rodeó y la nostalgia del pasado no la asfixió. Como antaño, el sitio estaba a tope, y sonaba *Sobre un vidrio mojado*, la canción ochentera de Los Secretos.

—¡Qué buena canción! —Asier sonrió.

—Buenísima —convino ella.

Buscaron una mesa donde sentarse y, al ver que quedaba libre una cercana al billar, Martina tiró de la mano de Asier para que se apresurara hacia allí.

En su camino, observó las caras de quienes se divertían allí, y por unos instantes le pareció ver a una conocida, pero, al volver a mirar, se dio cuenta de que no. Había sido su imaginación.

Encantados, acercaron sus sillas para poder escucharse y hablar, a pesar de la música. El local estaba lleno de luz y de gente. Sin duda era un sitio animado. Ambos miraron a su alrededor con curiosidad y él preguntó:

—Por tu manera de mirarlo todo, parece como si fuera la primera vez que vienes, pero no es así, ¿verdad?

Ella sonrió y, sin sentir el dolor que siempre había creído que sentiría al regresar allí, respondió:

—Hubo una época en mi vida en la que este sitio se podía considerar mi segunda casa.

Él asintió esperando que ella dijera algo más, pero no lo hizo. Y, dándole su espacio y su tiempo, también observó el local. En sus paredes había cuadros de motos e infinidad de fotografías, aunque lo que más llamó su atención fue un cuadro con una portada de una revista que a él le gustaba especialmente llamada *Madriz*.

—Esa revista la compraba yo hace años —se apresuró a contarle a Martina—. Es más, ese mismo número lo tengo en casa guardado como oro en paño.

La joven asintió, pero enseguida desvió la mirada hacia la pared de la derecha, donde había fotos colgadas. De pronto, ver algunas de aquellas imágenes le hizo recordar y los ojos se le llenaron de lágrimas. Asier supo de inmediato que pasaba algo y rápidamente preguntó:

—¿Qué te ocurre, Martina?

La aludida miraba con los ojos llenos de lágrimas las fotos de la pared y, como atraída por ellas, se levantó para observarlas más de cerca. Allí estaba parte de su pasado.

En ellas se veía a una chica joven y sonriente vestida con unos vaqueros raídos y una cazadora vaquera roja, riendo junto al resto del grupo. Ella había sido aquella chiquilla inocente. Observó a Miguel, al que fue su novio, que sonreía junto a ella, su hermano Manuel y Alicia, la mujer de aquél. La foto fue tomada el día que abrieron El Claxon.

Tras aquella foto contempló de cerca otras más. En ellas volvía a estar junto a los amigos, junto a las motos, junto a Miguel.

¡Qué bonitos momentos y qué bonitos recuerdos!

Años atrás, ella misma había ayudado a colgar aquellas imágenes en la pared, y nunca pensó que aún continuaran ahí.

—Martina...

La voz de Asier la hizo regresar a la realidad y, mirándolo, se secó rápidamente las lágrimas de las mejillas.

—Dame un minuto —pidió—. Tengo que ir al baño.

Dicho eso, se alejó a toda prisa sorteando a todo el mundo, deseosa de unos instantes de soledad. Necesitaba volver a encontrarse.

Una vez que ella se marchó, Asier, sin entender nada, se fijó en las fotos que estaban ante él y se quedó boquiabierto. Aquella que reía y abrazaba a un chico moreno y con barba sobre una moto era una jovencísima Martina. Intuyó que debía de ser Miguel, el que fue su novio. Observó foto a foto con curiosidad y, de pronto, creyó entender por qué Martina miraba su moto como lo hacía y no había querido subirse en ella.

Sus ojos pasaron entonces a una imagen en la que sólo aparecía ella de perfil sentada sobre una moto, un precioso retrato en blanco y negro en el que a Martina se la veía en toda su esencia.

Estaba mirándolo cuando oyó a su lado:

—Perdona...

A volverse se encontró con la preciosa chica de la fotografía y, al ver su naricilla roja, preguntó:

—¿Quieres que nos vayamos de aquí?

Ella negó con la cabeza. No quería irse de allí, estaba bien. Y, como necesitaba sincerarse, dijo:

—Siento haberte montado este numerito, pero..., bueno..., llevaba mucho tiempo sin venir a este lugar y..., no sé..., te pido disculpas por haberlo hecho hoy contigo. No sé por qué necesitaba venir aquí. No lo sé. Aunque creo que tú, sin saberlo, me has dado fuerza para enfrentarme a ciertos fantasmas del pasado.

Entendiendo de lo que hablaba, Asier paseó con cariño la mano por la mejilla de aquélla y murmuró:

—Me gusta haberte dado esa fuerza, pero quiero verte bien.

—Lo estoy, ¡créeme! —y, mofándose, cuchicheó—: Pero, como dice María, ¡soy de lágrima fácil!

Ambos sonrieron por aquello, y ella, volviéndose hacia las fotos, dijo con fuerzas renovadas:

—El chico de barba que está conmigo en la moto era Miguel, mi novio. El otro chico que está a mi derecha era Antonio, su mejor amigo. Por desgracia, ambos murieron en un accidente de tráfico con esas motos hace seis años.

—Lo siento... —musitó Asier.

Martina sonrió con tristeza. Ella también lo sentía, pero, entendiendo que la vida le había dicho a su manera que continuaba, con o sin Miguel, indicó:

—Éste era el local de Miguel y su hermano Manuel, aunque ya no sé si sigue siendo de este último —matizó—. Cuando decidieron abrirlo, el grupo de amigos lo pintamos, lo decoramos y, como te he dicho antes, se convirtió en nuestra segunda casa. Y, bueno, al ver esas fotos que no esperaba ver, los recuerdos me han agobiado y...

—Tranquila...

Ella asintió, y de pronto se oyó:

—¡No me lo puedo creerrrrrrrrrrrrr!

Al oír aquella voz, Martina se apresuró a mirar, pero un hombre la cogió en volandas y la abrazó. Era Germán, un amigo de Miguel.

Aquel abrazo tan sentido y deseado por ambas partes se alargó más de lo esperado y, cuando se separaron ante la sonrisa de Asier, aquéllos se miraron y él dijo:

—Si antes eras guapa, ahora lo eres mucho más.

Martina rio por aquello y, dándole un nuevo abrazo a aquél, susurró:

—Germán, no esperaba verte aquí.

Se miraban emocionados cuando volvió a oírse:

—¡Tinaaaaaaaaaaa!

Sólo había una persona en el mundo que la llamara así. Y, al volverse, sonrió y, lanzándose a los brazos de un tío barbudo, la joven murmuró:

—Manuel... Manuel... ¡Hola!

Asier observaba la situación sin poder creérselo. Ya no sólo Martina lloraba, ahora también lo hacían dos enormes tíos barbudos y, sin moverse, los observó, hasta que uno de aquéllos, el tal Germán, lo miró y preguntó:

—Martina, ¿y este pimpollo quién es?

Al oír eso, Asier sonrió, y Martina, acercándose a él, lo cogió de la mano y dijo:

—Él es Asier. Un amigo.

A él le gustó esa forma de presentarlo, y Manuel, con una fabulosa sonrisa, le tendió la mano y comentó:

—Un placer conocerte, colega.

—El gusto es mío. —Asier sonrió.

Dicho eso, los cuatro se sentaron a la mesa, donde pusieron al día a Martina, que los escuchó con atención. Muchas de las noticias que aquéllos le daban la sorprendían, otras no. Germán se había separado de su mujer, mientras que Manuel seguía con Alicia y era padre de dos niños. Le hablaron también de otros integrantes del grupo, quienes habían cambiado con el paso de los años, y aunque se alegró por algunos, por otros no.

Manuel, emocionado, le enseñó fotos de sus dos niños, Miguel y Carolina. Martina las observó encantada y rio al ver lo mucho que se parecía el chiquillo a su padre. Era una auténtica fotocopia. Estaban riendo por aquello cuando Manuel señaló:

—Nunca nos olvidamos de ti, pero decidimos respetar tu decisión de alejarte de nosotros.

—Lo sé.

—Por eso quiero decirte que me alegra verte aquí —prosiguió él—, y sobre todo me alegra ver que por fin cierras etapas y vuelves a sonreír.

Sus palabras le hicieron saber a Martina cuánto sabía él de ella; entonces éste, tomando su mano, musitó:

—Tina, la vida no es perfecta, pero tiene momentos maravillosos que merecen vivirse. Nunca olvides eso, ¿de acuerdo?

Ella asintió. Y, emocionada, iba a hablar cuando él dijo con cariño, tocándole el cabello:

—Estás preciosa. Te has convertido en toda una mujer —y luego, mirando a Asier, afirmó—: Y me encanta verte tan bien acompañada.

La joven volvió a sonreír, y Germán añadió:

—¿Qué tal la obra de teatro con tus alumnos?

Martina sonrió.

—Bien.

—¿Y tu hermana? ¿Sigue dándote quebraderos de cabeza?

—Pues sí. Unos pocos —afirmó sorprendida de que estuvieran al tanto.

Hablaron, hablaron y hablaron, mientras Martina se preguntaba cómo sabían tanto sobre su vida. Estaba pensando en preguntar cuando Germán comentó:

—Creí que nunca volveríamos a verte.

Al oír eso, la joven señaló las fotos de la pared.

—¿Verme? —se mofó—. Pero si tenéis esto repleto de fotos mías.

Manuel rio al oírla y, suspirando, afirmó:

—La verdad es que nos resistimos a quitarlas. Esas fotos, sus momentos y sus recuerdos son pequeños fragmentos de nuestras vidas que no quiero olvidar bajo ningún concepto. Es más, son un clásico de este local y parte de su historia —y, bajando la voz, añadió—: Además, Randy nos retiraría la palabra si se nos ocurriera quitarlas. Adora esas fotos.

Sin entender a quién se referían, Martina preguntó:

—¿Quién es Randy?

Germán y Manuel intercambiaron una mirada y luego el primero dijo:

—Randy es el hermano pequeño de Antonio, ¿no te acuerdas de él? —Martina negó con la cabeza y él añadió levantándose—: Creo que está por aquí. Voy a buscarlo. Se alegrará un montón de verte. Ni te imaginas lo mucho que cuida esas fotos.

La mente de Martina comenzó a trabajar. Era cierto, Antonio tenía un hermano. Recordaba a un chiquillo que siempre andaba entre las motos.

—No hace falta que lo busques —dijo Manuel mirando a su amigo—. Hace rato me ha dicho que se marchaba porque estaba fatal de la alergia. Eso sí, mañana, cuando le digamos que has venido, se dará de cabezazos contra la pared, pues guarda un precioso recuerdo de ti.

—Pobre. —Ella rio—. Dile que volveré otro día, por favor.

Durante su charla, Martina finalmente supo que María seguía siendo amiga de Alicia, la mujer de Manuel, algo que nunca le había comentado. De ahí que ellos supieran tanto sobre su vida.

Dos horas después, tras mucho hablar y recordar, Asier y Martina decidieron marcharse del local, prometiendo regresar.

Una vez en la calle, la joven miró a su acompañante y musitó con gesto confundido:

—Siento que esta cita no haya sido lo que esperabas.

Al oír eso, Asier sonrió y, agarrándola con tranquilidad de la cintura, indicó:

—Ha sido muchísimo mejor.

Ambos rieron y, de la mano, se dirigieron hasta el parking donde ella había dejado el coche. En cuanto lo recogieron, regresaron al descampado del colegio de Martina. Allí estaba aparcada la moto de Asier, pero nada más llegar, él maldijo:

—¡No me jodas!

La moto estaba tirada en el suelo.

Rápidamente Martina paró el coche y, bajándose tan deprisa como él, protestó:

—¡No me lo puedo creer! Joder, hace poco a mí también me rompieron el retrovisor del coche.

Asier se apresuró a levantar del suelo la moto, que no parecía tener desperfectos.

—Ojalá el que lo ha hecho lo pague, ¡y con creces! —siseó ella enfadada.

Asier asintió. Él también lo esperaba, e indicó:

—Por suerte, no le ha pasado nada.

Martina asintió, lo sabía, pero insistió:

—Ya. Vale, de acuerdo. Pero qué rabia me dan estas cosas...

Divertido al ver el enfado de ella, la agarró por la cintura y la acercó hacia sí.

—Si te doy un beso, ¿te calmarás?

Con un extraño aleteo en el cuerpo, la joven sonrió. Había pasado de no querer saber nada de ningún hombre a quererlo todo de él.

—Puede... —indicó.

Asier la besó.

Nada le apetecía más en el mundo que hacerlo y, cuando el beso acabó, Martina, encantada por la sensación tan maravillosa que aquel beso le provocaba, murmuró hechizada:

—¿Lo puedes volver a repetir?

Y él lo repitió.

Un beso llevó a otro.

Una caricia, a la siguiente.

Y cuando sintieron que comenzaban a perder el control del momento, se separaron y Martina, con la respiración entrecortada por las locas ganas de sexo que de pronto había sentido, murmuró:

—Creo que ya vale por hoy.

Él asintió, estaba de acuerdo con ella, y le preguntó:

—¿Lo has pasado bien?

Martina sonrió.

Aquel día, aquella cita que lo había cambiado inesperadamente todo y el haber visto a personas de su pasado le habían hecho darse cuenta de que iba en la dirección correcta, y afirmó:

—Creo que sí.

—¡¿Crees?!

Ella soltó una risotada. Asier la volvió a besar, y cuando se separaron y ella se metió en su coche, éste dijo mirándola:

—Esta vez me darás tu número de teléfono.

Sin dudarlo, la joven sacó un bolígrafo de la guantera de su coche, cogió el brazo de aquél y, tras escribírselo en la mano, indicó:

—Ahí lo tienes.

Encantado, él asintió y, apoyándose en la ventanilla bajada del vehículo, cuando ella arrancó el motor, preguntó:

—Si te llamo mañana para vernos, ¿me lo cogerás?

Martina le dio entonces un nuevo beso en los labios y le guiñó un ojo.

—Prueba y lo sabrás.

Y, dicho esto, metió primera y, feliz e ilusionada como hacía mucho que no lo estaba, se alejó con su vehículo mientras Asier la seguía con la mirada y sonreía.

Cuando Martina llegó a su casa, después de sacar a *Johnny* a la calle para dar su paseo, al regresar y desnudarse, cogió la foto de Miguel que tenía en su habitación.

—Siempre seré tu bruja —murmuró mirándola—. Pero como alguien muy querido por ti me ha dicho hoy, la vida no es perfecta, pero tiene momentos maravillosos que merecen vivirse. Y yo quiero hacerlo.

Capítulo 32

Tras un fin de semana maravilloso en el que Asier y ella estuvieron juntos a todas horas, la joven no podía dejar de sonreír. Ir con él a comer, a cenar, al cine o a tomar algo fue increíblemente mágico, y Martina supo que eso era lo que quería. Deseaba conocer más a Asier.

El lunes quedó con María para cenar en su restaurante preferido y, cuando le contó lo ocurrido, su amiga se quedó boquiabierta.

—¿Lo dices en serio? —cuchicheó.

—Sí.

—¿Adiós miedos?

Martina sonrió y se encogió de hombros.

—Estoy en ello. —Ambas rieron y luego ella, señalándola con el dedo, musitó con mofa—: Ya te vale con ocultarme quién era. Menos mal que soy tu persona favorita...

Feliz de ver a su amiga sonreír de aquella manera, María murmuró:

—Prometo no reincidir.

—¡Más te vale!

María deseaba dar saltos de alegría, y exclamó:

—¡Flipo en colores!

Martina rio. Le gustaba ver la felicidad de su amiga, tan parecida a la suya, y afirmó:

—No sé cómo ha pasado, pero quiero conocer a Asier. Me gusta. Me gusta mucho, y..., Dios, ¡cómo besa!

—Woooooooooooo, nenaaaaaaaaaaaa. —María rio.

—Por fin me estoy dando cuenta de que el pasado queda atrás. Miguel es parte de él y yo he de mirar hacia el futuro.

—¡Bien!

—Y, mira, si las cosas con Asier no salen bien, no pasa nada. La vida son etapas y siento que a mí me quedan muchas por vivir.

—Como diría mi abuela, ¡bendito sea Dios! Por fin has abierto los ojos.

Martina asintió. No había sido fácil pasar por lo que ella había pasado. Tras lo ocurrido con Miguel, como le había dicho su psicóloga, tenía que pasar por períodos de negación, enfado, negociación, depresión y, por fin, parecía comenzar la etapa de aceptación. Por fin parecía aceptar que debía dejar a un lado los miedos y simplemente vivir.

—¿Qué tiene Asier que no haya tenido otro tío en estos seis años?

Esa pregunta se la llevaba haciendo días y no sabía respondérsela. Sólo sabía que Asier había llegado quizá en el momento oportuno y no paraba de alegrarle la vida, sin exigencias y permitiéndole que siguiera teniendo su espacio.

—Porque, oye, cuando te presenté a Miguel Ángel, el primo de Susana, ¡es que ni lo miraste! Y mira, tronca, el colega no es que estuviera bueno, ¡es que estaba buenísimo!

—Ya —afirmó Martina recordándolo.

—¿Y qué me dices de Blas?

—¿Qué Blas?

Bajando la voz, María explicó:

—El camarero del Metallica.

Al saber de quién hablaba, Martina preguntó arrugando el entrecejo:

—¿El heavy?

Su amiga asintió y, al ver su expresión de desagrado, repuso:

—Vale. El colega es un pintas de mucho cuidado, pero no puedes negar que estaba tremendo.

—No. No te lo voy a negar. Pero esa clase de tremendo no es mi tipo.

—Y Asier, ¿qué tiene él para que de pronto sonrías como una tonta?

Martina sonrió y se encogió de hombros.

—Pues no lo sé. Quizá sea su paciencia, su carácter, su manera de mirarme o de tratarme..., ¡no lo sé! Pero la realidad es que me gusta. Y si a eso le sumas que «está tremendo», ¿cómo me voy a resistir?

Ambas rieron por aquello y luego María musitó complacida:

—Disfruta de la vida y del momento. Como te he dicho más de una vez, en esta vida, tronca, estamos de paso. Y por ello hay que vivir y disfrutar. Porque, oye, si mañana me cae una teja en la cabeza y me lleva *pa'l* otro barrio, ¿tú qué pensarías?

Al oírla, Martina frunció el entrecejo.

—¡Joder! Pues que menuda putada.

María rio. Le encantaba cuando aquélla ponía esa cara, e insistió:

—Vale. Sí, sería una putada. Pero, a ver, tú pensarías: ¿María fue o no fue feliz? ¿María vivió la vida con intensidad o fue una amargada?

Oír eso hizo que cambiara su gesto. Si alguien vivía la vida intensamente, ésa era su amiga, y respondió:

—Pues pensaría que fuiste muy feliz y que viviste a tope.

—¡Exacto, colega! Al menos sonreirás al pensar que fui feliz. Pero, joder, tronca. Tú estos años has sido un cenizo amargado y me tenías muy preocupada.

—Lo siento..., pero te prometo que eso ¡se acabó!

Su amiga sonrió y, bajando la voz, preguntó:

—¿Y el colega es bueno en la cama?

—¡Maríaaaaaaaaaaaaaaa!

—Ay, Dios..., déjate de puritanismos pueblerinos, que tú ya casi eres más de capital que yo. El sexo es otra faceta de la vida y se disfruta o no se disfruta y...

—Aún no me he acostado con él —dijo de pronto Martina.

—Nooooooooooo... —repuso su amiga parpadeando asombrada.

—Nooooooooooo.

—¿En seriooooooooo?

Martina asintió con apuro.

Sabía el deseo que aquél sentía por ella y ella por él. No eran unos niños, pero hasta el momento ella siempre lo había detenido. Dar el siguiente paso significaba mucho para ella, y estaba pensando qué decir cuando María, sonriendo, musitó:

—Pobre Pinocho..., debe de tener la nariz destrozada de tanto crecer y menguar...

—¡María! —gruñó Martina divertida.

Durante un buen rato hablaron del tema mientras comían todo lo que el camarero ponía ante ellas, pero entonces, tras una pregunta de su amiga, Martina respondió:

—No he vuelto a recibir ninguna postal, ni rosa, ni nada. Quien fuera, creo que por fin se olvidó de mí. Pero reconozco que me asusté. Yo pensando que los locos estaban tras las pantallas de los ordenadores en el mundo virtual y a mí me salió uno en el mundo real.

—Hay mucho loco y también mucho gilipollas suelto. Tienes razón.

—Hombre, gracias por entenderlo —afirmó Martina.

María cogió de una de las bandejas una croqueta y, mirando a su amiga, indicó:

—Por cierto, con todas estas cosas que te están ocurriendo, ¿no crees que tienes tema que te quemas para escribir un buen libro?

—¿Tú crees?

—Podrías escribir una historia en la que una chica conoce a un tipo que le cambia la vida para bien tras un pasado triste y aburrido. Incluso podrías incluir en ella a un loco que la acosa... ¡Qué historiaza!

Martina sonrió y, viendo el potencial de la misma, afirmó:

—Oye, pues mira, podría funcionar.

María dio un mordisco a su croqueta y luego indicó:

—Quizá me equivoque porque no tengo ni pajolera idea de cómo se escribe un libro, pero puede que las vivencias o los sentimientos sobre las cosas que te pasan puedan ayudarte a dar más emoción y realismo a lo que quieres escribir, ¿no te parece?

—Puede...

María sonrió divertida.

—Tronca, piénsalo. Quizá abriendo tu corazón y sacando todo lo que llevas dentro te puedas currar ese libro que siempre has querido y que, por supuesto, dedicarás a tu mejor amiga y colega porque yo seré la primera en leerlo.

Martina asintió, dio un trago a su bebida y afirmó:

—Lo pensaré y, si lo hago, así será.

María volvió a sonreír encantada y, abrazándola, musitó con cariño:

—Tronca. Me repito más que la cebolla, pero eres ¡mi persona favorita!

Bromeaban alegres cuando Gregorio, el camarero, se acercó a ellas y dijo dejando una bandeja sobre la mesa:

—Marchando una ración de calamares a la romana para mi rubia y mi morena. Por supuesto, con extra de mayonesa.

—Eres el mejor, Gregorio. ¡El mejor! —aplaudió María.

Con ganas de clavarles el diente a esos calamares, las dos amigas se miraron y Martina, consciente de que tenían mucho de que hablar, indicó moviendo las manos:

—De acuerdo. Tiempo muerto. Comamos y luego seguimos charlando.

—¡OK, Makey! —afirmó María cogiendo un trozo de pan.

Capítulo 33

Los días pasaban y a Martina le sonreía la vida.

Asier y ella se veían siempre que sus trabajos se lo permitían y, cuando chateaban por las noches a través de la red desde sus respectivas casas, la conexión entre ellos se acrecentaba, volviéndose mágica, íntima y especial.

Salían de cena solos o con los amigos. Iban al cine, tomaban copas juntos, paseaban con *Johnny* por El Retiro, todo era perfecto entre ellos, pero Martina mantenía ciertas distancias con dos cosas. La primera, montarse en la moto de aquél. Y la segunda, que Asier subiera a su casa para tener sexo.

Una mañana de sábado, tras terminar de fregar el suelo, mientras sonaba en la radio *It's Oh So Quiet* de la cantante Björk, Martina, feliz de la vida como desde hacía mucho que no se sentía, bailó por toda la casa como una loca con la fregona en la mano mientras su perro la observaba. Sin duda debía de pensar que se había vuelto loca.

Riendo, se dejó caer agotada en el sillón. Aprovechaba los fines de semana para poner un poco de orden en su casa y, mirando a *Johnny*, indicó:

—Vale. Lo reconozco. Estoy como una cabra, pero ¡estoy feliz!

El perro se levantó y ella, al ver que iba a pisar lo que ya había limpiado, le advirtió:

—No te muevas de ahí. La cocina está recién fregada.

El animal, al que sólo le faltaba hablar, se detuvo y ella sonrió. Era maravilloso.

Estaba mirándolo encantada cuando el teléfono sonó, y, al ver en la pantalla el número de Asier, descolgó y saludó:

—Holaaaaaaa, cielo, ¿ya estás en Madrid?

Gustoso por la alegría que percibía en su voz, Asier, que estaba en su casa tras haber pasado una semana de viaje en Alemania para un reportaje de la revista, se sentó en una silla y contestó:

—Sí, cariño. Llegué anoche de madrugada y por eso no te llamé. —Martina sonrió, y acto seguido él preguntó—: ¿Qué haces?

Ella, mirando el suelo de su casa, que se secaba poco a poco, musitó:

—Acabo de terminar de fregar el piso.

—¡Qué emocionante! —exclamó él riendo.

Ella también rio divertida y entonces, con ganas de verla, Asier preguntó:

—¿Qué tal si paso por tu casa y nos vamos a comer a Aranjuez?

Martina lo pensó. Él siempre le proponía cosas chulas, divertidas. Y deseaba verlo. Lo deseaba mucho.

—Prometo que dejaré la moto aparcada en tu casa e iremos en tu coche. ¿Qué me dices? —añadió al ver que no contestaba.

Encantada, ella asintió. Le parecía una idea excelente.

—¡Te digo que sí!

Asier se levantó de la silla y, mirándose el reloj que llevaba en la muñeca, añadió:

—¿Te parece bien que te recoja a la una y media en tu portal?

—¡Perfecto!

Y, feliz de saber que pasaría el día con ella, antes de colgar indicó:

—Señorita, dentro de hora y media tienes una cita conmigo. ¡No lo olvides!

Una vez que hubo colgado el teléfono, Martina se levantó del sillón con una enorme sonrisa en los labios. En el tiempo que llevaban juntos, Asier en todo momento la había respetado. Estaba claro que él sabía que con ella las cosas debían ir despacio y no se había propasado lo más mínimo. Estaba pensando en ello cuando recordó un mensaje que le había enviado él durante su viaje y que hizo que el corazón le aleteara con fuerza; lo abrió en su móvil y leyó:

Cariño, aunque estés lejos de mi
mirada, te aseguro que no lo estás
de mis pensamientos.

Leer eso de nuevo hizo que el corazón le volviera a latir a mil y, sonriendo, la joven se miró en el espejo del salón y musitó:

—Asier, tú también estás continuamente en mis pensamientos —y, retirándose con coquetería el pelo del rostro, siguió—: Siento que quiero más, mucho más, y creo que ya ha llegado el momento.

Tras ducharse, cuando fue a vestirse miró su ropa interior. Desde hacía tiempo no le prestaba mucha atención, pero ese día se la prestó. Rebuscó en su cajón algo especial, y al encontrar un conjunto de braga y sujetador negro con pequeñas flores plateadas que María le había regalado el año anterior para Navidad, sonrió y murmuró:

—Hoy te voy a estrenar.

Cuando acabó de vestirse, rápidamente llamó a su hermana. La necesitaba.

—¿Dígame?

—Hola, Julia —saludó feliz.

Julia, que estaba acompañada en la cama, pidió un segundo a quien unos instantes antes le besaba el cuello y la saludó:

—Hola, Martina. ¿Qué pasa?

La aludida, peinándose ante el espejo, se apresuró a responder:

—Me voy a pasar el día fuera con Asier y no creo que regrese hasta la noche. ¿Podrías pasar esta tarde por mi casa para sacar a *Johnny*?

A Julia le encantaba ver a su hermana feliz y, sin dudarlo, respondió:

—Por supuesto. Del Mastodonte me encargo yo.

—¡Gracias! —repuso ella encantada.

En cuanto las hermanas se despidieron, Julia, que estaba aún en la cama con Dage, lo miró y comentó:

—Esta tarde tenemos que ir un momento a casa de mi hermana. Va a pasar el día fuera y necesita que le saquemos al Mastodonte.

—¡Perfecto! —Él sonrió.

Julia lo besó encantada y, segundos después, se perdió en la lujuria del sexo.

* * *

A la una y veinticinco, tras despedirse de *Johnny* con un beso, Martina bajó encantada al portal. Una vez que hubo salido del ascensor, vio en la calle a Asier, que, como siempre, no podía estar más guapo apoyado en su moto roja.

En cuanto puso un pie en la acera, él abrió los brazos y ella, sin dudarlo, lo abrazó. Sentir sus brazos alrededor de su cuerpo era lo que más deseaba en el mundo, y, cuando lo miró y se besaron, un loco deseo la devoró.

Sus bocas se separaron al fin y él declaró mirándola:

—Ni te imaginas cuánto deseaba estar contigo.

—Y yo contigo —aseguró Martina.

Asier asintió; nada le gustaba más que oír eso. Entonces de pronto ella dijo:

—¿Me dejarías conducir tu moto?

Él la miró boquiabierto.

¿La había entendido bien?

Y ella, al ver el desconcierto en su mirada, explicó:

—Sí, sé conducir una moto como la tuya. Y, sí, te he pedido lo que has oído.

Sorprendido por aquel giro en la situación, él le tendió las llaves.

¿En serio sabía llevar una moto? Que quisiera subirse a la suya o conducirla, cuando hasta el momento lo había rehuido, era como poco curioso y también un gran paso. Y, cuando aquélla montó con agilidad, metió la llave en el contacto y la arrancó, sonrió e iba a decir algo cuando Martina indicó:

—Si no te importa, me gustaría darme un paseo yo sola antes.

Le importaba. Claro que le importaba, básicamente porque se preocupaba por ella, pero, incapaz de negárselo, respondió:

—Toda tuya. Esperaré aquí.

Emocionada y nerviosa a partes iguales, Martina le dio un beso en los labios y musitó:

—Gracias, cielo.

Llevaba más de seis años sin conducir una moto.

Desde que murió Miguel no se había vuelto a acercar a una, pero todo había cambiado y ahora deseaba, anhelaba y quería conducir aquélla.

Instantes después, Martina, aquella mujer que no paraba de sorprenderlo, se puso el casco, se lo ajustó y, con una seguridad increíble, movió la pesada moto y, tras plegar la pata lateral, la bajó con cuidado de la acera, metió primera y, acelerando, se alejó.

Asier sonrió boquiabierto.

¡Increíble!

Estaba claro que desconocía muchas cosas de Martina y ésa era una de ellas.

¡Sabía conducir motos!

Diez minutos después, oyó el bronco sonido de su moto al acercarse y, al levantar la cabeza, vio a través del casco la mirada feliz de Martina. Ella subió entonces la moto a la acera y, quitándose el casco, exclamó:

—¡Ha sido alucinante!

Emocionada, paró el motor, puso de nuevo la pata lateral, se bajó de la moto y abrazó a Asier. Estaba nerviosa, excitada, encantada.

Había vuelto a sentir la libertad y la adrenalina que proporcionaba conducir una moto. Por lo que, apartándose de él con una inmensa sonrisa, gritó dando saltos:

—¡¿Puedo darme otra vuelta?!

—¡¿Otra?!

—Prometo no tardar mucho.

Él accedió divertido.

Le encantaba ver a aquella nueva Martina y cuando, segundos después, la joven volvió a marcharse, se sentó en un banco que había cerca y sonrió.

Diez minutos más tarde ella volvió a aparecer. Seguía emocionada, y Asier, divertido, le quitó las llaves, se las guardó en el bolsillo del pantalón y, riendo, comentó:

—Nunca pensé que tendría celos de mi moto.

Feliz como desde hacía tiempo que no lo estaba, ella lo besó.

—Tranquilo —susurró—, no tienes competencia.

Encantado, él volvió a besarla y, cuando sus bocas se separaron, preguntó:

—¿Cómo no me habías dicho que sabías llevar una moto?

Con mimo, Martina tocaba el carenado de la preciosa moto roja y, encogiéndose de hombros, respondió:

—Nunca había salido el tema.

Contento de verla feliz, él abrió entonces la maleta que llevaba en la parte trasera de la moto, sacó otro casco y, tras tendérselo, preguntó:

—Entonces ¿vamos a Aranjuez con la moto?

Sin dudarlo, ella asintió, cogió el casco y se lo puso de inmediato.

—¿Me dejarás llevarla luego un ratito? —preguntó con gracia.

Asier sonrió. Se puso su casco y, tras guiñarle el ojo, aseguró:

—Por supuesto que sí.

Capítulo 34

Tras un maravilloso día disfrutando de la moto y de la compañía mutua en Aranjuez, cuando esa noche regresaban a casa de Martina, ella pensó en cómo proceder.

Quería que Asier subiera a su casa. Sabía que aquello sería un gran paso, pero deseaba hacerlo. Ya no era una niña de veinte años, como cuando conoció a Miguel. Ahora era una mujer de treinta y tres y sabía lo que quería y deseaba en la vida. Por ello, al llegar al portal y bajarse de la moto, preguntó mirándolo:

—¿Te apetece subir a mi casa?

Sin duda era el día de las sorpresas.

En el tiempo que llevaban juntos, ni él había subido a su casa ni ella a la de él para evitar situaciones que pudieran resultar incómodas.

—Di que sí —insistió Martina.

Al entender en su mirada lo que deseaba, Asier afirmó sin dudarlo:

—De acuerdo.

Encantada, ella lo besó con amor y, cuando él puso la cadena de seguridad a la moto, entraron en el portal de la mano y, posteriormente, en el ascensor.

Cuando Martina abrió la puerta de su casa, como era de esperar, *Johnny* salió. Asier lo conocía. Muchas veces ella lo había bajado para dar un paseo por El Retiro, pero al ver cómo aquél lo miraba desafiante desde la puerta, preguntó bajando la voz:

—¿Estás segura de que no me morderá?

Ella miró divertida al animal, que observaba con su gesto imponente.

En el tiempo que llevaban viviendo juntos, el perro nunca la había visto intimar con un hombre y, muerta de la risa, indicó:

—No sabría decirte. Pero, por si acaso, ándate con ojo.

—Joder —musitó él sintiendo la mirada del animal clavada en él.

Entraron en el salón seguidos por *Johnny* y Asier comentó mirando a su alrededor:

—Bonita estancia.

—Gracias. —La joven sonrió.

Y, sin más, los dos se sentaron en el sofá y *Johnny* se acomodó a los pies de su ama. Era su manera de marcar su territorio.

Entre risas, Martina fue consciente de cómo aquellos dos se observaban. Estaba claro que ninguno se fiaba del otro, por lo que dijo dirigiéndose a *Johnny*:

—Tranquilo, precioso. Asier es un amigo, nunca me haría nada malo.

Él sonrió divertido, pero al ver que el perro ni siquiera se inmutaba, murmuró:

—No me dan miedo los perros, pero éste impresiona.

Martina soltó una carcajada. Entendía lo que quería decirle. *Johnny* era un gran danés y lo cierto era que, por su tamaño, impresionaba.

Finalmente, y viendo que Asier ni la rozaba para que el perro no se enfadara, lo cogió de la mano y lo llevó a su habitación. Al entrar, Martina miró al perro, que los seguía, y antes de entornar la puerta dijo dándole un besito en la cabeza:

—Mastodonte, siéntate ahí. Necesito intimidad.

A continuación miró a Asier y, guiñándole un ojo, comentó mientras se acercaba a un pequeño equipo de música que tenía en el dormitorio:

—Este momento se merece una canción especial.

Asier sonrió divertido. Sabía cuál iba a poner.

Encantada al verlo sonreír a través del espejo, Martina puso el CD que él le había regalado y, en el momento en que comenzó a sonar *How Can You Mend a Broken Heart* de Al Green, iba a hablar cuando él susurró:

—Nuestra canción.

Ella asintió.

Asier le provocaba cientos de nuevas sensaciones, y, acercándose a él, exigió mientras él la abrazaba para bailar:

—Y ahora, bésame.

Encantado y más seguro sin tener al perro cerca, Asier hizo lo que ella le pedía y él deseaba. Al primer beso le siguió otro mientras la sensual música los envolvía, y cuando sus respiraciones aceleradas les pedían mucho más, él, separándose, susurró consciente de lo que estaba a punto de pasar.

—Martina...

Ella asintió y no hizo falta decir más.

De nuevo, más besos, más roces, caricias, más intimidad..., hasta que él, al ver algo, se detuvo y, mirando hacia un lado, dijo:

—Cariño, yo...

Martina enseguida fue consciente de lo que estaba mirando. Por ello, alejándose de él, fue hasta donde estaba la foto de Miguel y, tras mirarla y ser consciente de que él era un bonito recuerdo del pasado y el hombre que estaba detrás de ella su presente y posiblemente también su futuro, abrió un cajón y la guardó.

Asier, que la observaba sin moverse, preguntó de nuevo:

—¿Estás segura?

Martina asintió. Nunca había estado más segura de algo en su vida.

De nuevo los besos se repitieron, se acrecentaron, se dispararon, al igual que la ropa de ambos, que comenzó a volar por la habitación.

Sobre la cama Martina disfrutaba de roces, jadeos, momentos. Disfrutaba de algo que para ella había estado olvidado pero que ahora, al sentirlo de nuevo, lo deseaba más y más a cada segundo.

Sonrió sentada sobre él, que estaba desnudo y tenía apoyada la espalda en el cabecero.

Con mimo, le tocó la clavícula, después los hombros, y cuando su mano bajó hacia su estómago, él la miró y musitó, tocando sus pezones con deleite.

—Te deseo.

Ella asintió. Percibir el deseo era morboso, pero más excitante era verse y mirarse a los ojos con la luz encendida.

Aquello que estaba haciendo con Asier nada tenía que ver con el sexo que había practicado con Miguel. Con Miguel se dejaba hacer. El sexo era espectacular, pero básicamente él siempre llevaba las riendas de la situación. No recordaba haber estado nunca sentada a horcajadas sobre él como lo estaba ahora sobre Asier, y esa sensación le gustó porque sentía que la niña inexperta que era antes se había convertido en una mujer capaz de exigir como nunca lo había hecho.

Segura de sí misma y del momento que vivía, preguntó mirándolo:

—¿Estás bien?

Sorprendido porque fuera ella quien preguntara eso, cuando solía ser al revés, él asintió y ella, tras besarlo y morderle el labio inferior para volverlo loco, susurró:

—Estoy tremendamente excitada.

Complacido, Asier afirmó:

—Lo veo..., y me gusta.

Un beso. Dos. En el interior de Martina, la necesidad de sexo crecía por momentos y, paseando la lengua por la boca de aquél, cuchicheó:

—¿Te importa que me quede yo arriba? ¿Puedo?

Asier, encantado y sorprendido porque no fuera la típica mujer que se tumbaba sobre una cama para dejarse hacer, asintió y afirmó besándola:

—Puedes y debes. Sólo haz lo que te apetezca.

Encantada, y olvidando sus miedos y sus inseguridades, Martina asintió, y entonces él preguntó:

—¿Qué ha ocurrido hoy para que...?

No hizo falta terminar la frase. Ella lo entendió y, mirándolo a los ojos, respondió:

—Aunque estos días no te he visto, no has estado ni un segundo fuera de mi pensamiento.

Ambos sonrieron por aquello. No hacía falta decir más, y él, acercando su boca a la de ella, musitó mientras la voz de Al Green cantaba en ese instante *For the Good Times*:

—Me gusta saberlo.

Martina sonrió. Con Asier las cosas eran fáciles y, como necesitaba sincerarse, prosiguió:

—Llevaba dormida seis años, pero tú me has despertado. A tu manera, me has hecho ver que la vida, cada día, te regala un bono de veinticuatro horas, y quiero disfrutarlo contigo. ¿Por qué? Pues porque me gustas, porque me haces sentir única y especial, y porque te deseo tanto como tú a mí.

Asier asintió. Le encantaba oír todo lo que decía; entonces ella, rozando con los labios el cuello de aquél, murmuró:

—Llevo mucho tiempo sin tener sexo, y te deseo.

El deseo era mutuo. Él ardía por ella, y dijo:

—¿Puedo preguntarte cuánto?

Martina asintió y, mirándolo a los ojos, matizó:

—Tanto tiempo como llevaba sin bailar.

Sin poder creerse lo que oía, mientras la excitación hacía que su cuerpo se moviera, musitó:

—Demasiado tiempo.

—Demasiado, sí —afirmó ella convencida.

Dispuestos a disfrutar, se besaban, se tocaban, se mordían con cariño, hasta que no pudieron más y Asier, levantándose de la cama, buscó su pantalón para sacar un preservativo de su cartera. En cuanto lo localizó, lo abrió con los dientes y se lo colocó.

Con la respiración acelerada, Martina lo observaba. Asier tenía un cuerpo perfecto. Maravilloso. Ardía en deseos de tenerlo, de poseerlo y que él la poseyera a ella.

Seis años. Habían pasado ya seis años desde la última vez que había disfrutado del sexo y, cuando Asier la miró y volvió a acomodarse como estaba antes en la cama, ella, sin dudarlo, se sentó de nuevo sobre él y, acariciándolo, murmuró:

—¿Puedo d...?

No pudo terminar la frase. Asier le puso un dedo en la boca y, mirándola a los ojos, insistió:

—Puedes hacer lo que quieras. No tienes que pedir permiso para disfrutar del sexo conmigo, ¿entendido?

Desinhibida y deseosa de tenerlo en su interior, sentada a horcajadas sobre él, llevó la mano hasta su duro pene y lo tocó. Asier jadeó de placer y ella, acalorada, murmuró:

—Nunca he sido tan atrevida.

—Pues me gusta que lo seas.

Se miraron sonriendo mientras sus respiraciones se aceleraban, y ella guio el duro y caliente pene de aquel hasta su húmedo y caliente deseo y, al sentirlo, jadeó.

¡Qué placer! ¡Qué sensación!

Y entonces lenta, muy lentamente, se dejó caer sobre el erecto pene y Asier tembló. El resuello que ella dejó escapar al sentirse penetrada lo volvió loco, y más cuando comenzó a mover las caderas meciéndose sobre él.

Verla con el pelo revuelto mientras disfrutaba de su sexualidad sin ningún tipo de pudor era una de las cosas más excitantes que había vivido en su vida. Por lo que, acercando la boca a uno de sus pechos, succionó su pezón y ella vibró.

Enloquecida por el momento, Martina se dejó llevar mientras cientos de oleadas internas despertaban cada rincón de su adormilado cuerpo. Placer. Lujuria. Deseo. Todo aquello y más era lo que sentía, deseaba y anhelaba, y en un hilo de voz exigió:

—Dios..., no pares.

Encantado con aquella orden, él asintió. No pensaba hacerlo.

Martina disfrutó como en su vida de la lujuria del sexo mientras sentía cómo toda ella enloquecía por segundos.

¿Cómo había podido estar tanto tiempo ajena a aquel tipo de placer?

Asier, sentado bajo ella, le permitía marcar el compás. Ella mandaba. Ella decidía. Ella marcaba un ritmo que ambos gozaban y que a cada segundo lo excitaba más y más, mientras ahora en el recopilatorio de Al Green sonaba *Let's Stay Together*.

Sentada sobre él mientras lo poseía, Martina no podía dejar de mirarlo. Aquel hombre atento, dulce y caballeroso le gustaba. La había sacado de su letargo, y, cuando lo vio sacudirse, ocasionándole a ella un placer inmenso, llevó su boca hasta la de él y lo besó.

Aquella efusiva exigencia volvió loco a Asier, que, necesitando ser ahora él quien marcara el ritmo, posó las manos alrededor de la cintura de ella y murmuró:

—¿Puedo yo ahora?

Acalorada, ella asintió y entonces él, de una sola estocada, se clavó en su interior de tal manera que ambos gritaron de placer. Con movimientos certeros y precisos, Asier se hundía en ella mientras ambos disfrutaban como locos, y en uno de los gritos de placer que aquélla dio, él musitó sonriendo:

—Chisss, no vuelvas a gritar o *Johnny* entrará y me comerá.

Ambos rieron por aquello mientras se dejaban llevar por la lujuria. Se deseaban, disfrutaban y ansiaban aquel caliente momento, y cuando las embestidas de ambos se descontrolaron haciéndoles saber que sus cuerpos no resistirían más, un increíble clímax se apoderó de ellos y, juntos, llegaron a lo más alto. Al cielo.

Tras el mágico y caliente instante, quedaron abrazados sobre la cama y Martina cerró los ojos. Lo que acababa de ocurrir había sido increíble, pero, al ser consciente de la realidad, de pronto se sintió avergonzada. La manera en que se había abandonado al placer no era algo propio de ella.

¿Cómo podía haberse dejado llevar así?

¿Qué pensaría ahora Asier de ella?

Permanecía abrazada a él, incapaz de mirarlo a los ojos, cuando, al sentir su tensión y entender lo que le ocurría, él la separó unos milímetros de su cuerpo y, cogiéndola de la barbilla, hizo que lo mirara.

—¿Qué te ocurre? —preguntó.

Martina, avergonzada, finalmente levantó la vista y murmuró:

—Yo... yo no soy así.

—¿Así? ¿Cómo?

A cada instante más abochornada por lo ocurrido y por estar desnuda sobre él, indicó:

—Tan... así.

Esas palabras hicieron sonreír a Asier, que rápidamente recordó los seis años que ella le había dicho que llevaba sin practicar sexo. Estaba claro que desinhibirse como lo había hecho era algo nuevo para ella, e, intentando entenderla, le retiró el pelo de los hombros y, tras besárselos con mimo, dijo mientras la miraba a los ojos:

—No hay nada mejor para una pareja que en el sexo los dos puedan ser tan... así. No te avergüences de nada de lo ocurrido, porque ha sido fantástico. A mí me gusta que seas tan... así.

Con timidez, ella sonrió, y él matizó:

—¿A ti te gustaría que llegado el momento yo me quedara quieto y no participara?

—No.

Asier asintió complacido. Le gustaba que lo hubiera entendido a la primera, e indicó:

—A mí tampoco me gustaría que tú lo hicieras. No hay nada más aburrido que alguien pasivo en la cama. Por tanto, conmigo, sé tan... así siempre..., siempre..., siempre.

Esta vez la sonrisa de la joven se ensanchó, justo en el momento en que la puerta de la habitación se abría y entraba *Johnny*.

Martina miró a su perro, que desde la puerta los observaba, y, viendo con el rabillo del ojo que Asier también lo observaba, dijo sonriendo:

—Todo está bien, *Johnny*. Muy bien.

Dicho esto, el animal dio media vuelta, y Asier, mirando a la joven, que estaba sentada sobre él, afirmó encantado y dispuesto a repetir mientras la besaba:

—¡Pero que muy bien!

Capítulo 35

El día a día de Martina cambió como de la noche a la mañana.

Había pasado de ser básicamente una ermitaña a disfrutar de la vida.

La joven no sólo salía con Asier y sus amigos, sino que ahora en alguna ocasión, tras salir de dar clases, se apuntaba a los planes de su compañero Enrique y sus amigos.

Eran muchas las noches en que Asier y ella quedaban con María y Marco o Luis y Carlos para ir a cenar o a tomar algo, para después regresar a casa de ella, donde, desinhibidos, se hacían el amor con ganas. Y el día que Asier la llamó entusiasmado para decirle que a la revista de su familia le habían dado un premio en México por su excelente trayectoria y que toda la familia iría a recogerlo, a Martina la hizo muy feliz sentir la alegría de aquél.

Durante ese tiempo, Julia continuó su particular historia a escondidas con Rubén. Y de ella aprendió dos cosas. La primera: que eran dos animales en el sexo. Y la segunda: que él era un espíritu libre como ella.

A sus veintiocho años, Julia había vivido mucho más que su hermana Martina, aunque aquélla fuera mayor. Muchos eran los chicos que habían pasado por su vida, pero todos eran rollos. Ninguno era nada fijo. Ninguno había llamado nunca locamente su atención.

Lo que tenían Julia y Dage era una fuerte conexión sexual. Pero, dejando eso de lado, entre ellos había poco más. Se veían, salían, se acostaban, pero luego cada uno continuaba con sus vidas. Sin más.

Martina en ese tiempo intentó sacarle información a su hermana en lo referente al tipo con el que se veía, pero aquélla era esquiva. Julia nunca hablaba de él. Sólo sonreía.

¿Por qué?

¿Por qué su hermana era tan hermética con respecto a aquel hombre?

Una tarde en la que Martina, María y Julia estaban en casa de la primera, mientras sonaba por la radio la canción *Lo echamos a suertes*, del grupo Ella Baila Sola, María la pinchó:

—Venga, tronca..., ni que estuvieras saliendo con Antonio Banderas.

—¡Nunca se sabe! —replicó Julia.

—Lo llevas clarinete —se mofó María.

De nuevo las tres rieron por aquello y esta última, que se marchaba en aquel momento y ya cogía su bolso, cuchicheó:

—Venga, Julia, dile al menos a tu tata cómo se llama el colega.

—Que no.

—Pero ¿por qué? —insistió Martina.

Julia resopló y, evitando contestar, comenzó a tararear la canción que sonaba por la radio.

María y Martina se miraron, y la primera, para no decir nada inadecuado, exclamó mientras se dirigía hacia la puerta de la calle:

—¡Me las piro, vampiro!

Acto seguido se marchó y, cuando las dos hermanas se quedaron a solas, Martina insistió:

—¿En serio vas a seguir ocultándome su nombre?

Julia sonrió y, recordando haberle prometido a Rubén que no hablaría de él, afirmó:

—Sí.

—¿Por qué?

Julia acarició divertida la cabeza de *Johnny* mientras caminaba hacia la habitación de su hermana seguida por ella.

—Porque no va a cambiar nada que lo sepas —replicó.

—¿No será que es un hombre muy mayor?

Julia la miró con guasa.

—No me gustan mayores. Cualquier tío cinco años mayor que yo ¡no me vale para nada!

—¡Julia!

—Es la verdad —afirmó aquélla.

—No estará casado, ¿verdad? —insistió Martina.

Al oír eso, ella sonrió y negó con la cabeza.

—Noooooooooo, y para de una vez.

Martina, que sabía que aquel con el que se veía tenía el pseudónimo de Dage, calló y, tratando de que le dijera la verdad, preguntó:

—¿Cómo me dijiste que lo habías conocido?

Recordando la mentira que contó en su momento, Julia indicó:

—En la oficina, y basta ya de preguntar.

Martina resopló. Al menos en eso decía la verdad, aunque no entendía tanto secretismo, y al ver que su hermana miraba en su armario insistió:

—¿Y vienes con todo el morro del mundo a mi casa a por ropa para salir con él?

Julia asintió y suspiró.

—Sí.

Martina sonrió y ella matizó:

—Me ha dicho que me va a llevar a un buen restaurante a cenar y, joder, Martina..., ¡tú tienes ropa chula!

De nuevo Martina asintió y, tras descolgar un vestido granate que sabía que a Julia le gustaba, dijo al verla sonreír.

—¿Por qué no lo traes un día para que lo conozca?

—Tataaaaaaaaaaa.

—¿De verdad me ves tan bruja como para no poder presentármelo? —Julia sonrió y aquélla, bajando la voz, añadió—: Prometo no enseñarle tu foto de pequeña, esa en la que se te ven esas piernazas gordas como manzanas.

—¡Te mataría! —exclamó Julia al oírla.

Las dos hermanas rieron con complicidad, y luego Martina musitó:

—En serio, deberías presentármelo.

—Vale. Otro día —respondió su hermana para que se callara de una vez.

Martina asintió. Sabía que le estaba mintiendo.

Al notar cómo su hermana la observaba, para cambiar de tema al ver una camiseta de hombre tirada sobre la butaca de la habitación, Julia cuchicheó:

—Vaya..., vaya..., ¿esa camiseta es de Asier?

—Sí.

Ella sonrió gustosa.

—Tu sonrisa me dice que estás feliz..., ¿me equivoco?

—No, no te equivocas. Estoy tan bien con Asier que en ocasiones ¡hasta me asusto!

—¿Por qué?

Martina suspiró y luego repuso mirando a su hermana:

—Porque es todo tan bonito y perfecto que a veces tengo que pellizcarme para saber si estoy despierta o en un sueño.

Ambas rieron, y luego Julia preguntó:

—¿Lo verás hoy?

Martina resopló.

Esa noche Asier cenaba con su familia para celebrar la noticia del premio que tenían que recoger en México, por lo que respondió:

—No creo.

Julia asintió y, fijándose en algo, dijo:

—Me parece bien que la foto de Miguel ya no esté ahí. Creo que has hecho lo correcto.

Martina sonrió. Tras la primera noche con Asier, la foto ya no había vuelto a su sitio, y susurró:

—Gracias, tata.

Cogidas de la mano, ambas salían de la habitación seguidas por *Johnny*, cuando Julia preguntó:

—¿Este viernes es cuando vienen papá y mamá?

—Sí.

—Oye. Ni una palabra de que salgo con alguien o rápidamente mamá comenzará a comprar como una loca el ajuar para la boda, ¿entendido?

—Lo mismo digo —matizó Martina.

Las dos hermanas sonrieron. Su madre sufría por ver a sus dos hijas solteras y sin novio.

—Llegan el viernes en el tren de las cinco menos cuarto de la tarde a la estación de Atocha —precisó Martina.

—¡Vale!

Una vez que hubo metido su vestido en una bolsa para que Julia se lo llevara, la joven preguntó:

—Irás a buscarlos tú, ¿verdad?

Julia cogió la bolsa que su hermana le entregaba y afirmó:

—Sí, tranquila. Los recojo y los traigo para tu casa.

—¡Perfecto! —Martina sonrió.

En ese instante comenzó a sonar el teléfono de la casa. Lo cogió y de inmediato oyó:

—¿Qué tal, muchacha?

Aquel saludo era inconfundible. Era Verónica, desde Mérida, y sonriendo respondió:

—Pues muy bien. Aquí, charlando con mi hermana.

—Hey. Dale recuerdos.

—Se los daré de tu parte —contestó al ver a Julia besuqueando a *Johnny*.

Verónica y Martina comenzaron a hablar, por lo que Julia, cogiendo su mochila, metió la bolsa con el vestido y, tras tirarle un beso a su hermana y ésta sonreír, dio un último beso a *Johnny* en la cabeza y se marchó. Tenía cosas que hacer.

Una vez a solas, Martina se centró en la conversación con Verónica.

—Sí, sí —cuchicheó—. Julia sale con alguien pero no quiere decirme quién es. Por no decir, no menciona ni su nombre. Y aunque estoy feliz por ella porque la veo bien, me preocupa.

—¿Y por qué te preocupa?

Martina, suspirando, se sentó en su sofá.

—Pues porque hoy en día pasan cosas muy raras por el mundo y me ha dado por pensar que si no me dice nada de ese hombre es porque quizá esté casado.

—¡Mujerrrrrrrr!

—No. No, ¡piénsalo! Conozco a mi hermana y me espero cualquier cosa de ella.

Verónica asintió. Su amiga tenía razón, pero intentando tranquilizarla musitó:

—No pienses eso.
—Imposible con Julia.
Ambas rieron por aquello, y luego Verónica preguntó:
—¿Has vuelto a recibir alguna notita más de tu psicópata?
Oír eso hizo que la joven suspirara.
—No. Por suerte, el tema ya se acabó.
—Me alegro. Me alegro mucho.
—Y yo más —aseguró Martina—. A Julia y a María les parecía muy romántico y gracioso el tema, pero te puedo asegurar que a mí no me hacía ni pizca de gracia. Es más, me daba hasta repelús.
Verónica asintió.
—Ahora que hablamos de temas escabrosos, sé más cosas sobre la muerte de Fayna.
—Pobrecilla, cada vez que me acuerdo, se me pone la carne de gallina.
—Al parecer, fue un asesinato premeditado.
—¡¿Qué?! ¿Premeditado?
—Sí.
—Según le ha dicho su amigo a mi cuñado, creen que quien lo hizo era conocido de Fayna, por las pruebas que han encontrado.
—¡Qué horror! —murmuró Martina sintiendo un escalofrío.
Durante un rato estuvieron hablando de aquello, y después charlaron de Asier y de Xavi, un tema muy recurrente entre ellas y que las hacía reír, hasta que finalmente se despidieron.
En cuanto dejó el teléfono sobre la mesa, al ver que *Johnny* le daba con el hocico en la mano, Martina lo miró y dijo:
—Muy bien. Vayamos a dar tu paseo.

Capítulo 36

Después de enganchar a *Johnny* a su correa, Martina cogió las llaves de su casa y bajó a la calle.

Tras recorrer varias calles llegó hasta el parque de El Retiro, donde lo soltó. El animal disfrutaba correteando con libertad y olisqueando las plantas. Martina lo observaba encantada en una estupenda tarde de primavera, mientras caminaba por los largos pasillos de aquel pulmón verde de Madrid.

Al pisar las hojas que había en el suelo con sus zapatillas de deporte, éstas crujían al partirse con un ruido muy particular. Un sonido hermoso.

Se encontró con varios conocidos que sacaban a sus mascotas, estuvo charlando con ellos y, cuando éstos se marcharon, continuó su paseo por el parque. Relajada, decidió sentarse a descansar y de inmediato llamaron su atención las inscripciones que vio en el banco. Allí grabados había diversos corazones atravesados por flechas, y Martina sonrió. Leyó nombres como Carolina y Federico o Isabel y Alejandro. Sin duda, esas personas, cuando grabaron allí sus nombres, debían de estar viviendo una preciosa historia de amor.

Leyó los nombres de Luis y Ana con curiosidad y, junto a ellos, la preciosa poesía en la que se prometían amor eterno. ¿La palabra *eterno* no era demasiado grande? ¿Seguiría ese amor con ellos?

De pronto, pensó en lo que había hablado con María días atrás. El resurgir de sus cenizas y lo que estaba viviendo bien se merecía ser escrito en una novela y, tras imaginar las cosas que podría contar, los sentimientos y las sensaciones que podría describir, sonrió. Sin duda su amiga había tenido una buena idea.

Estaba pensando en aquello cuando levantó la vista para buscar a *Johnny* y no lo vio. Estaba anocheciendo, y rápidamente silbó. Sin duda el perro acudiría a su silbido. Pero no, el animal no apareció.

Sorprendida, se levantó del banco para llamarlo. Gritó su nombre en varias ocasiones pero no había ni rastro de él. Eso la inquieto, la angustió, y comenzó a temblar.

Sin saber para dónde tirar, silbó de nuevo y a lo lejos vio a un perro como *Johnny* pasar corriendo. Parecía él. Sin dudarlo, comenzó a correr todo lo rápido que pudo hacia aquel lugar. *Johnny* nunca se separaba de ella.

Pero el aliento le falló. No estaba acostumbrada a correr tanto y, agotada y con la lengua fuera, tuvo que parar para tomar aire. No podía más. De nuevo volvió a llamar al animal. Gritó su nombre, pero el perro que había visto había desaparecido.

—*Johnny*, no..., no... ¿Dónde estás? —murmuró.

Temblando por haber podido perderlo, volvió a correr sin rumbo fijo, mientras las farolas del parque comenzaban a encenderse. *Johnny* tenía que estar allí. No podía andar muy lejos.

A todas las personas que se cruzaban en su camino les preguntaba si habían visto un perro de sus características. Nadie parecía haberlo visto, y de pronto sintió que la cabeza le iba a estallar.

¿Cómo podía ser que nadie hubiera visto un perro tan grande como el suyo?

Corría. No paraba. Lo buscaba. Lo llamaba. Silbaba. Volvía a correr. Los minutos pasaban y la oscuridad de la noche llegaba mientras su perro no aparecía y El Retiro se vaciaba de gente.

Le temblaban las piernas. Le temblaba la voz. Le temblaba el cuerpo. El miedo comenzó a atenazarla y por primera vez lamentó haberse dejado el teléfono móvil en su bolso. Si lo hubiera llevado, podría haber llamado a sus amigos para pedirles ayuda, pero estaba sola, asustada, la noche caía, el parque cerraría sus puertas y Martina debía encontrarlo.

La oscuridad llegó en su totalidad al parque, sólo iluminado por las farolas, mientras ella seguía corriendo, silbando y gritando el nombre de su perro.

Lo que en un principio había comenzado como un paseo divertido, de pronto y sin saber cómo se había convertido en una pesadilla en la que sentía cómo segundo a segundo perdía la fuerza y los nervios.

Rodeada por la oscuridad, Martina se detuvo en uno de los pasillos de aquel enorme pulmón de Madrid. Había corrido sin rumbo, sin fijarse en la dirección que seguía, y de pronto oyó risas de lo que parecían ser varias personas. Eso la alertó y, sin entender nada, gritó:

—¡Hola...!

Las risas cesaron. Eso le puso el vello de punta, y volvió a gritar.

—Me estáis asustando..., ¡parad! Y decidme dónde está mi perro.

Nadie contestó, pero Martina sí oyó las pisadas rápidas de varias personas al alejarse. Las lágrimas afloraban a sus ojos mientras volvía a correr. Estaba terriblemente asustada cuando, sin resuello, se paró para tomar aire de nuevo. Lo necesitaba. De pronto, oyó el ruido que las hojas del suelo hacían cuando eran pisadas. ¿Alguien se acercaba?

Sobresaltada, enseguida miró hacia atrás, hacia los lados, pero no vio a nadie. Allí no había nadie. Sólo veía oscuridad.

Aquel lugar que tanto amaba durante el día por ser un sitio con una preciosa vegetación, aire, sol y luz, de pronto por la noche se había convertido en un sitio fantasmagórico.

Notó cómo el miedo, la inseguridad y el pánico se apoderaban de ella mientras volvía a correr y miraba hacia los lados en busca de su perro o de una salida. De repente, oyó ladridos, los ladridos broncos y fuertes de *Johnny*. Los conocía, los distinguía muy bien, por lo que, cogiendo fuerzas, corrió en su dirección.

De nuevo volvió a oír hojas crujiendo a su espalda. Martina miraba hacia atrás aterrada, pero nada, nunca veía a nadie, sólo oscuridad. Y, al llegar a un cruce de caminos, se paró.

¿Qué dirección debía escoger?

Tomó aire y gritó todo lo fuerte que pudo:

—*¡Johnny!*

Los ladridos comenzaron de nuevo y Martina tomó el camino de la izquierda.

Correr. Lo único que podía hacer era eso, a pesar de su agotamiento, y no pensar en otra cosa más que en recuperar a su perro y salir de allí. Estaba en ello cuando de pronto lo vio junto a un banco y, deteniéndose, gritó sin fuerzas:

—¡*Johnny*, ven! ¡*Johnny*, ven aquí!

El animal se movía, pero no se acercaba ¿Qué le ocurría? Por ello, cogiendo de nuevo fuerzas, a pesar de que ya no las tenía, corrió hacia él. Cuando llegó a su lado sin aliento, lo abrazó. Se le echó encima y murmuró con los ojos encharcados en lágrimas:

—*Johnny*..., pero ¿qué has hecho?

El animal estaba muy nervioso, histérico. Y en ese instante Martina se percató de que estaba atado con un trozo de cuerda al banco.

¡¿Atado?!

¿Quién o quiénes le habían hecho eso?

Temblorosa, tiró de la cuerda. Tenía que soltarlo, y mientras lo hacía se percató de que aquel banco era el mismo donde ella había estado sentada. Allí estaban los nombres de Carolina y Federico, Isabel y Alejandro, Luis y Ana y su preciosa poesía de amor.

Asustada como nunca en su vida, como pudo, desató al animal con rapidez y jadeó.

Horrorizada y espantada por la situación, con las manos temblorosas, miró hacia los lados y, cuando consiguió ponerle la correa a *Johnny*, corrió hacia la salida del parque más cercana. Necesitaba marcharse de allí cuanto antes.

Cuando lo hizo no dejó de correr y temblar mientras miraba continuamente hacia atrás, hasta que, al aproximarse a su portal, de pronto vio a Asier llegar en su moto. Él no la había visto. Subió la moto a la acera y, bajándose de ella, paró el motor.

—¡Asier! —gritó ella sacando la poca voz que le quedaba.

Al oír su nombre, él levantó la vista y, al ver a Martina junto a *Johnny*, sonrió. No obstante, cuando ésta se tiró a sus brazos, al sentir cómo temblaba, la apartó de él y preguntó:

—¿Qué te ocurre?

Asustada, y viendo que nadie la seguía, ella no supo qué contestar, pero al notar cómo Asier se preocupaba por ella, finalmente respondió con los ojos llenos de lágrimas:

—He perdido a *Johnny* en el parque... y creía que no lo iba a encontrar.

Al oír eso, Asier la volvió a abrazar mientras miraba al perro, que, sentado al lado de ellos, los observaba. Y, como pudo, consoló a Martina, que estaba hecha un mar de lágrimas.

Capítulo 37

Tras una noche en que las pesadillas le impidieron conciliar el sueño, cuando se levantó por la mañana para ir a trabajar estaba destrozada, pero se dirigió a la ducha.

Asier estaba mirando por la ventana del salón cuando oyó ruidos y, al asomarse al pasillo, la vio salir de la ducha en albornoz.

—He preparado café —dijo.

Martina asintió.

—Dame cinco minutos —murmuró—. Me visto y antes del café sacamos a *Johnny* a la calle.

—De acuerdo.

Asier regresó a la cocina. Al entrar, *Johnny*, que dormitaba junto a su cazo, lo miró y éste, que ya había cogido complicidad con el animal con el paso de los días, se agachó y susurró:

—Amigo, no debes alejarte de ella.

Al oírlo, el animal le chupeteó la mano con cariño. Aquel enorme bicho era fiero en apariencia aunque, cuando lo conocías te dabas cuenta de que era todo amor. Eso hizo sonreír al joven.

Martina entró en la cocina y vio a *Johnny* y a Asier juntos; sonrió y, poniéndole la correa al perro, musitó:

—Al final no podréis vivir el uno sin el otro —y, recordando algo, dijo—: Anoche, con el susto que tenía, no me acordé, pero, oye, ¿qué tal la cena con tu familia?

—Estupendamente —respondió él complacido—. Mis padres están muy felices y no ven el momento de que toda la familia junta recoja ese premio en México. Será muy especial para nosotros. Sobre todo para mis padres.

Martina asintió, sin duda sería algo muy especial para sus progenitores, y, guiñándole el ojo, indicó:

—Venga, saquemos a *Johnny* y me cuentas.

Una vez que salieron del portal, Martina miró hacia ambos lados con rapidez, lo que no le pasó desapercibido a Asier.

—¿Buscas a alguien?

Ella se apresuró a negar con la cabeza y le agarró la mano.

—No. Venga, demos un paseo rápido por El Retiro.

De la mano llegaron hasta aquel bonito parque, que Martina vio de otra manera a la luz del día. Mientras paseaban por sus pasillos junto al perro, al que Martina no soltó esta vez, la joven miraba a su alrededor. Hacía apenas unas horas ella había corrido asustada por allí, y con el corazón a mil.

—En ese banco encontré a *Johnny* —dijo omitiendo parte de la verdad.

Sin soltarse de la mano, los dos caminaron hacia él; al llegar el perro tiró para oler algo del suelo, y Martina se fijó mejor. Allí había cortezas de cerdo, y el corazón se le aceleró de pronto. Ahora entendía por qué *Johnny* no había obedecido y por qué pudieron atarlo al banco.

No obstante, sólo sus conocidos más íntimos sabían ese dato sobre el animal. No era algo que fuera revelando a todo el mundo, y Asier, sin comprender lo que pensaba, iba a hablar cuando ella, sin querer contarle la verdad, dijo:

—Vámonos. Necesito un café.

Regresaron hasta la casa en silencio y, en cuanto llegaron, soltaron a *Johnny* y entraron en la cocina. Asier sirvió dos cafés y un par de tostadas, y cuando ella se sentó en una de las sillas, dijo mirándola:

—Vamos. Desayuna.

Martina se miró el reloj que llevaba en la muñeca. Iba muy bien de tiempo y, al ver que él se sentaba a su lado, murmuró cogiéndole la mano:

—Cielo. Gracias por estar conmigo.

Él sonrió encantado.

—Estaré aquí siempre que tú quieras, ya lo sabes.

La joven asintió y él, al verla tan pensativa, dijo:

—Quiero saber qué piensas.

Martina suspiró. Aún tenía el susto en el cuerpo, y musitó avergonzada:

—Asier..., no te conté toda la verdad.

Sin entender a qué se refería, ella le explicó las cosas tal y como habían ocurrido el día anterior y, cuando terminó, murmuró:

—No sé quiénes serían los graciosos que hicieron lo de anoche, ni cómo podían saber la debilidad que siente *Johnny* por las cortezas de cerdo, pero me asustaron. Me asustaron mucho, y me hicieron recordar que...

No continuó. Se calló. Pensar aquello era una tontería, pero él preguntó:

—¿Te hicieron recordar qué?

Martina lo miró. No quería ser más alarmista de lo que era, e indicó:

—No, nada.

Pero Asier quería saber, e insistió:

—De eso nada. Pasa algo. ¿Qué ocultas, cariño?

Al ver la determinación en su mirada, Martina se levantó de la mesa.

—Un segundo —dijo—, ahora mismo vuelvo.

Con paso seguro, fue hasta el salón, donde abrió el cajón del aparador. De allí sacó las postales que había recibido tiempo atrás y, regresando a la cocina, las dejó sobre la mesa.

—No creo que tenga nada que ver con lo que me ocurrió anoche en el parque, pero hace tiempo recibí estas postales.

Asier se apresuró a cogerlas. Las leyó y, mirándola, preguntó:

—¿Cómo que las recibiste?

—Estaban en mi buzón. Al principio pensé que el cartero se equivocaba al no llevar remitente, pero cuando vi mi nombre en una de ellas supe que iban dirigidas a mí. —Él asintió y ella prosiguió—: Otro día llegó una rosa. Esta vez el mensaje no era una cita romántica, y lo tiré. Y, bueno, si lo pienso, recibo llamadas telefónicas de vez en cuando y nunca nadie contesta. Me rompieron el retrovisor del coche en el parking del colegio. No sé si todo eso unido tendrá algo que ver o no. Pero ayer..., anoche..., esas risas en el parque y... y luego yo... sentí que alguien me perseguía y...

—Pero ¿cómo no me habías dicho nada de todo eso?

Encogiéndose de hombros, la joven no supo qué responder.

—Deberíamos ir a la policía —insistió Asier—. Deberían saber esto y...

—¿Y qué? —lo cortó ella.

Asier iba a hablar cuando Martina añadió:

—Tras recibir las primeras postales, consulté a la policía. ¿Y sabes cuál fue su reacción?... ¡Reírse! Y decirme que dejara de partir corazones por el mundo.

Asier maldijo en silencio al oír eso.

—Si voy ahora a la policía —señaló ella—, ¿qué puedo decir? ¿Que anoche perdí a mi perro en el parque de El Retiro y que en su búsqueda oí risas de varias personas y sentí que alguien me perseguía? No, Asier. No puedo hacer eso.

Él no supo qué responder, y ella, terminándose el café que aquél le había servido, indicó:

—Tengo que irme a trabajar.

—No estás para ir a trabajar.

Al oír eso, Martina asintió. Posiblemente tenía razón, pero musitó:

—Asier..., no puedo faltar al trabajo.

—Pero...

—Mira —lo cortó—, supongo que lo que ocurrió ayer fue una tontería. Una niñería de unos chavales que quisieron gastarme una broma. Y, sí, ¡me asusté! Ahora junto todas las cosas que me han asustado en los últimos meses y parece un todo... de algo que lo más seguro es que no sea nada.

Él resopló, y ella insistió:

—Dentro de tres días mis padres vienen a pasar el fin de semana conmigo y con mi hermana y no quiero asustarlos. Bastante esfuerzo hacen por venir a la capital, algo que no les gusta, como para que yo encima los aterrorice con una situación absurda y sin sentido. Por tanto, por favor, lo ocurrido ha de quedar entre tú y yo. Ni a mi hermana se lo voy a decir.

—Pero, Martina...

—A ver, cielo —lo cortó—. Tú apenas me conoces, pero he de confesarte que siempre he sido un poco cagueta.

—¡¿Cagueta?! —Él sonrió al oírla.

La joven asintió.

—Mi hermana y María siempre me llaman «alarmista» —sonrió—, y..., bueno, quizá me asusté en exceso por lo de ayer y... y tú llegaste en el momento de máxima angustia.

—Alarmista o no, esto que me cuentas no me hace ninguna gracia.

Al ver su preocupación, Martina se levantó de la silla y se sentó sobre sus rodillas:

—Prometo llamarte si vuelvo a asustarme.

Oír eso le gustó y, tras aceptar el dulce beso que ella le regaló, musitó recordando algo:

—Creo que no debería irme de viaje.

Martina sonrió.

—Vete. Tienes que trabajar y quiero que vayas. Además, sabes que vienen mis padres y prefiero que de momento no que sepan de tu existencia o me harán un tercer grado. No sabes cómo es mi madre para esas cosas.

—¿Es muy alcahueta?

—Muchísimo —aseguró Martina.

Ambos rieron por aquello y, tras besarse, ella preguntó:

—¿A qué hora sales esta noche?

El joven, aspirando el perfume personal que aquélla emanaba, respondió:

—A las ocho. Iremos directamente a Locronan.

—¿Locronan?

Asier, encantado por su gesto, asintió y, tras colocarle el pelo detrás de la oreja, indicó:

—Es una población de apenas ochocientos habitantes, situada en la región de Bretaña y construida por completo de granito. Para mí es uno de los pueblos más bellos de Francia, incluso diría del mundo y, la verdad, las veces que he estado allí me he sentido como si hubiera dado un salto en el tiempo.

—Nunca había oído hablar de él.

Asier, mimoso, le dio un beso en los labios y musitó:

—¿Qué te parece si algún día vamos y te lo enseño?

—¡Genial!

Ambos rieron por aquello, y luego él matizó:

—Regreso el miércoles de la semana que viene.

—Te echaré de menos.

Oír eso de boca de ella le gustaba, y Asier afirmó meloso:

—Cariño, espero que tanto como yo a ti.

Un beso..., dos..., hasta que ella preguntó:

—¿Cuándo tenías el viaje a México?

—Para finales de julio. Pero ahora no hablemos de él.

De nuevo el deseo y la atracción comenzaban a hacerles perder la razón, pero entonces Martina murmuró mientras hundía los dedos en la cabellera de aquél:

—Pinocho..., debemos parar.

Sonriendo por oírla decir ese nombre, él asintió, pero repuso:

—¿No puedes llegar hoy un poquito más tarde?

—¡No!

Sin querer parar lo que ya había comenzado, Asier insistió:

—No nos vamos a ver hasta el miércoles que viene, entiéndelo, y quiero que seas... así.

Divertida al oírlo, la joven sonrió. Aquello se había convertido en una coletilla para ellos; miró su reloj e indicó con picardía:

—Tengo veinte minutos antes de que me marche, ¿se te ocurre qué podemos hacer?

Asier, encantado, se levantó de la silla con ella en brazos, y, caminando hacia el dormitorio, afirmó con una sonrisa mientras entraba en él:

—Cariño, se me ocurren muchas cosas.

Capítulo 38

El viernes por la mañana, durante el recreo del colegio, Martina llamó a su hermana.

—Que sí, pesada. Que no lo he olvidado. Llegan a las cinco menos cuarto.

Martina era responsable y previsora, por lo que indicó:

—Muy bien, pero, por si acaso, prefiero llamarte y asegurarme de que lo recuerdas.

—¿Cuándo te vas a fiar de mí? —preguntó Julia molesta.

Sintiéndose como la bruja del cuento como muchas otras veces con su hermana, Martina replicó:

—Cuando me demuestres que puedo hacerlo.

Al oír eso, Julia maldijo, pero, sin querer entrar en discusiones con ella, cuchicheó:

—He de dejarte. Tengo la centralita colapsada.

Acto seguido, colgó y suspiró.

¿Cuándo iba a darse cuenta su hermana de que estaba madurando?

Olvidándose de aquello, se centró en el trabajo; no paraban de entrar llamadas.

Los viernes terminaba de trabajar a las dos de la tarde, un horario fantástico que le permitía ir a recoger a sus padres, por lo que, contenta, se dirigió hacia la parada del autobús. Cuando llegó, se sentó a esperar y, sacando un libro del bolso, comenzó a leer.

—Hola, bombón.

Al oír aquella voz, rápidamente levantó a mirada y, sonriendo, se puso en pie.

—Pero ¿tú qué haces aquí?

Dage, encantado al ver cómo lo miraba, se acercó a ella para besarla en los labios.

—¿Qué pasa? —repuso—, ¿no puedo querer ver a mi princesa?

Julia sonrió gustosa y, tras sentir su ardiente beso, insistió:

—Venga. ¿Qué haces aquí?

Sin dejar de sonreír, Dage respondió:

—Como hoy salías a las dos, he pensado en venir hasta tu trabajo e invitarte a comer para luego ir a tu casa para..., ya sabes... ¿Qué te parece?

Ella sonrió encantada. Aunque no fueran pareja, le gustaban esos detalles.

—Pues me parece genial —contestó—. Pero tenemos un pequeñísimo problema.

—Si es pequeñísimo, seguro que se puede solucionar —se mofó Dage—. Cuéntame.

—No sé si recuerdas que te dije que mis padres venían este fin de semana.

—Pues no. No lo recordaba.

Julia lo entendió, no tenía por qué hacerlo, y prosiguió:

—El caso es que tengo que estar a las cuatro y media en Atocha para recogerlos y llevarlos a casa de mi hermana Martina. Pero, oye, podemos ir a mi casa y comer algo allí...

Dage asintió, había conseguido su propósito.

—La idea era invitarte yo para que tú no tuvieras que cocinar —dijo sin embargo.

Julia sonrió, y éste sugirió:

—¿Qué te parece si paramos en el italiano que hay al lado de tu casa y compro algo de comida y una botellita del vino ese que tanto te gusta?

—¡Perfecto! —asintió ella.

Y dicho y hecho.

Llegaron hasta el barrio donde Julia vivía, se dirigieron al italiano y encargaron varios platos para llevar junto con una botella de vino.

En cuanto subieron al piso, pusieron la mesa entre los dos y se sentaron a comer, mientras, entre risas y bromas, disfrutaban de lo que habían comprado.

—¿En serio viviste en Canadá? —quiso saber Julia en un momento dado.

—En serio —afirmó Rubén.

—¿Cuánto tiempo?

—Un año y medio. Y reconozco que, cuando me vine, me dio pena.

Luego, al ver que Rubén miraba la mesa, ella preguntó:

—¿Qué buscas?

Él compuso una sonrisa pícara.

—Agua. Este vino no me va mucho...

Ella asintió y, levantándose, dijo:

—Traeré agua.

Cuando desapareció, él sacó un frasquito del bolsillo de su pantalón, lo destapó y echó unas gotas en la botella de vino. Luego volvió a taparlo y lo guardó, y en ese momento Julia apareció con una jarra de agua que depositó sobre la mesa.

—¡Solucionado!

Dage sonrió. Terminó de beberse el vino que había en su vaso y, sirviéndose agua, indicó:

—Ahora mil veces mejor.

Julia se terminó también el vino del vaso, cogió la botella y lo rellenó.

—Mira qué bien —se mofó—, ¡la botella enterita para mí!

Él asintió divertido.

—Bombón..., miedito me das.

Cuando terminaron de comer, Julia se había bebido ella sola más de media botella de vino y, levantándose, comentó algo mareada:

—Madre mía... Creo que he bebido demasiado.

Entre risas, quitaron la mesa y, cuando se sentaron en el sofá, cuchicheó mirando a Dage:

—Parece que tengo un poco de calor.

Divertido, él asintió y le besó el cuello.

—Pues te desnudaré para que te sientas mejor.

Julia rio.

El sexo con él era, como poco, ¡fascinante!

Y, cinco minutos después, los dos estaban desnudos sobre el sofá. Dage era dominante, mucho, y eso a Julia le ponía. La excitaba cómo él se metía con urgencia entre sus piernas y cómo la manejaba sin dejarla rechistar.

Tras el asalto, Julia bostezó y, mirando el reloj, dijo:

—Tengo cuarenta y cinco minutos antes de salir en busca de mis padres.

Dage asintió y, al verla bostezar de nuevo, señaló:

—Pon la alarma del móvil por si nos dormimos.

Satisfecha por su proposición, Julia aceptó. Se tumbó junto a él y, sin darse cuenta, se quedó dormida.

Cuando Dage comprobó que así era, se levantó y se vistió. La droga que le había echado en el vino era fuerte y el efecto le duraría al menos tres horas. Una vez vestido, fue hasta la cocina y, cogiendo la botella de vino que estaba allí encima, tiró lo que quedaba en el fregadero. Después volvió a dejar la botella donde estaba. Con lo que había bebido, Julia no recordaría si quedaba o no.

Intrigado, y con la chica totalmente dormida, comenzó a curiosear por la casa. Para eso estaba allí. Fue a su habitación, abrió cajones, registró el armario y, cuando encontró el álbum de fotos, sonrió. Aquello era lo que buscaba.

Al abrirlo, sonrió con amargura. Ahí estaba la zorra, tan bella como siempre. Había fotos de Julia y de su hermana. De los padres de aquéllas y de personas que no sabía quiénes eran ni tampoco le interesaban.

De todas las fotografías, escogió algunas en las que estaba Martina sola y otras en las que aparecían las dos hermanas sonrientes con sus padres.

Se guardó las instantáneas en el bolsillo de la camisa y dejó el álbum en el mismo sitio de donde lo había cogido. A continuación miró la hora: las cuatro.

Regresó al salón y revolvió el bolso de Julia hasta que encontró lo que buscaba, las llaves de casa de Martina. Comprobó de nuevo el reloj. Iba bien de tiempo. Su amigo Pedro, que trabajaba en un servicio de reparación de calzado, donde también hacía duplicado de llaves, le haría una copia sin problemas. Eso le hizo sonreír. Después, de su cartera sacó un bigote postizo y, mirándose en un espejo, se lo colocó y murmuró sonriendo:

—Te queda genial.

Acto seguido, desconectó la alarma del móvil de Julia, se recogió el pelo bajo una gorra gris, se puso unas gafas de pasta y, en cuanto terminó y se dio a sí mismo el visto bueno, miró a Julia, que, desnuda, dormía profundamente en el sofá, y se marchó. Tenía cosas que hacer.

Capítulo 39

A las cinco menos diez entraba en la estación de Atocha el tren procedente de Toledo. Martín y Sagrario, los padres de las muchachas, descendieron con una sonrisa. Ver a sus chicas siempre era motivo de felicidad.

El matrimonio esperaba en el andén cuando un desconocido se les acercó.

—Disculpen, ¿son ustedes los padres de Martina y Julia?

Ambos se miraron.

¿Quién era aquél?

Sagrario, fijándose en el hombre de bigote y gafas de pasta, respondió:

—Sí, ¿y usted es...?

Dage sonrió y les tendió la mano.

—Uy, perdonen, me llamo Carlos. Soy amigo de sus hijas. El caso es que les ha surgido un tema en el trabajo y me han llamado para que viniera yo a buscarlos y los llevara a casa de Martina.

El padre de la aludida lo observó con detenimiento. Se le hacía raro que su hija Martina enviara a un desconocido a recogerlos, aunque de Julia no le extrañaría.

—Encantada, Carlos —oyó que decía entonces su mujer—. Soy Sagrario, y ese que te mira con cara de pocos amigos es Martín.

El presunto Carlos sonrió y a continuación Martín preguntó:

—¿Les ha ocurrido algo a las chicas?

Rápidamente aquél se apresuró a negar con la cabeza, y, extendiendo la mano para coger las dos maletas que llevaban, aclaró:

—Oh, no. Ellas están bien. Urgencias laborales de última hora —y, sacándose un móvil del bolsillo, indicó—: Pero si ustedes se quedan más tranquilos, las llamamos ahora mismo.

Martín miró el teléfono que aquél le enseñaba, y Sagrario intervino:

—Nada, hermoso, nada. No te preocupes. Llévanos a donde Martina y allí las esperaremos.

A continuación, los tres se dirigieron hacia el parking, donde Dage había dejado el coche que había alquilado.

Durante el trayecto, Sagrario y el supuesto Carlos charlaron animadamente sobre las chicas mientras Martín los escuchaba. Él no era mucho de hablar, y menos con desconocidos. Aquel tipo les contó lo estupenda que era Martina en el colegio con los niños y la dedicación que les brindaba. Sagrario asintió, sabía cómo era su hija con aquellos pequeños. Y después les mencionó a Julia y su trabajo en la multinacional informática. Martín lo escuchaba con atención. Estaba claro que aquel tipo las conocía muy bien.

Tras aparcar el vehículo en segunda fila frente al portal de la casa de Martina, Dage se apeó rápidamente para abrirles las puertas. Era todo amabilidad. Un vez que llegaron al portal, le sonó el teléfono móvil y, soltando las maletas, murmuró:

—Un segundo.

Ante las atentas miradas de Sagrario y Martín, aquél atendió una llamada y prometió volver en cuanto terminara lo que estaba haciendo, por ello, tan pronto como acabó la conversación, la mujer indicó mirándolo:

—Hijo, vete si tienes cosas que hacer. Nosotros subimos el equipaje.

—¡Ni hablar! —repuso él—. He quedado con sus hijas en que los acompañaría hasta la casa y...

—Tranquilo, hombre. —Martín sonrió por fin al ver el apuro de aquél—. Los de la capital lleváis un ritmo loco que no sé cómo lo soportáis. Vete. Nosotros subimos a casa de mi hija.

Dage resopló. Tenía que hacerles ver que aquello lo enfadaba, e, insistiendo, dijo:

—Al menos déjenme que les meta las maletas en el ascensor. Les entrego las llaves de su hija y la esperan dentro. Llamaré a Martina, le diré que ya están en su casa y que yo, lamentablemente, he tenido que marcharme por temas laborales.

Sagrario asintió.

—Sí, hermoso, ve —musitó con cariño—. No queremos que te retrases. Pero promete que regresarás otro día. He traído chuletitas del pueblo y un queso buenísimo que me gustaría que probaras.

Dage sonrió. Y, tras darle un beso en la mejilla a aquélla, afirmó:

—Prometido. Nos volveremos a ver.

Tras meter las maletas en el ascensor y entregarles las llaves de Martina, que aquéllos miraron y reconocieron por el llavero de Consuegra, su pueblo, se despidió de ellos y corrió hacia el coche, que seguía en segunda fila. Cuando arrancó el vehículo, se quitó el bigote postizo y las gafas mientras sonreía. Todo había ido bien. Ahora debía regresar a casa de Julia, desnudarse y tumbarse en el sofá con ella.

Capítulo 40

A las seis menos cuarto, Martina entró en el portal de su casa tras marcharse del colegio. Con cierto recelo, se acercó al buzón.

¿Cómo podía asustarla aquello?

Y, tomando aire, sacó las llaves de su bolso y lo abrió sin pensarlo más. Al ver que no había nada, sonrió. Eso era buena señal. Debía dejar de ser tan paranoica.

Con una sonrisa en los labios, instantes después entró en el ascensor y, cuando éste se detuvo en su piso, sonrió al pensar en sus padres. Tenía ganas de verlos. Por ello, abrió la puerta y llamó al ver que *Johnny* la recibía:

—Mamá... Papá... ¡Ya estoy aquí!

Tras darle un cariñoso beso en la cabezota al animal, entró en el salón, donde estaban sus padres, y sonrió. Rápidamente fue hasta ellos para abrazarlos y, cómo no, aquéllos se la comieron a besos.

—Hermosa —musitó su madre—. ¡Pero qué delgada estás...!

Martina resopló divertida.

—Mamá, no empecemos. Estoy exactamente igual que la última vez que nos vimos.

Su padre rio al oír a su mujer.

—Sagrarito..., como dice la chica..., ¡no empieces!

Encantada, Martina dejó el bolso sobre el sofá y, mirando a su alrededor, preguntó:

—¿Y Julia?

—No está —indicó Martín.

Sorprendida por aquello, la joven parpadeó.

—¿Cómo que no está?

Acariciando con mimo a *Johnny*, que se restregaba encantado contra ella, la mujer indicó:

—Hija, no la hemos visto todavía... Vendrá ahora, ¿verdad?

Sin entender nada, Martina frunció el entrecejo.

—¿Cómo que no la habéis visto? Me dijo que iría a recogeros a la estación.

El matrimonio intercambió una mirada y Martín, asintiendo, declaró a su mujer:

—Ya decía yo, Sagrarito, que era muy raro que Martina hubiera enviado a un extraño a buscarnos. De Julia me espero cualquier cosa, pero de ella no.

La aludida no entendía nada, y repitió:

—¿Un extraño? ¿Qué extraño?

Sagrario, que era mucho más confiada que su marido, explicó meneando la cabeza:

—Carlos. Por cierto, un encanto de hombre, y muy atento.

—¡¿Carlos?! —gruñó Martina.

Pensar en que su hermana había tenido la poca vergüenza de enviar a su amigo la enfadó. Pero ¿es que no podía hacer nada bien?

Y Sagrario, que conocía bien a su hija, al ver su gesto matizó, enseñándole las llaves de Julia, que dejó sobre la mesa de la cocina:

—Pero, hija, no te preocupes. Carlos ha sido encantador, y tan ricamente que nos ha traído hasta casa. Es más, ha prometido regresar otro día.

Martina miró aquellas llaves, que llevaban el llavero que sus padres le habían regalado de Consuegra, y, sin querer dramatizar más delante de ellos, asintió; entonces sonó el telefonillo y *Johnny* comenzó a ladrar. Si era Julia, se iba a enterar.

Pero no. Era María, que, cuando entró y vio a los padres de su amiga, se lanzó a sus brazos feliz. Los adoraba.

—Pero qué preciosa está nuestra María. ¿Verdad, Martín? —musitó Sagrario.

—Mucho —afirmó el hombre encantado.

—Vosotros sí que estáis preciosos —dijo María sonriendo.

Aquella amiga de su hija era maravillosa. En todo el tiempo que hacía que la conocían, no la habían visto dejar de sonreír, y eso les gustaba. Pero más les gustaba el amor con el que aquella muchacha había cuidado de su hija cuando ocurrió lo de Miguel. Si no hubiera sido por ella, que prometió ocuparse de Martina cuando la joven decidió quedarse en Madrid, no habrían sabido qué hacer con su hija.

Rápidamente Sagrario sacó una bolsita. Igual que llevaba cosas del pueblo para sus hijas, las llevaba para María, a la que consideraba una hija más.

—Te he traído unos tomates de la huerta —indicó—. Este año han salido muy ricos, y también he traído queso de cabra. Sé lo mucho que te gusta.

Encantada al ver aquello, María se relamió. Cogió el paquete como si fuera el mayor de los tesoros y exclamó:

—¡Dabutennnn!

—¿Da qué? —preguntó Sagrario.

Martina sonrió. María también, y enseguida aclaró:

—Genial. Gracias a los dos.

Martín rio, le divertía la forma de hablar de aquella muchacha. Sagrario volvió a mencionar al tal Carlos y repitió lo encantador que había sido con ellos. Al oír eso, María asintió y afirmó con seguridad:

—Carlos es un buen tío. —Y, cuando su madre se alejó, la joven miró a Martina y preguntó—: ¿Por qué no me dijiste a mí que fuera a recoger a tus padres en vez de decírselo a Carlos?

Martina se encogió de hombros y repuso:

—Porque yo quedé con Julia en que iría ella. Pero, al parecer, le ha surgido algo importantísimo y no se le ha ocurrido otra cosa que la genial idea de decírselo a Carlos.

—La madre que la parió... —musitó María.

—Exacto, ¡la madre que la parió!

Pensó en lo ocurrido días antes con *Johnny* en el parque y que sólo Asier sabía. Si sus padres se enteraban de eso y de las postales que había recibido, pondrían el grito en el cielo, y, desesperada, se tocó el pelo; María, al ver cómo le temblaban las manos, musitó:

—Bueno, mujer, tampoco es para que te pongas así.

Martina la miró. No era momento de contarle lo que le había sucedido en el parque, y, sintiendo que estaba perdiendo los papeles, intentó tranquilizarse.

—Mi hermana es idiota... —gruñó bajando la voz para que no la oyeran sus padres—. ¿Cómo se le ocurre pedirle a su jefe que vaya a recogerlos a la estación? De verdad que lo de esta chica es de juzgado de guardia. Cada día la entiendo menos.

María sonrió.

—Bueno. Dentro de lo malo, se lo ha pedido a Carlos. Vete tú a saber a quién podría habérselo pedido...

—También tienes razón —musitó finalmente Martina, aún molesta.

Capítulo 41

Julia dormía plácidamente tirada en el sofá de su casa cuando comenzó a oír un ruido muy molesto que no cesaba.

Se esforzó en no prestarle atención, pero éste, insistente, seguía y seguía, y al final, moviéndose pesadamente, abrió los ojos y en ese momento el ruido paró. ¡Bien!

Estaba sobre el sofá de su casa, con el televisor encendido, y al sentir y luego ver las manos de Dage alrededor de su cintura, sonrió.

Gustosa, acomodó su cuerpo más cerca del suyo. Ambos estaban desnudos, y cuando cerró de nuevo los ojos, el insistente ruido comenzó de nuevo. Rubén se movió y preguntó:

—¿Qué es eso que suena?

En esta ocasión Julia supo que era su teléfono.

Pero ¿quién llamaba con tanta insistencia?

Sin querer levantarse, cerró los ojos, y de pronto el corazón se le aceleró.

¡Sus padres!

Rápidamente los abrió de nuevo y, mirando el reloj que tenía sobre el televisor, sintió que el cuerpo se le cortaba en mil pedazos.

¡Las ocho y media!

Horrorizada, se sentó en el sofá de un salto y, retirándose el pelo del rostro, murmuró:

—¡Ostrasssssssss!

Dage la miró cuando parpadeaba y ella, con un gesto indescriptible, exclamó:

—¡Mis padres!

Él miró el reloj que había sobre el televisor mientras el ruido insistente del teléfono no paraba de sonar; cambió el gesto, se levantó acelerado y dijo apremiándola:

—¡Joder, Julia, nos hemos dormido! ¿No ha sonado la alarma del móvil?

Pero ella no contestó; imaginaba quién podía estar llamándola por teléfono. Sin duda sería su hermana, muy cabreada.

Estaba pensando en ello cuando oyó a aquél decir:

—Vístete deprisa y vayamos a Atocha. Quizá sigan allí.

Pero Julia supo que aquéllos ya no estaban allí. Habían pasado tres horas y media, y sin duda ya se habrían buscado la vida.

Dándose aire con la mano, se levantó del sofá e indicó al ver que él se vestía con celeridad.

—Mis padres ya no estarán en Atocha.

Fingiendo, Dage la miró.

—¿Y cómo lo sabes?

Enfadada consigo misma por el fallo tan grande que acababa de tener, Julia respondió:

—Porque lo sé.

Acto seguido cogió el teléfono y, como bien había imaginado, la voz de su hermana siseó molesta:

—Lo tuyo no tiene nombre.

—Tata...

—¡Ni tata ni leches! ¡No puedo contar contigo para nada!

Consciente de ello, Julia murmuró:

—Tienes razón... Pero...

Martina, que se había metido en su habitación para telefonear a su hermana, sin levantar la voz para que sus padres no la oyeran, prosiguió:

—No me vale ningún «pero». Estábamos hablando de papá y mamá. Dijiste que irías a buscarlos y..., ¡joder, Julia!

—Lo... lo siento... Yo...

—Pero vamos a ver, ¿cómo se te ocurre enviar a Carlos a recogerlos? ¿Te has vuelto loca?

Sorprendida por aquello, Julia parpadeó.

—¿Carlos...? —repuso.

Martina, que deseaba gritar pero no lo hacía por sus padres, afirmó:

—¿Acaso creías que no me iba a enterar, guapa? Porque, mira, con lo buenazo que es, para no enfadarme, Carlos puede guardarte el secreto, pero ¿realmente pensabas que mamá o papá también lo iban a hacer? Por Dios, Julia, ¿cuándo vas a demostrar que eres una persona responsable?

Ella resopló. Sabía que había metido la pata, pero su hermana, como siempre, estaba exagerando.

—Vale, Martina, tranquila.

—Tranquila... ¡¿Tranquila?! Joder, Julia, ¡joder!

Confundida y desorientada por lo que oía, la joven no sabía qué decir. Ella no le había comentado nada a Carlos, pero tampoco podía confesárselo a su hermana. El que aquél providencialmente hubiera aparecido en la estación para ocuparse de sus padres era raro, pero sin duda era lo mejor que había podido pasar, y respondió mirando a Dage, que la observaba:

—Vale, Martina. Tienes razón. Soy un desastre.

—Un puñetero desastre —afirmó aquélla, que insistió—: Lo que no entiendo es que no llamaras a María, o a mí... ¿Tan importante era eso que tenías que hacer?

A cada segundo más descolocada, Julia no sabía qué decir, y su hermana soltó para zanjar el tema:

—Mira, no sé dónde estás ni me importa. Pero haz el favor de venir a ver a papá y a mamá o me voy a cabrear como nunca me he cabreado en la vida contigo, ¿entendido?

—OK. Voy..., ahora voy...

Cuando colgó el teléfono, la joven cerró los ojos sin entender nada. Una vez más había vuelto a meter la pata con su hermana; entonces unas manos la cogieron por la cintura y oyó:

—¿Estás bien, bombón?

Aquella voz y aquellas manos al menos la reconfortaban y, resoplando, murmuró:

—Era mi hermana Martina, hecha una furia. Le he vuelto a fallar.

Dage le besó el cuello con mimo e insistió:

—¿Tus padres están bien?

Julia asintió aliviada y él, prosiguiendo su reguero de besos, repuso:

—Entonces no te preocupes por nada más.

La joven deseaba decirle que sí, claro que tenía que preocuparse, pero, sin querer contarle lo que su hermana le había dicho por teléfono, lo miró y, segundos después, como dos animales salvajes, de nuevo estaban practicando sexo sobre el sofá.

Capítulo 42

Tras ducharse, vestirse y despedirse de Dage, Julia cogió un taxi para ir a casa de su hermana. Ese método de transporte no era el que ella solía utilizar, pero en esa ocasión era necesario. Ya estaba tardando en llegar más de lo que debería.

Cuando se plantó ante el portal de su hermana, abrió el bolso en busca de su juego de llaves, pero, por más que lo buscó, no lo encontró. Eso la jorobó. ¿Dónde lo había dejado?

Por ello, llamó al portero automático y, segundos después, tuvo acceso al portal. Una vez dentro, mientras esperaba a que llegara el ascensor, sus ojos volaron al buzón de su hermana y, sin saber por qué, pensó en las postales que había recibido. Por suerte, habían dejado de llegar y, sonriendo, musitó:

—Al final me voy a volver tan neurótica como ella.

Tras unos segundos en el ascensor, cuando éste paró y salió de él, vio a su madre junto a *Johnny* en la puerta, esperándola.

—Mi chica rica..., pero qué bien que ya has venido —musitó Sagrario.

Encantada, Julia la abrazó y tocó con cariño la cabeza de *Johnny*, que buscaba su saludo.

A pesar de los quebraderos que desde siempre Julia les había dado a sus progenitores, éstos siempre la recibían con cariño y amor; sonriendo, entró con ella en la casa, donde abrazó a su padre. Con una rápida mirada a su hermana, supo lo enfadada que estaba y que le iban a caer por todos lados.

Tras dar un rápido beso en la mejilla a Martina y a María, se sentó con aquéllos y comenzó a contarles que le había surgido una urgencia en el trabajo. Martina no habló en todo el rato. Sabía que todo era mentira.

Luego, incapaz de seguir escuchándola, se levantó para ir a la cocina y su amiga la siguió. Una vez allí, Martina se llenó un vaso de agua y oyó:

—Vale. Es una jodida cabrona. Pero es tu hermana.

Ella asintió y bebiendo el agua con rapidez, dejó el vaso en el fregadero y murmuró:

—María, estamos hablando de mis padres. Julia sabe, como yo, que a ellos la capital no les gusta nada, y va y los deja tirados en la estación. Podría... podría ¡haberles pasado algo!

María asintió, pero al mirarla preguntó:

—¿Por qué estás tan nerviosa? ¿Qué te pasa?

Sin querer revelar lo ocurrido días antes, pensó qué contestar, pero su amiga bajó la voz y añadió:

—A ver, tronca, ¿has discutido con Asier?

—No.

Sin quitarle ojo, en ese momento María recordó algo.

—¿Has vuelto a recibir alguna otra postal?

Rápidamente Martina negó con la cabeza. Tenía que contarle lo ocurrido a su amiga, pero no era el momento. Ahora no podía: sus padres estaban allí. María, más tranquila al saber aquello, cuchicheó:

—Entonces ¿estás nerviosa por tener a Asier lejos?

Eso la hizo sonreír, y su amiga canturreó:

—Martina se ha enamoradooooo...

Consciente de que sus padres podían entrar y oírla, iba a decirle que se callara cuando a María le sonó el teléfono, que llevaba en el bolsillo del pantalón, y, sacándolo, lo abrió y saludó:

—Hola, cosa preciosa.

Era Marco, y, tras quedar en que pasaría por el trabajo para recogerlo, en cuanto terminó la conversación María se guardó el teléfono de nuevo en el bolsillo del pantalón y dijo, cogiendo la bolsa que la madre de aquélla le había traído del pueblo:

—Me las piro. Voy a cenar con Marco y me llevo mis tesoros.

Martina asintió. Le encantaba ver a su amiga tan centrada en aquél, y, tras darle un beso, la muchacha salió de la cocina para despedirse del resto. Mientras escuchaba cómo su amiga se despedía de sus padres, Julia entró en la cocina. Las dos hermanas se miraron y la segunda dijo:

—Lo siento, Martina.

Ella asintió y, sacando unos platos para comenzar a preparar la mesa, siseó:

—No tienes vergüenza.

Julia sabía que se merecía todo lo que le dijera, y musitó:

—A ver, yo...

—¡Cállate y escúchame! —gruñó Martina sin levantar la voz—. Vale con que a mí me tomes el pelo, pero ¿quién te has creído que son mis amigos para ti? ¿Acaso son tus sirvientes?

—Martina, escucha...

—¡Que te calles! —insistió—. Carlos no sólo te ha dado trabajo, sino que además te ha alquilado su piso a un precio irrisorio para que tengas un sitio donde vivir. Aun así, no olvides que es tu jefe, no tu coleguita ni tu amigo. Pero, niñata, ¡¿qué narices te pasa?! ¿Cuándo vas a madurar de una santa vez y te vas a dar cuenta de las cosas realmente importantes de la vida? Por Dios, Julia, que vivimos en la capital, un sitio que a papá y a mamá siempre los ha asustado, y tú vas y no sólo los dejas tirados en la estación, sino que encima envías a un desconocido a que los recoja.

Al oír eso, Julia asintió. No supo qué decir, y Martina, viendo algo sobre la mesa, dijo:

—Ahí tienes tus llaves. ¡Guárdatelas! Carlos se las ha dado a papá y a mamá.

Julia parpadeó mirándolas.

¿En serio?

Bloqueada y sin saber qué decir, cogió el juego de llaves. Sin lugar a dudas era el suyo, y su hermana insistió:

—La próxima vez, si es que la hay, espero que nos llames a María o a mí, ¡¿entendido?!

Julia no supo qué responder.

Realmente no recordaba haber llamado a Carlos, y menos aún

haberle entregado las llaves, pero si le decía la verdad, Martina se enfadaría y se preocuparía aún más, así que cerró la boca y calló. Era lo mejor que podía hacer.

En ese instante su madre entró en la cocina y, mirándolas, preguntó:

—¿Por qué discutís ahora?

Rápidamente Martina reaccionó e, intentando no preocuparla, dijo cogiendo un trozo de queso que sus padres le habían traído del pueblo:

—Pues porque se quiere llevar este queso y yo le estoy diciendo que no.

Sagrario sonrió.

—Ese queso de cabra es para tu hermana —cuchicheó dirigiéndose a Julia—. Es del que hace Blasito, el hijo de Loren y Pilu. A ti te he traído del de oveja que vende la Jesusa y que tanto te gusta.

Julia, guardándose las llaves en el bolsillo del pantalón, asintió siguiéndole el juego a su hermana y, sonriendo, afirmó:

—Entonces, tata..., el queso de cabra enterito para ti.

* * *

Esa noche, tras cenar con su hermana y sus padres, cuando Julia regresó a su casa, estaba rara. No entendía lo ocurrido. No entendía cómo Carlos podía haber recogido a sus padres y, menos aún, cómo tenía su juego de llaves de casa de su hermana.

Repasó mentalmente lo ocurrido aquel día en la oficina. Recordaba haber visto a Carlos y haber hablado acerca de que tenía que ir a buscar a sus padres, pero poco más.

Hecha un lío, finalmente se durmió.

El fin de semana lo dedicó por entero a su familia. Martina y ella disfrutaron de la compañía de sus padres enseñándoles Madrid, hasta el domingo por la tarde, en que los dejaron en la estación de Atocha, se despidieron de ellos y cada uno regresó a su casa. Al día siguiente había que trabajar.

Capítulo 43

El lunes, cuando Julia llegó a la oficina, buscó un momento para encontrarse con Carlos y hablar con él acerca de lo ocurrido.

Por suerte, sabía que sobre las once aquél siempre bajaba a tomar un café a la cafetería de la esquina y, sin dudarlo, se hizo la encontradiza.

Carlos rápidamente la invitó a un café y ella lo oyó hablar por su teléfono móvil con alguien. Al parecer, tenía que viajar a Barcelona para solucionar un problema con una distribuidora de placas. Una vez que colgó el teléfono, Julia, dispuesta a saber, soltó:

—¿Puedo preguntarte algo?

Carlos, tras dar un sorbo a su café, asintió y ella dijo:

—¿Recuerdas que te conté que este fin de semana venían mis padres?

—Sí.

Julia no añadió nada más. Esperó que él dijera algo, y Carlos, viendo cómo lo miraba, preguntó:

—¿Qué pasa? ¿Al final no vinieron?

Oír eso le hizo saber cuanto necesitaba. Si él no los había recogido, ¿qué otro amigo suyo llamado Carlos había sido?

Eso le puso todo el vello de punta y, aun sabiendo que la había cagado y que con lo que iba a hacer posiblemente la cagaría todavía más, murmuró dispuesta a encubrir la mentira como fuera:

—¿Puedo pedirte un favor?

Él la miró y sonrió.

—Depende.

Como pudo, Julia sonrió a su vez; necesitaba que aquél la ayudara hasta que ella descubriera quién había ido a recoger a sus padres.

—Mira —dijo—, voy a ser sincera contigo y no me voy a andar con rodeos.

—Miedito me das —se mofó él divertido.

Julia tomó aire y a continuación declaró:

—El viernes me surgió algo y no pude ir a recoger a mis padres. Y..., bueno, el caso es que le había prometido a mi hermana que iría a buscarlos a la estación de Atocha, y como no pude ir, le pedí a un amigo mío que los recogiera.

Sin entender nada, Carlos se encogió de hombros y preguntó:

—¿Y...?

Julia se retiró el flequillo del rostro y, midiendo sus palabras, prosiguió:

—Le dije a ese amigo que se presentara ante mis padres con el nombre de Carlos y...

—No me jorobes —musitó él comenzando a entender.

Julia tomó aire. Necesitaba obtener su complicidad y, arrugando la frente, suplicó:

—Lo sé. Sé que no está bien, y más aún sin consultártelo a ti. Pero si lo hice fue porque sé que Martina al oír tu nombre se quedaría más tranquila que si hubieran mencionado el de un desconocido.

Divertido por aquello, Carlos sonrió y, bajando la voz, preguntó:

—¿Me estás pidiendo que sea cómplice contigo en una mentira?

—Es una mentira piadosa.

—¿Una mentira piadosa? —se mofó él divertido.

Julia asintió y, utilizando su carita de pena, insistió:

—No creo que te pregunte, pero, si lo hace, por favor, por favor, dile que fuiste tú. A mis padres no les pasó nada. Llegaron con mi amigo a casa sanos y salvos. Y, joder, Carlos, ¡ya sabes lo histérica que está últimamente mi hermana!

Él asintió, sabía por qué le decía eso, pero repuso:

—No sé, Julia. No me gustan las mentiras.

—Por favor..., por favor..., por favor... Si se entera de que fue un desconocido y no tú quien recogió a mis padres y los llevó a su casa, se va a enfadar muchísimo conmigo.

Carlos suspiró. Durante una breve fracción de tiempo la miró a los ojos y sintió pena por ella. Parecía desesperada. Aun así, no sabía si debía entrar en aquel juego. Sin embargo, aquellos ojillos suplicantes podían con él. Total, si era un amigo de Julia y no había ocurrido nada, ¿qué más daba hacerse pasar por él?

—De acuerdo, pequeña lianta —dijo al final con una sonrisa.

Julia se abalanzó a sus brazos. Aquello era tremendamente importante para ella y, cuando se separó de él, musitó:

—Gracias, Carlos. Gracias. Te debo una muy gorda.

Él sonrió de nuevo, y en ese momento le sonó el teléfono; se levantó y dijo guiñándole un ojo:

—Espero que esta mentira piadosa no le ocasione problemas a nadie.

—Te lo aseguro.

Cuando él se marchó de la cafetería, Julia resopló sentada en su silla. Por un lado estaba feliz por haber obtenido la complicidad de Carlos, pero, por otro..., ¿quién narices habría ido a buscar a sus padres a Atocha?

Capítulo 44

Los días pasaron y el tema «padres y recogida», si no olvidado, al menos sí quedó archivado entre las dos hermanas. Martina estaba centrada en Asier y en su felicidad, y Julia procuró no darle problemas ni disgustos. No quería volver a discutir con ella.

Sin embargo, al igual que sentía que su hermana iba olvidándose del asunto, algo en su interior hacía que ella no consiguiera hacerlo. Seguía sin saber quién había ido a recoger a sus padres y por qué aquél tenía sus llaves.

Las semanas transcurrieron y llegó el verano, acompañado de sus largas y calurosas jornadas. El último día de clase, el colegio era una fiesta: niños felices porque se acababan las clases y profesores encantados por comenzar las vacaciones. Martina observaba emocionada a los que habían sido sus niños aquel año. Los adoraba, y los momentos pasados con ellos los guardaría en un rinconcito de su corazón.

Al cabo de unos meses, cuando comenzara otra vez el curso, tendría nuevos alumnos a los que conocer y con los que lidiar, y de nuevo el aprendizaje común volvería a empezar.

Se despidió uno a uno de sus niños y éstos le entregaron el regalo que entre todos le habían comprado, y ella, emocionada, se tragó las lágrimas. Cada año era igual. Cada año la emoción podía con ella, y, después de besuquearlos a todos con mimo y amor, se dirigió con ellos al gimnasio, donde se había organizado la fiesta de despedida.

Allí comieron patatas fritas, bebieron refrescos y todos bailaron divertidos al son de la música. El último día de clase era una celebración especial.

A las dos de la tarde, cuando todos aquellos pequeños se marcharon felices con sus padres, Martina entró en su clase y, sentándose a su mesa, murmuró mientras miraba la jaula con los hámsteres:

—¿Y ahora qué hago con vosotros?

Los observaba sonriendo cuando oyó:

—Lo sabía. Al final, ¡los adoras!

Al mirar hacia la puerta vio a Enrique apoyado en ella y, sonriendo todavía, suplicó.

—Te los llevas tú, ¿verdad?

Divertido al oír aquello, él entró en clase y se le acercó.

—Sí. Tranquila.

Como si le hubiera quitado un gran peso de encima, Martina rio y aplaudió mirando la jaula.

—Chicos, ¡ha venido vuestro padre!

Entre risas, Enrique se sentó junto a ella en una de las pequeñas sillas y comenzaron a charlar. Hablaron de los alumnos, de las anécdotas vividas durante el curso, hasta que él dijo:

—¿Te irás a algún sitio de vacaciones?

—Me iré unos días al pueblo con mis padres —repuso Martina, que a continuación preguntó—: ¿Y tú?

Él la miró.

—A Londres.

—Londres..., ¡qué maravilla!

Enrique sonrió.

—Tengo un amigo que se fue a trabajar allí hace tres años. Y, bueno, el caso es que conoció a una portuguesa, se enamoró y ahora van a casarse, por lo que aprovecharé para asistir a la boda.

—Vaya. Pues hay un dicho que dice «de una boda sale otra»...

Enrique se encogió de hombros divertido.

—Bueno —dijo—, primero creo que tendría que echarme una novia.

Martina, que había comenzado a recoger las cosas de su mesa, cuchicheó:

—Seguro que candidatas no te faltan..., guaperas.

Con gesto interesante por lo que aquélla había dicho, él se recogió su pelo claro en una coleta y respondió:

—Te mentiría si te dijera que un guaperas como yo no tiene recursos.

Ambos rieron, y él, deseoso de saber, preguntó:

—¿Qué tal lo tuyo con Asier?

De todos era sabido que Martina salía con él desde hacía meses.

—Bien. —La joven sonrió—. Muy bien.

Él la miró. Sólo había que ver sus ojos para sentir la felicidad que la rodeaba, e indicó:

—Me alegra mucho saberlo. Te lo mereces.

Al oír eso, ella lo miró. No sabía a qué se refería, y Enrique bajó la voz y musitó:

—Por lo que le pasó a tu anterior novio.

Martina asintió. Recordar a Miguel sería algo que le dolería toda la vida, pero, sintiéndose reforzada por la seguridad que Asier le proporcionaba, explicó:

—Perder al amor de tu vida cuando tienes veintisiete años no es fácil, y reconozco que me ha costado remontar, pero, gracias a Asier, ¡lo he conseguido!

Enrique sonrió y, con cariño, murmuró acariciándole la mejilla:

—Me alegro muchísimo por ti.

Se quedaron mirándose en silencio unos segundos, hasta que él, azorado por el momento, comentó poniéndose en pie:

—Oye..., el otro día recordé que tu cumpleaños es dentro de poco, ¿verdad?

Martina asintió.

—El 18 de julio. Aún queda... ¿Por...?

—Esto es para ti —dijo él entonces al tiempo que se sacaba un paquetito del bolsillo.

Sorprendida por aquello, Martina lo miró y él insistió:

—Vamos, cógelo. No muerde.

Boquiabierta por su detalle, ella obedeció mientras él comentaba:

—El otro día estuve en una feria de artesanos y, como sé que te gustan los pendientes y me acordé de tu cumpleaños, te compré unos.

La joven abrió el pequeño paquete y sonrió al ver la inicial de su nombre en plata. Complacida, cogió los pendientes y exclamó:

—¡Son preciosos! ¡Gracias, me encantan!

Enrique sonrió y ella se quitó los que llevaba y rápidamente se colocó los nuevos.

—¿Qué tal me quedan? —preguntó recogiéndose el pelo.

Enrique tragó saliva. Daría su vida por besar a aquella mujer que tanto le gustaba, pero, conteniéndose, respondió:

—Estás muy guapa. Te quedan muy bien.

—Gracias.

Sin pensarlo, Martina lo abrazó con cariño. Enrique siempre era maravilloso con ella y, tras darle un beso en la mejilla, se separó de él y musitó:

—Eres un amor.

Y, deseosa de agradecerle el bonito detalle, propuso mirándolo:

—¿Qué te parece si te invito a una copa por mi cumpleaños?

—¡¿Otra?! —se mofó él divertido.

—Algo un poquito más fuerte que una naranjada o una Coca-Cola sin gas —cuchicheó ella al oírlo.

—He quedado dentro de hora y media con mi primo y mis amigos —dijo él entonces mirándose el reloj.

—Podemos tomarla en el bar que hay frente al colegio. Ya sabes que tienen una terracita muy maja donde nos podemos sentar.

Sin dudarlo, el joven accedió.

—Venga, va. ¡Te acepto esa copa!

—¡Estupendo!

Segundos después, cuando él se dirigía emocionado hacia la puerta para recoger sus cosas, Martina lo llamó:

—Eh..., guaperas.

Divertido al oír aquello, él se volvió y ella, señalando la jaula, añadió:

—¿No crees que se te olvida algo?

Enrique soltó una carcajada y, regresando para coger la jaula, afirmó:

—Chicos, ¡venid con papá!

El tiempo que Enrique y Martina estuvieron a solas tomando algo fue muy especial para él. Se moría por esa mujer, mataría por esa mujer, pero ella, en ese sentido, no parecía darse cuenta ni de que existía.

Charlaron, rieron; entre ellos había una complicidad excelente. De pronto, a Martina se le cayó el paquete de tabaco al suelo y, al ir a cogerlo, Enrique se agachó también y, al levantarse, aprovechó y la besó en los labios.

Fue un instante. Un segundo. Pero cuando sus cabezas se separaron, él, apuradísimo al ver su expresión, susurró:

—Perdón..., perdón...

Sin dar crédito, Martina no sabía qué decir.

Valle, la secretaria del colegio, le había advertido en alguna ocasión que le parecía que él sentía algo por ella, pero la joven ni lo pensó ni le prestó atención. ¿Para qué, si ella no quería nada con él?

No obstante, llegados a ese momento, e incapaz de tomarse en serio aquello, simplemente dijo:

—No pasa nada, Enrique. Te pido disculpas si en algún momento te he dado a entender lo que no era.

Horrorizado, él no sabía dónde meterse.

—Las disculpas te las pido yo a ti. No sé en qué estaba pensando. Joder, ¡sé que estás con Asier! Disculpa mi atrevimiento.

Ver su apuro hizo que ella sonriera.

Enrique, tan atractivo, con su pelo rubio y su corte tan actual, sin duda podía tener a la joven que quisiera; para quitarle tensión al momento, indicó:

—Vale. Esto no puede volver a repetirse, pero será nuestro secreto, ¿te parece?

—Me parece —afirmó él, sintiendo un batiburrillo de sentimientos contradictorios.

Dispuesta a olvidar el episodio, Martina cambió de tema y rápidamente Enrique la siguió. Sin duda, él también quería olvidar lo ocurrido.

Hora y media después llegaron las personas que habían quedado con él para buscarlo, y, al verlo sentado en la terraza con Martina, se les unieron. Entre risas, el grupo disfrutó del momento y, cuando decidieron marcharse, Martina se levantó a su vez y, mirando a Enrique, musitó con cariño abriendo los brazos:

—Compi..., que tengas unas excelentes vacaciones.

Él la abrazó. Necesitaba hacerlo. A pesar del ridículo que había hecho un rato antes, deseaba aspirar su perfume; no sabía cuánto tardaría en volver a estar a su lado todos los días como hasta entonces. Después de separarse, ella musitó sonriendo:

—Cuando regreses de Londres, llámame y quedamos, ¿vale?

Avergonzado todavía por lo ocurrido, él preguntó:

—¿Seguro?

—Por supuesto —insistió ella.

Eso hizo que Enrique sonriera abiertamente, y afirmó:

—Entonces, así lo haré.

En ese instante sonó el teléfono de la joven. Era Asier, y, tras desearle un buen verano a Enrique, atendió su llamada encantada.

Mientras el grupo se marchaba caminando, Enrique miró un par de veces hacia atrás. Habría dado todo lo que tenía por seguir allí sentado con ella y, sobre todo, porque fuera a él a quien le sonriera como hacía con Asier.

Capítulo 45

El sábado 18 de julio Martina sonrió nada más abrir los ojos por la mañana.

¡Era su cumpleaños!

Por ello, y deseosa de disfrutarlo como hacía tiempo atrás, había organizado una comida en casa con sus amigos y su hermana.

El sonido del teléfono la sacó de su ensimismamiento. Rápidamente miró el despertador que tenía junto a la cama: las ocho de la mañana. Sonrió de nuevo, pues sabía quién llamaba. Como cada año, sus padres eran los primeros en felicitarla..., ¡no fallaban! Sagrario y Martín, que en el pueblo madrugaban bastante, hablaron felices con su hija durante un buen rato.

Al cabo de unos minutos de colgarles a sus padres, el teléfono volvió a sonar. Era su hermana Julia, y Martina, al oír su voz de sueño, susurró recostada en la cama:

—Lo sientoooooooo.

Su hermana rio, todos los años era lo mismo, y repuso:

—Tranquila. El día de mi cumpleaños mamá te despertará a ti para que no te olvides de felicitarme.

Eso hizo que Martina soltara una carcajada. Su madre siempre hacía lo mismo, no fallaba.

Adormiladas, hablaban de cualquier cosa cuando Martina cuchicheó:

—¿Vendrás hoy a comer?

Julia se rascó un ojo y respondió:

—No. Llegaré un poquito más tarde.

—¿Más tarde? ¿Por qué?

Julia, que había quedado con Dage para verse y tener un rato divertido de sexo en su casa, se apresuró a contestar:

—Tengo un compromiso y..., bueno..., ¡ya sabes!

—¿Con el hombre sin nombre? —se mofó su hermana.

—¡Afirmativo!

Martina asintió y, viendo la oportunidad, insistió:

—Si quieres, puedes traerlo.

Julia sonrió. Su hermana cada día le recordaba más a su madre y, despidiéndose, murmuró:

—Hasta luego, hermanita. Voy a seguir durmiendo un ratito más.

En cuanto colgó el teléfono, que tenía sobre la mesilla, Julia se dio la vuelta y se durmió. Le encantaba dormir.

Martina, en cambio, era incapaz de dormirse de nuevo y se levantó. ¡Tenía mucho que hacer!

Saludó a *Johnny*, se metió en la ducha y, después de vestirse, se puso unos pantalones cortos y una camiseta y, cogiendo la correa del perro, se marchó a la calle.

Tras regresar de su paseo matinal, se esmeró en limpiar y ordenar la casa mientras sonaba por la radio la canción *Say What You Want* del grupo Texas. Una vez que acabó de limpiar, vio que eran las diez y se marchó al supermercado. Allí compró provisiones para la fiesta, junto con una tarta, y, feliz, regresó a su casa con una sonrisa.

Como era de esperar, el teléfono sonó y sonó. Eran muchos los amigos y familiares que se habían acordado de su cumpleaños, y, encantada, y sin perder la sonrisa, Martina los atendió mientras metía el cordero en el horno. Quería sorprender a sus amigos.

El teléfono sonó de nuevo. Esta vez era María para felicitarla. Como siempre que hablaba con ella, Martina reía. Era imposible no hacerlo con la locuela de su amiga y, cuando colgó, feliz y contenta, se fue directa a su torre de CD de música. Allí, buscó el del grupo español Ketama y lo puso.

Canturreó tema a tema. Eran todos preciosos, y cuando comenzó *Flor de lis*, sonrió. Aquélla era la canción preferida de María, porque, como ella decía, mencionaba su nombre.

Estaba bailoteando mientras pelaba unas patatas que había puesto a cocer para hacerlas con alioli cuando, a la una de la tarde, sonó el timbre de la puerta. Era un mensajero con unas preciosas rosas rojas de tallo largo metidas en una caja. Al ver aquello, el corazón le aleteó de felicidad. Aquellas flores tan preciosas sólo podían de ser de una persona y, abriendo la notita, leyó con una sonrisa:

En mi vida sólo deseo una cosa: que tú estés en ella.
¡Felicidades, cariño! Nos vemos esta noche.
Te quiero,

Asier

Gustosa por leer aquello, sonreía como una boba mientras el olor exquisito del cordero al horno se extendía por toda la casa. Asier estaba en Valencia, ocupándose de un trabajo para la revista, pero esa noche regresaría para estar con ella.

Emocionada, ponía aquellas preciosas rosas rojas de tallo largo en agua mientras canturreaba cuando el portero automático volvió a sonar. Llegaban más flores. En esta ocasión, unas preciosas rosas blancas de Carlos y Luis, a los que vería en apenas un rato. Leyó su nota con agrado, y, feliz, las colocó en otro jarrón.

A la una y cuarto volvió a sonar el portero automático de la casa. Era un chico con más flores y, encantada, le abrió. En esta ocasión se trataba de un ramo de lirios blancos preciosos. Tras recogerlo y cerrar la puerta al repartidor, entró en la cocina pero, abriendo la notita, se paró en seco y leyó:

Disfruta de tu último cumpleaños, zorra.

Instintivamente, el ramo y la nota se le cayeron al suelo.

No, ¡otra vez no!

Nerviosa, se sacó el teléfono móvil del bolsillo del pantalón vaquero que llevaba y llamó enseguida a Asier. Lo necesitaba. Necesitaba hablar con él, pero su teléfono estaba fuera de cobertura. Lo intentó varias veces más, pero el resultado siempre era el mismo.

Angustiada, cerró el teléfono mientras miraba las flores que estaban en el suelo. No esperaba recibir algo así. Pensaba que quien fuera ya se habría olvidado de ella, pero de pronto el móvil sonó. Seguro que era Asier. Rápidamente lo abrió y se lo llevó a la oreja.

—¿Te han gustado..., zorra?

Al oír eso, Martina se tambaleó. Se apoyó en la mesa, donde estaban las rosas rojas de Asier, y el florero se volcó y se hizo añicos contra el suelo.

Con el corazón a mil, Martina no podía hablar. Al otro lado de la línea estaba aquella persona que le estaba amargando la existencia y, como pudo, murmuró:

—¿Quién eres?

Una risa desconocida le puso todo el vello de punta, y luego oyó:

—Estoy cerca. Cada día más cerca de ti.

—¿Qué... qué quieres? —preguntó en un hilo de voz.

De nuevo la risa de aquél la hizo temblar, y a continuación dijo:

—Pronto lo sabrás.

Dicho eso, el teléfono quedó mudo, vacío, muerto, mientras el corazón a Martina se le iba a salir del pecho sin saber qué decir ni qué pensar.

¿Cómo era que aquel tipo tenía también su teléfono móvil?

Se retiró el pelo del rostro con nerviosismo; entonces *Johnny* se acercó a ella y Martina enseguida reaccionó. El perro podía cortarse con los cristales rotos del suelo, por lo que lo cogió del collar y le ordenó:

—Sal de la cocina.

El animal salió obediente y Martina, sin dudarlo, corrió hasta la puerta y echó la llave. Eso gesto le dio cierta seguridad dentro de su miedo. Tenía la mano en el corazón, y respiraba con dificultad, le faltaba el aire. De pronto, sonó de nuevo el portero automático y dio un brinco asustada.

Sin moverse, miró hacia la puerta mientras su respiración se aceleraba más y más, y *Johnny* ladraba. Tras unos segundos, el telefonillo volvió a sonar. Esta vez con más insistencia. *Johnny* no paraba de ladrar y, caminando hacia el portero, la joven se acercaba hasta él cuando sonó de nuevo.

Acobardada, cogió el auricular y, rápidamente, vio que se trataba de su amiga María, que, mirando hacia la cámara, decía con una sonrisa:

—¡Soy yo!

Martina abrió enseguida. Necesitaba a su amiga.

A diferencia de otras veces, no abrió la puerta de entrada al piso, sino que esperó a oír el ascensor y luego el timbre. *Johnny* volvió a ladrar, pero esta vez movía alegremente el rabo al saber quién era. Una vez que Martina hubo echado un vistazo por la mirilla, abrió y María comentó suspirando:

—No me digas que estás haciendo corderoooooooooo.

Ella no pudo responder, y su amiga, al ver su cara desencajada, preguntó:

—¿Qué pasa, tronca?

Histérica y descolocada por completo, Martina hizo pasar a su amiga para cerrar la puerta y echar la llave, gesto que a María la sorprendió, y posteriormente comenzó a hablar. Pero lo hacía tan rápido y a trompicones que su amiga tuvo que tranquilizarla.

Cuando lo consiguió, escuchó lo que aquélla le contaba y vio las flores en el suelo, la joven no sabía qué decir. Tomárselo a broma no le haría gracia y, mirando a su amiga, susurró:

—Tranquilízate. Eso es lo principal.

Martina asintió. La primera que quería tranquilizarse era ella, y mirando los lirios, que continuaban en el suelo junto a los cristales, iba a hablar cuando reparó en algo. Rápidamente se agachó junto a las flores y, tocando el papel celofán del último ramo que había recibido, murmuró:

—Vienen de la floristería El Jardín de Begoña..., ¿la conoces?

María negó con la cabeza y, entendiendo lo que su amiga decía, se agachó junto a ella.

—Aquí pone que está en la calle Bravo Murillo y, mira, viene el teléfono también.

Ambas amigas se miraron, y María preguntó:

—¿Estás pensando lo mismo que yo?

Martina asintió.

—Llama tú, por favor. Yo no puedo.

Sin dudarlo, María sacó su teléfono móvil del bolso y, tras marcar los números que había en el celofán transparente de las flores, al segundo timbrazo oyó:

—Floristería El Jardín de Begoña, ¿en qué puedo ayudarle?

María miró a su amiga. Estaba demudada por el susto y, tomando aire, saludó intentando no soltar alguna de las suyas:

—Buenos días. Mire, hoy es mi cumpleaños y acabo de recibir un precioso ramo de lirios blancos de su floristería.

La dependienta asintió y, sin entender nada, respondió:

—Muchas felicidades... ¿Hay algún problema con las flores?

María, intentando centrarse en aquello, miró a Martina, que la observaba, y respondió:

—No, no. Las flores están dabut... preciosas. El problema es que no sé quién me las ha podido enviar y..., bueno —intentó sonreír—, no quisiera meter la pata y darle las gracias a quien no debería. Por eso los llamo. Para ver si ustedes me pueden decir el nombre de la persona que me las ha mandado.

—Las flores que enviamos siempre van acompañadas de una nota, ¿no la ha visto? —repuso la dependienta sorprendida.

María miró la nota que estaba en el suelo e, intentando ser convincente, musitó:

—Créame que la he buscado por todos lados, pero no, ¡no hay ninguna!

La mujer de la floristería suspiró. Era raro, pero no era la primera vez que se les podía olvidar incluir la notita, por lo que enseguida y, sin cuestionar nada más, repuso:

—Lo comprobaré en el ordenador. Dígame su nombre y su dirección, por favor.

Rápidamente María le dio los datos de Martina que le pedía y, mientras oía cómo aquélla tecleaba en el ordenador, tapó el auricular y susurró dirigiéndose a su amiga:

—Está mirando en el ordenador.

Martina asintió; entonces la mujer del otro lado dijo:

—Vamos a ver. A usted se le ha enviado un ramo grande de lirios blancos, ¿es correcto?

—Sí, sí —afirmó mirándolos.

La mujer prosiguió comprobando en el ordenador y luego indicó:

—En notas no tengo nada relevante. Sólo que debíamos entregárselo a la una y cuarto en punto. Pero espere un momento, le pasaré con mi compañera. Fue ella quien atendió este pedido. Un segundo.

—Muy amable. Esperaré.

El corazón a Martina se le salía del pecho; María le pasó el teléfono y dijo:

—Tía..., habla tú.

Antes de que pudiera, protestar oyó:

—Hola, muy buenas. Soy Ruth Mejías, la persona que atendió este encargo.

—Hola, Ruth, encantada.

—A ver —prosiguió aquélla—, según me cuenta mi compañera, usted desea saber quién le ha enviado las flores, ¿verdad?

—Sí, por favor. Sería muy importante para mí —afirmó Martina.

La joven, entendiendo su impaciencia, indicó:

—El encargo lo hizo ayer un hombre de unos treinta y pico años. Era alto, creo que con el pelo tirando a claro, esto lo digo porque llevaba una gorra verde puesta, tenía una sonrisa bonita y era muy muy agradable.

Aquello a Martina no le solucionaba nada, y aquélla prosiguió:

—Se marchó en una moto y pagó en efectivo.

Eso desesperó a Martina, y María le pidió tranquilidad con las manos.

—¿No puede recordar nada más?

—Dijo que quería las flores más bonitas para la princesa más bonita —añadió la joven—. Ah, sí..., cuando firmó la nota, que al parecer a usted no le ha llegado, por lo que vuelvo a pedirle disculpas, me percaté de que era zurdo y tenía los nudillos de la mano izquierda en carne viva... ¡Qué dolor! Le pregunté por lo ocurrido y me contestó que practicaba boxeo y se había excedido.

Martina asintió y entonces, recordando algo, dijo:

—La moto..., ¿cómo era?

—Una de esas grandes, roja. Lo siento, pero no entiendo de motos; ¿le aclara esto algo?

Según oyó eso, el cuerpo se le desencajó ante la atenta mirada de María. No..., no podía ser.

—Sí. Muchísimas gracias, Ruth.

En cuanto colgó el teléfono, María miró a su amiga, que parecía bloqueada. Por lo que, dejando el móvil sobre la mesa, preguntó:

—¿Qué piensas?

Martina la miró.

No..., no podía ser lo que pensaba.

Zurdo. Moto roja. La floristería en aquella calle. Todo señalaba a Asier.

Pero ¿cómo iba a ser él?

Estaba pensando en ello cuando el teléfono le sonó. Era él. María, al verlo, se disponía a cogerlo cuando Martina exclamó:

—¡No!

—Joder, tronca —protestó su amiga—, ¡me has asustado!

Martina no se movió. El teléfono sonaba y sonaba, y María, mirándola, se quejó:

—¿Se puede saber por qué no contestas?

Martina, que dudaba si cogerlo o no, lo miró durante unos segundos, y finalmente tragó saliva, lo cogió y saludó:

—Hola.

—Hola, cariño, ¡felicidades! —dijo Asier desde Valencia.

—Gracias.

—¿Cómo lleva mi chica preferida su cumpleaños? —preguntó sonriendo.

Martina, tras mirar a María, que no entendía nada, susurró:

—Bien.

Al notarla tan poco comunicativa, cuando últimamente era todo lo contrario, él quiso saber extrañado:

—¿Te ocurre algo?

—No.

—¿Seguro? —insistió Asier.

Intentando aparentar normalidad, Martina acabó soltando una risotada que dejó a María sorprendida, e indicó:

—Creo que cumplir años no me gusta y por eso estoy algo bloqueada.

Al oírla, Asier sonrió, pero había algo que no le cuadraba. La iba conociendo y era consciente de que algo ocurría. Y, como no sabía si había recibido las rosas que había encargado para ella, evitó decir nada y añadió en cambio:

—Tengo varias llamadas perdidas tuyas. ¿Qué querías?

Martina asintió, y, mirando las flores de aquél, que estaban en el suelo, dijo sin mucha emoción:

—Gracias por las rosas. Son preciosas.

Complacido al saber que las había recibido, pero confirmando por su voz que algo sucedía, murmuró:

—Quería las flores más bonitas para la chica más bonita.

Según oyó eso, a Martina se le aceleró el corazón.

Aquello era lo que la dependienta de la floristería le había contado acerca de lo que había dicho el tipo que había encargado los lirios, por lo que, asustada y deseosa de colgar, susurró:

—Te dejo. Llaman a la puerta.

—Oye...

Cuando el teléfono quedó mudo, Asier no entendió nada.

Pero ¿qué le pasaba?

Y, sin dudarlo, miró a su compañero y amigo Jonás, que estaba con él en Valencia haciendo el reportaje para la revista, y dijo:

—Tengo que marcharme para Madrid en cuanto terminemos esta entrevista. Las fotos ya las tengo. ¿Te importa terminar tú solo la entrevista de después de comer?

Jonás negó con la cabeza y Asier asintió. No sabía por qué, pero debía regresar a Madrid cuanto antes.

Martina, por su parte, estaba temblando.

¡¿Asier?!

¿En serio era él el loco que no paraba de acosarla?

Capítulo 46

María observaba a su amiga al ver cómo su respiración volvía a acelerarse y los ojos se le humedecían.

—Mira que eres ligera de lágrimas... —murmuró.

—María...

—A ver, tronca, tranquilízate, que te estoy viendo venir.

Pero Martina no podía respirar ni apenas razonar.

Lo que pensaba, imaginaba y creía era terrible, ¡horroroso!, ¡imposible! Y, mirando a su amiga, susurró entre lágrimas:

—¡Es él!

—¿Qué?

»¡¿Que es él?!

»¡¿Él?!

A cada instante más convencida de lo que pensaba, Martina declaró:

—Es Asier. Asier es quien me ha enviado estas flores y quien... ¡Oh, Dios mío...! ¡¿Cómo no me he dado cuenta antes?!

María, descolocada por lo que aquélla decía, rápidamente respondió:

—Pero ¿qué tonterías dices?

—No, no es una tontería. ¡Es él! Asier es quien me...

—A ver, relájate —la cortó—. Ni de coña es Asier el loco que te ha enviado este ramo de flores.

Pero su amiga insistió:

—Pinocho..., ¡por eso usa ese *nick*! ¡Es un mentiroso!

María negó con la cabeza, no podía creerse aquello, y musitó:

—Estás asustada y me parece que estás sacando conclusiones precipitadas.

—¡Es zurdo!

—Mi madre también, y mi primo —replicó María.

Desesperada, Martina insistió:

—Su... su moto es grande y roja.

María comenzó a entenderla. Las coincidencias eran demasiadas, y aunque una pequeña duda comenzó a instalarse en ella, murmuró:

—Mira..., no me parece que Asier sea esa clase de tipo.

Con la cabeza a mil, Martina rápidamente le contó lo ocurrido con *Johnny* en el parque aquella noche, mientras recogían las flores y el jarrón roto del suelo e iba a parar todo a una bolsa de basura. Cuando terminó de contarlo, murmuró cerrando con rabia la bolsa para no ver las flores:

—¿Y quién apareció esa noche de pronto?

A cada instante más descolocada por enterarse de cosas que había ignorado hasta el momento, María no supo qué contestar, y aquélla sentenció:

—Asier. Asier apareció con su moto.

A María la cabeza también comenzaba a darle vueltas; vio que su amiga cogía la bolsa de basura donde había metido los cristales junto a las rosas rojas y los lirios.

—¿Qué vas a hacer?

Inquieta y alterada, Martina la miró y dijo:

—Sacar esto de mi casa para tirarlo a la basura.

Sin separarse de ella, María la acompañó a la calle. Allí tiraron la bolsa de basura a un contenedor y regresaron a la casa, donde *Johnny* las recibió encantado.

Después de entrar y de que Martina echara una doble vuelta de llave, con los ojos encharcados en lágrimas, sollozó:

—No entiendo qué ocurre, y menos aún que pueda ser Asier, pero todo lo señala a él..., ¿no lo ves?

María la miró y, cuando iba a contestar, el portero automático de la calle sonó. Ambas dieron un salto asustadas y, como era normal, *Johnny* comenzó a ladrar.

Aterrada, Martina miró a su amiga, que cogió las riendas de la situación e indicó:

—Serán los chicos. Marco me dijo que Carlos y Luis lo recogerían.

Juntas caminaron hasta la puerta y, tras coger el telefonillo y ver que se trataba de ellos, rápidamente abrieron.

Una vez que ellos llegaron, al encontrarse con la extraña situación, escucharon lo ocurrido. Lo que Martina contaba era de locos. ¡¿Asier?! Pero ¿cómo iba a estar haciendo aquello Asier?

De nuevo sonó el portero de la casa. María fue a abrir mientras su amiga se quedaba con los chicos hablando en el salón, y de pronto oyó la voz de Verónica, que gritaba:

—¡Qué bien huele a corderitooooooooo!

Sorprendida, Martina se levantó y en el salón entraron Verónica y Xavi, seguidos de María, y este último comentó enseñando una enorme bolsa de cortezas de cerdo:

—Ya me sé el truco... ¡Sorpresa! Hemos venido para tu cumpleaños.

Eso la hizo sonreír, y Verónica, que ya había sido advertida por María de lo que ocurría, preguntó preocupada:

—¿Estás bien?

De nuevo Martina volvió a contar lo ocurrido. Xavi y Marco negaron con la cabeza, les parecía increíble lo que aquélla les contaba y, cuando terminó, Carlos señaló:

—En mi opinión, lo más inteligente sería ir a la policía, ¿no creéis?

Todos lo miraron, y Luis, su pareja, contestó:

—Pues no lo sé.

—¿Por qué no? —replicó María.

Luis se encogió de hombros.

—Porque no creo que la policía se tome esto en serio.

Martina no dijo nada, y Marco, incómodo, preguntó mirando a Carlos:

—¿Y acusar a Asier?

—Todo apunta hacia él —indicó.

—¿Y si os estáis equivocando? —insistió Marco, que se negaba a pensar que aquel tipo con el que tenía tan buena conexión fuera un puto loco.

—Tronco... Es zurdo, vive cerca de donde está ubicada la floristería y tiene una moto roja. Y si a eso le sumas las otras cosas que Martina cuenta, ¡pues blanco y en botella!

Marco negó con la cabeza. Él no era de la misma opinión, e insistió:

—No lo veo como tú.

—Ni yo —señaló Xavi.

Al oír eso, María gruñó mirándolos:

—¡Vosotros mismos, colegas!

Martina, que ya estaba más tranquila, dijo para poner paz:

—Creo que Luis tiene razón... ¿Para qué voy a ir a la policía?

Todos la miraron, y María indicó:

—Joder, tronca. Por lo menos para que lo sepan, por si pasa algo. Que luego no digan que no los pusiste en antecedentes.

El grupo asintió. Era una locura pensar que podía ser Asier, pero también era una locura no informar a la policía.

—Recuerda que mi cuñado tiene un amigo policía —dijo Verónica—. Si quieres lo llamamos y...

—De momento, dejémoslo —la cortó Martina.

—Y luego decís que yo soy cabezota —gruñó María.

El intenso olor del rico cordero que la joven cocinaba en el horno se extendía por toda la casa; se oyó un ruido y María, mirando a Carlos, que estaba a su lado, preguntó:

—¿Eso que han sonado son tus tripas?

Poniendo cara de circunstancias, él asintió y Luis, divertido, cuchicheó:

—A éste el hambre nunca lo abandona.

Ese comentario hizo que todos sonrieran y Martina, sintiéndose ya más tranquila, decidió:

—Venga, vamos a poner la mesa y a comer.

—¡Una idea estupenda! —afirmó Xavi.

—¿Y Julia? —preguntó entonces María.

—Vendrá esta tarde. Tenía cosas que hacer —respondió su amiga sin más.

Capítulo 47

Con Martina más tranquila, y sintiéndose protegida por sus amigos, después de comer, a pesar del calor, decidieron salir a dar un paseo por el parque de El Retiro con *Johnny* y a tomar un cafetito sentados a la sombra en alguna cafetería. Eso le vino bien a la joven, que volvió a sonreír.

Cuando decidieron regresar a su casa, al acercarse al portal de pronto vieron que Asier llegaba de viaje con su traje de cuero negro y su moto.

—¡No me jodas! —murmuró María al verlo.

Al comprobar que a Martina le había cambiado el gesto, Marco se dirigió a ella:

—Deberías hablar con él.

—No.

—¿Y si te has precipitado en tus conclu...?

—No te enrolles, Charles Boyer, y cierra el pico —lo cortó María.

Martina, que lo observaba igual que los demás, tras ver cómo sus amigos se miraban, musitó:

—No quiero hablar con él.

—Pues creo que es justo lo que deberías hacer —indicó Marco molesto por el modo en que su chica lo había cortado.

Asier, sin percatarse de cómo aquéllos lo observaban, subió con destreza su imponente moto roja a la acera y, sin quitarse el casco, paró el motor y se bajó.

Estaba muy preocupado y, al volverse, vio a aquéllos acercarse al portal. Rápidamente se quitó el casco y, centrando la mirada en Martina, saludó:

—Hola, cariño.

Su expresión al mirarlo le confirmó lo que pensaba. Algo ocurría. Y, frunciendo el ceño, preguntó:

—¿Qué pasa?

Ella se agarró a la mano de María y reculó, colocándose tras Carlos y Luis, que parecieron parapetarla con sus cuerpos. Sin entender, y con gesto de enfado, Asier quiso saber:

—¿Alguien puede decirme qué narices ocurre?

Verónica y Xavi se miraron. ¿Cómo explicarle a aquél lo sucedido? Entonces Marco, viendo cómo todos lo observaban y nadie decía nada, se acercó a él.

—Ven —le dijo—. Tenemos que hablar.

—Voy con vosotros —musitó Xavi.

Pero Asier no se movió. Sólo miraba a Martina, que seguía detrás de aquéllos, y, tras mirar a sus amigos, replicó:

—No sé de qué tengo que hablar con vosotros, pero antes quiero hablar con ella.

Martina, a quien las pulsaciones le estaban subiendo por segundos, al oír eso por fin soltó:

—Tú y yo no tenemos nada de que hablar.

Asier parpadeó, no podía creérselo, y negó con la cabeza.

—¿Cómo que no tenemos nada de que hablar?

—Pues no...

Sin apenas respirar, y con las pulsaciones a mil, él iba a añadir algo cuando María preguntó:

—Colega, ¿tú no estabas en Valencia?

Sin quitarle el ojo de encima a la mujer que lo tenía desconcertado, Asier afirmó:

—Sí. Pero tras hablar con Martina por teléfono, he sabido que tenía que regresar.

De nuevo todos se miraron desconcertados, y él, cada vez más cabreado, gruñó:

—¿Me puede explicar alguien qué ha ocurrido para que me miréis así y tú me estés diciendo que no tienes nada de que hablar conmigo?

La situación era desconcertante para todos; Martina le pasó la correa de *Johnny* a María, se soltó de su mano y, acercándose a Asier, lo empujó con todas sus ganas.

—¡Vete! —exclamó.

—¡¿Qué?!

—¡Vete de aquí!

—¡Martina! —gruñó Asier.

—¡Que te vayas o llamo a la policía! Vete y no vuelvas a acercarte a mí —insistió ella sin dejar de empujarlo.

Su gesto agresivo hizo que Carlos la sujetara, y la joven, soltándose de malos modos, insistió mirando a un descolocado Asier:

—Si querías asustarme, lo has conseguido. Pero, ¿sabes?, tu jueguecito se acabó. ¡Pinocho..., sé quién eres!

Al oír eso, la mente de Asier rápidamente hiló y preguntó alarmado:

—¿Qué ha pasado? ¿Alguien te ha hecho algo?

Martina dio un paso atrás para alejarse de él y, sacudiendo la cabeza, musitó:

—Qué falso eres.

—Martina...

—Y yo creyendo en ti...

Verónica intercambió una mirada con María, que sujetaba a un nervioso *Johnny*, e iba a intervenir cuando Asier, sin importarle nada, gritó:

—¡Por el amor de Dios..., Martina, ¿en serio me estás diciendo lo que creo? ¿De verdad piensas que yo soy esa persona que... que... te asusta?!

La joven, dándose la vuelta, miró a María, que como todos estaba descolocada, y dijo:

—Paso. No quiero hablar con él.

—Normal, tronca —afirmó su amiga.

—Tranquilízate —musitó Verónica apenada.

Asier dio entonces un paso adelante enfadado y, cuando iba a cogerla del brazo, Carlos lo retiró de un manotazo e indicó con gesto serio:

—Ni se te ocurra tocarla o tomaré cartas en el asunto.

Ambos se miraron a los ojos, estaba claro que los dos tenían sus razones para proceder así; entonces Marco, metiéndose entre ellos, soltó:

—¡Basta!

Martina, por su parte, cogió fuerzas, volvió a acercarse a Asier y, perdiendo los estribos, le gritó con toda la rabia que llevaba dentro. Lo hizo partícipe de lo ocurrido y de las conclusiones a las que había llegado y cuando, altamente alterada, calló, él musitó boquiabierto:

—¿En serio? ¿De verdad crees que yo...?

—Sí —lo cortó la joven con los ojos llenos de lágrimas.

Él dio entonces media vuelta y comenzó a caminar de un lado a otro desesperado. Aquello era surrealista y, mirándola de nuevo, gritó enfadado:

—Martina ¡pero ¿qué dices?!

—Lo que creo.

—Por favor, cariño, piénsalo bien. Yo...

—No sé por qué estás haciendo esto —lo cortó ella—. Sólo sé que quiero que te alejes de mí y me dejes en paz.

El numerito que estaban montando en medio de la calle estaba siendo considerable; la gente que pasaba se paraba a observarlos. De pronto, Martina, mirándole las manos, que aún seguían con los guantes de la moto puestos, exigió:

—Quítate los guantes.

—¡¿Qué?!

—¡Vamos, quítatelos! —insistió ella fuera de sí.

Asier, a quien el enfado ya lo estaba bloqueando, gruñó:

—¡¿Los guantes?!

—Sí —insistió ella.

Asier miró entonces a Marco y a Xavi, en los que veía una pizca de apoyo, y el primero indicó:

—Quítatelos.

Descolocado y enfadado, él obedeció. Tiró los guantes de cuero al suelo con rabia y preguntó:

—¡Hecho! ¿Y ahora qué?

De inmediato, todos miraron sus manos. No estaban para nada heridas. Los nudillos de ambas estaban perfectamente, no como los que la mujer de la floristería había descrito. Martina, al verlo, se sintió confusa y, aunque antes lo tenía todo claro como el agua, en ese momento todo cambió.

Angustiada, vio la expresión de Asier. Sus ojos desconcertados. ¿Era correcto lo que pensaba? O, por el contrario, ¿la desesperación le había hecho ver cosas donde no las había?

Las manos de Asier estaban perfectamente. Ni una magulladura, ni un roce, ni una herida, y la joven murmuró en un hilo de voz:

—Lo siento..., Asier. Lo siento...

Oír eso hizo que la tensión en el grupo de pronto se desinflara, y la joven, acercándose a un Asier al que aún le faltaba la respiración, insistió:

—Perdóname...

No hizo falta decir más. Él rápidamente la abrazó y, sintiendo cómo ella temblaba, murmuró mirando al resto de los amigos:

—Tranquila, cariño. Tranquila.

—Dios..., ¡me voy a volver loca!

Aterrado por lo que imaginaba, el recién llegado murmuró:

—Cariño, ahora mismo vamos a ir a la policía.

—Pero...

Asier, al ver el gesto de aquélla, sin dudarlo insistió:

—Lo primero es tu seguridad.

—Hay una comisaría a tres calles de aquí —los animó Marco.

—¡Podemos ir andando! —afirmó María asiendo la mano de su chico.

De nuevo Martina se negó, pero Asier, esta vez respaldado por todos, sentenció:

—Vamos a ir lo quieras o no.

Finalmente, todos se encaminaron hacia la comisaría. Al llegar, a excepción de Asier y de Martina, el resto se quedaron en la calle con el perro. Después de esperar su turno, un policía los atendió y, tras escuchar lo que Martina tenía que contar, les entregaron una hoja para que la rellenaran.

—Es ridículo —se quejó la joven—. ¿Has visto la cara del poli mientras se lo explicaba?

Asier no dijo nada y, aun pensando lo mismo que ella, indicó:

—Da igual. Rellenemos el parte.

Estaban rellenando los papeles apoyados en un mostrador cuando oyeron:

—¡Asier!

El aludido levantó la vista y sonrió cuando un tipo de su edad se le acercó.

—Pero ¿qué haces tú aquí? —preguntó.

El recién llegado y Asier se dieron un abrazo ante la mirada de Martina, y aquél, tras decirle algo a otro hombre que lo acompañaba, respondió:

—Mi compañero y yo nos ocupamos de un caso que nos trajo a esta comisaría. Pero llevo viviendo en Madrid hace ya cerca de año y medio.

—No lo sabía. Te hacía en Bilbao —musitó Asier. Y, al ver cómo aquél miraba a la joven que estaba a su lado, indicó—: Eneko, te presento a Martina, mi chica.

—Encantado —saludó él sorprendido al saber aquello.

—Lo mismo digo. —Ella sonrió.

—Martina, él es Eneko, un amigo de mi hermana Silvia y de la familia de toda la vida.

—Inspector Aguirre —dijo entonces una voz.

Al oírlo, Eneko se volvió y, tras coger unos papeles que un hombre le entregaba, miró a Asier y éste preguntó:

—¿Inspector?

El otro asintió.

—Ése es uno de los motivos de que me mudara a Madrid —dijo guiñándole un ojo—. Y..., bueno, ¿qué haces en la comisaría? ¿Te ha pasado algo?

Asier, viendo una posible ayuda en su amigo, respondió:

—A mí no. Pero a Martina sí.

Rápidamente Eneko los hizo pasar a una sala vacía. Allí, tras sentarse, la joven le contó todo lo ocurrido y, una vez que hubo acabado, el inspector dijo mirándolos:

—Entiendo vuestra desazón y vuestro miedo, pero, por la experiencia que tengo en este tipo de asuntos, si me dices que no tienes enemigos y que no estás metida en ningún lío, quien te acosa se cansará pronto, te lo aseguro. Por tanto, mi consejo es denunciar todo lo que te pueda volver a ocurrir, mantener los ojos bien abiertos y tranquilizarte. A ver, no os voy a mentir. Con lo que me cuentas no podemos abrir una investigación...

Martina resopló y, meneando la cabeza, susurró:

—Lo imaginaba.

—Pero, Eneko —insistió Asier indignado—, hay alguien acosando a Martina. ¿De verdad hay que esperar a que pase algo grave para abrir una investigación?

—Entiendo tu indignación, en serio, pero la burocracia es así —y, bajando la voz, añadió—: Rellenad el parte que el compañero os ha dado y entregadlo en recepción. Es bueno que la policía esté informada de estas cosas. Pero toma —dijo tendiéndole una tarjeta a Martina—. Ahí va mi teléfono personal. Llamadme si ocurre algo más.

—Gracias —musitó ella cogiéndola.

Tras despedirse de aquél y entregar el parte de incidencia, al salir de la comisaría Asier cogió con fuerza la mano de Martina.

—Y ahora, tranquila, vámonos —murmuró.

* * *

Media hora después, cuando el grupo llegó de nuevo al portal de la joven, Carlos se aproximó a Asier, que charlaba con Marco, y dijo:

—Te pido disculpas por lo de antes...

Asier lo abrazó sin dudarlo.

—No tengo que disculparte nada. Al revés. Te doy las gracias porque me has demostrado que eres un buen amigo de mi chica.

Carlos sonreía por aquello cuando de pronto apareció Julia, que saludó divertida:

—Hey, ¿la fiesta es en la calle?

Pero, minutos después, cuando todos subieron a casa de Martina y Julia se enteró de lo ocurrido, algo en su interior se resquebrajó. Le ocultaba algo a su hermana que ni ella misma entendía. ¿Debería saberlo también la policía? Mientras tomaba algo con el grupo no podía dejar de pensar en aquello que la atormentaba. Pensó en confesárselo a Martina, lo creía de verdad necesario, pero inexplicablemente se calló y no lo hizo. No se veía capaz.

Esa noche, tras acomodar a Verónica y a Xavi en una de las habitaciones libres de casa de Martina, Asier se quedó también a dormir. No quería alejarse de ella.

Capítulo 48

Al día siguiente, cuando Martina se despertó, estaba sola en la cama.

Echó un vistazo al reloj que tenía sobre la mesilla: las 10.12. Mirando el techo, pensó en lo ocurrido el día anterior. Sin duda se había asustado mucho.

Pero ¿cómo no asustarse ante algo así?

Suspirando, pensó en Asier y se sintió fatal.

¿Cómo podía haber desconfiado de él?

Estaba pensando en ello cuando la puerta entornada de la habitación se abrió y entró *Johnny*. Con una sonrisa, Martina acarició la cabezota de su perro, que rápidamente fue a recibir su beso de buenos días. En cuanto ella se lo dio con todo su cariño, oyó:

—¿Puedo pedir mi beso también?

Al mirar hacia la puerta, allí estaba Asier, tan guapo como siempre, apoyado en el quicio con una bandeja de desayuno.

La noche anterior se había negado a marcharse. No quería dejarla.

Martina se sentó entonces sonriendo en la cama e indicó con coquetería:

—Sí me traes café ahí, ¡por supuesto!

Feliz tras el trago sufrido el día anterior, él caminó hasta la cama. Allí dejó la bandeja que llevaba y Martina, al verla, afirmó:

—Café, zumito de naranja y magdalenas... ¡Creo que puedes pedir lo que quieras!

De nuevo él sonrió y, tras darle un dulce beso en la boca, *Johnny* salió de la habitación. Asier se sentó entonces en la cama, se recostó en el cabecero y repuso sonriendo:

—No me des ideas...

Ambos rieron por aquello mirándose a los ojos y ella, con necesidad de hacerlo, musitó:

—Siento mucho lo que ocurrió ayer.

—Tranquila.

—Lo sé. Pero me siento fatal. Desconfié de ti.

Asier asintió. Y, recordando la sensación pasada, indicó:

—La verdad, no es agradable sentirte el malo de la película sin serlo.

—Lo siento... De verdad que lo siento mucho.

Pero él, deseando quitarle importancia, se mofó:

—Nunca pensé que *Pinocho*, mi cuento preferido, me fuera a crear tan mala fama.

—Ay, Dios..., ¡me sabe fatal!

Sonriendo al ver cómo ella se tapaba la cara con las manos, intentó ponerse en su lugar.

—Te asustaste, cariño. Tuviste miedo y puedo entenderte.

—Soy una cagona. El valor no es mi fuerte.

—El miedo paraliza a cualquiera. No te martirices. —Asier sonrió.

Ella asintió. Él tenía razón, y, recordando algo, a continuación expuso mirándolo:

—Mi padre, que me conoce muy bien, siempre me decía que nunca debía permitir que el miedo me robara la sonrisa, los sueños y los momentos bonitos de la vida. Porque valiente no es el que no tiene miedo, sino el que lo vence.

—¡Estoy con tu padre! —asintió Asier—. Pero ayer tus miedos te cegaron y te hicieron creer que yo era un excelente candidato.

—Estoy avergonzada..., de verdad.

—Por suerte, todo se aclaró. Olvídalo.

—Ya. Pero necesito pedirte perdón una y mil veces.

Él sonrió y la besó en la cabeza.

—No hay nada que perdonar, cariño. Y, como te dije anoche, no me voy a separar de ti ni un segundo. Llamaré a mi hermano y le diré que no puedo ir a México.

Al oír eso, ella lo miró. Era consciente de que aquel viaje era importante para él y, negando con la cabeza, repuso:

—De eso nada. Ambos sabemos que tienes que ir. Debes recoger un premio junto a tu familia.

Asier negó, no pensaba separarse de ella; pero Martina, sentándose a horcajadas sobre él, insistió:

—Tienes que ir. Por favor, no me hagas sentir culpable de...

Él la besó. No quería que siguiera hablando y, cuando el beso acabó, la miró a los ojos dispuesto a cortar aquel tema y musitó:

—Dijiste que podía pedir lo que quisiera por haberte traído el desayuno, ¿verdad?

—Asier... —murmuró ella.

Pero él reiteró:

—¿Lo dijiste o no?

Finalmente, Martina sonrió y asintió.

—Entonces lo que quiero es que me hagas el amor, aquí y ahora —pidió Asier.

Sonriendo por la petición, Martina lo besó. El sexo con él era desinhibido e increíble. Y, dispuesta a darle aquello que le pedía y mirándolo con picardía, preguntó:

—¿Verónica y Xavi ya se han levantado?

Él asintió.

—Se han marchado hace un rato a dar un paseo. Estamos solos.

—Vaya...

Ese «Vaya...» hizo sonreír a Asier y ella, levantándose de la cama, fue hasta la puerta y, tras cerrarla, se apoyó en la madera y, con la seguridad que él le proporcionaba, dijo:

—Levántate de la cama.

Sin dudarlo, Asier obedeció y ella, acercándose, lo miró a los ojos y murmuró con mimo, tocándole la cintura:

—Entonces ¿quieres que sea... así?

Encantado al entender su propio lenguaje, él asintió. Y, notando cómo el vello de todo su cuerpo se erizaba, contestó:

—Quiero que seas muy... muy... así.

Martina besó con mimo aquellos labios que tanto deseaba mientras le desabrochaba el vaquero y metía las manos bajo los calzoncillos para acariciarlo y desnudarlo. Aquel juego entre ellos era loco y abrasador y cuando, segundos después, él estuvo desnudo del todo, ella lo sentó sobre la cama de un empujón. Con sensualidad, se quitó la delicada camisola rosa que llevaba para dormir y, cuando quedó únicamente en bragas delante de él, al ver cómo la miraba, pidió acercándose:

—Quítamelas.

Asier posó las manos en su cintura y sonrió. Con mimo, las bajó a continuación hacia su cadera para después agarrar las braguitas negras. Una vez que se las hubo bajado y ella sacó los pies, iba a decir algo cuando Martina murmuró sentándose a su lado:

—Chissss..., no digas nada.

Él la miró y ella, tumbándose en la cama, abrió las piernas y musitó:

—Vamos. Ahora se tú tan... así.

Asier tragó las emociones que se acumulaban en su garganta. Cuando Martina sacaba aquella faceta sensual lo volvía loco. Era puro morbo, pura magia, puro deseo, y, tumbándose sobre ella, la besó con ganas, deseo, necesidad..., locura.

Sintiéndose poderosa, a pesar de estar debajo de Asier, mientras lo besaba bajó la mano hasta el duro pene de aquél y, tras tocarlo, lo colocó en el centro de su deseo y, cuando sus bocas se separaron, ella levantó las caderas y se clavó en él. Él tembló, jadeó y, cuando vio que se recuperaba, ella exigió deseosa de sentir lo mismo:

—Ahora tú...

Sin hacerse esperar, Asier se movió. Se clavó en ella, y esta vez fue Martina la que tembló y jadeó. Aquel juego entre ellos lleno de morbo y lujuria era muy especial.

Olvidándose del mundo y de los problemas, con ganas y deseo, se poseyeron, se hicieron el amor. Y cuando el clímax se apoderó de ellos y quedaron extasiados y sudorosos tendidos sobre la cama, él murmuró:

—¿Por qué no te vienes conmigo a México?

Con la respiración todavía acelerada, Martina lo miró. Aquella proposición la había pillado por sorpresa y, sonriendo, preguntó:

—¿Te has vuelto loco?

—A mi familia le encantará conocerte. En especial a mi madre —se mofó él intuyendo su alegría.

Martina lo miró sin dar crédito. Veía demasiado precipitado hacer aquel viaje tan especial con su familia, y musitó:

—¡Ni borracha!

Los dos rieron por aquello, y Asier insistió:

—Yo pagaré tu billete y la estancia. Por eso no te preocupes.

Ella negó con la cabeza; Martina no tenía su mismo nivel adquisitivo.

—Como diría María —indicó—: tronco, ¿tú de qué vas? —y, agarrando un sobre que había encima de la mesilla, se lo enseñó y dijo—: Ya me has regalado este viaje por mi cumpleaños, ¿te parece poco?

Encantado con aquello, Asier la abrazó. La noche anterior, tras hacerle el amor y sentirla más tranquila y relajada, le dio su regalo: un viaje de una semana a Roma para los dos. Le encantó su reacción emocionada al ver el regalo y, sonriendo por aquel bonito recuerdo, preguntó:

—¿Te sigue haciendo ilusión el viaje?

—Mucha, ¡muchísima! —exclamó Martina—. Me apetece mucho conocer Roma contigo.

Ambos rieron, y ella, volviendo al tema anterior, insistió:

—En cuanto a lo de México, es un viaje familiar. Vais toda la familia a recoger un premio y yo allí no pinto nada.

—A ver...

—No. No voy a ir —sentenció—. Pero tú sí. Y, si no vas, te juro que me enfadaré mucho contigo y esto marcará un antes y un después en nuestra relación, y no precisamente para bien. Para tu familia siempre seré la que te impidió estar con ellos en México. No..., no quiero cargar con eso de ninguna manera. Por tanto, vas sí o sí. No hay otra opción.

Asier la miró; escuchar sus deliberaciones le hacía gracia.

—De verdad, cielo —repitió ella—, para mí es importante que vayas a ese viaje y recojas ese premio junto a tu familia. Si no vas por mi culpa, me conozco y sé que no me lo perdonaré en la vida.

Él suspiró. Sabía que tenía razón, pero insistió:

—No quiero dejarte sola. Estaré intranquilo.

—Tengo el teléfono de tu amigo el inspector.

—Aun así —repuso Asier.

Ver cómo se preocupaba por ella a Martina le encantó. Le gustaba sentir la protección que Asier siempre le ofrecía, e, intentando buscar una solución para que él se marchara más tranquilo, indicó:

—Verónica lleva tiempo diciéndome que me vaya con ella unos días a Mérida. Y..., mira, ¡estoy de vacaciones y creo que puede ser una buena idea! Mientras tú estás con tu familia en México recogiendo el premio, yo puedo irme con ella. ¿Qué te parece? ¿Eso te dejaría más tranquilo?

Asier la miró. Lo que más tranquilo lo dejaría sería que Martina no se alejara de él. Pero, entendiendo que meterla en un viaje familiar podía ser un poco violento para ella, aseguró:

—Sí. Sin duda me dejaría más tranquilo.

Encantada, la joven lo besó y, cuando sus bocas se separaron, Martina afirmó:

—Pues tema solucionado. Cuando vengan Xavi y Verónica, se lo comento.

Y así fue. Cuando la pareja llegó de su paseo, se lo dijo a su amiga y ésta saltó de alegría al saberlo. Sería genial enseñarle Mérida.

Capítulo 49

Días después, el episodio de las flores todavía no estaba olvidado, pero Martina ya no lo vivía con la misma angustia. Haber hablado con Eneko la había tranquilizado, a pesar de que no les había dado ninguna solución.

Asier, por su parte, intentaba dejarla sola lo menos posible. Su grado de protección hacia la joven era tal que ésta, mofándose, lo llamaba «papá». Asier se preocupaba por todo, y todo cuanto hiciera por ella le parecía poco.

Entre todos los amigos trataron de no dejarla sola ni un segundo. Cuando se marchaba uno, aparecía otro, y en ocasiones Martina se agobiaba. Necesitaba su espacio personal. Algo que, sin duda, había perdido.

María fue a buscarla a su casa en su coche y, mientras cantaban a pleno pulmón *Creep*, su canción preferida de Radiohead, se dirigieron hacia su restaurante favorito.

—Como dice la canción, tronca, ¡tú eres jodidamente especial!

—¿Desde cuándo sabes tú lo que dice esta canción, si es en inglés?

María sonrió.

—Desde que Marco me lo contó —se mofó, haciendo reír a su amiga.

Tras dejar el coche aparcado, cogidas del brazo caminaron hasta el restaurante. Al llegar, Gregorio, el camarero, como siempre les sonrió y, guiñándoles el ojo, les indicó que podían sentarse donde quisieran.

Veinte minutos después, después de pedir sus platos preferidos, Gregorio comenzó a llenarles la mesa. Estaban comiendo cuando María empezó a decir:

—Luego, cuando te acompañe a tu casa...

—¡Ni de broma! No me vas a acompañar.

—¡Martina!

La aludida la miró con seriedad.

—Vale. Entiendo lo que quieres decirme, pero haz el favor de entender tú que yo también necesito mis momentos de soledad. ¡Joder, necesito mi espacio!

Su amiga resopló. Sus amigos habían decidido no dejarla un segundo sola, pero Martina protestó:

—Ayer tuve que discutir con Asier para salir al súper sola a comprar unas cosas. Por tanto, si tengo que discutir contigo para regresar sola a mi casa, lo haré, ¿te queda claro?

María asintió. En el fondo, la comprendía, y, suspirando, musitó:

—Vale, tronca.

La comida continuó y, con ella, sus múltiples temas de conversación; tras hablar de los inminentes viajes de Asier a México y de ella a Mérida, María preguntó:

—Entonces ¿no me quedo a *Johnny* la semana que viene?

—No.

—¡Joooooooo! —protestó con cariño.

Adoraba a *Johnny*, le encantaba quedarse con él, y Martina indicó:

—En esta ocasión se quedará con Julia, que, a raíz de todo esto, ahora duerme en mi casa... ¡Qué agobio, por Dios! Me siento observada las veinticuatro horas del día.

María asintió.

—Vale. Lo acepto. Aunque también te diré que me da rabia no poder irme con Verónica y contigo. Pero mis vacaciones no comienzan hasta el jodido 1 de agosto y para ese día ya estás tú de vuelta —y, mofándose, cuchicheó—: ¡Joder, tronca! Qué tonta fui... Debería haber estudiado Magisterio como tú para así tener más tiempo de vacaciones.

Ambas rieron por aquello, y a continuación María indicó:

—Para la escapada tuya a Roma con Asier, si quieres que me quede con el Mastodonte, no tienes más que decírmelo, ¿vale?

—Vale.

—Por cierto, el colega se curró el regalo. Menudo detallazo.

Martina sonrió. Ella también lo pensaba, y afirmó:

—Es un detalle precioso.

—¿Y Sagrarito lo sabe?

María llamaba así a su madre. Y, divertida, Martina preguntó:

—¿El qué? ¿Lo de Asier? ¿Lo del viaje? ¿Lo del loco?...

Su amiga rio.

—Lo del loco sé que no. Me refiero a lo del viaje. Porque cuando se entere de que te piras a Roma en vez de irte a Consuegra, creo que te la va a montar.

Martina asintió. Su madre esperaba verla en sus vacaciones en el pueblo como los últimos años. Desde que murió Miguel, sus vacaciones habían sido así, pero su situación había cambiado. Y, aunque le encantaba regresar al pueblo y pasar unos días allí con sus padres, los vecinos y sus amigos de siempre, ahora Asier formaba parte de su vida.

—En cuanto a Asier, no sabe nada —repuso encogiéndose de hombros—. Ya la conoces, me haría un tercer grado y, la verdad, ¡no me apetece nada! Y sobre el viaje, tendrá que entenderlo. Le diré que me voy con una compañera del colegio y así no preguntará en exceso. Luego, cuando regrese de Roma, me iré unos días al pueblo con ellos. Y Marco..., ¿cuándo tiene él vacaciones?

Al pensar en aquél, María sonrió de tal manera que a Martina la emocionó, y respondió:

—El colega las tiene a partir del 10 de agosto. Hemos pensado bajarnos al sur unos días. Ya sabes... Sol. Playa. Chupitos. No sé..., ya te contaré.

Martina, al ver la sonrisa de su amiga, preguntó cogiendo una croqueta:

—Últimamente estoy tan centrada en todo lo que me ocurre que apenas te pregunto por ti y por lo tuyo con Marco.

Al oírla, María la miró y, riendo, cuchicheó:

—Pues la palaba exacta para decirte cómo estamos es ¡dabuten!

Ambas rieron de nuevo, y María continuó:

—A veces pienso cómo he tenido tanta suerte de conocer a un tipo así...

—O él de conocer a una chica como tú...

—También es verdad, ¡soy una joyita! —María rio.

Divertidas por aquello, dieron un trago a su bebida y esta última prosiguió:

—Marco no es machista, celoso ni controlador. En el día a día nos entendemos muy bien. Ni él exige ni exijo yo. Ambos respetamos nuestra independencia, y si estamos juntos es porque queremos. Me aplaca cuando me altero y me mima cuando me ve de bajón. ¿Y sabes lo mejor?

—¿Qué?

—Que le encantan mis asquerosos *quemarrones* con tomate.

Al oír eso, Martina soltó una risotada, y María musitó:

—Dicen que el amor te encuentra cuando estás listo, por tanto, colega, ¡he de estar lista! Porque me mola..., le molo... Estamos bien juntos. Nos divertimos en la cama, fuera de ella. Y cuando me dice que se colgó de mi sonrisa aquel día en la gasolinera, ufff..., ¡tronca, lo que me entra por el cuerpo! Por lo que, sí, lo confirmo. Aquí la macarra de barrio está pillada hasta las trancas de un tipo estupendo. Pero no se lo digas..., no sea que se lo vaya a creer.

Encantada al oír eso, Martina la abrazó y, cuando se separaron, musitó:

—Parece que por primera vez en mucho tiempo a ambas nos va bien en el terreno sentimental.

—Pues sí, Martina..., eso parece. Así que disfrutémoslo a tope y, recuerda, las malas lenguas hablan..., pero las buenas dejan las piernas temblando.

—¡Maríaaaaaaaaaaa! —Aquélla rio escandalosamente al oírla.

Capítulo 50

Esa tarde, tras despedirse de María en la puerta del restaurante, Martina se fue a casa para ducharse siendo consciente de cómo su cuerpo y todos sus sentidos estaban alertas mientras caminaba sola por la calle.

—¡Martina!

Al oír su nombre se volvió rápidamente y sonrió al encontrarse con Enrique. Como siempre, aquél estaba guapísimo, con su pelo claro y largo suelto.

—Pero qué alegría encontrarme contigo —exclamó acercándose a ella.

La joven lo abrazó feliz, se dieron dos besos y luego preguntó:

—¿Qué haces tú por mi barrio?

Enrique, que llevaba una bolsa, enseñándosela musitó:

—Es el cumpleaños de mi madre. Aquí hay una tienda de cositas que le gustan mucho y he decidido venir a comprarle algo.

Sonriendo, se miraron. No habían vuelto a verse tras el día del beso, y Martina, notando el apuro en su mirada, declaró:

—Por mí ya está olvidado.

Enrique asintió agradecido.

—Gracias.

Encantada con aquel encuentro fortuito, la joven preguntó a continuación:

—¿Qué tal por Londres?

—Muy bien.

Y, deseosa de charlar con él y olvidarse por un rato del psicópata que la perseguía, vio que allí cerca había un bar con una bonita terraza y propuso:

—¿Nos tomamos algo?

Enrique sonrió encantado.

—¡Genial!

Tres horas después, tras despedirse de él, Martina prosiguió contenta hacia su casa. Haber visto a Enrique le había gustado, y más aún saber que lo ocurrido aquel día ya estaba aclarado y olvidado.

Al entrar en casa, antes de saludar a *Johnny*, rápidamente cerró la puerta y echó una doble vuelta de llave. Desde el día de su cumpleaños, ese gesto tan simple le proporcionaba seguridad.

En cuanto se duchó, mientras esperaba a que Asier fuera a buscarla para sacar a *Johnny* y salir luego a cenar, llamó a sus padres. Como siempre, Martín y Sagrario estaban bien, y la joven rio cuando su madre le contó los últimos cotilleos del pueblo.

Después de colgar, se asomó a la ventana. Desde allí se veía un precioso atardecer y a la gente caminando tranquilamente por las calles de Madrid. Estaba mirando el paisaje cuando recibió un mensaje en el móvil. Era Asier, indicándole que iba con retraso y tardaría una hora en llegar.

Más tarde, sonó el teléfono de nuevo. Era Julia, desde su trabajo.

—Hola, tata.

—Hola.

—Oye..., esta noche Asier dormirá contigo en casa, ¿verdad?

—Sí. ¿Por qué?

—Porque entonces yo me desmarco. Tengo planes.

Eso hizo sonreír a Martina, que rápidamente preguntó:

—¿Planes interesantes?

—Sí.

—¿Con ese al que ni me has presentado y del que ni siquiera sé su nombre?

Julia, al entender que hablaba de Dage, respondió:

—Pues no. No es con ése.

—¿Ya no estáis juntos?

—Nunca hemos estado saliendo de la manera que tú crees.

—Julia...

—A ver, tata, lo de Rubén y...

—¡¿Rubén?! ¿Así se llama?

Julia soltó una carcajada. Se le había escapado su nombre, e indicó consciente de la realidad:

—Valeeeeeeee. Sí, se llama Rubén. Pero entre nosotros sólo hay colegueo con derecho a roce y lo que nos apetezca. Ya sabes que a mí lo serio no me va.

—Pues pensé que éste te gustaba.

—Me gustaba como me gustan muchos otros.

Martina asintió. Estaba claro que ambas hermanas tenían un concepto diferente en lo que a las relaciones se refería, y preguntó:

—¿Y el de esta noche cómo se llama?

—Ismael, y está buenísimo.

Finalmente Martina asintió y musitó:

—Ten cuidado, Julia, por favor.

La aludida asintió, sabía por qué se lo decía, y, segura, repuso:

—Tranquila, tata..., tranquila.

Una vez que la conversación terminó, Martina pensó en lo diferentes que eran ella y su hermana y suspiró. Sólo esperaba que Julia nunca tuviera que pasar por lo que ella estaba pasando.

Vestida y aburrida, miró a *Johnny*. El pobre, desde lo sucedido el día de su cumpleaños, salía menos que nunca a la calle. Sus miedos y sus inseguridades se lo impedían, y resopló. Vivir así no era vivir, por lo que, recordando lo que su padre siempre le había dicho en lo referente a la valentía, y dispuesta a retomar su vida y a dejar los miedos a un lado, cogió la correa, las llaves de la casa y decidió sacar al perro.

Caminó por la calle observando con ojo atento todo a su alrededor. Aunque trataba de ser valiente, una parte de ella seguía temerosa, pero siguió adelante. Llegó hasta el parque de El Retiro, donde se encontró con los dueños de otros perros a los que ya conocía, y durante un rato disfrutó de su compañía.

Poco después, Martina regresó a su casa sonriente y feliz y, tras cerrar la puerta de la calle, se sintió bien. Eso era lo que necesitaba, normalizar su vida.

Cuando Asier llegó y se enteró de aquello, se preocupó. A pesar de que la policía les había dicho que debían estar tranquilos, porque seguramente las amenazas recibidas se quedarían en nada, saber que Martina había estado sola por las calles no le gustó, pero no le dijo nada. Tampoco quería agobiarla.

Tras cenar algo en un bonito restaurante que habían abierto cerca de la plaza de España, Asier y ella subieron caminando con tranquilidad hasta llegar a Rosales. Allí se sentaron en una terracita a tomarse algo, mientras charlaban sobre su futuro viaje a Roma. Ambos estaban emocionados.

En un momento dado, el teléfono de Martina sonó y, respondiendo, dijo:

—¿Dígame?

—Martina...

Parecía su hermana. Pero la voz sonaba muy lejos y, tapándose el otro oído para oír mejor, preguntó:

—Julia, ¿eres tú?

Silencio. El teléfono móvil parecía haberse quedado muerto, y oyó muy bajito:

—Martina..., ven a buscarme. Estoy asustada.

Eso lo oyó perfectamente. Parecía su hermana. Y, levantándose de la silla ante la atenta mirada de Asier, preguntó alterada:

—Julia..., Julia, ¿qué pasa? ¿Dónde estás?

Se oyeron ruidos que Martina no identificó.

—Estoy en...

La comunicación se cortó. Número oculto. El miedo se apoderó de ella, y exclamó:

—¡Julia..., Julia...!

Asier, sin entender qué ocurría, la agarró para que lo mirara y ella musitó:

—Era Julia. Me ha dicho que estaba asustada y que fuera a buscarla...

Asier asintió e intentó tranquilizar a su chica, pero ésta insistió:

—¿Dónde..., dónde la busco?

—¿Sabes con quién está?

Recordando la conversación telefónica que habían mantenido horas antes, Martina balbuceó:

—Me... me ha dicho que había quedado con un tal Ismael.

—Llámala a su móvil.

Sin dudarlo, y con manos temblorosas, la joven la llamó, pero el teléfono de aquélla sonaba y sonaba y no lo cogía.

—Vamos —indicó Asier—. Vayamos a la policía.

Con el corazón a mil, se dirigieron a la comisaría. Allí, siguiendo los consejos de Eneko, contaron lo ocurrido y, cuando Martina exigió que la ayudaran a encontrar a su hermana, los agentes les indicaron que incluso para denunciar su desaparición debían esperar un determinado número de horas.

De los nervios y furiosa, Martina salió de la comisaría y Asier afirmó decidido:

—Llamaré a Eneko.

Mientras caminaban por la calle, ella lo oyó hablar por teléfono con aquél, y cuando colgó, indicó agarrándola de la mano:

—He quedado con él en tu casa.

Veinte minutos después, cuando llegaban, *Johnny* salió a recibirlos. Pero Martina estaba nerviosa, muy nerviosa, y Asier, sentándola en el sofá, dijo:

—Voy a prepararte una tila.

—Llamaré a Julia otra vez —murmuró con el corazón a mil.

En esta ocasión, según lo hizo, Martina oyó rápidamente el sonido de un teléfono no muy lejos de ella. Saltando por encima del sofá, corrió por el pasillo seguida de Asier, y cuando entró en la habitación donde dormía su hermana, encontró el teléfono móvil bajo un montón de ropa que había sobre una silla.

Asier y Martina lo miraban cuando de pronto oyeron un ruido procedente de la entrada. A toda prisa, salieron de la habitación y se encontraron a Julia, que entraba en la casa.

De inmediato, Martina corrió hacia ella para abrazarla.

Al ver aquello, Julia sonrió y, mirando a Asier, se mofó:

—Ostras, ¡qué buen recibimiento!

Hecha un manojo de nervios, Martina se apartó de su hermana y comenzó a decir:

—Te he llamado al móvil..., no lo cogías y...

—Sí..., joder, ¡lo perdí ayer! —protestó aquélla—. ¿Qué te pasa?

Asier y Martina se miraron al oír eso, y el primero explicó:

—Tu móvil está en la habitación.

—¡¿Qué?! —preguntó ella sorprendida—. ¿Dónde?

—En la silla. Debajo de tu ropa.

Boquiabierta, Julia asintió, y su hermana, que no podía dejar de temblar, puso las manos sobre su rostro y preguntó:

—¿Estás..., estás bien?

Julia, a la que la alegría que llevaba se le estaba desvaneciendo por segundos, asintió y preguntó:

—¿Qué te pasa?

Sin poder responder a aquella pregunta, Martina se llevó las manos a la cabeza, y Julia susurró mirándola:

—Creo que me estoy perdiendo algo y me gustaría saber qué es.

Rápidamente, una temblorosa Martina le contó lo ocurrido, pero entonces el sonido del portero automático los sobresaltó. Asier, acercándose a él, miró la pantalla y anunció:

—Es Eneko.

Martina asintió y, entrando con su hermana en el salón, se sentó en el sofá y aquélla preguntó:

—¿Quién ha dicho que es? *¿Muñeco?*

—Eneko —aclaró—. Un inspector de policía amigo de Asier.

Julia asintió y la abrazó.

—Tata, tranquilízate —murmuró—. Estoy bien.

Aquélla, tragándose las lágrimas, asintió y aseguró:

—Era tu voz, Julia..., era tu voz.

Abrazando a su hermana, Julia la besó con cariño y musitó:

—Estoy bien. Estoy aquí. Tranquilízate.

Martina asintió. Por suerte, todo había quedado en un susto y, como no deseaba parecer una maldita llorona, se secó las lágrimas y preguntó:

—¿No habías quedado con un tal Ismael?

Julia suspiró.

—¿Te puedes creer que me he dejado las llaves de mi casa aquí?

Sorprendida, Martina la miró y aquélla, bajando la voz, explicó:

—Ismael me está esperando abajo.

Martina asintió y entonces oyó voces en la entrada. Segundos después, Asier y Eneko entraron en el salón y el primero dijo:

—Eneko, a Martina ya la conoces. Ella es Julia, su hermana. Julia, te presento al inspector Eneko Aguirre, un amigo.

Eneko y ella se miraron; a continuación, él asintió con gesto serio y la joven soltó:

—¿Por qué todos los inspectores de policía tenéis esa pinta de aburridos?

Al oír eso, Martina miró a su hermana y aquélla aclaró:

—No me mires así. Seguro que tú también lo piensas.

Martina no respondió, pero Eneko dijo:

—Señorita, ¿eso he de tomármelo como una ofensa?

Julia lo miró. Aquel tipo, que debía de ser al menos diez años mayor que ella, de traje oscuro, corbata y camisa gris, no estaba mal físicamente, y al ver cómo la miraba, replicó:

—Más bien.

Asier y Martina se miraban sin dar crédito cuando Eneko, sonriendo y sin apartar la mirada de aquélla, preguntó:

—¿Se puede saber a qué viene tanta animadversión?

Sorprendida, la joven parpadeó. Esa sonrisita ladeada... ¿Acaso estaba ligando con ella? Y respondió:

—No me van los policías.

—¡Julia! —la regañó Martina sorprendida.

Pero Eneko sonrió. La hermana de aquélla era una descarada, y a continuación la oyó preguntar:

—¿Cómo ha dicho Asier que te llamas? ¿Muñeco?

El inspector dejó de sonreír. Aquélla era una listilla, como tantas otras de su edad, a la que había que bajarle los humos, y recalcó:

—Eneko Aguirre. Para usted, inspector Aguirre.

Complacida al ver que lo había molestado, Julia insistió:

—¿De dónde has sacado semejante nombrecito?

—Soy vasco —aclaró él con firmeza.

—Como yo —finalizó Asier algo molesto con la situación.

Julia asintió, y, al sentir la mirada de reproche de su hermana, declaró:

—Cojo el móvil, las llaves y me piro.

Pero, cuando iba a moverse, Eneko se colocó delante de ella y preguntó:

—Señorita, ¿usted es la hermana de Martina y se llama Julia?

Molesta por el modo en que aquél mantenía las distancias y le impedía marcharse, replicó:

—Sí. Pero, para usted, señorita Sánchez.

—¡Julia! —protestó Asier.

A continuación, tras pedirle a su amigo tranquilidad con la mirada, Eneko señaló un sillón e indicó:

—Pues, si no le importa, señorita Sánchez, necesito que se siente ahí.

Enfadada, ella iba a protestar pero él insistió:

—Supuestamente, quien ha llamado a su hermana ha dicho que era usted.

Al oír eso, Julia miró a Martina y gruñó:

—¡Pero yo no he sido!

—Lo sé..., lo sé... —afirmó Martina.

De nuevo, Julia lo miró y, cuando iba a quejarse, él sentenció:

—Por eso, porque usted no ha sido, necesito que se quede aquí.

—¡Joder! —se lamentó—. Me están esperando en la calle.

Saber eso atrajo la atención de Eneko, que, sacando un bloc de su bolsillo y un bolígrafo, preguntó:

—¿Quién la espera?

Julia abrió la boca molesta y, cuando iba a decir una de las suyas, Martina, adelantándose, respondió:

—Ismael.

—¿E Ismael es...?

Julia resopló, pero finalmente indicó:

—Un amigo. Me he dejado las llaves de mi casa aquí y he venido a recogerlas.

El policía asintió e, ignorando el malestar de la joven, insistió:

—¿Hay algo que crea que debe comentarnos?

—¿De quién? ¿De Ismael? —preguntó sorprendida.

Eneko, a pesar de la gracia que le hacía aquella joven, no sonrió e indicó:

—De él, de usted... De algo que últimamente haya pasado en su vida y sea destacable...

Al oír eso, Julia pensó en aquello que callaba. Sabía que debía contarlo, pero negó con la cabeza.

—Pues no —aseguró—. Nada destacable.

—¿Qué edad tiene usted?

Julia miró a su hermana y, al ver su mirada, respondió:

—Veintiocho. —Y, sin poder callarse, manteniendo las distancias, preguntó—: ¿Y usted?

Eneko la miró. No tenía por qué contestar a aquello, pero dijo:

—Cuarenta y dos.

Julia asintió y el inspector, ignorándola, se centró de nuevo en Martina.

* * *

Veinte minutos después, una vez que la joven explicó todo lo ocurrido, Eneko cerró su bloc e indicó:

—Hicisteis bien yendo en su momento a la policía. Todo suma a la hora de abrirse un caso.

Asier, que estaba sentado junto a Martina, asintió; Julia se levantó y dijo, manteniendo las distancias con aquél:

—Una vez aclarado todo, ¿le importa al señor inspector Aguirre si me marcho?

Eneko la miró y, sin prestarle excesiva atención, indicó:

—Puede marcharse, señorita Sánchez.

Rápidamente Julia fue hasta la habitación seguida por *Johnny*. Allí cogió las llaves y, al ver el móvil, se sorprendió. No recordaba haberlo dejado en la silla, pero, sin querer pensar más, le dio un beso al perro en la cabeza y gritó desde la puerta:

—¡Adiós, Martina!

Cuando se oyó la puerta que se cerraba, la joven se dirigió al inspector:

—Disculpa a mi hermana.

—Tranquila. —Él sonrió—. Por mi trabajo estoy acostumbrado a despertar más rechazo que simpatía. Digamos que la generación de tu hermana ve a la policía como al enemigo.

Los tres sonrieron por aquello, y Asier preguntó:
—¿Quieres tomar algo?
Eneko asintió y afirmó:
—Como ya no estoy de servicio..., ¿una cervecita?
—¡Perfecto!

Capítulo 51

Cuando Asier se fue a la cocina a por las bebidas, Eneko, mirando a la joven, que besuqueaba a su perro, comentó:

—Tienes una buena protección con él.

Martina asintió e, intentando sonreír, indicó:

—Creo que sí, aunque si alguien pone cortezas de cerdo delante de él..., ¡se pierde!

Divertido, aquél se agachó. Los animales le encantaban, y cuando *Johnny* se acercó a él, lo acarició con cariño y murmuró:

—Muy mal, chaval. Las cortezas de cerdo no son buenas para ti.

Martina sonrió al oír eso y Eneko, incorporándose, preguntó:

—¿Tienes un ordenador desde el que pueda enviar un email?

Rápidamente Martina fue en busca del portátil y él, mirándolo, afirmó:

—Qué buen bicho tienes.

—Fue un regalo de un amigo.

Sorprendido por oír aquello, Eneko sonrió.

—Amigos así quiero yo para mí.

Ambos rieron de nuevo, y luego él preguntó:

—¿Entiendes de informática?

—Nada de nada. Sé lo básico y poco más.

Eneko asintió y, cuando ella le entregó el ordenador, la vio alejarse para dejarle intimidad.

Una vez que Eneko acabó y cerró el programa de correo, fue hasta donde estaban aquéllos y, gustoso, bebió de su cerveza. Durante un rato charlaron los tres, hasta que Asier y él comenzaron a hablar de sus cosas. Por ello Martina, acercándose al ordenador, que estaba encendido, lo miró. Llevaba siglos sin chatear. Desde que su relación con Asier había empezado, como siempre estaban juntos, ya apenas se metía en el chat.

Estaba pensando en ello cuando se fijó en que en su bandeja de entrada tenía varios emails. Sin dudarlo, se acomodó delante del portátil y, tranquilamente, los fue abriendo todos hasta que llegó a uno de hacía casi una semana, con un archivo adjunto, y cuyo asunto decía: «Tú destruiste mi amor, yo destruiré los tuyos».

Según leyó eso, dio un respingo hacia atrás y, levantándose de la silla, musitó:

—Asier... Eneko...

Éstos, que charlaban junto a la ventana, la miraron de pronto. Su gesto había vuelto a cambiar. Estaba aterrorizada, con la vista fija en la pantalla del ordenador. De inmediato se acercaron para ver lo que aquélla miraba; Eneko movió el ratón y preguntó, llevándolo hasta el archivo adjunto:

—¿Te importa si lo abro?

Martina negó con la cabeza y, según él lo abrió, dio un paso atrás. Era una fotografía de ella con sus padres y su hermana, cortada en pedazos y salpicada de algo rojo que parecía sangre.

—Pero ¿quién demonios te manda esto? —murmuró Asier.

Con el corazón a mil, Martina no podía apartar la mirada de la imagen.

—Son... son mis padres y mi hermana... —susurró con un hilo de voz.

Eneko y Asier se miraron. Aquello no pintaba nada bien.

Estaba claro que quien fuera la persona que asustaba a Martina quería aterrorizarla, y Asier, cogiendo un disquete virgen del cajón, se lo entregó al inspector. Sin hablar, Eneko lo grabó y, en cuanto terminó, se apuntó la dirección del email y dijo:

—Lo incluiré en el caso.

Aterrada, Martina no se movía, y Eneko añadió mirándola:

—Hay que mantener la calma, ¿vale?

Ella asintió y él, acostumbrado al trastorno que podía originar algo así en la vida de una persona, continuó:

—Tranquilízate y llama a tus padres. Si ellos no te comentan que sus vidas han cambiado en algún aspecto, ni una palabra de esto. Yo mientras tanto localizaré a tu hermana. Dame su número de teléfono.

Intentando no alarmar a sus padres, Martina los llamó. Habló con ellos unos segundos y se serenó al ver que estaban tranquilos y bien. Por su lado, después de que Asier le diera el teléfono de Julia, Eneko la llamó.

Un timbrazo. Dos. Tres y, al cuarto, oyó:

—¿Sí?

—¿Julia?

Al no reconocer la voz, ella repitió:

—Sí. ¿Quién llama?

—Al habla el inspector Aguirre.

Al oír eso, ésta se mofó sonriendo:

—¿El muñeco?...

Él cerró los ojos. Estaba más que harto de aquella bromita tonta, e, ignorándola, prosiguió:

—Señorita Sánchez, ¿dónde está?

Julia, que había llegado a su casa, y estaba con Ismael sentada en el sofá, respondió:

—¿Por...? ¿Qué pasa?

Consciente de que o la alarmaba o aquélla se volvería insufrible, él respondió:

—Ha ocurrido algo y...

—¿Que ha ocurrido algo? ¿Y mi hermana? ¡¿Martina está bien?!

Había conseguido llamar su atención, y ahora, intentando suavizar el momento, respondió:

—Tranquilícese. Su hermana está bien. ¿Dónde se encuentra usted?

Mirando a Ismael, que no entendía nada, Julia rápidamente respondió:

—En mi casa.

—¿Acompañada?

Sintiendo de pronto un poco de yuyu, la joven miró a Ismael y afirmó:

—Sí.

—¿Es de fiar su acompañante? —preguntó Eneko a continuación.

Incapaz de responder aquello delante de aquél, ella se levantó y, entrando en la cocina, cuchicheó:

—Pues creo que sí.

—¿Lo cree o lo sabe?

—Lo creo... Lo conozco de hace dos días.

Él asintió, comprendía la situación, e indicó:

—Mantenga la calma y enseguida iremos a su casa a buscarla.

Dicho eso, colgó y, tras ver que Asier y Martina lo miraban, aclaró:

—Está en su casa. Vayamos a por ella.

Veinte minutos después, los tres entraban con la llave que Martina tenía en el lujoso portal de Julia, y Eneko, sorprendido, comentó:

—Debe de ser caro vivir aquí...

Martina, que en ese instante llamaba el ascensor, se apresuró a responder:

—Un amigo se lo dejó a muy buen precio.

Eneko asintió y entonces, recordando algo, musitó:

—Qué buenos amigos tenéis.

Una vez que entraron en casa de Julia y vieron que aquélla se encontraba bien, Ismael se sorprendió al ver la placa policial de Eneko. Acelerada, Martina le contó lo ocurrido a su hermana mientras a ésta la cara le iba cambiando de color.

A continuación, la joven recogió un par de cosas y se despidió de un Ismael que no entendía nada, y luego regresaron a casa de Martina. Allí, cogieron a *Johnny*, algo de ropa para Martina, y, después, Eneko los llevó a casa de Asier. No debían quedarse allí.

Capítulo 52

Al día siguiente, tras una noche complicada para dormir, Asier y Martina acompañaron a Julia al trabajo. Allí estaría protegida. Al levantarse, él había llamado a Carlos para ponerlo sobre aviso. Necesitaban de su colaboración para tener controlada a la joven. Y Asier se ocuparía de no perder de vista a Martina.

Julia, por su parte, durante la mañana telefoneó varias veces a su hermana para saber que estaba bien. También llamó a sus padres, pero en ningún momento les dijo lo que ocurría. Oír sus voces y notarlos tranquilos y felices le cargaba las pilas. Unas pilas que segundos después se le descargaban al pensar en lo que ocultaba...

¿Sería el hombre que los había recogido a ellos en la estación de Atocha el loco que atormentaba a su hermana?

Debía contarlo. Sabía que tenía que hacerlo, pero, inexplicablemente, callaba.

Por su parte, Martina no paraba de darle vueltas a la rocambolesca situación. Estaba sola en la bonita casa de Asier porque éste había bajado a *Johnny* un momento a la calle, y su mente no paraba de pensar: «¿Quién eres?... ¿Quién eres?». Y sobre todo: «¿Por qué?».

Volvió a recordar lo que ponía en el email: «Tú destruiste mi amor, yo destruiré los tuyos».

Pero ¿a quién había destruido ella?

Con la cabeza llena de cientos de preguntas sin respuesta, pensó en la foto de familia.

¿Cómo habría llegado aquella instantánea hasta el desconocido?

Era del verano anterior. Sus padres, Julia y ella se habían hecho la foto en la plaza Mayor de Consuegra un precioso día, tras tomar un café en el bar de Celestino, un amigo de su padre.

La fotografía salió tan bien y gustó tanto que Martina sacó tres copias. Una para sus padres, otra para Julia y otra para ella.

Debía regresar a su casa y comprobar que la suya seguía en el álbum de fotos.

Y, dispuesta a saber que las otras dos copias estaban a buen recaudo, cogió el teléfono y llamó a sus padres. Sabía que probablemente Julia los habría llamado, pero sentía la necesidad de hablar con ellos para saber que estaban bien.

Tras dos timbrazos, Martina oyó la voz de su madre.

—¿Dígame?

—Hola, mamá —saludó intentando que su voz sonara animada.

Sagrario, que acababa de fregar el suelo, le contestó con alegría:

—Pero bueno..., pero bueno..., pero bueno, Martina, hermosa. Hoy es el día de las llamadas, también ha llamado Julia.

Sonriendo por la felicidad que sus llamadas provocaban en su madre, la joven musitó:

—Vaya, no me digas..., qué coincidencia.

—Y tú llamando dos días seguidos... ¿Estás bien?

Al oír eso, Martina suspiró, su madre siempre lo analizaba todo al dedillo, y, mintiendo, respondió:

—Ay, mamá. Cualquiera que te oiga pensará que no te llamo.

—Dos días seguidos..., pocas veces —insistió aquélla.

Sin querer entrar en aquello con su madre o saldría perdiendo, a continuación preguntó:

—¿Y papá?

Sentándose en la mecedora que tenía bajo la ventana, Sagrario tomó aire y explicó:

—Está en *ca* Marcial. Al parecer, Angelillo, su hijo, se quiere comprar un tractor, y como sabe que tu padre entiende, pues ahí están hablando.

—Pues mira qué bien, mamá. Así se mantiene ocupado.

—Y tanto, hermosa. Yo lo agradezco, porque tener todo el santísimo día a tu padre aquí, detrás de mí, por la casa ¡me consume viva!

Eso hizo sonreír a Martina, que, entrando al trapo preguntó:

—Oye, mamá..., ¿continúas teniendo la foto que nos hicimos el verano pasado encima del televisor?

Sagrario miró su televisor Telefunken y afirmó:

—Claro, hermosa. Ahí sigue. ¿Por qué lo preguntas?

Saber que la foto seguía allí la hizo respirar y, consciente de que su madre preguntaría aquello, rápidamente y con toda la naturalidad que pudo respondió:

—*Johnny* se comió la mía.

—Pero, alhaja..., ¡qué me dices!

—Lo que oyes, mamá..., lo que oyes... —mintió.

Sagrario pensó en aquel enorme perro con el que tan bien lo pasaba cuando su hija lo llevaba al pueblo y se mofó.

—Oy... Oy... ¡*Jodío* Mastodonte!

—Y bueno, mamá, he buscado el cliché entre mis cosas para sacar una copia, pero no lo encuentro. Total, que pensé que, si tú la tienes, cuando nos veamos me la dejas, la escaneo y me saco una.

—¿Que la que...? —preguntó Sagrario.

Según oyó eso, Martina sonrió. ¿Cómo explicarle a su madre los adelantos de la informática si ni ella misma los entendía?

—Nada, mamá —repuso—. Que ya me sacaré una copia.

—Pero, hermosa, ¿Julia no tenía otra?

Haciéndose la olvidadiza, rápidamente afirmó:

—¡Es verdad! Mamá, tienes razón. Se la pediré a ella.

Sagrario asintió. Que las cosas se le olvidaran a Julia era lo normal, pero a Martina nunca se le olvidaba nada, y, torciendo la cabeza, preguntó:

—Martina, hermosa, ¿pasa algo?

Consciente de lo perspicaz que siempre era su madre, ella sonrió e indicó:

—Pues no, mamá. ¿Qué va a pasar?

—Pues no sé...

—Mamá, por favor, no empieces con tus neuras.

Al oír eso, Sagrario sonrió.

—Por cierto —dijo a continuación—, dile a María que ya les cosí las puntillas a las toallas y que han quedado fantásticas.

—Se lo diré.

—Y, hablando de otras cosas, ¿cuándo vas a venir?

Martina resopló. Sin duda su respuesta disgustaría a su madre, que insistió:

—El colegio terminó en junio y estamos casi a finales de julio. Pero, hermosa, que siempre te vienes al pueblo tan ricamente y este año te estás retrasando mucho.

Tomando aire, la joven al final contestó:

—A ver, mamá. No te enfades.

Sagrario, al oír eso, se levantó de la mecedora y gruñó:

—Ya lo estoy haciendo.

—Mamáááá.

Y, abriendo la ventana para asomarse al exterior, su madre repuso:

—A ver, dime.

Martina asintió.

—Mamá..., como puedes ver, este año mis vacaciones están siendo algo distintas. Ya han pasado seis años y..., bueno..., quiero que a partir de ahora todo sea diferente para mí.

Sorprendida por aquel cambio en su hija, la mujer replicó:

—Que vaya por delante que me alegra oír lo que dices, aunque te tenga menos tiempo conmigo en el pueblo. Pero, hermosa, ¿ese cambio a qué se debe?

Hablarle de Asier sería fácil y bonito, pero, no queriendo que se ilusionara por una historia que quizá pasados unos meses no continuaría, al recordar algo que María le había dicho soltó:

—Pues a que me he dado cuenta de que la vida es para disfrutarla y vivirla. Imagínate que mañana me cae una teja en la cabeza y me mata...

—Alhaja, ¡Dios no lo quiera! —La mujer se persignó.

—Exacto. Dios no lo quiera, pero si ocurriese, me gustaría que supieras que fui feliz, reí, viajé, lo pasé genial, y que no te quedaras con la imagen mía de los últimos años. La imagen de una Martina triste, desolada, desganada... Y es por eso y porque quiero pasármelo bien que dentro de unos días me iré a Mérida con una amiga y luego a Roma durante una semana.

—¿A Roma?

—Sí.

—¿A la Roma de los romanos?

—Sí, mamá, a la Roma de los romanos —contestó ella divertida.

—Pero bueno..., pero bueno..., pero bueno, alhaja, ¿qué me estás diciendo?

—¿Te parece mal, mamá?

Contenta al oír eso, Sagrario afirmó emocionada:

—Me parece muy bien, cariño mío. Nada me hace más feliz que verte feliz a ti.

Complacida, Martina añadió:

—Prometo que, una vez que regrese de Roma, iré unos días con vosotros al pueblo.

Su madre, que la escuchaba encantada, asintió y preguntó:

—Has dicho que también vas a Mérida, ¿verdad?

—Sí. Con mi amiga Verónica.

—¿Con una amiga? —resopló su madre—. ¿Y los amigos qué?

Sonriendo porque ya estaba tardando en salir el tema, la joven respondió:

—Mamá, poco a poco, ¿vale?

La mujer asintió y, suspirando, dijo:

—Carlos me cayó muy bien... ¿Has salido alguna vez con él?

Martina cerró los ojos.

Desde que Carlos los llevó a su casa, siempre que podía su madre lo sacaba en la conversación, y, como necesitaba zanjar aquel tema, indicó:

—A ver, mamá, Carlos es solamente un buen amigo.

—Pues es un encanto —aseguró—. A tu padre y a mí nos pareció un muchacho muy simpático. Además, se notaba que os tenía mucho cariño a ti y a tu hermana. Sólo habló maravillas de vosotras.

Martina sonrió. Carlos era un cielo.

—Eso sí —añadió Sagrario—. A ver si lo traes por aquí, que falta le hacen unos buenos potajes.

Oír eso le hizo soltar una risotada. Carlos siempre estaba quejándose de sus kilillos de más, y Martina se mofó:

—Mamá, precisamente potajes no le hacen mucha falta.

Sagrario, recordando al muchacho delgado que los había llevado hasta la casa de su hija, replicó:

—Hermosa, los aires de la capital os atontan con eso de estar delgado y cuidaros tanto el jodido cuerpo. Y, digas lo que digas, al muchacho no le vendrían nada mal unos kilillos de más.

—Mamáááááá...

En ese instante, en el salón apareció Martín y Sagrario se apresuró a decir:

—Aquí llega tu padre, hermosa, espera, que te lo paso.

Encantado de saber que era su hija mayor la que estaba al otro lado del teléfono, Martín lo cogió y, sentándose en la mecedora, la saludó con cariño mientras su mujer se marchaba a la cocina.

—Hola, bonita. ¿Qué tal estás?

Todavía divertida por el comentario de su madre en lo referente a la falta de kilillos de Carlos, estaba sonriendo cuando respondió:

—Bien, papá, bien. ¿Vas a ir a mirar tractores con Marcial?

Martín asintió sonriendo.

—Eso parece. El tontaina de Angelillo quiere comprarse uno, pero, la verdad, no sé si el muchacho va a tener las perras que cuesta un buen tractor.

Durante varios minutos, padre e hija charlaron. Y éste, al igual que su madre, le preguntó por las vacaciones. Sin entrar mucho en detalles, le indicó que, tras hablarlo con su madre, ella ya se lo explicaría.

Después de un rato de charla en la que, como siempre, no les faltó tema de conversación, se despidió de su padre y, cuando ya colgaba, la puerta de la casa de Asier se abrió y entraron él y *Johnny* con la lengua fuera.

La muchacha miró al perro divertida y, al ver que corría a su cazo de agua, preguntó:

—Pero ¿qué le has hecho?

Asier sonrió y musitó entrando en la cocina a por una botella.

—Hemos corrido un rato. Y, como puedes ver, ¡lo he agotado!

Sonriendo, ella los siguió a la cocina, y, mientras aquéllos se hidrataban, indicó:

—He hablado con mis padres.

Al oír eso, Asier dejó de beber agua.

—¿Todo bien?

Ella asintió.

—Según mi madre, a Carlos le faltan unos kilitos —comentó riendo.

Divertido por oír aquello, Asier asintió. Carlos siempre se quejaba de sus kilos de más.

—Está visto que tu madre lo mira con buenos ojos —repuso.

—Y tanto —afirmó ella—. Es más, ha decidido que es un buen partido para mí, pero que le faltan algunos potajes.

De nuevo, ambos rieron y, tras coger la botella de agua de aquél y beber, cuando Martina se la entregó, Asier preguntó con curiosidad:

—Y, según ella, ¿a mí también me faltarían unos potajes?

Encantada, la joven paseó la mirada por su cuerpo y declaró:

—A mi madre todo hombre que no tenga la barriguita de la felicidad le parece que está en los huesos. ¡Así que, sí, te faltan unos potajes!

Rieron divertidos y, segundos después, se besaron.

Capítulo 53

Por la tarde, Asier, Martina y *Johnny* se encaminaron hacia la casa de la joven. Eneko los había llamado por teléfono y quería verlos allí.

Asier, al ver lo nerviosa que aquello puso a su chica, para tranquilizarla propuso hacer una cena con los amigos. Necesitaba verse rodeada de personas que la querían.

Asier llamó a Carlos. Él avisaría al resto y, sin dudarlo, Carlos propuso comprar de camino comida china para que no tuvieran que cocinar, lo cual era una excelente idea.

Mientras cenaban, hablaron de lo que ocurría. Ninguno entendía nada. Ninguno sabía quién podía ser la persona que estaba asediando a Martina, ni por qué, y, cansada de hablar del tema, le hizo a Carlos el comentario de su madre. Todos rieron por aquello excepto Julia, que en su interior se sentía mal por lo que ocultaba. Carlos la miró con disimulo. Le guardaba el secreto, pero no le hacía gracia mentir.

Dicho eso, el tema que tanto preocupaba a todos volvió a surgir. Todos hablaban. Todos opinaban. Y, en un momento dado, Martina preguntó dirigiéndose a su hermana:

—Julia, la foto de los papás con nosotras que he recibido en el email la sigues teniendo, ¿verdad?

La joven, tras tragar unos brotes de bambú, afirmó:

—Imagino que sí. La copia que me diste en su momento la guardé en el álbum de fotos con todas las demás.

Martina asintió.

—No estaría de más que lo comprobaras. ¿Te acordarás?

—Sí, claro, por supuesto —afirmó ella con seguridad.

En ese instante sonó el interfono. Todos se miraron y Asier, levantándose, caminó hacia la puerta.

—Será Eneko —indicó.

—¿Quién? —preguntó María.

—Eneko, el inspector de policía amigo de Asier —explicó Martina.

—¿Y ese nombre?

Al oír eso, Julia sonrió y Martina, viendo su gesto, le dio una patada por debajo de la mesa.

—Ni se te ocurra decir alguna de tus gracias. Eneko viene posiblemente a ayudar, no a hacer el tonto.

—Vale, mujer..., vale.

Y después, mirando a María, que las observaba, Martina aclaró:

—Es un nombre vasco, como Asier.

—Ése lo había oído, pero Eneko... no —matizó María.

Instantes después, Asier entró en el salón acompañado de Eneko y otro hombre, y el primero, tras saludar y ver a tanta gente, dijo mirando a Martina:

—¿Podemos hablar un momento en privado?

La joven asintió y, levantándose, fue hasta la cocina con aquéllos y Asier.

Una vez allí, Eneko señaló al hombre que lo acompañaba.

—Él es mi compañero, el inspector Jaime Pereda.

—Encantado —saludó él tendiéndoles la mano, que ellos aceptaron.

—Lo mismo digo —afirmó Martina sonriendo.

Sentándose en los taburetes de la cocina, aquéllos hablaron y Martina se sorprendió al saber que Eneko, tras llevarse el disquete con la foto de su familia hecha añicos, había conseguido que abrieran una investigación.

—En un principio, nuestro superior no veía indicios suficientes para hacerlo, pero finalmente ha accedido y seremos Jaime y yo quienes nos ocupemos de ella.

—Gracias —dijo Asier, y, mirando a la joven, preguntó—: Es fantástico, ¿no te parece?

Ella asintió. Aquélla era una buena noticia, y murmuró:

—Aunque no lo creáis, saber esto me hace sentir menos desprotegida.

Los dos inspectores se miraron y sonrieron, y a continuación Jaime sacó una libreta del bolsillo de su chaqueta y se dirigió a la joven.

—Si no le importa, señorita Sánchez, necesitaría hacerle unas preguntas.

—Por favor, me sentiría más cómoda si nos tuteáramos...

—De acuerdo, Martina —convino el inspector.

Rápidamente, Eneko y Jaime comenzaron a hacerle mil preguntas.

Le preguntaban por cosas de su día a día, de su trabajo, su familia, entorno, amigos, y aunque la joven no entendía por qué lo hacían, les respondía como mejor podía mientras se convencía a sí misma de que quien estuviera acosándola nada tenía que ver con su entorno.

Quince minutos después, tras apuntarse nombres, teléfonos y direcciones de email de todas las personas que les parecieron interesantes, los policías le indicaron que tendrían que investigarlos y que era rigurosamente necesario que ninguno de ellos supiera nada.

Martina se inquietó. Iban a investigar a todo su entorno. Sus compañeros de colegio. Sus familiares. Sus amigos. Eso la incomodaba mucho e, incapaz de callar, protestó:

—Eso no me parece bien. Siento..., siento que les estoy siendo desleal.

—No deberías verlo así —replicó Jaime.

Pero la muchacha insistió:

—Pero..., pero yo conozco a mi amiga María desde hace años. No creo que ella...

—Martina —la cortó Eneko—, entiendo lo que dices y sé que no decirle a tu amiga o al resto que los vamos a investigar no te gusta. Pero tienes que comprender que el procedimiento, si queremos que funcione, es así.

Mirándola, Asier le apretó la mano. Sabía cómo se sentía y, finalmente, ella musitó:

—Ya. Pero no me gusta.

—Lo imaginamos —insistió Jaime—. No obstante, si queremos descubrir de quién se trata, no hay otra opción.

La joven resopló; eso no le hacía mucha gracia. Entonces Asier dijo:

—Martina y yo nos conocimos a través de un chat de internet.

Al oírlo, Eneko lo miró y, en confianza, se mofó:

—Vaya..., no sabía que ciberligaras...

Asier rio, y el otro detective apostilló:

—Entonces ya sabes que a ti también te investigaremos.

Martina lo miró horrorizada y Asier, intentando tranquilizarla, repuso:

—Me parece bien. No hay problema.

La joven continuó contestando a todo lo que aquéllos le preguntaban y, cuando hablaban sobre sus amigos cibernéticos, le indicaron que siguiera entrando en la red; quien fuera debía confiarse. Martina, recordando algo, dijo:

—Hace unos meses, una chica del chat murió en extrañas circunstancias.

Al oír eso, Eneko y Jaime la miraron, y ella añadió:

—Sólo la vi una vez en la fiesta de la presentación del servidor. Entre amigos, y poco después fue cuando ocurrió.

—Yo la conocí en un par de quedadas a las que ambos asistimos. Fayna era su *nick* —afirmó Asier—. Era una chica encantadora. Una pena lo ocurrido.

—¿Recordáis el nombre y los apellidos de esa chica?

Asier negó con la cabeza. Martina también, pero indicó:

—Verónica era amiga suya. Seguro que lo sabrá.

—¿Verónica está en el salón? —preguntó Eneko.

La joven negó con la cabeza y Asier explicó:

—Vive en Mérida. Pero tenemos su teléfono, por si queréis llamarla.

Jaime asintió. Rápidamente, Asier sacó su móvil y se lo dio, y Martina añadió:

—Tengo pensado irme unos días con ella a Mérida cuando Asier se vaya a México. ¿Veis algún problema?

Eneko y Jaime se miraron y el primero respondió:

—Ninguno. —Y, mirando a Asier, indicó—: Por cierto, enhorabuena por el premio que os van a dar en México. Ya me contó tu hermana.

Él asintió; cada día dudaba más sobre si hacer ese viaje. Martina y aquéllos continuaron hablando, hasta que ella dijo:

—Tengo las postales que recibí en el salón, ¿las queréis?

—Por supuesto —afirmó Eneko.

Martina asintió. Se levantó del taburete y entró en el salón, donde todos al verla se callaron, y, tras coger las postales y enseñárselas a sus amigos, desapareció de nuevo para ir a la cocina. Acto seguido, las dejó sobre la mesa.

—Aquí están.

Una vez que Jaime metió aquellas postales en una bolsa, Martina indicó:

—Las han tocado todos mis amigos. Lo digo por si vais a comprobar las huellas dactilares.

Ellos asintieron y, dando por finalizada aquella primera toma de contacto, Eneko explicó:

—De momento comenzaremos con lo que tenemos. Ahora, mi consejo es que intentes normalizar tu vida dentro de lo posible y procures no quedarte sola.

—De eso me encargo yo —afirmó Asier.

Eneko sonrió al oír eso. Conocía a Asier y sabía lo protector que podía llegar a ser, y prosiguió dirigiéndose a Martina:

—Anota cualquier cosa extraña que te ocurra, por tonta que parezca, y luego llámanos. —Y, mirando el móvil que asomaba del bolsillo de su pantalón, añadió—: Cambia de número de teléfono y sólo dáselo a los indispensables, ¿entendido?

Ella asintió y Jaime afirmó cerrando su cuaderno:

—Comenzaremos a investigar y os mantendremos al tanto.

—Gracias —dijo Asier.

Tras dar por finalizada la charla, los cuatro salieron de la cocina y, al pasar por el salón, Eneko, que se había fijado en que entre aquel grupo estaba Julia, la hermana de aquélla, preguntó mirándola:

—¿Todo bien, señorita Sánchez?

El grupo la miró con gesto divertido y ella, algo incómoda por lo que callaba, respondió:

—¡Dabuten!

Al oír eso, el inspector sonrió y salió al pasillo tras despedirse de todos mientras María, mirando a Julia divertida, preguntó:

—Pero, tronca, ¿desde cuándo dices tú lo de «dabuten»?

Carlos le dio un codazo a la joven.

—¡Cómo te ha mirado el inspector! —se guaseó—. ¡Qué monoooooooo!

—Aquí hay temita —se mofó Marco.

Julia sonrió y dijo:

—Punto uno: tiene catorce años más que yo..., por lo que es ¡muy viejo! Punto dos: no me van los polis. Asunto zanjado.

—Pues, para no interesarte, bien que sabes que son catorce y no dieciséis los años que te lleva... —Carlos rio.

Divertida, Julia puso los ojos en blanco y finalmente soltó:

—En dos palabras: PA-SO.

Eso provocó una risotada general, y entonces Asier y Martina, abriendo la puerta de entrada, se despidieron de Jaime y Eneko. Este último, antes de salir, miró de nuevo a la joven e insistió:

—Ante cualquier cosa que necesites, recuerdes u ocurra, llámanos, ¿vale?

Ella asintió y, en cuanto cerraron la puerta, Asier la abrazó y susurró:

—¿Estás bien?

Ella, complacida por sus mimos, afirmó con la cabeza y él musitó:

—Creo que debería quedarme. No debería ir a México.

Al oírlo, ella lo miró muy seria.

—Si no vas, la vamos a tener.

—Pero...

—Asier, necesito que vayas. Entiéndelo.

Finalmente, él asintió. Por supuesto que la entendía y, tras darle un dulce beso en los labios, musitó:

—De acuerdo, cabezota.

—Bien —susurró ella con una sonrisa.

Cuando comenzaron a caminar por el pasillo hacia el salón, Asier señaló:

—Eneko es un buen policía. Pronto todo estará solucionado, olvidado, y nos reiremos al recordarlo. Ya lo verás.

La joven asintió al oír eso. Así quería pensarlo.

Capítulo 54

Pasaron algunos días durante los cuales no ocurrió nada especial.

Por las noches Martina, sin muchas ganas, entraba en el chat para hablar con sus amigos, mientras Asier, con su portátil y a su lado, también lo hacía. Aun así, la joven se sentía fatal al saber que estaban investigando a sus amigos y no podía decirles nada.

Llegó el día de la partida de Asier a México y varios del grupo, para acompañar a Martina y que no regresara sola, fueron con ellos al aeropuerto. Una vez que llegaron allí, vieron desde lejos a Asier y cómo su familia pasaba el control de seguridad.

Martina, que había quedado con aquél, le dio un toque en el teléfono y éste, que esperaba la llamada, señaló mirando a sus familiares:

—Id hacia la puerta de embarque. Es la veintitrés. Dentro de un rato iré yo.

Su madre se extrañó al oírlo, y preguntó:

—Pero, hijo, ¿adónde vas?

Dani, su hermano, que sabía que había quedado con alguien, cogió a su madre del brazo e indicó:

—Vamos, mamá. Esperaremos a Asier cerca de la puerta veintitrés.

Ella asintió, pero, incapaz de callar, musitó:

—Hijo, por Dios, ¡no vayas a perder el vuelo, que a tu padre le da un infarto!

—Tranquila, mamá. —Sonrió—. No lo perderé.

Tan pronto como su familia prosiguió su camino, Asier dio media vuelta, caminó hacia donde el grupo lo esperaba y abrazó a Martina.

—Daría lo que fuera porque vinieras conmigo —murmuró.

Eso la hizo sonreír. Y, queriendo cambiar de tema, propuso:

—Venga. Vayamos a tomarnos algo fresquito.

El tiempo que estuvieron juntos, el grupo les dejó intimidad. Estaban allí por lo que estaban y, cuando llegó el momento de la despedida, Marco, al ver la cara de preocupación de su amigo, comentó:

—Tranquilo. Estaremos todos pendientes de ella.

—Te tomo la palabra —asintió él.

Los minutos pasaban. Asier tenía que marcharse, y finalmente Martina, tomando la iniciativa, lo besó y dijo:

—Vamos. Tienes que irte.

Él resopló y María, divertida, dijo:

—Tronco..., ni que no fueras a volver a verla.

—Prometemos no dejarla sola y agobiarla mucho —se mofó Carlos.

—Ehhhhh... —protestó Martina.

Todos rieron, incluido Asier, y tras darle un último beso a su chica, pasó el control de seguridad y posteriormente desapareció.

Cuando Martina dejó de verlo, su gesto se entristeció; lo echaría de menos tanto como sabía que él la extrañaría a ella. María, agarrándola de la mano, dijo:

—Tranquila, tronca, el caramelito regresará dentro de diez días.

—Lo sé...

—¿Qué os parece si nos vamos de cañitas? —propuso entonces Carlos.

—¡Estupendo! —afirmó Marco.

Las dos amigas se miraron y, divertidas, exclamaron al unísono:

—¡Dabuten!

Mientras se dirigían hacia el parking del aeropuerto, Carlos y Marco caminaban delante de ellas charlando, por lo que María, mirando a su amiga, preguntó:

—¿Estás bien?

Martina asintió.

—Sí, claro que sí —respondió algo emocionada—. Pero estoy tan acostumbrada a él que... Dios..., ¡ya lo echo de menos!

María sonrió y, viendo los ojos acuosos de su amiga, cuchicheó:

—Mira que eres ligera de lágrimas.

Martina maldijo. Su amiga tenía razón.

—Aunque no lo creas, lloro de felicidad.

—¡El caso es llorar! —se mofó María.

Ambas rieron por aquello y Martina, secándose una lágrima, preguntó:

—¿Por qué seré tan llorona?

Divertida, María le dio un rápido beso en la mejilla.

—Cada uno es como es. Tú eres llorona y yo soy macarra y malhablada.

De nuevo ambas rieron, y Martina insistió:

—Me gustaría ser más fuerte, más como tú.

—¿Como yo? ¡Tú estás colgada! —replicó María.

Ella sonrió y, agarrada a su amiga, insistió:

—Eres fuerte. Sabes controlar tus sentimientos. No te amilanas por nada ni por nadie. Vives la vida y siempre buscas el lado positivo de las cosas.

María sonrió. Su amiga tenía razón. La vida le había enseñado a ser así. Su infancia no había sido la idílica que había tenido Martina en su pueblo por culpa de su padre.

—¿Eso sabes por qué es? —indicó con seguridad—. Pues porque aprendí que, si la vida me daba miles de razones para llorar, yo le iba a mostrar que tenía miles de razones para sonreír. Sé que en ocasiones sonreír cuando no apetece no es fácil, pero hay que hacerlo. Hay que superarse y dejarles claro a los problemas, a las angustias y a las adversidades que uno está aquí para vivir y superarse, y no para sufrir.

—Lo dices de una manera que parece fácil.

—No lo es, créeme. —Sonrió—. Pero si lo intentas, si te lo propones, lo consigues.

Ambas se quedaron calladas, y María divertida cuchicheó:

—Por cierto, tronca. Me voy a mudar contigo unos días o quizá hasta que te pires a Mérida.

Al oír eso, Martina la miró.

—¿Tú, mi hermana Julia y yo viviendo juntas?

—*Efectiviwonderrrrrrrr...*

La joven sonrió, y su amiga añadió:

—Ayer se rompió una cañería en el bloque y hasta que la arreglen no tenemos agua. Por lo tanto, ¡me piro a tu casa!

Martina asintió sin dudarlo.

—Por supuesto. Ya sabes que mi casa es tu casa.

Segundos después, montaron en el coche y regresaron a la capital. ¡Se iban de cañas!

Capítulo 55

Dos días después, la relativa tranquilidad continuaba, pero Martina se sentía como si no fuera dueña de su vida. Con toda su buena voluntad, sus amigos y su hermana no la dejaban sola ni un minuto, y ella sólo añoraba a Asier.

Los largos paseos con *Johnny* por el parque se habían convertido en una excursión casi familiar. Y, aunque la reconfortaba tener a sus amigos cerca, también la agobiaba.

No disponer de espacio y tiempo para ella en ocasiones era asfixiante, pero no se podía quejar. Sus amigos la protegían, la cuidaban, la querían, y eso era de agradecer.

Eneko la llamó por teléfono para indicarle que habían comprobado el email desde el que le habían mandado aquella terrible foto de sus padres y su hermana, y éste había sido enviado desde un cibercafé de Madrid. El problema era que en aquel sitio no tenían registro de la persona que había utilizado el ordenador. Era como si no hubiera estado allí.

Asier y ella se conectaban a la red siempre que podían. A pesar de que el horario de ambos países era tremendamente diferente, él hacía todo lo posible para estar conectado con ella.

Llegó el día en que Martina se marchaba para Mérida y, en la estación de tren, Marco miró a su alrededor y protestó:

—Debería haberte llevado yo hasta Mérida en mi coche. Le prometí a Asier que no te dejaría sola ni un segundo, pero, ¡joder!, te has empeñado en irte hoy y ahora no me cambian el turno en la gasolinera.

Al oír eso, Martina suspiró y, mirando a su alrededor, indicó:

—A ver, Marco, ¡que no voy a ir sola! Que voy en un vagón repleto de gente.

—Marco tiene razón —insistió María—. A mí tampoco me hace gracia.

—Bueno..., venga..., ¡no os enfadéis!

Marco y María se miraron con resignación, y Martina comentó:

—¿Le echaréis un ojo a Julia?

—Por supuesto —dijo él.

—Por eso no te preocupes —añadió su amiga—. Me quedaré en tu casa con ella y el Mastodonte unos días más hasta que por fin se solucione lo del agua de mi piso. No te importa, ¿verdad?

—Pues claro que no —matizó Martina.

Luego miró divertida a la pareja. La preocupación de aquéllos, especialmente de Marco, era extrema. Entonces, viendo un puesto de prensa, dijo para que se relajaran del tema:

—Voy a comprarme la revista *Cosmopolitan* para ir leyendo.

—¡Voy yo! —se ofreció Marco.

Una vez que él se marchó, Martina miró a su amiga y murmuró:

—Pobre. Me siento fatal al ver lo agobiado que está.

María asintió. A Marco no le hacía gracia no cumplir con lo que le había prometido a Asier, y dijo:

—Es que eres una cabezota, tronca.

Martina asintió e, intentando ser positiva, repuso:

—¿Tú no eres la que dice que he de ser fuerte y valiente en la vida?

—Sí. Pero no lo eres —se mofó María.

Riendo, Martina insistió:

—¿Y quién te dice que no estoy intentándolo?

Oír eso a María le gustó, y musitó:

—¿Me lo prometes?

—Te lo prometo.

A continuación, María la abrazó.

—¡Guay! Me gusta oír eso —exclamó.

Veinte minutos después, el tren con dirección a Mérida partía de la estación y Martina, en su asiento, abrió la revista y se sumergió en la lectura.

Horas más tarde, tras un viaje tranquilo, cuando llegó a Mérida, nada más apearse vio a Verónica esperándola con una enorme sonrisa.

Rápidamente se abrazaron y aquélla le preguntó:

—¿Qué tal el viaje?

—Fenómeno. Se me ha hecho hasta corto.

Ambas rieron por aquello, y Verónica dijo:

—Telefonearemos a María para explicarle que ya estamos juntas. Me han llamado ella y Marco y me han hecho prometer que lo haríamos y, sobre todo, que no te perdería de vista.

Ambas rieron por aquello, y, tras llamar a sus amigos, que se quedaron más tranquilos, en cuanto Verónica cerró su teléfono, dijo caminando hacia el coche:

—¡Que sepas que te he preparado un tour increíble por Mérida!

—¡Estupendo!

Ya en el coche, metieron la bolsa de viaje de Martina en el maletero, y ella, sentándose en el asiento del acompañante, comentó:

—Vamos, cuéntame qué planes tienes.

—Juerga con mis amigos por la noche y cultura por el día.

—¡Guayyyyy! —afirmó Martina encantada.

Cuando salieron de la estación, Verónica, instigada por Martina y sus ganas de saber de aquel bonito lugar, comentó:

—Mérida es la ciudad española que conserva en la actualidad más restos romanos. Los más expertos o eruditos en la materia dicen que su teatro romano es el mejor de los trece que existen en toda la Península y, sobre todo, que su belleza es de admirar.

—Tengo ganas de conocerlo. Asier me dijo que era espectacular.

—Y lo es. También es curioso ver el anfiteatro donde se celebraban los famosos espectáculos de gladiadores. ¿Recuerdas las películas que veíamos cuando éramos pequeñas en la televisión, esas en las que el guapo gladiador luchaba con las fieras y salvaba a la bella cristiana?

—Sí. ¡Me encantaban!

—Pues el anfiteatro sin duda te transportará a la época de aquellos espectáculos. Y, por supuesto, también te llevaré al Circo Romano, donde se celebraban aquellas famosas carreras con cuadrigas, como por ejemplo las que se ven en *Ben-Hur*.

—Fíjate que ésa es la película preferida de mi padre —afirmó Martina.

Durante el camino, Verónica le habló del arco de Trajano, de restos de casas romanas o de los templos de Diana y Marte, lugares maravillosos que su amiga no se podía perder. Después le habló del Parque Natural de Cornalvo, un sitio de gran valor histórico y ecológico. Le mencionó la alcazaba, que fue construida en la época musulmana de Abderramán II, y, por supuesto, del Museo Nacional de Arte Romano, que fue inaugurado en 1986.

—Me encantan los museos —afirmó Martina.

Verónica asintió.

—Es una pasada, ya lo verás. Allí se conservan piezas que se han ido encontrando durante diferentes excavaciones, aunque sólo se exponen unas cuantas. Y ya verás. El edificio, a pesar de ser actual, te parecerá un monumento más de la época romana. Por dentro tiene varias salas divididas y, bueno, el museo está considerado como uno de los más importantes dentro de su género. Es increíble.

Ver cómo hablaba de aquello y la pasión que le ponía hizo que Martina preguntase:

—Te gusta Mérida, ¿verdad?

Verónica asintió complacida.

—Por supuesto. Me encanta su historia y vivir aquí —y luego, guiñándole el ojo, preguntó—: ¿Estás preparada para divertirte?

—Preparadísima —afirmó Martina mientras el coche se perdía por las calles de aquel bonito lugar.

Capítulo 56

Transcurrieron los días y Martina lo pasaba estupendamente bien en Mérida con Verónica.

Todo cuanto aquélla le enseñó de aquel idílico lugar resultó ser increíble, maravilloso. ¿Cómo era posible que no lo hubiera descubierto antes?

Mientras tanto, en Madrid, Julia y María continuaban en la casa de Martina. La convivencia entre ellas era estupenda, y el viernes, estando en su trabajo, María recibió una llamada de su casero para indicarle que el problema en el bloque con el agua ya estaba resuelto. Eso la alegró, y decidió telefonear a Julia.

—Hola, petarda.

—Petarda, tú —replicó ella al oírla.

Ambas estaban de buen humor y María explicó:

—Me acaba de llamar mi casero para decirme que el temita del agua está resuelto, y, bueno, he pensado, que ya es hora de que regrese a mi casa.

—Pues me parece genial —afirmó Julia.

—¿Por qué no os venís tú y el Mastodonte unos días allí conmigo?

Al oír eso, Julia negó con la cabeza. Si ella seguía en casa de su hermana y no había regresado a la suya era por no quedar como una borde con aquélla, y rápidamente indicó:

—Sabes que te quiero y te adoro, pero no.

—¡Joder, tronca!

—María —insistió Julia—. No te lo tomes a mal, pero tengo mis planes y, ya sabes..., me apetece regresar a mi piso. Allí, *Johnny* y yo estaremos bien.

—Le dije a tu hermana que estaría pendiente de vosotros.

—Pues vente tú a mi piso —propuso Julia.

María resopló. Entendía perfectamente lo que aquélla decía y, sonriendo, afirmó:

—Te quiero y te adoro, pero no.

Ambas rieron, y Julia añadió:

—¿Te apetece esta noche que, como despedida, cenemos pizza, veamos una peli y comamos palomitas?

—¡Chachi! —exclamó María—. Se apuntará Marco.

—Sin problema.

Una vez que se despidieron y Julia colgó el teléfono, observando a *Johnny*, que la miraba, dijo:

—Mastodonte, mañana tú y yo nos vamos a mi casita.

Tras ir a la cocina y coger una jarra con agua, Julia comenzaba a regar las plantas de su hermana cuando le volvió a sonar el teléfono. Al ver quién era, saludó sonriendo:

—Hola, guapo.

—Hola, bombón.

Ambos sonrieron por aquello, y luego Dage dijo:

—Anoche pasé por tu casa, pero no me abriste la puerta.

Dejando la jarra sobre la mesa, Julia respondió:

—Es que estoy durmiendo en casa de Martina.

—¿Y eso?

Sin dudar en su respuesta, aquélla indicó:

—Se fue unos días a Mérida y me quedé en su casa con su amiga María.

Interesado, él insistió:

—Princesa, ¿cuándo vas a regresar a tu casa? Llevo tiempo sin verte y, la verdad, me apetece pasar un ratito contigo. ¿Te apetece a ti?

Dage tenía razón. Últimamente se habían distanciado un poco y, consciente de lo bien que lo pasaba con aquél en la cama, Julia afirmó:

—Esta noche no. Pero mañana tanto María como yo regresamos a nuestras casas; por cierto, me llevaré al Mastodonte conmigo. ¿Te parece que nos veamos mañana a eso de las nueve en mi casa?

Dage asintió sin dudarlo.

—Me apetece mucho.

Contenta, Julia sonrió.

—Pues ¡hasta mañana!

—¡Hasta mañana, bombón!

Cuando colgó el teléfono, lo dejó sobre la mesa y prosiguió regando las plantas. Le había prometido a su hermana que se las cuidaría.

Capítulo 57

Tres días más tarde, mientras Martina continuaba en Mérida pasándoselo bien con su amiga, Julia y María ya habían retomado la actividad en sus hogares.

Una tarde, después de que María fuera a casa de Julia para estar con ella y el perro, al regresar decidió pasar por el supermercado. Allí compró lo necesario y, al ver cierto salmón noruego del que siempre hablaba Marco, sin dudarlo lo compró. Le encantaría.

Una vez que hubo salido del súper, al pasar cerca de una tienda de lencería vio un precioso conjunto rojo y negro de braga y sujetador. Con curiosidad, se acercó a mirarlo con más detenimiento. ¡Era la bomba, y no era muy caro! Y, dispuesta a sorprender a Marco, entró y se lo compró.

Cuando salió de la tienda, sonreía. Esa noche sorprendería a Marco con una improvisada cenita romántica con velas, salmón y el conjunto de ropa interior nuevo. Siempre era él quien organizaba en su casa esas cenas increíbles, y ese día sería ella. Sin embargo, para confirmar que él iría a su casa tras salir de trabajar, sacándose el móvil del bolsillo, lo llamó.

Un timbrazo. Dos, y al tercero oyó:

—¿Cómo está mi macarra favorita?

Eso la hizo reír.

Que Marco la aceptara tal y como era, sin intentar cambiar su manera de hablar, le encantaba, y gustosa afirmó:

—¡Dabuten!

Los dos estaban riendo por aquello cuando María preguntó:

—Mañana no curras, ¿verdad?

Marco miró los surtidores de la gasolinera, que en ese instante estaban vacíos de coches, e indicó:

—No, cielo.

—Entonces ¿vienes y te quedas a dormir esta noche conmigo?

Al oír eso, él sonrió y preguntó bajando la voz:

—¿Qué planeas?

María soltó una carcajada. Ese hombre conocía hasta los cambios en su tono de voz y, sin querer revelarle la sorpresa que quería darle, respondió:

—Ni hablar, tronco. No pienso decírtelo. Pero espero sorprenderte de tal manera que no lo olvides en todita tu vida.

—Mmmm..., suena interesante.

—¡Será flipante!

Dicho eso, él le indicó que salía de trabajar a las diez, por lo que a las diez y media ya estaría en su casa. Ella asintió encantada y, tras despedirse de él, cerró el teléfono y, con una sonrisa, se encaminó hacia su casa. Tenía mucho que preparar, y antes se había prometido ir al gimnasio.

A las ocho y veinte de la noche, María sacaba la ropa sudada del gimnasio de su bolsa de deporte para meterla en la lavadora.

Después de hacerlo, fue encantada hasta su habitación. Allí, sacando el conjunto de ropa íntima sexy que se había comprado, lo dejó sobre la cama.

¡Qué bonito era!

No veía el momento de ponérselo y enseñárselo a Marco.

A continuación, se dirigió al salón, donde rápidamente encendió el equipo de música y, tras poner un CD, comenzó a sonar la canción *Chiquilla*, del Grupo Seguridad Social.

Se puso a bailar y cantó aquella canción que siempre le había gustado, y, sin parar, sacó del aparador un mantel que le había regalado su madre. Después fue a la cocina, donde cogió vasos, cubiertos y platos. Luego los dispuso sobre la mesa y asintió dando su aprobación:

—¡Muy bien, chiquilla!

En la cocina, abrió el salmón que había comprado y lo colocó en un plato. En otros puso queso, jamón, salchichón ibérico y, en una bandeja, picos de pan. Después pensó preparar algo que él siempre hacía para que sonriera. Si alguien era romántico en esa pareja, ése era Marco, y, cogiendo unas tijeras y papel, comenzó a recortar pequeños papelitos. Al terminar, escribió en ellos: «Dame un beso», «Dame tres besos», «Quítate una prenda», «Dime que me quieres», «Verdad o consecuencia», «Te quiero», «Arriba o abajo»...

Divertida, anotó todas las cosas que recordaba que él escribía para jugar con ella y, cuando acabó, cogió mondadientes y el celofán y, mensaje a mensaje, los pegó en los distintos palillos. Después pinchó los palillos en los trozos de queso, jamón, salmón, salchichón, y, sonriendo, murmuró:

—Tronco, ¡vas a flipar!

En cuanto lo dejó todo dispuesto en la cocina, corrió al baño a ducharse, pero al mirar el calendario que allí tenía, donde apuntaba sus cosas, musitó:

—Esta noche que no se me olvide comenzar a tomar la píldora.

Se duchó y, al salir del baño, abrió el cajón de su mesilla y, al ver que allí no estaba la caja de las pastillas anticonceptivas, maldijo y murmuró:

—Joder..., me las dejé en casa de Martina.

Rápidamente miró su reloj. Eran las 21.10. Marco no llegaría hasta las diez y media, por lo que le daba tiempo a acercarse a buscarlas.

Sin perder un segundo, miró el conjunto de lencería que estaba sobre la cama, pero murmuró:

—Mejor me lo pongo luego cuando regrese.

Se vistió a toda prisa y, tras calzarse las zapatillas de deporte, se encaminó hacia la puerta, donde cogió sus llaves y las de su amiga y se marchó. Por suerte, ella y Martina no vivían lejos y en media hora ya estaría de vuelta.

Al cabo de poco más de doce minutos entraba en el portal de casa de su amiga y, al ir a coger el ascensor y ver que ponía que estaba averiado, musitó:

—¡Guay del Paraguay!

Caminando hacia la escalera, empezó a subir sin prisa pero sin pausa. Eran cinco pisos hasta llegar al descansillo de su amiga y no pretendía sudar en exceso.

Al llegar arriba, con la lengua fuera, abrió con sus llaves y, agotada, se marchó directamente a la cocina, donde, tras abrir la nevera, sacó una botella de agua fría, después cogió un vaso y, en cuanto sació su sed, exclamó:

—Uf..., ¡estaba seca!

Tras dejar el vaso y guardar la botella de agua, silbando se dirigió hacia la habitación donde había dormido días atrás. Nada más entrar, vio las píldoras sobre la mesilla, por lo que, sonriendo, las cogió y se las guardó en el bolsillo.

Una vez conseguido lo que había ido a buscar, al salir del cuarto, apagó la luz, pero entonces un ruidito procedente del baño llamó su atención. Sin ningún miedo, y a oscuras por el pasillo, se fue acercando hasta que, al pasar por delante de una de las habitaciones, que tenía la puerta abierta, de pronto notó cómo algo se le enrollaba alrededor del cuello.

María rápidamente se movió. Se defendió. Luchó. Intentó soltarse de quien la tenía así sujeta, pero quien fuera tenía mucha fuerza. Demasiada. Sus manos trataban de aflojar aquella presión, mientras con los pies pateaba todo lo que podía. Con un rápido movimiento, consiguió empujarlo. La presión que la ahogaba dejó de ser tan intensa. Podía respirar y, dándose la vuelta, consiguió mirar a aquél de frente y, apenas sin aire, murmuró al reconocerlo:

—Tú...

Un nuevo empujón la hizo desestabilizarse y otra vez la presión en el cuello con algo que lo rodeaba prosiguió asfixiándola. María se movía, intentaba soltarse, arañar, forcejear, pero era imposible; sentía cómo sus fuerzas se debilitaban más y más, y entró en pánico.

¡Necesitaba respirar!

Todo le daba vueltas. El aire le faltaba mientras sus ojos, llenos de lágrimas, miraban a aquel que, sin piedad, le estaba arrebatando la vida.

Capítulo 58

A las diez y veinticinco, Marco aparcó enfrente de casa de María.

Al mirar hacia arriba, le extrañó ver las luces apagadas, pero, sin dudarlo, sacó el juego de llaves que la joven le había entregado tiempo atrás y subió.

Al entrar, comprobó que ella no estaba, pero sonrió al ver la mesa puesta en el salón y se carcajeó al descubrir lo que tenía preparado en la cocina. Estaba claro que a María se le había olvidado algo y había salido a comprarlo.

Sonriendo por aquel detalle tan romántico y que tanto le gustaba que ella le hiciera, se dirigió a la habitación. Se daría una ducha. Y, al encender la luz y ver el precioso y sexy conjunto rojo y negro de lencería que había sobre la cama, musitó:

—Vaya..., vaya..., se presenta una noche interesante.

Encantado con todo, Marco se metió en la ducha. Ella ya llegaría.

Pero a las once y cuarto comenzó a inquietarse.

¿Dónde estaba?

A las once y media, al ver que no aparecía, llamó al móvil, pero no se lo cogió. Después probó en casa de su madre. Quizá había tenido que ir de urgencia por algo de su abuela. Al ver que allí no estaba, sin querer alarmar a su madre, bromeó indicando que estaría con Martina, pese a que sabía que no podía ser.

Una vez que hubo colgado, llamó a casa de Martina por si acaso estuviera allí. Pero, como había imaginado, saltó el contestador automático.

A las doce de la noche, hecho ya un manojo de nervios, llamó a Carlos y a Luis por si sabían algo. La respuesta fue no. Y, tras colgar, llamó a Julia.

Un timbrazo y...

—Sí, ¿dígame?

La voz de aquélla era de adormilada, por lo que él susurró:

—Perdona si te he despertado, Julia, soy Marco.

La joven, que estaba en el sofá de su casa junto a *Johnny* echándose una cabezadita, se estiró y murmuró:

—No, tranquilo. ¿Qué pasa?

—¿Sabes dónde está María?

Al oír eso, Julia, que se frotaba los ojos, respondió:

—En su casa. Esta tarde ha estado conmigo pero luego me ha dicho que se iba para su casa.

Caminando por el salón de María, Marco negó con la cabeza.

—Estoy en su casa y no está.

—¡¿No?! —preguntó ella sorprendida.

—No. Pero cuando he llegado estaba la mesa puesta, la comida preparada en la cocina, y he pensado que habría salido a comprar algo que se le había olvidado, pero ya está tardando demasiado.

—Pues no sé qué decirte, Marco —musitó ella.

—La he llamado al móvil y no me lo coge. También he llamado a su madre y a Carlos, pero tampoco saben nada.

—¿Has llamado a casa de Martina? Quizá haya ido allí a por algo.

—He llamado, pero salta el contestador.

Julia, acariciando la cabeza de *Johnny*, al oírlo repitió:

—Pues no sé qué decirte, la verdad.

Marco se tocó el pelo, se lo echó hacia atrás, y ella preguntó:

—¿Quieres que vaya allí contigo a esperarla?

Él lo pensó. Quizá con Julia al lado se pondría más nervioso, y respondió:

—Mejor no.

Ella asintió y, sin querer alarmarse, ni alarmarlo a él, insistió:

—De acuerdo, Marco, pero llámame cuando llegue. ¿Vale?

—Tranquila, lo haré.

Cuando colgó el teléfono, intentando mantener la calma, Marco se dirigió hacia la ventana, que abrió, y se apoyó en ella para mirar hacia el exterior. Quizá la viera llegar caminando por la calle.

A las tres de la madrugada, la tensión que sentía era tremenda. Impotente, llamó a la policía y los informó de su desaparición, pero, como imaginaba, aquéllos le restaron importancia, a pesar de sus gritos desesperados.

Dieron las cuatro, las cinco, las seis, las siete de la mañana y, a las ocho, salió de la casa y se dirigió hacia la de Julia. Necesitaba localizar a Eneko, el inspector amigo de Asier. Quizá él lo ayudaría.

* * *

El timbre de la puerta sonaba y sonaba y *Johnny* ladraba y ladraba. Con gesto de sueño, Julia se levantó de la cama y, al ver por la cámara del portero automático a Marco, rápidamente abrió. Verlo solo no hacía presagiar nada bueno.

Dos minutos después, él apareció tras su puerta y, hecho un manojo de nervios, murmuró:

—Sigo sin saber de ella.

Rápidamente Julia lo abrazó y, haciéndolo entrar en su casa, comentó:

—Te prepararé un café.

Marco asintió. No le vendría mal. Pocos minutos después, mientras se tomaban el café, él le contó todo lo acontecido, las cosas que María tenía preparadas para la pasada noche y, desesperada, Julia indicó:

—Deberíamos llamar a mi hermana.

—No.

—Creo que Martina...

Al oírla, Marco la miró a los ojos e indicó:

—No, Julia. Bastante tiene tu hermana con todo lo que le ocurre como para que tengamos que llamarla también para preguntarle dónde está María.

La joven lo entendía, lo entendía muy bien, pero hacerlo se estaba volviendo inevitable.

—Necesito el número de teléfono de Eneko —dijo él entonces—. El inspector amigo de Asier.

Julia asintió. Recordaba que su hermana se lo había apuntado en un papel y, rápidamente, cogiendo su bolso, lo buscó mientras insistía:

—Marco, deberíamos llamar también a Martina —y, viendo que en la cartera no tenía el papel que su hermana le había entregado, cerró los ojos y protestó—: ¡Mierda!

—¿Qué pasa? —preguntó Marco mirándola.

—Martina me anotó el número de teléfono de Eneko en un papel y me lo dejé en su casa.

—¡Joder! —exclamó él.

¿Por qué todo parecía ponerse en su contra?

Julia rápidamente se levantó y, mirándolo, dijo:

—Tardo dos segundos en vestirme. Iremos allí a buscarlo.

Una vez que ella, *Johnny* y Marco bajaron a la calle, se montaron en el vehículo de él.

Marco condujo en silencio. No podía hablar, mientras que en la mente de Julia no paraba de repetirse que no pasaba nada, aunque en su interior le gritaba que algo estaba a punto de ocurrir.

Cuando llegaron y encontraron un hueco donde aparcar, se encaminaron hacia el portal.

Y, al entrar, rápidamente Marco gritó:

—¡Joderrrrrrrr! Hay que joderse. Ahora el ascensor está estropeado.

Julia asintió, pero, intentando animarlo, dijo:

—Cuanta más prisa tiene uno, más lento se va. Venga, ánimo, son sólo cinco pisos.

Al dirigirse hacia la escalera, *Johnny* empezó a tirar de la correa como un loco. Julia lo regañaba, si seguía así, terminaría arrastrándola por el suelo. Tramo a tramo, la joven se percató de que ya no era sólo Marco quien estaba nervioso. Ella también lo estaba, y el nerviosismo de *Johnny* era patente. El animal estaba muy acelerado, pero decidió no comentarlo delante de Marco. Sólo le faltaba eso.

Llegaron sin aliento hasta la puerta de Martina, y mientras Julia sacaba las llaves, *Johnny* empezó a arañar la madera entre ladridos.

Marco y ella se miraron y ésta, tocando la cabeza del animal, susurró:

—Tranquilo, Mastodonte. Martina no está. Martina no está.

Tan pronto como Julia abrió la puerta, de un tirón, *Johnny* corrió hacia dentro y ella murmuró intentando bromear:

—Pues sí que extraña su casa. Ni que una lo tratara mal.

Marco no respondió.

Johnny ladraba y Julia, entrando en el salón, dijo encaminándose hacia el aparador:

—Si mal no recuerdo, me apuntó el teléfono en un cachito de papel que me dejó ¡AQUÍ! —dijo señalándolo mientras regañaba al perro—: *Johnny*, ¡cállate!

Pero el animal no dejaba de ladrar, y Marco, cogiendo el papel con el teléfono, lo miró y declaró:

—Voy a llamar.

—*Johnny*..., pero ¿qué te pasa?

Julia se dirigió hacia donde estaba el animal para calmarlo; los vecinos se quejarían del escándalo que estaba montado a esas horas de la mañana. De pronto, al entrar en la habitación, gritó:

—¡Dios mío!

Marco, que estaba en el salón marcando el número de Eneko, al oír eso corrió hacia donde estaba Julia, que continuaba chillando horrorizada, mientras el perro ladraba, y, al entrar en la habitación, se quedó paralizado al ver lo que tenía delante.

María..., *su* María... Estaba tendida en el suelo, sin vida, con un trapo enrollado alrededor del cuello.

—¡Nooooooooooooo! —gritó Marco, lanzándose literalmente encima de su amada, abrazándola y cubriéndola de besos—. María, cariño, María. Por favor, María..., por favor.

Contra la pared, Julia temblaba descontrolada. Ver a María sin vida y a Marco gritando como un loco mientras *Johnny* trataba de mover a la joven con el hocico estaba pudiendo con ella. No. Eso no podía estar pasando.

No supo cuánto tiempo estuvo sin poder moverse, hasta que de pronto, al sentir una mano, la miró y vio que era el vecino de Martina. Sin duda el escándalo que estaban armando había alarmado a todo el edificio.

—Voy... voy a llamar a la policía —indicó sacando al vecino de allí.

Con el corazón a mil, Julia corría por el pasillo en busca del teléfono. Entre gritos y lloros, llamó a la policía y, cuando colgó, su mirada enfocó el papel que Martina le había dejado, que estaba en el suelo. Lo cogió, marcó el número de Eneko y, cuando oyó su voz, sólo pudo decir:

—Soy Julia, la hermana de Martina. Por favor..., por favor, ven a su casa. Ha... ha ocurrido algo horrible. Horrible.

A partir de ese instante, todo se convirtió en una horrorosa pesadilla. Marco no paraba de abrazar a María y de acunarla, no había manera de alejarlo de ella, mientras que Julia, que lloraba desconsolada, tuvo que encerrar a *Johnny* en la cocina. El perro parecía enloquecido con lo que estaba ocurriendo.

Tras hacerlo, llamó a Carlos y, en cuanto colgó, sin saber realmente lo que había pasado, éste dijo mirando a Luis:

—Tenemos que ir a casa de Martina. Ha sucedido algo.

Llegó la policía, que desalojó el piso de vecinos, y, posteriormente, apareció el forense, quien, tras dictaminar la muerte de María, procedió al levantamiento del cadáver para llevársela al Instituto Anatómico Forense. Tenían que hacerle la autopsia.

Los médicos del Samur, al ver el ataque de nervios que tenían tanto Julia como un desconsolado Marco, al que hubo que reducir para poder llevarse el cuerpo de la joven, procedieron a administrarles unos sedantes. La experiencia que acababan de vivir era traumática.

Marco lloraba como un niño sobre el sofá. Como pudo, Julia lo acunó, pero nada le proporcionaba consuelo. Nada.

Llegó Eneko a la casa y la muchacha, al verlo, se levantó y, sin saber por qué, se hundió entre sus brazos y rompió a llorar. Eneko, acostumbrado a aquellas terribles cosas, la abrazó y, una vez que se tranquilizó, la miró y susurró:

—Lo siento.

Julia asintió y, cerrando los ojos, murmuró:

—Esto va a matar a mi hermana. La va a matar.

Él no dijo nada; lo ocurrido había sido terrible. A continuación se oyó jaleo en la puerta y, al mirar, se encontraron con Carlos y Luis, a quienes no dejaban entrar. Rápidamente Julia se deshizo de los brazos de aquél y Eneko, tras intercambiar una mirada con los agentes que custodiaban la puerta, les dio paso.

Segundos después, cuando aquéllos se enteraron de lo ocurrido, no podían dejar de llorar, hasta que vieron a un destrozado Marco tirado en el sofá y supieron que los necesitaba.

Eneko, dirigiendo al equipo que había llegado para tomar muestras, entró después en el salón, donde estaban Julia y el resto, y, mirándola, preguntó:

—¿Dónde está tu hermana?

—En Mérida, con Verónica.

Y, sin poder decir nada más, la muchacha se abrazó a él y rompió a llorar de nuevo mientras Carlos llamaba por teléfono a Asier y, como todos, lloraba también.

Capítulo 59

Mientras en Madrid vivían aquella locura tormentosa, en Mérida, ajenas a lo que ocurría, Verónica y Martina acababan de levantarse a las once de la mañana y estaban tomándose un café antes de ducharse. La noche anterior habían salido de juerga con los amigos de Verónica.

—Lo que me llegué a reír con Antonio y Mari Paz —afirmó Martina—. Esa pareja ¡es la bomba!

Verónica asintió, aquellos amigos suyos eran muy divertidos.

—Y tanto que son la bomba.

Tras reír mientras recordaban las anécdotas de la noche anterior, por último Martina se fue a la ducha. Habían quedado para comer.

Mientras ella se duchaba, Verónica seguía tomándose su café tranquilamente cuando su teléfono sonó. Era Carlos y, sonriendo, lo cogió. Pero la sonrisa se le heló y le faltó el aire al oír lo que aquél le contaba.

Cuando segundos después colgó el teléfono, todo su cuerpo temblaba descontrolado. Levantándose, se acercó a la cafetera. Necesitaba otro café.

María había muerto. Había sido asesinada en la casa de Martina e inevitablemente ella se lo tenía que decir.

Pero ¿cómo dar una noticia así?

Estaba pensando en ello cuando oyó que su amiga se aproximaba por detrás. Aunque intentaba evitarlo, la taza de café le temblaba con fuerza en la mano, y Martina, al verlo, se acercó a ella preocupada.

Verónica trató de controlar su cuerpo, sus ideas y su respiración. Debía hacerlo por ellas. Por María, por Martina. Tomando aire, invitó a su amiga a sentarse a su lado y unos segundos después se oyó llorar y gritar a una desconsolada Martina mientras Verónica la abrazaba hecha un mar de lágrimas.

Capítulo 60

El entierro se celebró tras tener el resultado de la autopsia, que dictaminó muerte por asfixia. Marco estaba destrozado, sumido en el más profundo dolor. No podría creer lo que estaba ocurriendo. Aquello era una película de terror.

María fue incinerada por expreso deseo suyo, y su madre no podía dejar de llorar. La pérdida de su hija era algo irreparable, tenía tanta vida, era tan activa que su muerte dejaba un gran hueco en sus corazones imposible de rellenar.

Después del entierro, Carlos llevó a sus amigos a su casa. Una vez allí, Martina y Julia se echaron en la cama un rato. Esta última estaba totalmente pendiente de su hermana, ya que Martina estaba destrozada.

En la cama, la joven sollozaba y su hermana susurró:

—Tranquilízate, tata...

Pero Martina era inconsolable.

—María... María ha muerto.

Julia asintió apenada. Aquello era terrible. Terrible. E, intentando aclararse la mente, musitó:

—Deberíamos haber avisado a mamá y a papá. Querían mucho a María y no nos lo van a perdonar.

Martina asintió, su hermana tenía razón. Pero, incapaz de enfrentarse a ellos y contarles lo que le estaba ocurriendo, respondió:

—Cargaré con las consecuencias cuando se lo diga.

Julia abrazó a su hermana con mimo y ésta, cerrando los ojos, se quedó dormida con la ayuda de los sedantes que le habían dado. En cuanto se durmió, Julia se levantó de la cama. No podía dormir.

Marco no hablaba. Estaba sumido en profundos pensamientos y, por más que alguno le hablase, contestaba cosas sin sentido. Verónica y Xavi, que estaban con Carlos y Luis en el salón, intentaban apoyarse unos a otros.

—¿A qué hora llega Asier? —preguntó el catalán.

Secándose las lágrimas, Luis respondió:

—Llegará al aeropuerto de Barajas a las cuatro de la tarde.

—Iré a buscarlo —afirmó aquél.

Carlos asintió y Verónica, rompiendo a llorar de nuevo, musitó mientras Xavi acudía a abrazarla.

—Esto... esto es una maldita pesadilla.

A las cinco menos cuarto, Asier entraba por la puerta de casa de Carlos con el semblante serio. Tras besar a Julia y a Verónica, se acercó a Marco, que, al verlo, rompió a llorar en sus brazos como un niño, y Asier, cerrando los ojos, lloró con él.

Imaginar por lo que estaba pasando aquél era terriblemente duro. Y, sin hablar, se dedicó a abrazarlo hasta que dejó de llorar.

Con Marco más tranquilo, Asier se levantó, Carlos ocupó su lugar y, tras una indicación de Julia, Asier se acercó al dormitorio de Carlos, donde estaba Martina.

Allí estaba todo oscuro y en silencio. Sus ojos tardaron en acostumbrarse a la oscuridad unos segundos, pero por fin la vio. Martina estaba tumbada de lado en la cama, con los ojos cerrados. Despacio, se acercó a ella, y ésta, sin abrir los ojos, levantó los brazos hacia él. Asier rápidamente la abrazó. No hacía falta hablar.

Durante dos días y dos noches, Martina no se levantó de la cama. No habló y apenas comió. No tenía fuerzas para nada. Su amiga María había muerto y para ella ya nada tenía interés.

Al tercer día, todos estaban desesperados por Martina. La joven parecía haberse encerrado en una espiral malsana y no sabían qué hacer. Asier, tras hablar con Julia, le hizo entender que tenía que llamar a sus padres. Le gustara o no a Martina, merecían saber lo que le había ocurrido a María y, sobre todo, lo que le ocurría a su hija. Julia asintió, sabía que aquél tenía razón.

Esa tarde, abrazado a ella mientras ésta seguía tumbada en la cama, Asier notó que toda ella temblaba. Lloraba, se lamentaba y no paraba de repetir que por qué había sido María y no ella.

—Cariño, tranquilízate.

—No puedo..., no puedo...

—Sí puedes —insistió él—. Tienes que intentarlo.

Martina no respondió, y Asier declaró:

—Han pasado tres días. Creo que habría que llamar a tus padres.

La joven volvió a llorar. Se negaba a hablar de aquello, pero él insistió:

—Cariño, son tus padres.

—Lo sé —sollozó—. Sé que no he actuado bien, pero... pero...

No pudo continuar. La angustia se apoderó de ella de nuevo y Asier, abrazándola, musitó:

—Tranquilízate.

El llanto incontrolado de Martina era desgarrador y ella, necesitando soledad, le rogó y le pidió que la dejara a solas. En un principio Asier se resistió, pero finalmente, y entendiendo que era lo mejor, salió de la habitación.

Una vez que la joven se quedó a solas, se hizo de nuevo un ovillo sobre la cama y lloró y lloró hasta que sintió que se ahogaba y se sentó en la cama para respirar. Al hacerlo, cogió unos clínex, se secó la cara y murmuró:

—Vale, ya sé que estarás diciendo que soy una jodida llorona de lágrima fácil, pero... pero, María, tú eres Mi Sielo Asul... ¿Qué voy a hacer sin ti?

Incapaz de seguir sentada, se tumbó y muy pronto se quedó dormida. Eso era lo único que la reconfortaba.

Un rato después, se despertó sobresaltada. Enseguida miró a ambos lados en busca de María. ¿Estaba allí?

Se sentó sobre la cama y rápidamente recordó el porqué de aquel despertar tan brusco. Había soñado con su amiga, que en el sueño se reía de ella por ser tan llorona.

Un buen rato después, cuando Asier entró en la habitación, se quedó sorprendido al verla sentada en la cama y oírla decir:

—Mis padres se van a enfadar mucho conmigo.

Él se acomodó a su lado y entonces ella añadió:

—He soñado con María.

Ambos sonrieron, y él, intentando que sus palabras fueran siempre positivas y sumaran más que restaran, respondió:

—Escucha, cariño, ante el dolor que sientes admito que no sé ni qué decirte. Pero quiero que sepas que estoy aquí para todo lo que necesites y que no me voy a ir. Si deseas hablar, hablaremos. Si necesitas callar, callaremos. Si deseas correr, correremos. Y si te apetece reír, reiremos.

Al oír eso, Martina sonrió con tristeza y, cogiendo su mano, la agarró, se la llevó a los labios y musitó besándole los nudillos:

—Gracias.

Conmovido por el desconsuelo que reflejaban la mirada y el rostro de la joven, él insistió:

—Sé que nada ni nadie suplirá a María, pero tienes que seguir adelante. Por ti, por ella, por todos...

—Si ella estuviera aquí, me diría: «Lo que ha ocurrido es una putada, pero, tronca, esto hay que superarlo...».

Al oír eso, Asier sonrió.

—Sin duda.

Martina tragó el nudo de emociones de su garganta y decidió:

—Tengo que levantarme, ducharme y ver a mis padres.

Su seguridad sorprendió a Asier, y la joven insistió:

—Siempre admiré su fortaleza, su falta de miedo a la vida y, sobre todo, cómo encaraba los problemas.

Él asintió con cariño y, cuando iba a hablar, Martina murmuró:

—¿Sabes?..., a veces me decía una cosa que...

No pudo continuar. Las palabras se rompieron en su garganta, y él preguntó:

—¿Qué te decía?

Martina tragó el nudo de emociones que apenas la dejaba respirar, cerró los ojos y cogió aire. Debía cambiar. Debía ser más como María, y, abriendo los ojos, contestó:

—En una ocasión, cuando hablábamos sobre la vida y la felicidad, ella me preguntó que, en caso de que ella muriera, yo qué pensaría. ¿Que fue feliz y vivió exprimiendo la vida a tope o que fue una puñetera y amargada infeliz que no supo disfrutar de la vida?

—¿Y qué le respondiste?

Sonriendo con los ojos plagados de recuerdos, Martina contestó:

—Que fue feliz y que, gracias a su positividad, supo vivir una vida estupenda.

Asier asintió, y aquélla prosiguió:

—María rio. Vivió. Amó. Disfrutó haciendo locuras, y sé que se sintió muy amada por todos los que la queríamos. Ahora entiendo lo que, a su manera, deseaba explicarme. Y ahora soy consciente de que disfrutó de la vida mucho más que cualquier otra persona aunque viva cien años. Quizá por lo que le pasó en su infancia, María entendió lo que era la vida y lo mucho que había que disfrutarla. Y creo que ahora lo he entendido yo.

Al oírla, Asier le retiró el pelo del rostro y declaró:

—Sin duda, estará muy orgullosa de oírte decir esto.

Martina asintió.

—Entonces hazlo —prosiguió él—, y esa fuerza que ella te dio hará que siga siempre viva en tu corazón. Entiendo que ahora es complicado no estar triste por su recuerdo. Sé que dolerá su ausencia, pero escucha, cariño, para nuestra suerte, María estuvo y estará siempre en nuestras vidas. Tuvimos el placer de conocerla, y su bonito recuerdo siempre nos hará sonreír.

Martina asintió emocionada. Dolía mucho pensar en María en pasado. Pero, intentando ser fuerte por ella, susurró:

—El último día que estuvimos juntas, sin saber que era la última vez que nos íbamos a ver, le prometí que iba a ser valiente, y lo voy a ser por ella y por mí.

A Asier le gustó oír eso, y entonces la joven preguntó:

—¿Cómo está Marco?

Sin querer mentirle, pues llegados a ese punto no servía de nada, él contestó:

—Destrozado y bloqueado. Ahora está con Luis en su casa. Regresarán a la hora de comer.

Dolida por oír eso, ella asintió, y Asier, intentando que su chica no perdiera esa fuerza que estaba tratando de recuperar en honor a su amiga, sugirió:

—Deberías hablar con él.

—Quizá no quiera hablar conmigo —susurró Martina.

—¿Por qué no va a querer hablar contigo?

Angustiada, e intentando no derrumbarse, musitó:

—Porque María ha muerto por mi culpa.

Oír eso era terrible. Que Martina se sintiera culpable de algo tan horrible no era bueno para ella, y Asier, mirándola a los ojos, rápidamente indicó:

—Ni él piensa que tú seas culpable ni lo piensa nadie. Por tanto, quítate eso de la cabeza porque no es verdad.

—¿Lo dices en serio?...

—Totalmente, cariño. Y ahora sólo te voy a decir una cosa más antes de que te vayas a duchar, y es: déjate llevar por el corazón como te pidió siempre María, ¿entendido?

Martina asintió. Sin duda era lo que tenía que hacer.

Si a ella le hubiera pasado algo, María no sólo se habría ocupado de reconfortar a Asier, sino que también lo habría hecho con sus padres y su hermana. Por tanto, tenía que reaccionar y tirar para adelante. El dolor por lo ocurrido siempre estaría en su corazón, pero debía continuar su camino, por lo que, levantándose, musitó:

—Voy a ducharme, luego hablaré con Marco y mañana Julia y yo nos iremos a Consuegra. Ésta es una noticia que no ha de darse por teléfono.

—Yo os llevaré —se ofreció Asier.

Martina negó con la cabeza. Lo último que le apetecía era que su madre lo viera. Comenzaría a preguntarle, y no tenía ganas de hablar de aquello, pero él insistió:

—No te voy a dejar sola te pongas como te pongas. Si no quieres que tus padres me conozcan, no hace falta ni que me los presentes, ni les hables de mí. Simplemente os llevaré en el coche, os dejaré en su casa y, cuando me llames, iré a buscaros a donde me digas.

Martina lo pensó. Le gustara o no, era buena idea, y afirmó:

—De acuerdo.

Él asintió complacido y, una vez que ella fue a ducharse, salió de la habitación.

Cuando Martina entró en el baño de Carlos y cerró la puerta, se miró en el espejo. Su aspecto era desastroso, terrible. Y, tras mirarse durante un par de minutos y tomar fuerzas para encarar una nueva vida sin su amiga, afirmó conteniendo las ganas de llorar:

—Ya sé que estarás diciendo que soy una fulana de lágrima fácil, pero te voy a echar tanto de menos... —Una lágrima rodó por su mejilla. Martina se la limpió con la mano y, sin apartar la mirada del espejo, afirmó—: Sin embargo, lo último que te prometí fue que sería fuerte, y así será.

Capítulo 61

Ir a Consuegra y contarles a sus padres lo que le había ocurrido a María no fue fácil. El disgusto que se llevaron al enterarse de la noticia fue terrible. Y Martina, con una fortaleza que hasta a ella misma le sorprendió, trató de consolarlos. Era lo que tocaba.

No les contaron la verdad de lo sucedido, sino sólo una verdad a medias. De momento, cuanto menos supieran, mejor para ellos. La joven sabía de la aprensión que sus padres tenían a una ciudad como Madrid, y decidió omitir cierta información. Era lo mejor.

La noticia noqueó tanto a Sagrario y a Martín que, cuando Asier fue por la tarde a buscar a las chicas para regresar a la capital, ni siquiera le preguntaron por él, algo que Martina agradeció.

Marco, por el contrario, y a pesar de la conversación que mantuvo con la joven, no conseguía remontar. Era tal su desazón que finalmente una mañana, tras despedirse de la gasolinera, llamó por teléfono a Eneko y, tras hablar con él y decirle adónde se marchaba por si lo necesitaban para la investigación, cogió una maleta, la llenó y se encaminó a casa de Martina, que estaba acompañada de Asier.

En cuanto le abrieron la puerta, Marco entró y les anunció:

—Me voy.

Asier y Martina se miraron, y ella preguntó:

—¿Cómo que te vas?

Él suspiró y, mirándola, respondió:

—No puedo seguir viviendo en Madrid. Todo me recuerda a ella. Egoístamente, necesito que María deje de ser mi aire para vivir, y para eso he de alejarme de aquí para aprender a vivir sin ella.

Ninguno de los dos dijo nada, no podían, y Marco prosiguió:

—Llamé a un antiguo compañero de la naviera noruega y pasado mañana he de estar en el puerto de Oslo para embarcar. Hablé con Eneko para decírselo y él sabrá cómo localizarme en caso de ser necesaria mi presencia.

Martina, al oír eso, sintió que el corazón se le encogía. No sólo María había desaparecido de su vida, sino que ahora también lo hacía Marco, aunque lo comprendía perfectamente. Y, comprendiendo la valentía de aquél, lo abrazó y murmuró:

—Cuenta con mi apoyo.

Marco cerró los ojos. Estaba muerto por dentro y, desconsolado, musitó:

—Sé que no me voy en el mejor momento. Pero no puedo, Martina..., no puedo.

La joven asintió. Lo entendía muy bien. Perder a un ser querido no era fácil. Es más, en su momento, cuando pasó lo de Miguel, si ella hubiera podido, también habría desaparecido. Pero sus circunstancias habían sido otras. E, intentando hacerle ver que sabía lo que sentía y que no debía sentirse culpable por nada, susurró:

—No estaré sola y sé que, si te necesito, vendrás.

—Tenlo por seguro —afirmó Marco, al que las lágrimas le resbalaban por las mejillas.

Martina, limpiándoselas, trató de sonreír y musitó:

—Te echaré mucho de menos. Y estaré aquí siempre que me necesites o quieras; lo sabes, ¿verdad?

Marco asintió con tristeza.

—Lo sé. Claro que lo sé.

Mientras abrazaba a Martina, Marco miró a Asier y éste asintió. Comprendía su decisión.

Capítulo 62

Dos días después de la marcha de Marco, Sagrario y Martín decidieron trasladarse a Madrid para estar con sus hijas. Lo ocurrido con María había sido una inesperada y terrible pérdida y necesitaban saber que estaban bien.

Asier, que prácticamente vivía en casa de Martina, tuvo que salir de allí en cuanto llegaron. La joven no estaba preparada para contarles a sus padres su relación y él lo respetó, aunque Sagrario, como la madre de Martina que era, se percató en el acto de cómo ambos se miraban y se sonreían.

Una mañana, mientras Martina estaba arreglando su habitación, sonó el timbre de la puerta de entrada y su madre, que salía de la cocina, dijo:

—Deberías avisar a la comunidad para que arreglen la puerta del portal.

Martina asintió, hacía un par de días que estaba estropeada, e indicó dejando la ropa que llevaba en las manos sobre la cama:

—Vale, mamá. Luego se lo diré al presidente. Abro yo.

—Anda, muchacha..., si ya estoy yo aquí.

Antes de que Martina pudiera salir de su cuarto, oyó a su madre abrir la puerta. Eso la alertó, pero al oír las voces de Carlos y Luis se tranquilizó.

Rápidamente fue hacia el salón, que era adonde su madre los había dirigido, y al entrar y ver que Sagrario la miraba a la espera de que se los presentara, la joven dijo con una sonrisa:

—Mamá, éste es Luis, un amigo. A Carlos ya lo conoces.

—Encantada, Luis —saludó ella y, mirando al otro, indicó—: Pues no sé de qué tengo yo que conocer a Carlos, pero, hermoso, ¡encantada!

Al oír eso, la joven miró a su madre e insistió:

—¿Cómo que no conoces a Carlos?

—¿De qué tengo que conocerlo? —repuso Sagrario.

Martina miró a su amigo, que tenía la vista clavada en los pies, e indicó:

—¿No fue Carlos quien os recogió de la estación de Atocha aquel día?

Sagrario, totalmente segura, lo miró y afirmó:

—Pues no, hermosa. Él no fue.

La mirada que Carlos notó por parte de Martina le hizo saber que eso le iba a acarrear problemas.

—Ah, es cierto, mamá —susurró la joven—. Perdona. —E, intentando sonreír, preguntó dirigiéndose a sus amigos—: ¿Qué os apetece beber?

Tras pedir unos simples vasos de agua, como era de esperar, Sagrario se ofreció a ir a por ellos, y en cuanto ésta desapareció del salón, Carlos musitó mirando a su amiga:

—Es cierto, Martina. Yo no fui. Pero todo tiene su explicación.

Sin dar crédito, ella abrió la boca, pero Luis murmuró:

—¿Alguien me puede explicar qué pasa?

Apretando la mandíbula, la joven miró a su amigo, y, encendiéndose un cigarrillo, apremió:

—Estoy esperando.

Carlos asintió y, tras aclararse la garganta, empezó a decir:

—Bueno, el caso es que Julia me...

—Julia... —lo cortó ella amargamente—, ¡cómo no!

Avergonzado como un chiquillo por aquella mentira, que nunca pensó que tendría relevancia alguna, Carlos insistió:

—A ver, Martina. Julia me contó que el día que tus padres vinieron le surgió algo y tuvo que mandar a un amigo suyo a recogerlos. Sin embargo, como le daba miedo contártelo, o vete tú a saber qué, inventó que había ido yo.

—Ah..., ¡genial!

—Luego me pidió el favor de que, si tú me preguntabas, pues eso..., que dijera que ese Carlos era yo. —Y, mirándola con ojos suplicantes, murmuró—: Siento haberte decepcionado, pero creí que ayudando a tu hermana en esa pequeña mentira evitaría una discusión entre vosotras.

Martina dio una calada a su cigarro. Lo de Julia no tenía nombre y, molesta, preguntó antes de que su madre regresara:

—¿Y crees que hiciste bien?

—Ahora veo que no.

La joven gruñó y, bajando la voz para que Sagrario no la oyera, protestó:

—¿Me estás diciendo que mi querida...? Esa imbécil me va a oír cuando venga.

—Martina, lo siento. Perdóname.

Al oírlo, ella sacudió la cabeza y finalmente, abrazándolo, susurró:

—Por supuesto que te perdono, pero, como he dicho, Julia me va a oír.

En ese instante, Sagrario apareció con una bandeja con una jarra de agua y varios vasos de cristal vacíos y Luis, para disimular el malestar, comentó:

—Creí que Julia estaría aquí.

Al oír eso, Sagrario asintió e indicó dejando la bandeja sobre la mesita:

—Ha ido con su padre a pasear a *Johnny*. No creo que tarden.

Una vez que los cuatro se sentaron en el sofá, comenzaron a hablar y Martina se percató de cómo su madre intentaba sonsacarles información a aquéllos sobre Asier. Carlos y Luis, que se daban cuenta de ello, respondían con cautela, y cuando Sagrario se levantó y fue a la cocina a por más agua, Martina la siguió y cuchicheó:

—Mamá, ¿quieres dejar de preguntar por Asier?

Al oírla, ella la miró e indicó:

—Si tú no me cuentas nada, ¡tendré que preguntar!

Asombrada por la perspicacia de su madre, la joven meneó la cabeza y murmuró:

—Vale, lo admito. Asier es un amigo especial.

Oír eso a Sagrario la hizo sonreír y, dejando la jarra sobre la encimera, susurró:

—¡Pero, alhaja..., eso es maravilloso!

Como Martina ya intuía, su madre comenzó a hacerle mil preguntas, hasta que *Johnny* entró en la cocina.

—Pero mira quién ha venidoooooooooooo —saludó Sagrario con cariño al perro.

Martina salió enseguida de la cocina. Al entrar en el salón, miró a su hermana directamente a los ojos y ésta desvió la mirada. Sabía que había sido pillada en su mentira.

Martín, ajeno a lo que allí ocurría, al ver a dos desconocidos en el sofá, se paró y saludó:

—Hola, buenas.

Julia no se movió. Estaba roja de la vergüenza, y Martina, para salvar el momento, dijo acercándose a su padre:

—Mira, papá. Ellos son Carlos y Luis. Dos buenos amigos míos.

Con diligencia, aquellos dos se levantaron para estrecharle la mano al padre de Martina, pero de pronto Julia, sorprendiéndolos a todos, rompió a llorar y Martín preguntó mirando a su hija:

—Pero ¿qué te ocurre, mi vida?

Martina observó la situación sin moverse. Estaba enfadada. Muy enfadada. Tanto que no le daba ninguna pena su hermana. Su madre apareció por la puerta con la jarra de agua y, al ver aquello, rápidamente la dejó sobre la mesa y musitó, yendo a abrazar a Julia:

—Pero bueno..., pero bueno..., pero bueno..., alhaja, ¿qué te pasa?

Sin embargo, Julia no podía dejar de mirar a su hermana, y susurró:

—Lo siento, Martina...

Al oír eso, Martín miró a su hija mayor, y Julia insistió:

—Te... te lo iba a decir. Yo no pretendía...

—¡¿Tú no pretendías qué?! —gritó Martina con dureza sin dejarla terminar la frase.

Luis y Carlos observaban la escena mientras Sagrario, acostumbrada a aquellas discusiones entre sus hijas, decidió intervenir.

—Venga..., vamos..., no creo que lo ocurrido sea tan grave como para...

—Mamá, por favor —gruñó Martina.

Al oír a su hija, la mujer iba a hablar cuando Martín, mirando a su mujer, exigió:

—Sagrario, mejor cállate.

Ella, apurada por la escena, no sabía qué hacer, y Martina insistió:

—¡Eres una egoísta! Te lo advertí. Te dije que no metieras a mis amigos en tus mentiras.

Julia lloraba; llevaba demasiado tiempo callando algo que le estaba ocasionando daño. Su hermana continuó:

—¿Se puede saber por qué me mentiste? ¿Acaso soy un ogro contigo y no intento comprender tus rarezas o tus tonterías?

—Martina...

Pero ella estaba demasiado cargada con todo lo que había ocurrido últimamente, y, sin importarle las consecuencias, soltó:

—No me vengas con más mentiras. Te dije que fueras a buscar a mamá y a papá a Atocha porque sabías tan bien como yo que no les gusta la capital. Pero tú... tú... eres una egoísta y, en lugar de pensar en nuestros padres, enviaste a saber Dios a quién a buscarlos y encima tuviste la desfachatez de pedirle que dijera que se llamaba Carlos para que yo creyera que había sido este Carlos y no otro.

El aludido se encogió al sentirse observado por todos, y Martina prosiguió:

—Y, por si eso fuera poco, encima tuviste la cara dura de hablar con este Carlos para decirle que, si yo le preguntaba, contara que había sido él quien los había ido a buscar a la estación. Pero, Julia, ¿a qué juegas? ¿Cuándo vas a madurar?

Martín miraba atónito la escena mientras Sagrario, con gesto confuso, no sabía qué decir. Julia afirmó entre sollozos:

—Tienes razón. Pero es que no sé qué ocurrió, yo pensaba ir, pero...

—Pero te salió algo mejor, ¿verdad que no me equivoco? —la cortó Martina.

Julia no respondió, no podía. Y Sagrario, intentando poner paz entre sus hijas, intervino:

—Vamos, Martina, déjalo. Pero ¿qué problema hay, hermosa? Si no pudo ir ella a recogernos ese día, pues mandó a un amigo suyo y ya está.

Martina maldijo al oírla.

Su madre siempre exculpando las cosas malas que su hermana hacía, y cuando iba a contestar, Julia soltó:

—No, mamá. La tata tiene razón. —Y, dirigiéndose a Martina, indicó consciente de que lo que iba a decir sería una bomba—: Ese día me quedé dormida en casa. Y... y... lo cierto es que no recuerdo haber mandado a ningún Carlos a recoger a papá y a mamá, y menos aún haberle dado las llaves.

Al oír eso, Carlos se envaró, y Martina, sin dar crédito, musitó:

—¿Cómo dices?

Julia, hecha un mar de lágrimas, explicó una y otra vez lo poco que sabía y, cuando se interrumpió para tomar aire, Luis, enfadado, la regañó:

—Eres una inconsciente, Julia.

—¿Me estás diciendo que durante todo este tiempo has sabido que alguien hizo eso y no lo has dicho? —gruñó Martina fuera de sí—. ¿Ni siquiera a la policía?

Hecha un manojo de nervios, aquélla asintió, y Carlos, olvidándose de que sus padres estaban allí, soltó:

—Pero ¿cómo eres tan irresponsable, Julia? ¿Cómo has omitido esa información con las cosas que le están ocurriendo a tu hermana y lo que le ha sucedido a María?

Oír eso hizo que Julia llorara con más intensidad, y Martín, que hasta el momento se había mantenido en un segundo plano, dio un paso adelante y preguntó:

—¿Qué está pasando aquí?

Ninguno habló y aquél, plantándose ante su hija mayor, exigió:

—Martina, acabo de darme cuenta de que me estás ocultando cosas, así que ya me estás contando qué está sucediendo aquí.

Al oír eso, Carlos, con la mirada, le pidió perdón a su amiga por haber hablado de más, y finalmente Martina, sentándose en una silla, tras sonreír a su amigo, decidió contar la verdad. Sus padres tenían todo el derecho a saberla.

Capítulo 63

La expresión de Martín y Sagrario cambiaba por segundos. Lo que Martina les estaba contando era una auténtica película de terror, y la mujer, horrorizada, dijo mirando a sus hijas:

—Pero ¿cómo nos habéis podido ocultar algo así?

—Mamá, no quería preocuparos —contestó Martina.

Un extraño silencio se hizo en el salón y Martín, ofuscado, miró a su hija pequeña y exclamó:

—Por el amor de Dios, Julia, ¿cómo pudiste ocultarle algo así a la policía? ¿Acaso no viste que tu hermana estaba en peligro?

La joven no respondió. La vergüenza no la dejaba hacerlo, y aquél insistió:

—Hija, ¿de verdad no sabes qué amigo tuyo vino a buscarnos a la estación?

Secándose las lágrimas con un clínex, la joven susurró:

—No, papá, no lo sé.

Martina se levantó entonces de la silla.

—Habría que llamar a la poli —dijo dirigiéndose a Carlos—. Tiene que saber esto.

Su amigo asintió, y Luis, mirando a los padres de aquéllas, preguntó:

—Ustedes vieron a esa persona... ¿Cómo era? ¿Qué recuerdan de aquel individuo?

Todos los miraron, y Sagrario comentó:

—Pues era muy agradable y parecía saber mucho sobre vosotras, sobre todo de ti, Martina.

Un escalofrío recorrió el cuerpo de la joven al oír su nombre. Pero, a diferencia de antes, una extraña valentía se apoderó de ella e insistió dirigiéndose a su madre:

—Mamá, ¿qué más recuerdas de él?

—Era un poco más alto que tu padre —añadió la mujer sin dudarlo—. Llevaba un pequeño pendiente en la oreja izquierda y, aunque tenía una gorra puesta, al coger una de las maletas, ésta se le cayó y vi que llevaba el pelo recogido en una coleta.

Según oyó eso, Martina se tensó. Aquella descripción le recordaba a alguien que conocía muy bien, y Julia, llevándose las manos a la boca, musitó:

—¡No puede ser!

Todos la miraron y ella, sin dudarlo, soltó:

—Según esa descripción, parece Dage, pero..., pero es imposible.

Martina abrió los ojos al recordar ese nombre del chat. Había sido aquella noche en la que *Johnny* estaba malo del estómago, cuando le habló a ella creyendo que era Julia.

Temblando, Julia se percató de que todos la observaban y repasó mentalmente lo que había ocurrido el día que estuvo con él. Se encontraron en la parada del autobús, compraron comida en el italiano, comieron en casa y se quedaron dormidos.

Repitió lo mismo para todos, omitiendo la parte en la que tuvieron sexo salvaje en el sofá.

Sin embargo, al despertar, ¡estaban juntos!

No podía haber sido él. Era imposible.

Ante lo que contaba, observó el gesto de reproche de su madre por haberse quedado dormida con aquel chico, pero en ese momento era lo que menos importaba.

Sonó de nuevo el timbre de la puerta y, levantándose rápidamente, Luis fue a abrir. Era Asier, que, al entrar, notó la tensión en el ambiente. De inmediato fue informado de lo que ocurría y, al ver a Martina alterada, sin importarle lo que los padres de aquélla pensaran, indicó:

—Tranquila, cariño. Llamaremos a Eneko y se lo contaremos.

—¿Cariño? —dijo Sagrario.

Martín, consciente de cómo su hija los miraba, replicó dirigiéndose a su mujer:

—Sagrario, no es momento.

Martina agradeció el comentario a su padre, e, ignorando la mirada de ella, miró a su hermana y preguntó:

—Julia, ¿te acordaste de comprobar si tenías la foto, como te pedí?

Al oír eso, ella la miró. Podía decir que sí cuando era que no. Pero, consciente de que sus mentiras complicaban más que ayudaban, respondió:

—Se me olvidó.

Todos la miraron y la joven pudo ver el reproche en sus caras; Martina, tomando las riendas, se levantó e indicó señalando la puerta:

—Necesito que vayas ahora mismo a tu casa y lo compruebes. Creo que es importante ver si tienes esa foto en tu poder o no.

Carlos y Luis se pusieron también en pie y el primero, dispuesto a decirle varias cosas a Julia en el camino, decidió:

—Venga, nosotros te acompañamos.

En cuanto se marcharon, Asier comentó:

—Llamaré a Eneko.

Martina asintió y, cuando él se dirigió hacia el dormitorio, su padre le preguntó:

—¿A qué esperabas para contarnos lo que te estaba pasando?

Martín tenía razón y, sentándose junto a él y su madre, la joven explicó:

—No quería asustaros.

—Pero, muchacha —musitó su madre—, somos tus padres. Nos preocupamos por ti. ¿Cómo no vamos a saber la verdad, por mucho que ésta asuste?

—Lo mejor es que regreses al pueblo con nosotros. En Consuegra no te pasará nada.

—Papá...

Martín, indignado por todo lo que había oído, insistió:

—Marcial es cazador. Él me dejará alguno de sus rifles y...

—Pero papáááá, ¡¿qué dices?! —replicó Martina sorprendida.

—Digo lo que siento —afirmó nervioso—. Yo te protegeré.

—Papá —susurró ella con cariño—, no me moveré de Madrid y, por favor, tranquilízate. La policía está en ello. Aquí estaré más protegida que si me voy al pueblo.

Sagrario se llevó la mano a la boca y comenzó a llorar. Estaba asustada. Acababa de enterarse de que María había muerto por todo aquel embrollo, y oír lo que su marido decía la asustó más aún. Martina, tras quitarle a su padre la idea de irse a Consuegra, la consoló. Le hizo saber que la policía la protegía, y finalmente Martín se le unió, sorprendido de no ver a su hija llorar. Sin duda, aquel problema la estaba curtiendo.

Minutos después, apurada al ver a su madre tan asustada con aquello, Martina se dirigió hacia la cocina a por agua fresca. Una vez allí, fue al armario, cogió un vaso y, abriendo el grifo, lo llenó de agua mientras su mente intentaba encontrar una respuesta.

—Maldita sea... —susurró—. ¿Quién eres?

Según dijo eso, notó unas manos en la cintura y, al volverse, se encontró con Asier, que, tras besarla en el cuello, dijo:

—Eneko viene para acá.

—Vale —contestó cerrando el grifo.

Incapaz de no abrazarlo, Martina dejó el vaso de agua sobre la encimera para enredarse en el cuerpo de aquél, que le preguntó:

—¿Estás bien?

La joven asintió y susurró mirándolo:

—Sí. Pero, ahora que sé lo que Julia ocultaba, me pregunto si...

Asier le puso un dedo en los labios. Sabía perfectamente lo que quería decir, y repuso:

—Piensa en el hoy. En el presente. En el ahora. No en lo que podría haber sido, porque eso te restará más que te sumará, y te aseguro que no beneficiará a tu hermana.

Martina asintió. Una vez más, él tenía razón y, sin dudarlo, le dio un beso en los labios. Lo necesitaba.

Estaba disfrutando de aquello cuando oyeron toser a su espalda. Era Martín. Rápidamente se separaron y él, con una sonrisa cómplice, señaló:

—Tu madre necesita agua.

Martina asintió. Cogió el vaso de la encimera y salió de la cocina. Martín y Asier se miraron. Ambos sonrieron, y al final este último comentó:

—No se preocupe, señor. Yo particularmente estoy cuidando de ella.

El hombre asintió. Desde el primer instante en que había visto a Asier, le había gustado. El muchacho tenía algo que le decía que era bueno para su hija, y, poniendo su mano en el hombro de aquél, afirmó:

—Me alegra saberlo. Y, por favor, hijo, tutéame.

Asier sonrió. Aquellas simples palabras lo dejaban todo claro entre ellos.

—De acuerdo, Martín, será un placer —declaró.

Una hora después se presentaron en la casa Eneko y su compañero Jaime y, tras encerrar a *Johnny* en el dormitorio de Martina para que los dejara tranquilos, la joven les relató lo que su hermana les había contado y éstos tomaron nota. Estaban hablando de aquello cuando regresaron Luis, Carlos y Julia. Esta última, al ver al policía, lo saludó y él, mirándola, le reprochó delante de todos:

—Señorita Sánchez, no habría estado de más que hubiera contado esto desde un principio.

Julia asintió.

A pesar de lo mal que se sentía, algo en ella se había liberado. Contar aquello que ocultaba había sido como quitarse una pesada losa de sus espaldas, por lo que respondió:

—Lo sé. Y lo siento mucho. Muchísimo.

Nadie dijo nada, y Eneko preguntó:

—¿Estaba la foto en su casa?

Ella negó con la cabeza. Al oírlo, Martina cerró los ojos horrorizada y Eneko, mirándolos a todos, que los observaban, pidió dirigiéndose a la joven:

—Necesitaría un poco de intimidad para hablar con ella.

Rápidamente Martina miró a sus padres y a sus amigos y resolvió:

—Todos a la cocina. Eneko tiene que hablar con Julia.

A regañadientes, aquéllos, dirigidos por Asier, se marcharon a la cocina; Julia, que se había sentado en una silla, agarró la mano de su hermana y susurró:

—Quédate.

Martina miró a Eneko y a Jaime, y al ver que éstos asentían, se quedó con su hermana e indicó mirando a Asier:

—Quedaos todos en la cocina.

Una vez que aquél cerró la puerta, Eneko se sentó frente a una ojerosa Julia.

—Necesito saberlo todo de ese tal Dage y cómo lo conociste.

Sin dudarlo, la muchacha comenzó a hablar. Les contó que se llamaba Rubén, pero que en internet su *nick* era Dage, nombre por el que ella solía llamarlo. Les comentó que el primer día que contactó con él en la red le dijo que era *hacker*, que sabía que el ordenador desde el que entraba en el chat era de Martina, pero a ella no le extrañó. Tenía algún que otro amigo *hacker* y sabía la información que aquéllos podían llegar a recabar. También les comentó que desde el principio él le había pedido que ocultaran su relación a los demás. ¿Por qué? Nunca se había parado a pensarlo hasta ese momento.

Sollozando, continuaba hablando de aquél cuando Eneko afirmó:

—Supuestamente, si ese tipo del que hablamos tiene algo que ver en todo esto, a través de ti tenía controlados todos los movimientos de tu hermana.

Julia no paraba de llorar. Estaba desconsolada, y en un momento dado sollozó:

—Si yo lo hubiera contado, quizá María...

Al oír eso, Martina la miró y, recordando lo que Asier le había dicho, indicó:

—Julia, no pienses eso, que nadie te haga creerlo.

Pero la muchacha se sentía muy mal, y musitó destrozada:

—Pero yo...

Sin dejarla terminar, Martina la abrazó. No pensaba consentir que su hermana cargara con aquella terrible mochila a sus espaldas.

—Tú no tienes la culpa de nada, cariño —insistió—. Lo que le ocurrió a María fue un desafortunado accidente que sucedió por encontrarse ella en el lugar y el momento equivocados, no porque tú no contases eso.

—Tiene razón su hermana, señorita —afirmó Jaime intentando echar un cable.

—Julia —prosiguió Martina—. El pasado, por desgracia, no lo podemos cambiar, pero sí podemos mejorar el presente. Por tanto, no pienses tonterías que sólo enturbiarán tu vida y suma, suma siempre cosas a la vida y no le restes.

Julia asintió llorando. Necesitaba oír eso. Se sentía tan mal y tan culpable por todo desde la muerte de María que apenas si podía respirar. Estaba intentando procesar lo que su hermana había dicho cuando Eneko, que había estado escuchando hasta el momento, susurró:

—Julia...

Oír que aquel tipo la llamaba por su nombre hizo que la joven levantara la mirada.

—Culparte por lo ocurrido, además de un terrible error, no es una solución —añadió él—, porque no fuiste tú quien acabó con la vida de María.

Julia tragó el nudo de emociones que apenas si la dejaba respirar, y él continuó:

—El error que cometiste al omitir esa información se ha convertido en algo que yo particularmente llamo «lección vital». Y, créeme, las mejores lecciones vitales se aprenden en los peores momentos. Recuerda, del pasado no se vive, pero sí se aprende. Y tú seguro que has aprendido, y mucho.

Julia asintió y, emocionada por sus cariñosas palabras, musitó:

—Gracias.

Eneko sonrió y Julia, una vez que tomó fuerzas de nuevo, continuó contestando a las preguntas y, a petición de él, volvió a describir a Dage: rubio, con melena, ojos verdes, un poco más alto que ella y, en ocasiones, había ido a buscarla en moto.

De nuevo la mente de Martina se aceleró. ¿Podía ser lo que estaba pensando?

Y Jaime, mirándola, preguntó:

—¿Ocurre algo?

La joven, que acababa de encenderse un cigarrillo, asintió e indicó segura:

—Creo que yo también sé quién es el tal Dage. Aunque yo lo conozco por Enrique..., trabaja conmigo en el colegio.

Al oír eso, Julia miró a su hermana. Ella no conocía a Enrique. Había comenzado a trabajar en la escuela después de que a ella la despidieran del comedor, y preguntó sorprendida:

—Enrique, el que te regaló los pendientes para tu cumpleaños, ¿coincide con esa descripción?

Con pesar, Martina asintió y, retirándose el pelo del rostro, matizó:

—Sí. Pero pensar que pueda ser él ¡es una locura! Sin embargo, Enrique es tal y como lo describes y, bueno..., él me besó.

Al oír eso, los dos detectives y su hermana la miraron y ella, con gesto de incredulidad, añadió:

—Vale, la secretaria del colegio siempre me ha dicho que él estaba colgado de mí, pero yo nunca le he hecho caso. No obstante, cuando terminaron las clases, un día fuimos él y yo a tomar algo al bar de enfrente de la escuela y me besó. Y..., bueno, al ver mi reacción, me pidió disculpas y yo se las acepté. No hubo más.

Eneko asintió y, con un bolígrafo en la mano, preguntó:

—¿Sabes su dirección?

La joven negó con la cabeza.

—No. Pero imagino que en los archivos del colegio debe de constar. Aunque sí tengo su correo electrónico y su número de móvil. Su *nick* en el portal de Chatmanía donde nos solemos encontrar a veces es «Ersorro».

Él rápidamente apuntó todo lo que ella le decía y luego indicó:

—Con esto me vale para encontrarlo.

A continuación se levantó y añadió mientras Jaime cerraba su libreta:

—Nos vamos. Estamos en contacto.

Julia se puso en pie a su vez y Martina, mirándolos, dijo:

—Si no os importa, voy a soltar a *Johnny*. No lleva muy bien lo de estar encerrado.

Cuando ella desapareció, Julia acompañó a los dos detectives hasta la puerta. Jaime salió al descansillo a llamar el ascensor, y ella, agarrando a su compañero del brazo para atraer su atención, dijo:

—Eneko...

—Vaya..., ¡ya no soy Muñeco! —se mofó él.

Julia se sintió fatal y murmuró:

—Lo siento de verdad. Siento ser tan maleducada en ocasiones.

El detective asintió, al menos lo reconocía, y ella añadió:

—Gracias por tu paciencia, por el modo en que estás llevando el caso de mi hermana y por tus palabras de antes. Te puedo asegurar que han sido muy importantes para mí. ¡Te debo una!

—Con un café me vale.

Según oyó eso, Julia parpadeó y, asombrada, preguntó:

—¿Me estás pidiendo una cita?

El mismo Eneko se sorprendió al oírla y, viendo que la puerta de la cocina se abría en ese instante, replicó:

—No. Sólo un café.

Sin saber qué más decirse, ambos se miraban cuando el grupo en bloque llegó hasta la puerta, y Eneko, para disimular y salir del apuro en el que él mismo se había metido, indicó mirando a Julia:

—Recuerde, señorita Sánchez. Ni usted ni su hermana han de salir solas a ningún sitio, ¿entendido?

—No se preocupe, inspector Aguirre —aseguró Martín acercándose a ella—. Ninguna de mis hijas se quedará sola mientras yo esté aquí.

Dicho eso, Eneko dio media vuelta y se metió en el ascensor, que su compañero mantenía abierto mientras sonreía.

¿En serio le había pedido un café a aquella insufrible muchacha?

Capítulo 64

Al día siguiente, después de la hora de comer, cuando Martina y su hermana veían la televisión con sus padres, Carlos fue a visitarlos.

Tras charlar durante un rato los cinco tomando una taza de café, Martina comentó que necesitaba salir a la calle para que le diera el aire. Su padre se ofreció de inmediato a acompañarla, pero ella, al ver cómo Carlos la miraba, decidió que fuera éste. Quería hablar con él.

Ya en la calle, se encaminaron con *Johnny* hacia el parque de El Retiro, y tanto ella como Carlos llevaban los ojos bien abiertos. No querían sorpresas.

Esperaron en un semáforo a que se pusiera en verde para cruzar, y entonces Martina, agarrada del brazo de su amigo, susurró:

—¿Por qué? ¿Por qué me tiene que estar pasando esto?

—Ojalá lo supiera, querida.

Ella arrugó la nariz y Carlos, intentando sacarle una sonrisa, musitó:

—Al parecer, levantas pasiones y no nos habíamos dado cuenta de ello.

—¿Pasiones? —gruñó la joven amargamente—. Mi mejor amiga ha muerto. Mi vida se desmorona y siento un vacío tan profundo en mi interior que no sé si sabré cómo repararlo.

Carlos asintió al oírla. Y, entendiendo lo que decía, afirmó:

—Lo harás. Eres fuerte y lo harás.

Con un silencio cómplice, continuaron su camino hasta llegar a un lugar del parque en el que sabían que podían soltar a *Johnny*. En cuanto lo hicieron para que correteara y disfrutara, ambos rieron a carcajadas al comprobar lo feliz que era el animal.

—María siempre decía que en la receta de la felicidad estaba incluido tener un perro —comentó entonces Martina.

Ambos sonrieron y la joven añadió:

—La echo tanto de menos...

—Yo también —afirmó Carlos.

—Daría lo que fuera por verla, por hablar con ella... —y, suspirando, murmuró—: ¿Por qué? ¿Por qué le ha tenido que pasar eso?

Carlos, al que el tema de María lo tenía aún muy blandito, respondió limpiándose una lágrima:

—Ojalá supiera qué responderte, Martina. Ojalá.

Ambos cabecearon, y él añadió:

—Por desgracia, María se ha ido, y nosotros tenemos que seguir adelante con nuestras vidas.

—Pero es tan difícil..., no puedo dejar de pensar en ella.

—Lo sé, cielo..., lo sé. Pero vivir es así.

—¿Habéis sabido algo de Marco?

—Luis habló con él cuando llegó a Oslo —explicó Carlos—, pero no ha sabido nada más. Y aunque ahora es un hombre destrozado por el dolor, sé que es fuerte y continuará con su vida como has de hacerlo tú y todos. María así lo querría.

La joven asintió e, intentando no llorar, respondió:

—Sólo tenemos una vida y de nosotros depende que consigamos que sea maravillosa o una gran mierda.

—Exacto —afirmó Carlos—. Y como no queremos que sea una gran mierda, remontaremos de todo lo malo que nos está ocurriendo y, cuando lo hagamos, María continuará en nuestros corazones y en nuestras mentes porque ella ha formado parte de nuestras vidas. La recordaremos como lo que fue. Una maravillosa e increíble locuela alegre y dicharachera y una excelente amiga.

—¡Dabuten! —exclamó Martina.

Al oír eso tan propio de María, ambos sonrieron y Carlos, emocionado, indicó levantándose del banco en el que se habían sentado antes para continuar el paseo:

—*¡Efectiviwonder!*

Entre risas y confidencias, prosiguieron su camino hasta detenerse en un punto donde comenzaron a lanzarle palos a *Johnny* para que corriera tras ellos. Estaban divirtiéndose cuando empezó a sonar el teléfono móvil de Carlos. Él contestó y, a continuación, mirando a Martina, dijo:

—Es Asier.

Sorprendida de que lo llamara a él en vez de a ella, la joven saludó:

—Hola, cielo.

—Cariño —dijo la voz de Asier al otro lado—. ¿Dónde estás?

Sintiendo cómo el agradable sol de Madrid le daba en los brazos, Martina respondió:

—Con Carlos, dando un paseo por el parque. ¿Por qué?

Asier, que ese día había tenido que solucionar unos asuntos de la revista, montó en su moto para ir hacia la casa de aquélla y respondió:

—Porque estoy llamándote al móvil y no lo coges, y en tu casa el teléfono fijo da la señal de comunicando todo el rato. Por suerte, he llamado a casa de Carlos y Luis y éste me ha dicho que Carlos había ido a tu casa. Por eso he llamado a su móvil.

Sorprendida, Martina miró a Carlos, que corría a tirarle un palo a *Johnny*, y, tocándose el bolsillo del pantalón, afirmó:

—Es verdad. Me olvidé el teléfono móvil en casa. Pero en cuanto al otro, allí están papá, mamá y Julia. —Y, haciendo una seña a Carlos, indicó—: Regresaremos ahora mismo a casa, quizá el teléfono esté mal colgado.

Asier asintió. Pero, inquieto, insistió:

—Martina, no debes salir sin el móvil.

—Lo sé... Lo sé... —afirmó la joven, sintiéndose culpable por ello.

—Que Carlos no se separe de ti ni un segundo. Nos vemos en tu casa, ¿de acuerdo?

—Vale —respondió ella cerrando el móvil.

Carlos, que en ese instante se acercaba con *Johnny* a su lado, preguntó:

—¿Qué ocurre?

Ya nerviosa por la intranquilidad que había notado en su chico, la joven respondió:

—Era Asier. Dice que está llamando a mi casa y que el teléfono comunica todo el tiempo.

Al oírla, Carlos se encogió de hombros.

—Quizá tu madre esté hablando con alguien.

Martina, sin entender bien qué ocurría, no quiso pensar más y repuso:

—Mejor vámonos. Ya no estoy tranquila.

El camino de regreso lo hicieron sin prisa pero sin pausa.

Sus padres y su hermana estaban en casa y no tenían nada que temer.

Pero, al subir al piso y abrir la puerta, el silencio que oyó alarmó a Martina.

Sin saber por qué, algo en su estómago se retorció y, mirando a Carlos, que de pronto sintió lo mismo que ella, llamó desde la puerta:

—Papá, mamá, Julia...

Nadie contestó. Eso no era normal, y, entrando en tromba en la casa, soltó a *Johnny*, que fue directo al salón y, al ver a su padre tirado en el suelo con sangre en la cabeza, gritó:

—¡Papá!

Con el corazón a mil, se lanzó de rodillas junto a Carlos, que intentó ayudar a Sagrario, que a su vez estaba tendida inconsciente.

—¡Mamá! —gritó Martina de nuevo.

El piso estaba revuelto, con todas las cosas por los suelos. Estaba claro que allí se había forcejeado, y Martina perdió los nervios mientras su padre trataba de balbucear algo.

Asustada, la joven no sabía a quién atender, mientras *Johnny* ladraba y ladraba.

Carlos estaba tan bloqueado como su amiga.

—¡Mamá! —gritó angustiada Martina viendo que su madre no se movía—. ¡Mamá!

Carlos, que había cogido a la mujer del suelo para dejarla sobre el sofá, al ver que respiraba indicó:

—Respira, Martina, tranquila.

—¡Mamá! Por favor, mamá, abre los ojos —insistió ella horrorizada comenzando a llorar.

Carlos, al ver que su amiga estaba perdiendo los papeles, la agarró de los hombros y repitió haciendo que lo mirara:

—Respira, Martina. Tu madre respira. Tranquilízate.

—¿Y Julia? ¿Dónde está Julia?...

Intentando insuflarle tranquilidad, su amigo se dispuso a salir del salón.

—Voy a ver —dijo—. Tú llama a la policía y a una ambulancia.

Martín, que poco a poco se recuperaba, al ver a su mujer en ese estado, intentó levantarse del suelo, pero las fuerzas le fallaron y volvió a caer.

Carlos abría puertas por toda la casa buscando a Julia. Tenía que encontrarla, pero, horrorizado, se dio cuenta de que la joven no estaba allí.

Martina, por su parte, trataba de atender a sus padres y, con las pulsaciones a mil, finalmente consiguió tranquilizarse lo suficiente como para sacarse el teléfono de Carlos del bolsillo y llamar a la policía y al Samur. Los necesitaba.

Su amigo entró luego en el salón demudado. Julia no estaba en la casa, y Martina, al entenderlo, meneó la cabeza y, levantándose, gritó el nombre de su hermana mientras recorría todas las habitaciones del piso.

Con lágrimas en los ojos, regresó al salón, donde Carlos atendía a sus padres, y viendo que su padre comenzaba a abrir los ojos, murmuró:

—Papá..., papá, Dios mío... ¿Dónde está Julia?

Pero Martín no podía hablar, pues de su boca y su cabeza continuaba manando sangre.

Cinco minutos después, el timbre del portero automático sonó. Carlos se levantó y, aliviado, entró en el salón mientras decía:

—La ambulancia.

Una vez que el equipo médico del Samur se hizo cargo de la situación, les pidieron a unos histéricos Martina y Carlos que se apartasen para que les dejaran hacer su trabajo. Seguidamente llegó la policía y, detrás, Eneko y Jaime.

Mientras Martina y Carlos contestaban a las preguntas que les hacían, de pronto se oyó a alguien que gritaba en la entrada:

—¡Quíteme las manos de encima!

Era la voz de Asier, y cuando Martina se iba a mover, Eneko se le adelantó: acercándose a la puerta, hizo una señal al policía que custodiaba la entrada para que lo dejara pasar.

Segundos después, un colérico Asier, que se había asustado al llegar y ver frente al bloque ambulancias y coches de policía, entró en el salón y, buscando a su chica, gritó:

—¡Martina!

Ella rápidamente corrió a abrazarlo. Los cuerpos de ambos temblaban, y él murmuró:

—Cariño... Me he asustado. Perdona.

Martina no pudo responder. Ella sí que estaba asustada.

¿Dónde estaba su hermana?

Capítulo 65

Cada vez más lejos de casa de Martina se encontraba una asustada Julia.

Todo había ocurrido en una fracción de segundo.

Nada más salir su hermana y Carlos con *Johnny*, sonó el timbre de la puerta y su padre se dirigió a abrir. Instantes después se oyó un forcejeo y, a los pocos segundos, Julia vio cómo Dage aparecía en el salón trayendo a su padre agarrado del cuello y con sangre en la cabeza.

Sin dar crédito, Julia gritó:

—¡Suéltalo!

—Ven tú aquí y lo soltaré.

Sin dudarlo, ella obedeció, pero su padre la apartó con la mano. Dage, furioso, le soltó entonces un puñetazo en la boca que lo lanzó hacia atrás. Y Sagrario, que en ese instante entraba de la cocina, de la impresión sufrió un desvanecimiento que la hizo apoyarse en la librería antes de caer.

Horrorizada, Julia consiguió sujetarla y, con cuidado, la colocó en el suelo; no podía moverla a otro lugar. Mientras tanto, algunos libros caían y, a su paso, también alguna que otra silla.

—Rubén..., pero ¡¿qué haces?! —gritó la joven.

Él no respondió. Sólo la miraba con odio. Mucho odio.

Su padre se movió y Dage, al verlo, echó la pierna hacia atrás para patearlo.

Sin dar crédito, al ver que Martín trataba de levantarse, Julia se abalanzó contra Dage para evitar que volviera a hacerle daño. No pensaba permitirlo.

Del impulso que tomó la joven, ambos cayeron contra la mesita donde estaba el teléfono fijo, que cayó al suelo. Forcejearon. Se pelearon. Pero Dage era fuerte y, tras sacarse una pistola de algún lado, la apuntó y ordenó:

—Para o lo hago yo.

Con los ojos llenos de lágrimas, Julia obedeció.

Pero ¿es que se había vuelto loco?

Atacada, no podía apartar la mirada de él, y entonces distinguió en sus ojos una frialdad asesina que no había visto hasta el momento.

Acto seguido, miró a sus padres, que estaban tirados en el suelo, y, asustada, dijo:

—Por favor, Dage, necesitan ayuda.

Él, sintiéndose poderoso con aquella pistola que había comprado de estraperlo a un delincuente, preguntó mirando un teléfono móvil que reconoció:

—¿Ése es el móvil de tu hermana?

Julia lo miró. Asintió instintivamente y él lo cogió y se lo guardó en el bolsillo del pantalón, tras lo cual exigió:

—¡Vámonos!

Pero ella no se movió; no pensaba dejar a sus padres en aquel estado.

—Muévete, ¡vamos! —insistió Dage.

Al ver que no obedecía, él puso la pistola sobre la cabeza de Sagrario.

—Tú decides. O vienes conmigo o tu madre se va para el otro barrio.

La decisión estaba tomada, y Julia, moviéndose, musitó:

—Vámonos.

Dage sonrió. Le gustaba salirse con la suya y, mirándola, advirtió:

—No hagas ninguna tontería o volveré y mataré a estos viejos. ¿Entendido?

Presa del pánico, pensaba hacer todo lo que aquél quería, aunque antes de salir echó un último vistazo a sus padres. Martín seguía sangrando tirado en el suelo, y su madre estaba inconsciente. Cerrando los ojos, rogó a todo lo que se le ocurrió porque su hermana y Carlos regresaran pronto.

Bajaron en el ascensor directos hasta el parking en silencio.

Por suerte para Dage, no se cruzaron con nadie a esas horas, y cuando llegaron al coche, Julia preguntó incapaz de callar:

—¿Por qué haces esto? ¿Qué te ha hecho mi hermana?

Al oírla, él resopló con amargura y por último repuso:

—Quitarme a mi amor.

Julia iba a preguntar más cuando él, abriendo el maletero de su coche, la apremió:

—Vamos, ¡métete ahí!

De nuevo ella no se movió y él, apoyando la pistola en su cabeza, indicó con una sonrisa:

—Matarte a ti sería tan fácil como matar a María.

Oír eso hizo que el cuerpo a Julia se le revolucionara y, soltando un grito, se abalanzó sobre él. Aquel desgraciado había matado a su amiga. Lo odiaba con todas sus fuerzas, pero un golpe seco la hizo perder el conocimiento.

* * *

El cuello le dolía, pero más aún la cabeza.

Al tocarse notó un enorme chichón y, de pronto, fue consciente de todo. De lo ocurrido y de dónde estaba. Angustiada, se vio metida en un maletero, no sabía adónde se dirigían y no tenía ninguna posibilidad de avisar ni a la policía ni a Martina.

Por su mente aterrorizada pasaron mil imágenes, a cuál más atroz, mientras pensaba en sus padres, en Martina y en María. La pobre María.

No supo cuánto tiempo estuvo en el coche, pero de pronto notó que éste aminoraba la marcha y finalmente se detenía.

Al cabo de unos segundos se abrió el maletero y Dage, sonriendo, la agarró del pelo, tiró de ella con fuerza y, poniéndole la pistola en los riñones, la empujó. A continuación la introdujo en una pequeña nave que parecía un garaje. Y, tras tirarla encima de un montón de ruedas de motos viejas, le indicó que no se moviera si no quería que la acribillara a balazos. Julia obedeció, pero no le quitó la vista de encima.

Miró a su alrededor buscando algún sitio por donde salir en caso de que se le presentase la ocasión, pero se desesperó al ver que no había forma de poder hacerlo.

Intentó aguzar el oído. Fuera se oía jaleo. Coches. Frenazos. Eso la alegró.

Al menos no estaban en un sitio totalmente aislado.

La nave debía de medir unos cien metros cuadrados y no estaba en muy mal estado, a pesar de que olía a grasa o a aceite. En un rincón a su izquierda había varias piezas sucias y oxidadas de motos. En el techo, vigas de las que colgaban unas cuerdas, y en la pared derecha, pequeños boquetes por donde entraban los rayos de sol.

Dage caminaba de un lado a otro como un león enjaulado, empuñando la pistola. Estaba desconcertado. Muy desconcertado. Pero Julia, incapaz de callar, y menos aún tras saber que él había matado a María, preguntó:

—¿Por qué haces esto?

De repente, él apuntó con la pistola en su dirección y disparó. Asustada, Julia gritó. Y cuando, segundos después, vio que no la había herido, Dage comentó mirando el arma:

—Vaya..., este silenciador funciona de maravilla.

Aterrada, Julia vio el agujero que la bala había hecho en una rueda cercana a ella, y, con la adrenalina por las nubes, chilló:

—¡Eres un desgraciado!

Un nuevo disparo hizo que la joven se encogiera, y luego lo oyó gritar:

—¡Cállate, zorra!

Julia lo observaba con las pulsaciones a mil cuando él, acercándosele, dio un tirón a su camiseta y preguntó:

—¿Esto es de ella?

La joven no respondió y él, poniéndole la pistola en la frente, insistió:

—¿Esta camiseta es de tu hermana?

Rápidamente Julia asintió. Aquel tipo, al que creía conocer, había resultado ser un completo desconocido, y entonces lo oyó gritar:

—¡Quítatela ahora mismo!

Sin tiempo que perder, ella hizo lo que le pedía. Una vez que la prenda estuvo en el suelo, Dage la cogió con la pistola y, llevándosela a la nariz, la olisqueó.

—¡Huele a zorra muerta!

A cada instante más asustada, la muchacha rompió a llorar.

¿Cómo podía haber estado con aquel tipo y no haberse dado cuenta de que estaba completamente loco?

—¿Sabes? —dijo él de pronto—. No sé cuál de las dos hermanitas es más zorra. Si la mosquita muerta de Martina o la folladora incansable de Julia.

Ella no respondió, temía lo que aquél pudiera hacerle, y a continuación oyó:

—Que te quede claro que me has servido para controlar sus movimientos, además de para conseguir las llaves de su casa. Por cierto, fui bueno aquel día que llevé a tus padres a casa de tu hermana sanos y salvos. Hubo un segundo en el que pensé alguna maldad, pero me contuve. Y en cuanto a ese perro que tenéis... es fuerte. Sin lugar a dudas tiene un estómago a prueba de bomba —se mofó. Entonces, al ver que Julia no respondía, cuchicheó—: Lo de María, en cambio, no lo había planeado. Pero llegó cuando menos lo esperaba y tuve que matarla... ¡¿Qué le vamos a hacer?! Pobre chica. No lo pasó bien hasta que murió.

Oír eso no estaba siendo fácil. Si Julia no hubiera confiado en él, lo ocurrido nunca habría pasado, y con los ojos llenos de lágrimas, gritó:

—¡Cállate!

Dage se regocijó con su lamento. Le encantaba que Martina y su familia sufrieran y, acercándose a Julia, la cogió del pelo con fuerza, se lo retorció y, cuando la pobre gritó de impotencia y de dolor, siseó:

—Me he propuesto acabar con todas las zorras que me alejan de mi amor. Tu hermana debe ser la siguiente, pero algo me dice que antes irás tú.

Julia lloró.

Sin embargo, no lloraba por ella. Lo hacía por su hermana, por María, mientras una parte de ella pensaba quién sería aquel amor del que hablaba Dage.

Capítulo 66

En la sala de espera del hospital, Martina caminaba de un sitio para otro mientras sentía cómo la tierra se sacudía bajo sus pies. Sus padres estaban heridos y su hermana desaparecida.

¿Cómo había podido llegar a esa situación?

Asier, Carlos y Luis, que le hacían compañía, la observaban mientras hablaban. Estaban tan sorprendidos como ella con todo lo que estaba ocurriendo.

Eneko y Jaime llegaron al hospital y Martina, nada más verlos, se dirigió hacia ellos.

—¿Dónde está mi hermana?

Mientras Jaime se acercaba a unas enfermeras para hablar con ellas, Eneko agarró a la joven del brazo y preguntó:

—¿Dónde está tu teléfono móvil? Te estábamos llamando.

Al oír eso, la joven replicó:

—No sé. Estará en casa... ¿Y mi hermana? —insistió.

Apurado por no tener buenas noticias, Eneko musitó:

—Lo siento, pero todavía no sabemos nada.

La joven se desesperó. Todos intentaron agarrarla, pararla, pero estaba histérica.

Los inspectores entraron entonces a ver a Martín para hablar con él.

Minutos después, cuando salieron, Asier trataba de calmar a su chica, pero todo lo que decía era inútil, y Eneko, más acostumbrado a esos tensos momentos, los llevó a otra sala, donde la sentó a ella en una silla, y dijo:

—La vamos a encontrar, pero necesito que estés tranquila.

—Pero Julia...

—Martina —la cortó él, que estaba tan preocupado como ella—. Sé que apenas nos conocemos, pero, por favor, te pido que confíes en mí y en el trabajo de la policía española, ¿de acuerdo?

La joven suspiró. Aquello era difícil, pero, tras entender que perdiendo los nervios no ganaba nada, afirmó:

—De acuerdo.

Eneko asintió y, mirándola, preguntó:

—¿Recuerdas que Julia nos habló de Rubén?

—Sí, Rubén es Dage, el tipo con el que ella se veía. Pero para mí Rubén es Enrique.

Eneko asintió.

Pensaban que se trataba de Enrique, e, intentando juntar las piezas del puzle, dijo:

—Vale, no te preocupes. Y en cuanto a tu teléfono móvil, recuerda que necesitamos tenerte localizada, por lo que deberías llevarlo siempre contigo.

—Lo sé..., lo sé... —afirmó agobiada.

—No voy a separarme de ella ni un segundo —indicó Asier al oírlo—. Cualquier cosa, llama a mi móvil.

—¿Lo llevas encima?

—Está en su bolso.

Eneko asintió y, sentándose junto a Martina, la puso al día de la investigación y le explicó que habían dado la orden de búsqueda de Enrique, el presunto Rubén.

La joven asintió.

Aquello era surrealista...

¡¿Enrique?! ¡¿Rubén?!

¿Por qué estaba haciendo todo aquello?

Se llevó la mano a la cabeza, y Eneko añadió:

—Su nombre completo es Enrique Globe Jiménez.

—Sí —afirmó la joven en un hilo de voz.

—Tiene veinticinco años. Es el tercero de tres hermanos y nació en Madrid. Aquí tienes su foto para que nos lo confirmes.

Martina la miró.

Efectivamente, aquél era Enrique, el muchacho cariñoso y afable que tanto la ayudaba con los niños en el colegio.

—Hemos buscado en su ficha policial, pero no hemos encontrado nada interesante, salvo un par de multas por exceso de velocidad con la moto. También nos hemos personado en su casa. Su madre, al vernos, pensaba que íbamos por el accidente que tuvo hace unos días.

—¿Qué accidente?

Eneko, al ver cómo ella lo miraba, añadió:

—Un coche se saltó un *Stop* y lo golpeó hace unos días. Él salió ileso, pero su moto, siniestro total.

Martina asintió y el inspector prosiguió:

—Después la madre nos explicó que Enrique ya no vivía allí desde hacía año y medio.

—Sí, recuerdo que se mudó —afirmó Martina.

—La mujer lo llamó al móvil en varias ocasiones, pero no logró contactar con él. Por lo que, tras pedirle la nueva dirección, la buena señora nos la proporcionó y hemos solicitado una orden de registro para que, en cuanto nos llegue, poder entrar en su casa.

Martina asintió desconcertada y Eneko añadió:

—Antes de marcharnos, la madre nos indicó que su hijo trabajaba desde hacía años, en sus ratos libres, en un local de copas llamado El Claxon.

Al oír eso, la joven contuvo la respiración.

—¿El Claxon?

—Sí.

Sorprendida, Martina miró a Asier, y éste intervino:

—¿Ése no es el local de Manuel, el hermano de Miguel?

Ella parpadeó y Eneko, consciente de las fotografías que había visto colgadas en las paredes de aquel lugar, indicó:

—Vimos fotos tuyas allí; ¿de qué conoces El Claxon?

Asombrada por lo que oía, la joven se apresuró a responder y, tras explicarse, Eneko asintió.

—Manuel se refería siempre a él como Randy —agregó—, y nos comentó que siempre había estado muy unido a su hermano Antonio...

Martina se levantó de sopetón.

—¿Enrique es el hermano de Antonio? —preguntó.

Que ella ignorara ese dato sorprendió a Eneko, que afirmó:

—Sí. ¿No lo sabías?

—No —musitó.

Boquiabierta, la joven se llevó las manos a la cabeza. Ahora que lo pensaba con más detenimiento, Antonio tenía un hermano pequeño que solía ir con ellos a muchas concentraciones. Lo llamaban Randy por Randy Mamola. ¿En serio ése era Enrique?

¿De verdad llevaba dos años trabajando con el hermano de Antonio, que falleció con Miguel en el mismo accidente de moto, y él no le había dicho nada?

De nuevo, todo comenzó a darle vueltas. Cada vez entendía menos lo que ocurría, y Eneko añadió:

—Manuel nos comentó que hace unos días Enrique, o Randy, llamó diciendo que no se encontraba bien a causa del accidente y que faltaría unos días al trabajo.

Martina intentaba razonar, pero aquello cada vez le resultaba más irracional.

—Cuando nos marchábamos del local —continuó Eneko—, llegó un tipo llamado Germán. Aprovechamos para hacerle unas preguntas sobre Enrique, y éste nos comentó que, tras el accidente con la moto, le había prestado su coche. Nos dio la matrícula, la marca y el modelo, y ahora mismo lo están buscando.

En ese instante entraron en la sala Jaime y otro policía. Eneko los miró, vio que querían hablar con él y, levantándose, se alejó.

Martina los observaba acompañada de Asier, Luis y Carlos, que se habían unido a ellos. Un médico accedió a la sala y, dirigiéndose a la joven, le indicó que su madre estaba perfectamente bien a pesar del susto, y que su padre, pese a los golpes, las contusiones y los puntos que habían tenido que darle en la cabeza y en el labio, se encontraba bien y sería dado pronto de alta.

Saber eso tranquilizó a Martina. El médico se marchó y vio que el policía y Jaime también se iban. Entonces, con paso rápido, se acercó a Eneko y preguntó:

—¿Se sabe ya algo de mi hermana?

—Uno de los helicópteros de tráfico ha localizado el coche que conduce Enrique —afirmó él esperanzado.

—¿Y mi hermana está con él? —quiso saber Martina.

—Hasta que lo comprobemos no te puedo decir.

La joven asintió.

—Comprobémoslo, pues.

Los cuatro hombres se miraron, y Eneko indicó:

—Yo me dirijo hacia allí. Quédate aquí con tus padres y te mantendré informada.

—No. Yo voy contigo —replicó ella.

El inspector negó con la cabeza. No era buena idea, y, cuando iba a responder, Asier, entendiendo la mirada de aquél, insistió dirigiéndose a su chica:

—Cariño, escucha. Creo que...

—¡Es mi hermana! —exclamó alzando la voz y cortándolo—. Estará asustada y me necesitará.

Eneko suspiró.

—No sabemos si tu hermana está allí.

—Me da igual —gruñó—. Yo tengo que ir por si está, ¿tan difícil es de entender?

Los cuatro hombres volvieron a mirarse, y Eneko indicó:

—Martina, en ocasiones no es bueno que los familiares vean ciertas cosas.

La mente de la joven funcionaba a toda mecha. Pasara lo que pasase, su hermana la necesitaría. No era momento de llorar. No era momento de lamentaciones. No era momento de debilidades. Como habría dicho María, era momento de sacar esos ovarios que ella tenía y, con una seguridad aplastante, sentenció mirando al detective:

—Voy contigo lo quieras o no.

Su convencimiento los sorprendió a todos. En otro momento la Martina que conocían habría llorado, pero no. Ante ellos había una nueva mujer a la que no se le escapaba una lágrima y que hablaba mucha firmeza. Por ello, finalmente Eneko dijo:

—De acuerdo.

—Iré con vosotros —decidió Asier.

Al oírlo, Martina lo cogió de la mano y, mirando a Luis y a Carlos, indicó:

—Por favor, cuando les den el alta a mis padres, llevadlos a vuestra casa hasta que yo regrese. ¿Podéis hacer eso por mí?

Sin dudarlo, sus amigos asintieron y Eneko, Martina y Asier dieron media vuelta y se marcharon.

Ya en el ascensor, y apretando la mano de Asier, que no se la soltaba, la joven preguntó:

—¿Dónde han encontrado el coche?

—Cerca de Torrelodones —indicó Eneko.

Martina asintió y tomó aire. Lo iba a necesitar.

Capítulo 67

En el coche de Eneko, seguían a toda mecha a un vehículo policial que se dirigía hacia el lugar donde habían localizado el coche de Enrique, mientras Martina observaba en silencio por la ventanilla y en su mente sólo estaba la idea de encontrar a Julia y que ésta estuviera bien.

Unos metros antes de llegar al lugar donde supuestamente estaba el coche aparcado, la policía había acordonado la zona. Eso impresionó a Martina, que continuaba metida en aquella vorágine como si fuera un mal sueño.

Al bajarse del vehículo, Jaime se alejó y Eneko indicó mirándolos:

—Esperad aquí un minuto.

Asier agarró a Martina de la mano con fuerza y no la dejó moverse; veía cómo la joven lo observaba todo a su alrededor con impaciencia. Segundos después, Eneko regresó e indicó señalando un Renault Clio verde que estaba aparcado a la derecha:

—Ése es el coche. El presunto secuestrador tiene a tu hermana en ese edificio, en el tercer piso.

Rápidamente Martina miró hacia arriba. Julia podía estar a escasos quinientos metros de ella, e, impaciente, preguntó:

—¿Y ahora qué hacemos?

Entendiendo su impaciencia, Eneko indicó:

—De momento, nada.

—¡¿Nada?!

—Cariño... —la reprendió Asier.

—Pero..., pero mi hermana...

El inspector, intentando mantener la calma, la cortó:

—Martina, debes estar tranquila mientras actuamos de la mejor manera posible en beneficio de tu hermana. Si te quedas, has de tener paciencia o tendrás que marcharte.

Asier miró a la joven. Él haría lo que ella decidiera, y a continuación la oyó decir:

—De aquí no me muevo hasta que esté con mi hermana.

Eneko intercambió una mirada cómplice con su amigo y afirmó:

—Me lo imaginaba. —Y, tomando aire, indicó mientras se disponía a alejarse—: Quedaos en el coche. Esto puede durar cinco minutos o cinco horas.

—De acuerdo —convino Asier.

Martina no respondió, y Eneko insistió mirándola:

—Por favor, confía en nosotros y déjanos trabajar.

Una vez que la joven asintió y él se alejó, ella murmuró encendiéndose un cigarrillo:

—Me siento fatal. Pobrecita mi hermana..., ¡está así por mi culpa!

Al oírla, Asier negó con la cabeza. Ni él ni probablemente tampoco Julia pensaban eso, e, intentando que Martina se relajara, indicó:

—No digas tonterías, cariño. Tú no tienes la culpa de nada de lo que está ocurriendo. Todo esto es obra de una persona que no debe de estar muy bien de la cabeza.

Martina asintió. Sabía que aquél llevaba razón, y, tras dar una calada a su cigarrillo, insistió:

—Lo que no entiendo es que esa persona sea Enrique... Él es siempre tan atento y amable conmigo que no lo puedo comprender.

Asier meneó la cabeza.

—Quizá él esperaba conseguir algo de ti.

Martina sabía por qué decía eso, aunque nunca lo había pensado hasta el momento, e indicó:

—Supongo que tienes razón. Yo imaginando que quien me acosaba era alguien que posiblemente me había conocido a través de internet y resulta que se trata de una persona que forma parte de mi entorno en la vida real.

Su chico la abrazó. Si a él le estuviera pasando aquello, no sabría cómo lo estaría gestionando, y como necesitaba que ella viera la luz al final del túnel, murmuró:

—Todo esto acabará, y acabará bien.

Continuaban abrazados cuando de pronto se organizó un gran revuelo.

La policía se movía veloz y, pasados unos segundos, la puerta del edificio donde supuestamente estaba Julia se abrió y apareció Enrique con una chica.

Al verlo, el corazón de Martina se aceleró. Aquélla no era Julia.

Quiso correr hacia él, preguntarle dónde estaba su hermana, pero entonces varios policías aparecieron y, apuntando a Enrique con sus armas, les pidieron que se tiraran al suelo boca abajo, con las manos a la espalda.

En un principio, Enrique y la muchacha se quedaron paralizados. Parecían no entender lo que ocurría. Pero, al ver a varios agentes encañonándolos con las pistolas, sin dudarlo hicieron lo que les pedían.

Desde la distancia, Martina observaba, mientras veía cómo unos policías se acercaban a Enrique, le leían sus derechos y lo esposaban. La chica, asustada, se incorporó llorando.

Instantes después levantaron a Enrique y lo pusieron contra el capó de uno de los coches mientras pedía explicaciones por lo que estaba ocurriendo.

Eneko entró en el portal junto a Jaime y ambos desaparecieron en su interior. Enrique los miraba desconcertado y Martina, que quería enterarse de todo, se escapó de la mano de Asier y corrió hacia ellos gritando:

—¡¿Dónde está mi hermana?!

Sorprendido por todo y, más aún al ver a la joven, Enrique la miró y preguntó:

—Martina, ¡¿qué pasa?!

—¡¿Dónde está mi hermana?! —volvió a gritar ella, justo en el momento en que Asier la cogía de nuevo de la mano para detenerla.

Enrique parpadeó, cada vez entendía menos. Entonces unos policías, agarrándolo, lo metieron dentro del coche.

El nerviosismo se apoderó en ese momento de Martina y, comenzando a golpear el coche con la mano, continuó preguntando lo mismo sin parar mientras Asier trataba de contenerla y de hacer que se tranquilizara.

Así pasaron unos minutos hasta que Eneko salió del portal, y, acercándose a Martina, que lo miraba con los ojos muy abiertos, declaró:

—Lo siento. No está aquí.

La joven se llevó las manos a la boca. Eso no podía ser, y él, tan desconcertado e incómodo como ella, musitó:

—Voy a dar orden de que lo lleven a comisaría para tomarle declaración.

Jaime, que había estado hablando con la chica que acompañaba a Enrique y no paraba de llorar, llamó a su compañero y ambos intercambiaron unas palabras. Cuando el primero se alejó, Asier, que aún tenía sujeta a Martina, preguntó inquieto:

—¿Qué pasa, Eneko?

Él meneó la cabeza desconcertado.

—Una vecina le ha dicho a Jaime que Enrique y la muchacha llevan todo el día aquí. Lo sabe porque su marido los ha ayudado a montar unas estanterías. Por lo que, si es así, no es él quien fue a tu casa, agredió a tus padres y se llevó a Julia.

La noticia le cayó como un jarro de agua fría a Martina, que susurró:

—Entonces... ¿quién es Rubén?

Capítulo 68

Asier y Eneko continuaban hablando mientras ella, horrorizada, asimilaba la noticia. De pronto, el teléfono de Asier, que la joven llevaba en el bolso, comenzó a sonar.

Desconcertada, abrió el bolso con urgencia. Ella había olvidado su móvil en casa y podrían ser Carlos o Luis para decirle algo de sus padres.

En ese intervalo, un agente se acercó a ellos y se dirigió a Eneko.

—Inspector, ¿lo llevamos a la comisaría?

—Sí. Hablaremos con él allí —asintió, y a continuación se alejó unos pasos con Asier para hablar con él.

Mientras tanto, Martina continuaba rebuscando en su bolso y, cuando localizó el teléfono, al ver que Asier charlaba con el detective, contestó sin mirar siquiera la pantalla:

—¿Sí?

—¿Martina?

Al oír su nombre, musitó:

—Sí. ¿Quién es?

Oyó unos ruidos de fondo y acto seguido:

—¿Qué tal estás, zorra?

De repente, el corazón se le aceleró.

—Rubén... —murmuró.

Nerviosa, la joven se dirigió rápidamente hacia donde estaban Eneko y Asier. Este último, al entender lo que ocurría, le arrebató el móvil para ponerlo en modo grabación, mientras el que estaba al otro lado decía:

—Te veo un poco calladita... ¿Es por algo en especial?

Asier le devolvió el teléfono, que estaba grabando la conversación y la risa diabólica de aquel desconocido.

Eneko miraba a la joven y le hacía señas para que hablara y lo sonsacara, y con voz temblorosa ella preguntó:

—¿Quién eres?

De nuevo, aquella risa, y luego:

—Soy Rubén. El que te está destrozando la vida..., zorra.

Con las pulsaciones a mil, la joven tragó con dificultad.

—No sé quién eres ni qué quieres —repuso—, pero, por favor..., por favor, dime dónde está mi hermana.

De nuevo se oyó aquella risa hueca.

—Si te lo dijera, dejaría de disfrutar y quiero verte sufrir como yo he sufrido y sufro todavía por tu culpa..., zorra.

—¿Qué te he hecho yo? Por favor, dime qué te he hecho...

La respiración del desconocido se aceleró como la de ella, y luego Martina oyó:

—Mejor pregúntame qué no me has hecho...

A cada instante más descolocada, la joven miró a Asier, a Eneko y a Jaime, que se había unido a ellos; entonces el inspector le pasó una nota. En ella decía que le preguntara por Julia. Que se pusiera al teléfono.

Martina asintió y, tomando aire, dijo:

—¿Mi hermana está contigo?

—La duda ofende —se mofó aquél.

—Y... y... ¿está bien?

De nuevo aquella horrorosa risa.

—Podría estar mejor.

Aquellas respuestas tan ambiguas estaban matando a Martina, que insistió:

—Quiero hablar con ella. Necesito saber que está bien.

—Vaya..., ahora me vienes con exigencias... ¿Crees que estás en situación de poder hacerlas?

Desesperada, la joven rápidamente pensó qué responder a aquello, pero oyó:

—Tata, ayúdame...

Era la voz de su hermana.

Horrorizada, iba a hablar cuando al otro lado oyó un terrible grito de dolor de Julia.

—Ese favor tenía un precio —musitó el extraño disfrutando con el momento—. Y ahora, tu vulgar hermanita tendrá que agradecerte a ti la bonita marca que acabo de hacerle en el cuello.

Martina cerró los ojos. Nunca había sido una persona agresiva. Jamás le había deseado el mal a nadie. Pero en ese instante, si hubiera podido, habría matado con sus propias manos a aquel que tanto daño le estaba haciendo a su hermana y a su vida; conteniendo la rabia, masculló:

—Dime qué quieres, dime qué buscas.

—Ya te he respondido, pero veo que no escuchas. Básicamente busco tu sufrimiento. ¿Te gustó la paliza que le pegué al mierda de tu papaíto? ¿Sufriste? —De nuevo aquel malnacido reía. Disfrutaba con lo que hacía—. Lo de tu amiga María, como suele decirse, fue un daño colateral. No tenía pensado matarla, ni siquiera me lo había planteado, pero, ¡ay, chica mala..., chica mala...!, se presentó en tu casa sin previo aviso y no me quedó más remedio. Por cierto..., ¿sabes lo que más me excitó? Ver cómo intentaba luchar contra mí..., pero al final el aire se le agotó y... murió. Ahora la siguiente será la zorrita de tu hermana y después irás tú..., no lo dudes.

El dolor que sentía al oír todo aquello pudo con ella, que siseó perdiendo los nervios:

—Maldito hijo de puta..., si pudiera te mataba con mis propias manos.

Su risotada le hizo ver que aquello era lo que buscaba y, mirando a Eneko, que le pedía tranquilidad con las manos, Martina cerró los ojos y musitó, reconduciendo su agresividad:

—Por favor..., debemos solucionar esto. Te prometo que...

—¡¿Me prometes?! —gritó él cortándola—. ¿Qué me prometes? Te prometo, te prometo... —se mofó—. ¿Sabes, zorra? Lo que yo sí te prometo a ti es que voy a hacer una obra de arte con tu hermana, y cuando te la envíe no la va a reconocer ni su madre.

Asustada, Martina se apresuró a decir:

—No, espera, mira, debemos...

La comunicación se cortó y la impotencia que sintió la joven fue tan grande que necesitó chillar como una loca, sin importarle que hubiera personas mirándola.

Temblando, se cobijó en los brazos de Asier, que, sintiéndose atado de pies y manos, murmuró con mimo:

—Tranquila, cariño. Tranquila...

Pero era imposible estarlo. Aquel tipo, que no sabían quién era, había matado a María y ahora pretendía hacer lo mismo con Julia. Y eso no podía suceder.

Asier le cogió entonces el teléfono de las manos y se lo tendió a Eneko, que los observaba.

—Ha movido ficha y tenemos una grabación. ¿Qué hacemos? —preguntó.

Eneko se sacó las llaves de su coche del bolsillo del pantalón y dijo:

—Vamos. Llevaremos la grabación a la sección de acústica para que la analicen y la limpien de ruidos. —Luego, mirando a Jaime, exigió—: Llama y pregunta si está Adolfo Ramírez. Si no está, que lo localicen con urgencia y se dirija a la comisaría central de la científica.

Mientras Jaime hablaba por radio con comisaría exigiendo lo que su compañero había pedido, Eneko conducía el vehículo sumido en sus pensamientos.

Minutos después fueron informados por radio de la llegada de Enrique a comisaría, y Martina, que no entendía nada, preguntó:

—Si él no tiene nada que ver en esto, ¿por qué está detenido?

—Antes de soltarlo debemos saber por qué todos los indicios nos han conducido hasta él —explicó Eneko.

La joven asintió, no se le había ocurrido aquel razonamiento, y el inspector indicó:

—Asier, mira tu móvil y dime el número de teléfono desde el que se ha hecho la última llamada.

Él comprobó de inmediato el registro y de pronto murmuró:

—¡Joder!

Su exclamación llamó la atención de todos.

—¿Qué pasa? —preguntó Jaime.

Sin dar crédito, él los miró y, clavando la mirada en su chica, contestó:

—La llamada se ha hecho desde el móvil de Martina.

—¿Desde mi móvil? —preguntó ella boquiabierta.

Eneko, a quien el caso cada vez se le estaba poniendo más cuesta arriba, dio un manotazo al volante y, furioso por no saber dónde buscar a Julia, gruñó:

—¡Joder! Será desgraciado, el tío.

A continuación, la joven le arrebató el teléfono y llamó a su número, pero éste sonó y sonó y nadie contestó.

Estuvieron unos segundos en silencio hasta que, después de que Jaime recibiera una llamada a su teléfono, dijo:

—Adolfo Ramírez ya nos está esperando en la comisaría de la científica.

Desesperada, Martina asintió mientras miraba el cielo por la ventanilla y pensaba: «María, ayúdanos...».

Capítulo 69

Cuando llegaron a la comisaría de la policía científica, tras dejar el coche estacionado en su parking subterráneo, los cuatro se encaminaron hacia el ascensor.

Una vez que subieron a la primera planta, entraron en un pequeño despacho y Martina, desesperada, murmuró:

—Dios mío..., si le pasa algo a Julia..., ¡mis padres!

Los tres hombres la miraron.

La situación por la que pasaba la joven no era fácil, y después de que Asier le cogiera la mano para insuflarle fuerza, Eneko dijo para sacarla de sus pensamientos negativos:

—Mira, Martina, van a analizar la grabación del teléfono móvil de Asier. Por suerte, contamos con Adolfo Ramírez, que no sólo es un buen policía y un buen amigo, sino también un excelente analista de sonido muy requerido a nivel mundial.

Jaime asintió e, intentando apoyar, añadió:

—Es muy bueno en la materia. Ya lo verás.

Martina asintió. Contar con los mejores, para lo que fuera, siempre era un punto a favor.

—Pero ¿él trabaja aquí o fuera de España? —preguntó Asier.

—Aquí —indicó Eneko—. Está en Unidad Central de Criminalística, en la sección de acústica. Ahí se analizan las voces de los individuos, aunque en nuestro caso lo que me interesa es el sonido ambiental que pueda haber en la grabación. El tipo no ha distorsionado la voz, como suelen hacer muchos criminales. Adolfo es especialista en desgranar al máximo el sonido ambiental, y eso nos puede dar información acerca de si están cerca de un aeropuerto o de unas vías de tren, por ejemplo, si están en la ciudad o en medio del campo, cerca de un río, del mar... Digamos que él nos ayudará a encontrar cosas que pueden parecer pequeñas e insignificantes pero que muchas veces permiten resolver los casos más difíciles y complejos. Martina..., ¿me escuchas?

La joven, que estaba algo abstraída, asintió, y Jaime señaló mirándola:

—Creo que deberíais iros. Os mantendremos informados de todo lo que ocurra.

Pero ella negó con la cabeza.

—Ni lo sueñes. Me quedaré con vosotros hasta que mi hermana esté de nuevo conmigo.

Asier no dijo nada. Simplemente la besó en la cabeza y ella supo que estaba a su lado.

Minutos después, un policía alto y canoso acudió a avisar a Eneko. Adolfo lo esperaba. Pero cuando el grupo se dirigió hacia el área de acceso restringido, como era lógico, no dejaron pasar ni a Martina ni a Asier. Eso alteró a la joven, y Eneko, pidiéndoles tranquilidad con la mirada, se marchó. Cinco minutos más tarde apareció con dos acreditaciones que ellos se apresuraron a colocarse, y finalmente pudieron entrar.

Mientras caminaban por un pasillo iluminado por fluorescentes, Martina se estremeció. Aquel lugar se veía gris y frío. Eneko, al observar cómo ella se pasaba las manos por los brazos, le explicó que mantener la temperatura baja allí era esencial para el buen funcionamiento de la maquinaria que se empleaba.

Poco después llegaron a una puerta y, al abrirla y entrar, Martina vio a un hombre de pelo castaño y gafas redondas que se ponía en pie. Con una afable sonrisa, se acercó a ellos y, tras saludar a Eneko y a Jaime, miró a la joven y dijo tendiéndole la mano:

—Encantado de conocerte, Martina; soy Adolfo Ramírez, y tanto mis compañeros como yo haremos todo lo posible por encontrar a tu hermana.

Agradecida por su sonrisa y sus sinceras palabras, ella susurró:

—Gracias.

Tras los saludos y las presentaciones, Adolfo, gracias a los aparatos que allí había, pasó la llamada grabada en el móvil de Asier a una cinta y a continuación comenzó a trabajar en ella.

Las horas pasaban mientras el hombre seguía concentrado en su trabajo con unos auriculares puestos y Asier atendía a Martina en todo lo que podía.

De pronto, sonó el teléfono y Adolfo se quitó los cascos para contestar.

—Adolfo Ramírez, sección de acústica. —Y, tras escuchar, se lo tendió a Eneko—: Es para ti.

El inspector se puso al teléfono y, cuando colgó, indicó:

—Tenemos que ir a comisaría a ver al detenido.

—¿A Enrique? —quiso saber Martina.

—Sí.

—¿Ha dicho algo de mi hermana? —preguntó alarmada.

Eneko, sin querer alterarla, respondió:

—No lo sé. Pero están esperando a que vayamos.

Sin más, se volvió hacia Adolfo y preguntó:

—¿Te importa si nos llevamos el teléfono de Asier o lo necesitas para algo?

Quitándose de nuevo los cascos de la cabeza, el hombre contestó:

—Puedes llevártelo. Ya tengo la grabación y de momento no creo que lo necesite, a no ser que volváis a recibir otra llamada.

Eneko asintió y, tras coger el móvil de aquél y entregárselo a Asier, apremió:

—Vamos. Tenemos que ir a ver a Enrique.

En el camino, Martina volvió a llamar a su móvil, pero nada, quien lo tenía en su poder no lo cogía.

Capítulo 70

Cuarenta minutos después estaban ya en la comisaría a la que habían llevado a Enrique. Allí Eneko hubo de acreditar de nuevo a Asier y a Martina para que pudieran entrar.

Tras acompañarlos a una especie de pecera pequeña, les explicó lo que iba a ocurrir: ellos podrían presenciar el interrogatorio desde allí. Martina miró al frente y entonces la luz de la sala que había al otro lado del cristal se encendió.

Instantes después, un desconcertado Enrique entró esposado junto a dos policías, que lo sentaron a una mesa. Martina se compadeció de él. Se lo veía tan solo, tan desvalido y desorientado que sintió unas enormes ganas de romper el cristal y acercarse a él.

Una vez que estuvieron a solas, Asier le preguntó:

—¿Estás bien, cariño?

La joven, pálida, no podía dejar de mirar a Enrique, y Asier murmuró:

—Dios..., me siento tan inútil... Querría ayudarte, hacer algo, ¡pero no sé cómo!

Al oír eso, la joven lo miró.

Si alguien le estaba ayudando con su apoyo y su cariño era precisamente él, y, tratando de sonreír, pasó la mano con amor por su rostro y declaró con seguridad:

—Te quiero.

Sorprendido por aquello, que hasta el momento ella nunca le había dicho, Asier no supo qué responder, y ella añadió:

—Te quiero porque llegaste a mi vida y, sin intentar cambiar nada de mí, lo cambiaste todo y me hiciste vivir de nuevo. Estás a mi lado. Me proteges. Me cuidas en estos momentos en los que a cualquiera le resultaría muy fácil salir corriendo para alejarse de mí. Pero no. Tú estás aquí. Así que no digas que no me ayudas porque, sin ti, te aseguro que con todo esto me habría hundido para nunca más remontar.

Complacido, Asier sonrió, acercó sus labios a los de ella y susurró:

—Te quiero.

Estaban mirándose a los ojos tras ese mágico beso cuando oyeron una puerta que se abría. Ambos dirigieron la vista hacia el cristal que había frente a ellos y vieron a Jaime y a Eneko entrar en la sala.

Enrique levantó entonces la mirada y su gesto se crispó al verlos. Estaba muy enfadado, furioso incluso.

Cuando cerraron la puerta, Jaime se apoyó en ella. Eneko, por su parte, cogió una silla y se acomodó al otro lado de la mesa, frente a Enrique, y comenzó a hablar con él.

Martina observaba desde su posición, agarrada a la mano de Asier. El gesto de enfado de Enrique era nuevo para ella, nunca lo había visto así; entonces lo oyó gritar:

—¡Sólo hablaré en presencia de mi abogado! ¿Cuándo llegará?

Eneko, sin inmutarse, respondió:

—Pronto.

—¿Pronto?, ¿cuándo? —insistió Enrique.

Sin perder la calma, a pesar de la necesidad que tenía de que aquél cooperara, Eneko musitó:

—Necesito hacerte unas preguntas y...

—¿Eres sordo o qué? —gruñó Enrique—. ¿Dónde está el puto abogado?

—¿Qué puedes decirme de Rubén?

Al oír ese nombre, Enrique lo miró con odio y siseó:

—Quiero a mi abogado ¡ya!

Estaba claro que no pensaba cooperar, y Eneko, mirando hacia el cristal, supo lo que tenía que hacer. Por ello, se levantó y salió de la sala sin hablar.

Instantes después entró en la pecera, donde estaban Asier y Martina, y, mirando a la joven, dijo:

—Necesito tu colaboración.

De inmediato, ella se levantó y Asier, sin soltarla, preguntó:

—¿Es necesario?

Eneko asintió y Asier preguntó entonces dirigiéndose a su chica:

—¿Estás segura?

La joven asintió, haría lo que fuera para encontrar a su hermana, y, tras darle un beso, afirmó:

—Totalmente.

Asier se resistía a soltarle la mano y Eneko, consciente de lo que ocurría, miró a su amigo y musitó:

—Tranquilo. Estará bien, no pasará nada.

Finalmente, Martina y él salieron de la habitación mientras Asier se quedaba solo e intranquilo. Segundos después vio cómo la puerta de la sala de al lado se abría y ambos entraban.

Enrique miró a Martina y, antes de que pudiera decir nada, ella murmuró:

—Lo siento. Siento todo esto, Enrique, pero mi hermana ha desaparecido y todos los indicios nos llevaban a ti.

El joven meneó la cabeza. Aquello que le decía era surrealista y, enfadado, la miró y susurró:

—¿En serio, Martina? ¿De verdad crees semejante barbaridad? Por Dios, ¡pero si ni siquiera conozco a tu hermana!

—¿Y a Rubén?

Enrique negó con la cabeza.

—No conozco a ningún Rubén.

La joven lo miró sin moverse. Increíblemente, lo creía. Sabía que decía la verdad, y repuso:

—¿Por qué nunca me dijiste que eras Randy, el hermano de Antonio?

Oír eso hizo que Enrique cerrara los ojos. No contárselo no había sido algo premeditado, sino que simplemente había decidido omitir la información, y cuando ella vio que no respondía a su pregunta, cogió aire e insistió:

—Eso ahora mismo es lo que menos me importa. Sólo necesito tu ayuda para encontrar a Julia.

Él negó con la cabeza desesperado y, tapándose los ojos con las manos, musitó:

—Martina, no sé qué ha pasado ni dónde está tu hermana.

La joven dio un paso al frente y, cuando Eneko asintió, se sentó frente a Enrique e indicó:

—No sé qué te han dicho, pero, si me lo permites, si confías en mí, te contaré todo lo que sucede. ¿Te parece bien?

Enrique la miró y finalmente asintió, y la joven prosiguió, cogiendo aire:

—Todo comenzó con unas postales de carácter romántico que recibía en mi buzón...

Capítulo 71

Conteniendo las emociones que la invadían, Martina le contó a Enrique todo lo ocurrido mientras aquél escuchaba con atención hasta llegar a la dramática muerte de María.

—¿María ha muerto? —susurró él.

Angustiada, la joven asintió. Recordarlo le dolería el resto de su vida, pero, como necesitaba continuar, prosiguió hasta que, finalizando su relato, dijo:

—Todo se ha ido complicando de tal manera que no lo entiendo. No sé quién es la persona que está haciendo todo esto ni por qué lo hace. No obstante, siento que es como una madeja de lana que crece y crece y nunca veo el final.

Enrique, sorprendido por todo lo que Martina le había contado, cogió aire, la miró y luego declaró:

—Las postales las escribí yo.

Todos se miraron asombrados, y ella musitó boquiabierta:

—¿Qué?

Enrique, dispuesto a ayudar a la joven, a la que tanto cariño le tenía, repitió:

—Las postales de carácter romántico que recibiste eran mías.

Martina lo miró pasmada.

—Siempre he estado enamorado de ti. De ahí que aquel día te besara. —Ella asintió y él continuó—: Recuerdo la primera vez que te vi. Yo era un crío de quince años, tú tenías veintitrés, y aunque siempre eras encantadora conmigo, no me mirabas con los mismos ojos que yo a ti. Gracias a ti, Antonio me enseñó a pilotar una moto y, gracias a tu insistencia, conseguías que el loco de mi hermano me llevara con vosotros a algunas concentraciones.

Martina asintió. Según lo contaba, iba recordando todo aquello, al muchacho que se moría por estar siempre con ellos, y, sonriendo con cariño, afirmó:

—Ahora que lo dices..., lo recuerdo.

—Escucha, Martina, fue casualidad que nos encontráramos en el colegio. Yo no sabía que trabajabas allí y, cuando te vi, no supe qué decirte. Sabía por Manuel que, tras la muerte de Miguel, no querías saber nada del grupo, fui yo quien conservó tus fotos en El Claxon para recordarte siempre, pero cuando te encontré en el colegio, pensé que, si te contaba que era hermano de Antonio, el amigo de Miguel que murió con él en el accidente, quizá no me darías la oportunidad de acercarme a ti. Por eso callé y nunca te lo expliqué. Pero entonces, al tenerte todos los días cerca, comencé a enamorarme de nuevo de ti. Ya no soy el chico de quince años al que no tenías en cuenta, ahora soy un hombre, pero volvió a pasar lo mismo. Me entregaste tu cariño, pero no tu amor... Me volvías a ver como a un amigo, y eso me partió el corazón.

Martina no sabía qué decir, y él, sin importarle quién estuviera delante, afirmó:

—El pequeño Randy creció, Martina. Siguió amándote, pero tú nunca te percataste de ello. Confieso avergonzado que fui yo quien te mandó esas postales románticas en las que te decía cómo me sentía. En la última que te envié incluso incluí tu nombre, pero nunca, nunca, nunca sería capaz de hacer todo lo que acabas de contarme. Jamás atentaría contra ti ni contra nadie a quien tú quisieras. Jamás.

Martina asimilaba lo que Enrique le estaba diciendo. Él era la persona que le enviaba las postales románticas. Era el que sufría por un amor no correspondido, y ella no lo había imaginado en ningún momento.

—Enrique —indicó Eneko viendo que la actitud del muchacho había cambiado tras su confesión—. Sé que todo esto que está ocurriendo no es agradable para ti, pero, sabiendo lo que ahora sabes, debo preguntarte algo.

Sin dudarlo, el joven asintió y el inspector continuó:

—¿Por qué todos los indicios nos han llevado hacia ti?

Él lo miró sin saber qué responder y Jaime, que estaba ojeando unos papeles, preguntó:

—Tienes dos motos matriculadas, ¿verdad? —Enrique asintió y él añadió—: Sabemos que el otro día tuviste un accidente con una de ellas, ¿es cierto?

—Sí.

Martina observaba sin saber por qué el policía preguntaba aquello; entonces Eneko intervino:

—Quizá te parezca tonta la pregunta, pero, si tienes dos motos, ¿por qué le pediste el coche a Germán en vez de utilizar la otra?

Al oír eso, Enrique respondió:

—Porque había quedado con Yolanda, la chica con la que estaba cuando me detuvisteis. Ella se cambiaba de piso y yo la estaba ayudando con la mudanza. Pensaba utilizar el coche de Sergio, pero él tenía programado algo y no me lo pudo dejar.

—¿Sergio? ¿Quién es Sergio? —preguntó Jaime.

Sin dudarlo, el joven miró a Martina y dijo:

—Sergio, mi primo. Tú lo conoces.

La joven asintió.

—Sí. Claro que lo conozco.

Se quedaron unos segundos en silencio y luego Enrique musitó:

—Mi primo era el único que sabía de mis sentimientos hacia ti y que yo te enviaba esas postales.

Ella no dijo nada, y Eneko preguntó a continuación:

—¿Cómo se llama tu primo?

A cada instante más confundido, Enrique respondió:

—Sergio Rodríguez Globe. No se llama Rubén... ¿Qué estáis pensando?

—¿Dónde vive? —insistió el policía.

—Conmigo. Compartimos piso desde hace unos ocho meses.

Rápidamente Jaime, tras mirar a Eneko, salió de la sala y éste, poniendo sobre la mesa unos papeles que sacó de una funda de plástico, preguntó:

—¿Puede ser la letra de tu primo?

Enrique miró aquello y no supo qué decir.

—¿Sergio tiene moto? —preguntó Martina.

—Sí.

—¿De qué color? —quiso saber Eneko.

—Roja.

Martina y él se miraron y el inspector, recordando algo, insistió:

—¿Sergio es diestro o zurdo?

—Zurdo —respondió enseguida Enrique.

La joven se levantó alarmada de la silla en el mismo instante en que la puerta se abría. Era Asier. Eneko, al ver lo que éste le tendía, cogió el móvil y dijo poniéndolo sobre la mesa:

—Una cosa más, Enrique. Escucha esta conversación y dime si ésta puede ser la voz de Sergio.

El joven se quedó mirando fijamente el móvil. ¿En serio ahora estaban culpando a su primo?

Y entonces Eneko puso la grabación. Enrique escuchó con atención la voz de Martina y, tras unos segundos, antes de que acabara, musitó con gesto de asombro:

—Creo que es él.

—Escúchalo otra vez —insistió Eneko volviendo a ponerla mientras Jaime entraba también en la sala.

De nuevo escucharon la conversación y esta vez, cuando acabó, Enrique, a quien el corazón le iba a mil, aseguró:

—Es él. No me cabe duda de que es Sergio.

Los inspectores intercambiaron una mirada mientras Asier abrazaba a una desconcertada Martina, que se apresuró a preguntar dirigiéndose a Enrique:

—¿Qué he podido hacerle yo a tu primo para que esté haciendo todo esto?

Confuso, él no supo qué responder.

Estaba pensando en ello cuando Eneko le pidió datos de Sergio, que rápidamente Enrique le dio, y, en cuanto los tuvo, indicó entregándole un papel a Jaime:

—Que extiendan una orden de búsqueda y captura a nombre de Sergio Rodríguez Globe. Varón. Raza blanca. Veintiocho años. Pelo rubio y con melena. Estatura media. Ojos claros. Conduce un Toledo gris metalizado con esta matrícula.

Su compañero salió de la habitación de inmediato. ¡Tenían algo!

Capítulo 72

Desconcertado, Enrique miraba a Martina, que estaba abrazada a Asier. Si su primo realmente estaba haciendo aquello, era de locos. ¿Qué podía haberlo llevado a ello?

Mientras intentaba encontrar una explicación, la puerta se abrió y Jaime entró de nuevo.

—He llamado a Adolfo —informó a Eneko—. Dice tener algo interesante.

Él asintió y, cogiendo el móvil, que estaba sobre la mesa, se lo entregó a Asier.

—Vamos —dijo—. Tenemos que ver qué es eso que tiene Adolfo.

Al ver que aquéllos iban a marcharse, Enrique se apresuró a preguntar:

—¿Sigo detenido?

Todos lo miraron, y él insistió:

—Si no lo estoy quiero ir con vosotros y ayudaros en todo lo que pueda.

Martina y Asier no dijeron nada; los dos inspectores intercambiaron una mirada y Eneko declaró:

—Me parece buena idea. Toda ayuda es poca, y quizá oigas algo en esa cinta que pueda ayudarnos.

El camino hacia la comisaría donde los esperaba Adolfo fue un viaje de película. El coche policial en el que se desplazaban llevaba la sirena puesta, y todos los coches se apartaban a su paso por las calles de Madrid.

Una vez que llegaron al edificio y de nuevo acreditaron a Martina, a Asier y, en esta ocasión, también a Enrique, se encaminaron hacia la sala donde los esperaba Adolfo y, nada más entrar, Eneko se dirigió a él.

—¿Qué tienes?

El técnico, que había estado limpiando la grabación, indicó:

—Escuchad.

Sin tiempo que perder, apretó un botón y por los altavoces comenzaron a sonar distintos ruidos. Entre ellos se oía un zumbido que a intervalos paraba para luego volver a empezar. Segundos después se oyó perfectamente un camión que frenaba, mientras que de fondo se oían ladridos de perro.

Cuando paró la grabación, Martina parpadeó. ¿Con aquello pretendían encontrar a su hermana?

Y entonces Adolfo, mirándolos, explicó:

—Por el sonido ambiental queda claro que no está en la ciudad. Se oyen ladridos, ruidos propios del campo, un vehículo de grandes dimensiones que frena y se detiene, pero lo que no llego a identificar es ese zumbido constante.

Escucharon la grabación varias veces, mientras todos daban su opinión, hasta que Enrique, mirando los auriculares que aquél tenía, los señaló y pidió:

—¿Puedo escuchar la grabación con los cascos puestos?

Adolfo miró a Eneko, que se apresuró a asentir. No tenían nada que perder.

Enrique se colocó los cascos y el técnico puso de nuevo en marcha la grabación. El joven pidió después que se la pusieran varias veces más y, a la cuarta, se quitó los cascos y anunció:

—Creo que ese zumbido podrían ser varias motos al ralentí.

Todos se miraron sorprendidos, y Adolfo sonriendo afirmó:

—Buen oído, chaval.

De nuevo todos comenzaron a hablar y Enrique, abriendo mucho los ojos, exclamó:

—¡El Chamizo!

Al oír eso, todos lo miraron, y Eneko preguntó:

—¿El Chamizo? ¿Qué es eso?

Nervioso, Enrique miró a Martina y afirmó:

—Creo que sé dónde están. —Y, deseoso de cooperar, añadió—: Necesito un mapa de carreteras de la provincia de Madrid.

Sin tiempo que perder, Adolfo encendió un ordenador y, tras teclear, en la pantalla se abrió un programa llamado Visual Map, donde aparecía toda la red de carreteras de España.

—Estupendo —dijo Enrique.

Capítulo 73

Nuevamente se encontraban en un coche patrulla atravesando Madrid con la sirena puesta, mientras Eneko sorteaba a los vehículos con destreza. Una vez fuera de la capital, mientras circulaban por la carretera que llevaba a Ávila, todo fue más fácil, aunque cada vez que Martina miraba hacia atrás y veía la enorme hilera de coches policiales que los seguían, se le aceleraba más y más el corazón.

Siguiendo las instrucciones de Enrique, que los acompañaba, llegaron a un desvío, abandonaron la carretera y tomaron un camino de tierra. A partir de ese punto, Eneko comunicó por radio al resto de los coches patrulla que apagaran las luces estroboscópicas. No querían que el individuo en cuestión se percatase de su presencia.

—Habría que dejar los coches aquí, en esta arboleda —señaló Enrique cuando ya se divisaban varias naves industriales más allá.

Estacionaron los vehículos, semiocultos por la vegetación, y Enrique indicó:

—La nave de la derecha es lo que llamamos El Chamizo.

Todos miraron hacia allí, y el joven añadió:

—Ése es el coche de Sergio —dijo señalando un Seat Toledo gris metalizado que estaba aparcado al lado de la nave, que tenía un ancho tejadillo azul.

Rápidamente Eneko extendió sobre el capó del coche un mapa de la zona y, tras hablar con los agentes y escuchar lo que Enrique tenía que contarles en lo referente a la nave, distribuyó a sus hombres por los alrededores. El operativo tenía que salir perfecto.

—Llama de nuevo a tu número —pidió entonces Eneko.

Con el móvil de Asier, Martina volvió a llamar a su teléfono, pero nada, aquel que lo tenía seguía sin contestar.

Frustrada, la joven protestó y Asier, agarrándola de los hombros de nuevo, la tranquilizó. Sin embargo, ella estaba nerviosa, histérica. Su hermana posiblemente estaría en aquella nave, e, impaciente, le preguntó a Eneko:

—¿Y ahora qué? ¿Qué hacemos?

Él la miró.

—Tenemos que buscar la manera de llegar a ellos sin forzar o Julia podría correr peligro —señaló con seriedad.

—¡Iré yo! —se ofreció Martina.

—¡Ni hablar! —sentenció Asier.

—¡Es mi hermana! —insistió ella.

—Si alguien tiene que ir a esa nave, ése seré yo. No tú —la cortó Asier.

—No iréis ninguno de los dos, ¿entendido? —sentenció Eneko.

Ahora aquéllos lo miraban con enfado, y Martina replicó:

—Si alguno de vosotros aparece ahí, sabrá que lo hemos cazado, y lo que necesitamos es que no sospeche nada para que Julia no corra peligro.

—¿Puedo ir yo? —se ofreció Enrique para su sorpresa.

Todos lo miraron y él insistió:

—El alquiler de El Chamizo lo pagamos entre varios amigos y lo utilizamos para infinidad de cosas. Si me ve llegar a mí, no sospechará. Son muchas las veces que nos encontramos aquí para arreglar, guardar o coger algo para las motos.

Eneko lo meditó. Podía ser una buena idea, pero indicó:

—He de pensar en tu seguridad.

—Tendré cuidado. Y, te guste o no, soy tu mejor opción.

Eneko y Jaime se miraron. Aquél tenía razón.

—¿Estás seguro? —preguntó Martina.

El joven asintió y, convencido, afirmó:

—Por supuesto que sí. Necesitamos que esta situación se acabe. Todos queremos saber por qué mi primo está haciendo esto, y creo que es lo mínimo que puedo hacer por ti.

La joven asintió con tristeza. Era una injusticia lo que estaba pasando.

—Enrique —explicó Eneko—, toda acción conlleva su peligro, y más en esta situación.

El aludido asintió, entendía a la perfección lo que le decía, y repuso:

—Lo sé. Pero el único que puede entrar en esa nave sin levantar sospechas soy yo.

—En eso lleva razón —afirmó Jaime.

Los inspectores se miraron y, tras hablar algo entre ellos, Eneko decidió:

—De acuerdo. Irás tú.

—Vale —afirmó Enrique con seguridad mirando a Martina.

—Pero antes —indicó el policía— te colocaremos unos micrófonos ocultos. Queremos saber qué ocurre en todo momento.

Mientras unos agentes instalaban unos micrófonos minúsculos debajo de la ropa del joven y Eneko trazaba con él un plan, Jaime pedía por radio que recogieran el coche que conducía Enrique cuando lo habían detenido y lo llevaran hasta donde estaban. Era importante que Sergio viera a su primo aparecer con el vehículo de Germán para no levantar sospechas.

Media hora después, el coche ya estaba allí.

Capítulo 74

El plan consistía en que Enrique fuese a la nave y entrara en ella con la excusa de coger una pieza para la moto. Después, saldría de la misma, se alejaría con el vehículo e informaría de lo que había visto para que la policía pudiera entrar a continuación.

Una vez que quedó el operativo claro, Martina se acercó a Enrique y lo abrazó.

—No sé cómo agradecerte esto —le dijo—. Ten muchísimo cuidado, por favor.

Agradecido por su afecto y su confianza, a pesar de lo que estaba ocurriendo, él miró a Asier, que lo observaba, y afirmó:

—Te lo prometo.

Cuando todo quedó claro entre la policía y Enrique, éste montó en el coche y, al arrancarlo, comenzó a sonar la canción *Angels* de Robbie Williams. A continuación, el joven le guiñó el ojo a Martina, metió primera y se encaminó hacia la nave.

Templando los nervios, condujo hasta la entrada mientras todos observaban desde sus posiciones, parapetados tras la arboleda.

El ruido de un motor al acercarse llamó la atención de Sergio, que rápidamente miró por la ventana que había en el despacho de la nave. Al instante reconoció el coche de Germán. Era el que estaba utilizando su primo tras su accidente con la moto.

Sin tiempo que perder, agarró a Julia con fiereza. Ella se resistió y él le dio un bofetón. En las últimas horas, cada vez que a él le apetecía, la golpeaba, y la joven estaba ya malherida y agotada. Después de ponerle un trapo sucio de grasa de motor en la boca a modo de mordaza, le pasó una cadena por las muñecas, se las ató y, sujetándola a un viejo archivador del despacho, se guardó la pistola bajo la cinturilla del pantalón y dijo:

—Calladita y no te muevas, o cuando regrese lo lamentarás.

Con sabor a aceite, sangre y lágrimas en la boca, ella vio cómo él salía del despacho y cerró los ojos. Estaba asustada y muy dolorida.

Al llegar, Enrique frenó, apagó el motor y, cuando bajaba del vehículo, la puerta de la nave se abrió y apareció Sergio. Su primo lo saludó levantando la mano.

—Hola, tío. He visto tu coche al llegar y he imaginado que estabas aquí.

Sergio asintió. No esperaba para nada que Enrique apareciera en ese momento por allí, pero, intentando disimular su intranquilidad, respondió:

—¡¿Qué pasa, primo?!

Enrique rodeó el vehículo de Germán y caminó hacia él. Se fijó mejor y vio que estaba sudando, que su camiseta se veía extremadamente sucia y en los pantalones llevaba unas salpicaduras de sangre que parecían recientes. Eso lo alertó.

—Me gusta el coche de Germán... —comentó Sergio—, ¿tira bien?

—¡De lujo! —afirmó Enrique señalándolo.

Los dos primos se juntaron y, tras chocarse la mano con complicidad, Sergio preguntó poniéndose frente a la puerta:

—¿Qué haces por aquí?

Enrique se apoyó entonces en el capó del coche y respondió:

—Me ha llamado el cabronazo de Pedrito. Necesita unos discos de freno para su moto, he recordado que aquí tenía algunos y he venido a por ellos.

Su primo no se apartó de la puerta, y él, consciente de lo nervioso que parecía, preguntó:

—¿Y tú qué haces aquí?

Sergio, que llevaba las manos llenas de grasa, se las mostró sin ser consciente de que los escuchaban y los observaban y respondió:

—Arreglando mi moto. El motor hace cierto ruidito que no me gusta nada.

Desde el interior del despacho, Julia oía voces fuera y, mirando a su alrededor, buscó algo que pudiera empujar con las piernas, puesto que las manos las tenía atadas. Entonces vio una caja con herramientas y, estirando la pierna, fue consciente de que llegaba hasta ella y, sin pensar en las consecuencias, le dio una patada y la arrojó al suelo.

De pronto, se oyó un estruendo dentro de la nave. Sergio saltó sorprendido y Enrique preguntó:

—¿Qué ha sido eso?

Su primo no se movió e, intentando que aquél no entrara en la nave, replicó:

—Vale, tío. Estoy acompañado y nos acabas de cortar el rollo.

—Joder, macho, lo siento —se mofó Enrique forzando una sonrisa.

Sergio sonrió también, y su primo preguntó:

—¿Quién está ahí dentro?

—Una preciosidad que conocí anoche tomando algo en Malasaña —respondió él rápidamente—. ¡Así que ahora pírate y deja de cortarme el rollo!

Ambos rieron de nuevo. Enrique sabía que su primo mentía. Y, consciente de que de allí no se iba a marchar sin entrar en la nave, añadió:

—Sólo será un segundo. Sé dónde tengo los discos de freno. Entro, los cojo y salgo.

—No me jodas, tío —protestó Sergio.

Viendo que su primo no se movía de la puerta, Enrique decidió cambiar de táctica.

—Vale. Pues entra tú y me los traes —pidió.

Sergio lo pensó. Aquélla era una solución rápida, y preguntó:

—¿Dónde los tienes?

—En la estantería metálica que hay al fondo, a la izquierda —improvisó él—. Creo que están en el tercer o el cuarto estante.

—¡Joder, macho!

Enrique, que no pensaba dar su brazo a torcer, insistió:

—No me jodas, tío. Venga, entra y tráeme los putos discos de freno. No quiero tener que volver más tarde.

Dándose por vencido, Sergio al final asintió. Lo último que quería era que Enrique se enfadara con él. Él no.

Una vez que él desapareció dentro de la nave, Enrique empujó ligeramente la puerta, que su primo no había cerrado, y, sin dudarlo, a continuación la abrió del todo y entró. Mientras veía a Sergio dirigirse hacia el lugar donde le había indicado, sin hacer ruido, al ver que Julia no estaba allí, fue hacia el despacho y enseguida la divisó.

Aquella joven debía de ser ella. La pobre tenía muy mal aspecto, sangraba por el cuello y por la nariz. La sangre era muy escandalosa, y Enrique se asustó. Rápidamente corrió hacia la muchacha, que lo miró, y él, asiéndola de la cintura para ayudarla a sostenerse, le quitó la mordaza que llevaba en la boca y la oyó decir en un hilo de voz:

—Ayúdame..., por favor.

Con la adrenalina por las nubes, él no lo dudó. ¡Por supuesto que la iba a ayudar!

Como pudo, le soltó la cadena que la mantenía unida al archivador y, cuando empujó la puerta del despacho para salir, vio que Sergio lo esperaba fuera con los discos de freno en la mano.

Los primos se miraron durante unos segundos; este último dejó caer los frenos y siseó:

—No deberías haber entrado.

Su voz ronca y su gesto severo no amedrentaron a Enrique, que, sin soltar a Julia, replicó:

—¡¿Te has vuelto loco?! Pero ¿qué le has hecho a esta pobre chica?

Sergio no se movió. Que su primo estuviera allí y hubiera visto a la joven no entraba en sus planes, y Enrique, para que los policías lo oyeran a través de los micrófonos, insistió:

—Necesita urgentemente un médico.

—¡Suéltala! —exigió Sergio.

Pero Enrique, sin dejarse doblegar, volvió a decir para informar:

—Apártate de la puerta. Voy a salir con ella lo quieras o no. Pero ¿qué coño estabas haciendo, Sergio?

Julia, al oír ese nombre, musitó agotada:

—Se... se llama Rubén.

Horrorizado, Enrique la corrigió mirando a su primo:

—No. Se llama Sergio. Lo conozco muy bien.

Al oír eso, Eneko dio la orden a sus hombres de que se acercaran con sigilo a la nave mientras le pedía a Asier que sujetara a Martina, que se había vuelto loca al oír a Enrique, y se quedaran junto a los coches patrulla.

Capítulo 75

En la nave la tensión aumentaba por segundos. Sergio, levantándose la camiseta, se sacó la pistola de la cinturilla del pantalón y Enrique, al verla, preguntó confundido:

—¿Qué narices haces con una pistola?

—¡Suelta a la chica!

—¡Sergio! ¡¿Qué coño te pasa?! —gritó su primo.

Pero Sergio no escuchaba. Estaba totalmente obcecado y, dirigiendo el arma hacia Enrique, al que adoraba, musitó con el rostro desencajado:

—Lo he hecho por ti.

Sin soltar a Julia, que cada vez tenía menos fuerzas, Enrique, turbado por lo que veía y oía, preguntó sin entender nada:

—¿Por mí?

Sergio asintió demudado. Se lo veía mal, fuera de sí. Enrique nunca lo había visto de ese modo. Al contrario. Con él, su primo siempre se había comportado de una forma increíble. Era un tipo diez. Pero mirando a aquel que de pronto era un desconocido para él, iba a hablar cuando lo oyó decir:

—No... No quería que sufrieras más por la hermana de esta zorra.

—Sergio, por favor... —insistió él, tratando de entender—, baja la pistola.

Pero él parecía no escucharlo, estaba en su propio mundo, y continuó:

—Odio ver cómo sufres por alguien que no te corresponde y

envías ridículas notas de amor a una zorra que ni siquiera se ha dado cuenta de que existes.

Boquiabierto por lo que oía, Enrique susurró:

—Pero ¿qué dices?

Un gemido lastimero de Julia, a la que se le doblaban las piernas, hizo que ambos la miraran y Enrique exclamara:

—¡Por el amor de Dios, Sergio! Esta pobre chica ¿qué tiene que ver en todo esto?

Su primo, sonriendo como un auténtico loco, replicó mientras encañonaba con la pistola a la joven:

—Es su adorada hermana. La hermanita a la que todo se le perdona, y quiero que tu zorra sienta lo que es que te quiten a un ser querido.

Enrique lo escuchaba alucinado.

Pero ¿cómo había podido llegar su primo a esa situación y él no darse cuenta de lo que ocurría?

Estaba tratando de entenderlo y aplacarlo cuando vio a Eneko asomar la cabeza por la puerta de entrada de la nave. Verlo le hizo comprender que tenía que seguir hablando con Sergio y, volviendo a llamar su atención, indicó:

—No entiendo de lo que hablas, Sergio. De verdad que no entiendo nada...

El aludido, al oír eso, dio un paso hacia su primo y musitó:

—Siempre te he querido... Siempre he estado enamorado de ti.

—¡¿Qué?! —susurró Enrique.

Sergio sonrió. El hombre que estaba ante él siempre había sido su amor secreto y, olvidándose de todo, preguntó:

—¿Recuerdas cuando murió Antonio y ese año fuimos con la abuela a la feria de su pueblo?

Enrique asintió por no decir que no. Recordaba haber ido muchos años a aquella feria.

—Ese año bebimos más de la cuenta. Tú más que yo —musitó aquél—. Y al regresar a casa de la abuela y acostarnos en nuestra habitación, nos besamos. Tuvimos un maravilloso momento íntimo entre los dos.

Boquiabierto, Enrique no supo qué decir.

¿Él y su primo tuvieron un momento íntimo?

Tras la muerte de su hermano en accidente de moto, todo fue muy confuso. Durante un tiempo se juntó con mala gente, fumó marihuana como un cosaco y bebió más de la cuenta para olvidar el dolor por la pérdida de Antonio, hasta que sus padres fueron conscientes de lo que ocurría y todo aquello se acabó.

Aun así, no recordaba nada de lo que Sergio le contaba. Nada. A él le gustaban las mujeres, no los hombres, pero su primo, dulcificando el tono, añadió:

—Ese día supe que te quería y desde entonces he estado enamorado de ti.

—Sergio, pero...

—Te quiero —lo cortó aquél sintiéndose liberado.

Atónito y confundido, Enrique lo escuchaba intentando procesar toda aquella información. Nunca había imaginado nada de eso. En la vida habría supuesto ni por asomo lo que aquél relataba, aunque ahora, si lo pensaba, su primo siempre había estado muy pendiente de él. Es más, en la familia siempre se hablaba de lo mucho que aquéllos se querían, tanto que se sentían como hermanos.

—No ha sido fácil para mí vivir guardando este secreto, pero cuando me mudé contigo creí que todo podía cambiar entre nosotros. Sin embargo, nunca fue así. Y cuando comenzaste a hablarme de la zorra de Martina y yo te acompañaba para que le metieras esas ridículas postalitas románticas en el buzón de su casa, supe que ella se interponía entre ambos y decidí hacer algo por lo nuestro, por nosotros.

—¿Nosotros? ¿Lo nuestro?... —preguntó Enrique.

Sergio, sumido en su mundo, continuó sin bajar el arma:

—Por amor hacia ti, tuve que matar a esa chica canaria con la que te liaste en aquella fiesta.

Al oír eso, Enrique comenzó a temblar y, dejando a Julia con cuidado en el suelo, ladeó la cabeza y preguntó al entender de quién hablaba:

—¿Que mataste a Fayna?...

Sergio asintió sin darle importancia.

—La muy zorra no hacía más que llamar a casa para venir a

verte algún fin de semana y yo no lo podía consentir. Por eso quedé con ella, viajé a Canarias y la maté. Era necesario.

Enrique se llevó las manos a la cabeza, no podía creer lo que estaba oyendo. Aquello lo estaba destrozando.

Desde el suelo, Julia observaba a Eneko y a los demás agentes, quienes le pedían silencio con gestos, mientras Sergio, obcecado en lo suyo, no se percataba de nada.

—Dame la pistola —consiguió pedirle entonces Enrique.

Su primo sonrió y negó con la cabeza.

—Acercarme a Martina a través de ésa —dijo señalando a Julia— fue fácil. —Y riéndose de forma odiosa añadió—: Conocía a sus padres, podría haberlos matado el día que fui a buscarlos a Atocha, pero decidí esperar. Todo tenía un orden. Primero mataría a la hermanísima, luego a sus padres y por último a Martina. Lo tenía todo planeado. Gracias a Julia, controlaba las salidas y entradas de su hermana. Incluso controlaba a ese bicho pulgoso que tiene, al que le gustan las cortezas de cerdo. Un día Julia me dijo que su hermana estaba de viaje en Mérida y que ella se ocupaba del perrazo. Y, bueno, teniendo la llave como la tenía, decidí subir a la casa para echar un vistazo, pero entonces entró una chica morena...

—María... —sollozó Julia desde el suelo.

—Y tuve que matarla. Un daño colateral, pero esto es así. —Y, bajando la pistola hacia donde Julia estaba, indicó enfurecido—: Y ahora vas tú. Quiero que tu hermana vuelva a sufrir.

Enrique rápidamente se interpuso entre ellos y gritó:

—¡Retira esa pistola, Sergio! ¡Retírala!

Pero aquél estaba ofuscado por la locura, la ira y el desconcierto, y cuando Enrique fue consciente de que iba a dispararle a Julia, sin pensarlo se abalanzó contra él y se oyó el retumbar de un disparo, al que le siguieron otros.

Al oírse las detonaciones a lo lejos, Martina se soltó de la mano de Asier y empezó a correr como una loca hacia la nave.

¡Su hermana...!

Tenía que llegar hasta Julia como fuera, y Asier, corriendo todo lo que podía, intentaba alcanzarla.

En el interior de la nave, Eneko fue a toda velocidad hasta Julia para atenderla, mientras Jaime se acercaba junto a otros policías a Enrique y a Sergio, que estaban tendidos en el suelo. Finalmente Sergio había disparado, alcanzando a su primo, y los agentes habían abierto fuego para detenerlo.

Julia lloraba. Lo ocurrido frente a sus ojos había sido horrible. Y, al ver a Eneko acercarse, sin dudarlo, le echó los brazos al cuello y él enseguida la cogió y murmuró mientras la acunaba:

—Tranquila. Ya ha pasado todo, ya ha pasado todo...

Al cogerla, el policía pudo comprobar que no estaba herida de bala y eso le hizo respirar. Por un segundo se había temido lo peor.

Mientras la abrazaba, sentía cómo su pulso se normalizaba, al tiempo que sus manos se enredaban en aquel pelo enmarañado y pegajoso por la sangre que manaba de su cuello. La joven tenía el rostro cubierto de grasa y hollín, lágrimas y sangre.

Eneko miró hacia la puerta y, al ver entrar a los del Samur, los llamó alzando la mano. Los paramédicos se dividieron en dos grupos. Uno para atender a la joven y otro para ocuparse de Sergio y Enrique.

Cuando Eneko fue a soltar a la muchacha, ésta se lo impidió y lo agarró con fuerza. En su vida había tenido tanto miedo ni había estado tan asustada, y Eneko, entendiéndolo, susurró:

—Tranquila, Julia. Estaré aquí.

La joven asintió notando la seguridad que aquél le transmitía y, cuando por fin el Samur logró tumbarla en el suelo, Eneko musitó para hacerla sonreír:

—El trabajo que me estás dando para que me invites a ese café...

Julia rio, justo en el momento en el que Martina entraba en la nave con el rostro desencajado. Vio en el suelo a Sergio y a Enrique, que eran atendidos por los técnicos del Samur, pero ella buscaba a su hermana. Sólo le interesaba ella, y, al verla tendida, se tambaleó. Asier, que llegó hasta ella, la sujetó. Al igual que Martina, pensó en lo peor, hasta que su mirada coincidió con la de Eneko y éste le hizo saber con un gesto que ella estaba bien.

—Julia está bien, cariño —dijo—. Tranquila. Tranquila.

La joven reaccionó de pronto y, acercándose a su hermana, la abrazó y, al ver que Julia la estrechaba entre sollozos, preguntó:

—¿Estás bien? ¿Estás bien?

La muchacha asintió. Las fuerzas no le daban para hablar.

Instantes después, Martina tuvo que retirarse. Los técnicos del Samur necesitaban hacer su trabajo.

—Tranquila —indicó uno de ellos—. Parece estar bien a pesar de su estado. En cuanto traigan la camilla, la llevamos al hospital.

—Quiero ir con ella. ¿Puedo? —preguntó Martina al joven paramédico que le estaba hablando.

Aquél, tras intercambiar una mirada con Eneko, que asintió, afirmó:

—Sí, por supuesto.

—Rápido. Una camilla aquí —exigió otro técnico del Samur.

Al volverse, Martina vio a Enrique tirado en el suelo, junto a Sergio. Enrique lloraba y se retorcía de dolor en un charco de sangre, mientras que el otro ni se movía. Martina se dispuso a acercarse a él, pero se lo impidieron. Tenían que atenderlo.

Observaron en silencio cómo aquéllos trabajaban, y, tras ponerlo en una camilla, lo sacaron de la nave.

Paralizada, Martina oyó a Jaime decir:

—Enrique necesita ser operado de urgencia. Sergio le ha disparado en el estómago.

—¡Joder! —murmuró Eneko mientras veía cómo tumbaban a Julia en una camilla.

—En cuanto a su primo —prosiguió Jaime—, está muerto.

Desde lejos, Martina miró a aquel hombre que le había hecho la vida imposible. Ella, como todos, había oído el porqué de todo aquello y, sin un ápice de lástima, murmuró:

—Ojalá, si existe otra vida, pague todo el mal que ha causado en ésta.

Estaba pensando en ello cuando un técnico del Samur entró en la nave para preguntar si alguien acompañaba a Enrique en la ambulancia. Martina, al oírlo, se agobió.

¿Debía ir con Enrique, que estaba grave, o con su hermana?

Y Asier, al entender lo que aquélla pensaba, se ofreció.

—Yo iré con Enrique.

La joven lo miró y él, tras darle un rápido beso en los labios, dijo con seguridad mientras corría hacia la salida:

—Ve con tu hermana. Nos vemos en el hospital.

Minutos después, cuando Asier se montó en la ambulancia, Enrique lo miró y, con los ojos repletos de lágrimas, sólo pudo repetir una y otra vez:

—Lo siento..., lo siento...

Asier asintió. Y, poniendo una mano sobre su hombro, le hizo saber que estaba con él.

Capítulo 76

Una vez en el hospital, mientras atendían a Julia, Martina llamó por teléfono a Carlos y a Luis. Sus padres se hallaban con ellos en su casa, y lloraron felices al saber que Julia estaba sana y salva.

Tras colgar, Martina se sentó. Lo ocurrido había sido una terrible pesadilla, pero por fin había acabado. La persona que había originado todo aquello había muerto y, sin duda, de nuevo podría comenzar a vivir.

Estaba pensando en ello cuando Asier entró en la sala de espera. La joven se levantó y él, abrazándola, preguntó:

—¿Estás bien, cariño?

—Sí.

—¿Y Julia?

—Está en la sala de curas. Los cortes que ha recibido, a pesar de ser aparatosos, no son profundos y... y... ¡está bien!

Emocionados, ambos se abrazaron, y luego Martina preguntó separándose de él:

—¿Y Enrique?

Asier, haciendo que se sentara, respondió:

—En quirófano.

La joven asintió y no dijo más.

La siguiente hora Martina recibió varias llamadas de Carlos. Sus padres querían ir al hospital, pero la joven habló con ellos para tranquilizarlos. Tras lo sucedido, Martín debía descansar y, después de hacerles entrar en razón, a pesar de las discusiones, cuando colgó el teléfono, Asier se mofó mirándola:

—Ya sé de dónde viene tu cabezonería.

Ambos rieron por aquello y, tras avisar a la enfermera de que bajaban a la cafetería un momento, se marcharon. No obstante, en cuanto llevaban allí diez minutos la enfermera los avisó: Julia había sido trasladada a planta, y ambos corrieron para estar con ella.

Dos horas después, cuando Julia habló por teléfono con sus padres y los tranquilizó, se quedó dormida; los medicamentos que le habían dado y el agotamiento pudieron con ella.

Martina la miraba, adoraba a su hermana, y murmuró:

—No sé qué habría hecho si le hubiera pasado algo.

Asier, que como siempre tenía la mano de aquélla cogida, se la besó y respondió:

—Pero aquí está. No lo pienses más.

La observaban en silencio cuando la puerta de la habitación se abrió y entraron Eneko y Jaime. El primero, al ver a la vivaracha joven inmóvil, no supo qué decir, y su compañero, en un tono bajo de voz, preguntó:

—¿Cómo está?

Martina sonrió con calidez.

—Bien. Julia está bien. Espero que olvide pronto lo que ha sucedido.

Eneko asintió al oírla y, deseoso de que así fuera, afirmó:

—Lo hará. Ya verás como sí.

En ese instante entró una enfermera que debía añadir medicamentos al gotero de la joven y, tras salir los cuatro para dejarla trabajar, Martina, sin dudarlo, abrazó a los dos inspectores y declaró:

—No tengo palabras para agradeceros todo lo que habéis hecho por nosotras.

Aquéllos sonrieron, el final feliz era lo que siempre buscaban, y Eneko musitó:

—Tu sonrisa y haber recuperado a Julia es nuestra recompensa, créeme.

—¿Qué sabéis de Enrique? —preguntó a continuación Martina—. ¿Ha salido ya del quirófano?

Los inspectores se miraron, y Eneko afirmó:

—Venimos de verlo y todo ha ido bien. Gracias a él, Julia está viva. Se ha interpuesto entre tu hermana y la bala.

Oír eso horrorizó a la joven, que murmuró:

—Por Dios..., eso no lo sabía.

—Es un buen muchacho —afirmó Jaime.

—Lo es —corroboró Asier.

Minutos después, Jaime, tras recibir una llamada de su mujer, se despidió de ellos y se marchó.

—¿Puedo ir a ver a Enrique? —preguntó entonces Martina.

—Eso debes decidirlo tú —afirmó Eneko.

La joven asintió. Necesitaba unos segundos con aquél, y, tras mirar a Asier, que le sonrió, añadió:

—¿En qué habitación está?

—Ochocientos veintiséis.

Martina asintió y Asier, para animarla, dijo dándole un cariñoso beso en los labios:

—Ve a verlo. De aquí no me moveré.

—Yo me quedo con él —afirmó Eneko.

Con una tranquilidad que llevaba meses sin sentir, la joven se encaminó hacia el ascensor. Tenía que ver a Enrique, necesitaba hacerlo. Se metió en él y, al llegar a la octava planta, bajó.

Con las pulsaciones alteradas buscó la habitación 826 y, al encontrarla, se paró unos instantes frente a la puerta para tomar aire.

Cuando entró, su cuerpo se estremeció al ver a Enrique tendido en la cama. Acercándose a él lentamente, lo observó, y de pronto se sorprendió. ¿Cómo no se había dado cuenta de que él era el hermano de Antonio si ahora que lo miraba con detenimiento veía que era su vivo retrato?

Sin lugar a dudas, como le había dicho muchas veces María, había estado dormida. El dolor que le había producido la pérdida de Miguel había hecho que dejara de ver, de sentir, de vivir.

Se encontraba sumida en sus pensamientos cuando de pronto oyó:

—¿Cómo está Julia?

Al levantar la vista vio que Enrique tenía los ojos entreabiertos y, con cariño, se acercó a él, le dio un dulce beso en la mejilla y murmuró:

—Bien. Gracias a ti, está bien.

Ambos se miraban. Lo ocurrido había sido muy duro para los dos, y ella, intentando romper el raro momento, preguntó:

—¿Y tú cómo estás?

Enrique resopló y soltó tratando de bromear:

—Saldré de ésta.

De nuevo el silencio se apoderó de la estancia. Tenían tantas cosas que decirse, pero, sin saber por dónde comenzar, Martina dijo:

—No sé cómo darte las gracias...

Él levantó la mano como pudo, la joven se la cogió y él, necesitando hablar con ella y sincerarse, declaró:

—Cualquier persona en su sano juicio habría hecho lo mismo que yo.

—Pero lo has hecho tú —matizó Martina.

Ambos sonrieron y, aún cogidos de la mano, Enrique murmuró:

—Siendo un adolescente, me enamoré de ti.

—No hace falta que...

Con las pocas fuerzas que tenía, él le apretó la mano e insistió:

—Sí, Martina. Hace falta. —Ella asintió y él prosiguió—: Te mandé aquellas postales porque era la única manera de hacerte saber lo que sentía por ti. Pero luego fui consciente de que no estaba procediendo bien, porque quizá te estuviera asustando. Decidí cortarlo de raíz, pero ya lo había hablado con Sergio y, cada día que te veía en el colegio, me sentía avergonzado por si alguna vez pudieras descubrir que había sido yo.

—Enrique...

—Intenté olvidarme de ti, pero verte todos los días en el trabajo lo hacía imposible. Con esto no quiero excusarme, sé que tengo gran parte de culpa en todo lo que ha pasado y...

No pudo continuar, el llanto se apoderó de él, y la joven, apretando su mano, murmuró:

—Tú no tienes la culpa de nada. De nada.

Pero Enrique prosiguió:

—Está visto que Sergio captó la desesperación que sentía ante tu indiferencia y eso originó su furia contra vosotras. Nunca imaginé que mi primo pudiera tener esos sentimientos hacia mí, que lo llevaron a la locura.

De nuevo sollozó.

—Una parte de... de mí está triste por su muerte. Yo lo quería, lo adoraba, aunque ahora sé que no como él necesitaba. Sin embargo, otra parte de mí lo odia, lo detesta. Nunca podré perdonarle lo que le hizo a Fayna..., a María..., a ti. —Lloró mientras Martina se emocionaba—. Dios mío..., tengo miedo. Miedo de no superar lo ocurrido, y pienso en el horror, en el miedo, en el dolor irreparable que has vivido y... y no sé ni qué decir. Sólo que lo siento..., lo siento..., lo siento...

Conmovida por sus palabras y por la terrible tristeza que ambos sentían ante lo sucedido, Martina lo abrazó. Él, como ella o su hermana, se sentía culpable por algo que desconocía y que, por tanto, no había podido controlar. Siempre tendrían ese sentimiento de culpabilidad. Estaba convencida de que, pasara el tiempo que pasase, nunca se quitarían de encima la sensación de que algo en su pasado podría haberse evitado. Pero como necesitaba avanzar en la vida, tal como María le habría pedido, dijo mirándolo:

—Del pasado no se vive, se aprende. Tú no tienes la culpa de lo ocurrido. Por favor, comienza a pensar así. —Y, secándose las lágrimas, secó después las de él con los dedos e indicó—: Hemos de aprender a vivir con lo ocurrido y superarlo. El dolor y el miedo por lo sucedido es algo que ni tú ni yo podremos evitar, pero sí podemos elegir cómo sobrellevarlo y ayudarnos mutuamente para superarlo. Porque, como decía María, nuestra felicidad comienza donde terminan nuestros miedos, y nosotros queremos ser felices.

Emocionados, volvieron a abrazarse, y entonces la puerta de la habitación se abrió. Eran los padres de Enrique, que, asustados tras la llamada recibida del hospital, habían acudido junto a su hijo.

Martina se apartó discretamente de él y, echándole una mirada desde la puerta, le hizo un gesto con la mano indicándole que lo llamaría por teléfono.

Enrique asintió conmovido. Sabía que ella lo haría y que juntos lo superarían.

Epílogo

Madrid, 2001

—¡Cariño! ¿Puedes traer más hielo?

Al oír eso, Asier sonrió y colgó el teléfono. Y, tras mirar a *Johnny*, al que le acababa de dar un puñado de cortezas de cerdo, susurró:

—Ni una palabra a la jefa o nos regañará.

Como si lo entendiera, el perro meneó el rabo y, tras comerse las cortezas, salió al jardín mientras Asier gritaba desde la cocina:

—¡Por supuesto, preciosa! ¡Ahora lo llevo!

Sonriendo al oírlo, Martina miró a Carlos, que estaba junto a Luis, y con picardía el primero musitó:

—Y tú que no querías conocer al caramelito...

Martina rio.

En los últimos años, su vida había cambiado por completo.

Después de la salida de su hermana y Enrique del hospital, este último decidió irse a vivir fuera de España y, tras buscar plaza en un colegio como profesor, la encontró en Argentina. Necesitaba olvidar, reponerse y comenzar de nuevo. Y allí, después del primer año, encontró el amor y decidió apostar por él quedándose en el país.

Julia fue la que mejor lo llevó. Su carácter y su positividad le impedían quedarse anclada en la tristeza del pasado, y, tras invitar a Eneko a ese café que tenían pendiente, ya no volvieron a separarse, y al año y medio se casaron para sorpresa de todos. Si había dos personas más dispares en el mundo ésos eran Julia y él. No sólo los separaban catorce años de diferencia, sino infinidad de cosas, pero, contra viento y marea, se amoldaron el uno al otro de forma que ahora todos los consideraban la pareja ideal.

Martina, por su parte, decidió tomarse una excedencia en la escuela para recuperarse tras lo ocurrido. Como Enrique, necesitaba olvidar y comenzar de nuevo, y una mañana, cuando se levantó, tuvo claras tres cosas.

La primera, que, tardara lo que tardase, escribiría el libro que le había prometido a su amiga María.

La segunda, que vendería el piso donde vivía para mudarse con Asier.

Y la tercera, que sería feliz con él y disfrutaría de la maravilla de viajar juntos.

En un principio, sus padres vieron el segundo punto como algo precipitado. Ellos estaban chapados a la antigua y que su hija, tras lo ocurrido, se marchara a vivir con aquel chico no les hizo mucha gracia, pero con el tiempo vieron en Asier a la persona perfecta para su hija, pues la hacía feliz.

Asier era el compañero ideal de viaje para Martina, y viceversa. Se entendían. Se querían. Lo pasaban bien juntos. Les gustaban las mismas cosas. Disfrutaban de *Johnny*. Se compraron conjuntamente una casa con jardín a las afuera de Madrid. Y, sobre todo, se hacían reír, lo cual era muy importante para ellos.

A diferencia de Julia y Eneko, ellos decidieron que la boda, si tenía que llegar, llegaría, por lo que se centraron en quererse y disfrutar juntos de la vida, y con eso les valía.

Martina estaba pensando en ello cuando notó unas manos en la cintura y al volverse vio a Asier, que la besó en el cuello.

—He dejado una cubitera sobre la mesa —dijo él—, y, recuerda, tengo una sorpresa para ti.

—¡Me muero por saber cuál es mi sorpresa! —Sonrió encantada, y entonces vio cómo Carlos y Luis se alejaban para hablar con Eneko.

A continuación se abrazaron con mimo, y Julia, que estaba embarazada de cinco meses, dijo acercándose a ellos cogida del brazo de su padre:

—Eneko y yo nos vamos a llevar a papá y a mamá a la estación. Luego regresamos.

Martina asintió, y Asier indicó dirigiéndose a Martín:

—Quedaos esta noche y mañana nosotros os llevamos a Consuegra.

—Uy, no, hijo, no, que está muy lejos —respondió aquél.

Martina suspiró.

—Papá, por Dios, que sólo se tarda hora y media en coche.

El hombre se disponía a responder cuando Sagrario, que ya se había asegurado de dejar la nevera de su hija y su yerno repleta de táperes de caldo y carne en salsa, intervino:

—Que no, alhaja, que no. Que nosotros nos vamos tan ricamente en el tren hasta Toledo y allí nos espera Ernestito, el hijo de la tía Lola, con el coche para llevarnos al pueblo.

Julia y su hermana se miraron, y la primera iba a protestar cuando su madre insistió:

—Ernestito va encantado a buscarnos. Es una ricura de muchacho. Anoche mismo llamó para decirnos que no nos preocupásemos porque allí estaría esperándonos. De todas formas, tenéis que venir más a menudo al pueblo. Os echamos de menos.

—De eso me encargo yo —afirmó Asier, al que le encantaba ir allí, y, sonriendo a su suegra, le guiñó el ojo con complicidad—. Además, si mal no recuerdo, dentro de tres semanas es el cumpleaños de alguien y es una buena oportunidad para ir y pasar allí el fin de semana.

Sagrario, encantada porque el cumpleaños del que hablaba era el suyo, murmuró abrazándolo:

—Pero bueno..., pero bueno..., pero bueno..., ¡a ti te como yo a besos, hermoso!

Entre risas, todos se mofaban de aquello cuando Eneko, acercándose al grupo, le preguntó con guasa a Asier:

—¿Robándome a la suegra?

Eso hizo reír a todos, y Sagrario, feliz por los hombres que sus hijas habían elegido, cogió a aquél del brazo y dijo tras darle un sonoro beso en la mejilla:

—Anda, celosón..., que para ti también hay besos.

Diez minutos después, Julia y su marido se marcharon a Atocha a dejar a los padres de aquélla en la estación, y Martina, mientras Asier hablaba con Carlos y Luis de temas empresariales, decidió entrar en la cocina para ir sacando el embutido del frigorífico.

En poco rato esperaba la llegada de Verónica y Xavi, quienes, como todos, habían cambiado sus vidas y estaban viviendo juntos en Barcelona. Pensar en ellos le hizo recordar a María. Cuánto la echaba de menos. No había ni un solo día que no se acordara de ella. Era inevitable. Se metió un trozo de chorizo en la boca y murmuró sonriendo:

—Como tú decías, el chorizo no es dañino si se cuece en vino fino...

Una hora más tarde Eneko y Julia regresaron, y, tras pasar por la cocina para coger algo de beber, salieron al jardín para unirse al grupo. Poco después, cuando todos estaban sentados alrededor de una mesa en el jardín, Julia preguntó curiosa viendo a *Johnny* correr:

—Estoy en ascuas, tata... ¿Cuándo nos vas a decir el motivo de esta cena?

—Pues sí —coincidió Carlos—. Yo no paro de pensar qué es eso que nos queréis contar. ¿Será que os casáis?...

—¡Bombazo! —se mofó Eneko.

—¿No estaréis embarazados?... —terció Luis.

Asier y Martina rieron a carcajadas. Al organizar aquella cena de amigos, Martina había dicho que tenía que darles una noticia, y respondió:

—Cuando lleguen Xavi y Verónica lo sabréis.

Veinte minutos después sonó el timbre de la puerta. *Johnny*, como siempre, comenzó a ladrar y Asier se levantó y fue a abrir con una sonrisa en los labios.

Instantes después se oyó desde el jardín la risa de Xavi, y Carlos, divertido, se mofó:

—Lo gracioso que es este catalán...

Instantes después, Xavi y Verónica entraron en el jardín y empezaron a abrazarlos a todos. Verse siempre era un placer.

—Estoy muerta de sed —comentó Verónica.

Rápidamente Martina preguntó:

—¿Quieres una cervecita?

Ella asintió y la joven desapareció en el interior de la casa.

Cuando estaba en la cocina con la nevera abierta, de pronto notó unos golpecitos en el hombro y, al volverse, se llevó las manos a la boca emocionada.

—Marco...

Ante ella estaba el hombre que había querido como nadie a María, sonriéndole. Desde que él se había marchado, no lo habían vuelto a ver, a pesar de que no habían perdido el contacto, y sin esperar un segundo se arrojó a sus brazos y lo abrazó.

Permanecieron así unos segundos en silencio mientras los recuerdos, ya pasado el tiempo, les hacían sonreír, y, al separarse, Marco la miró y comentó:

—Cada día estás más guapa.

Enternecida por tenerlo frente a ella, Martina puso una mano sobre la barba que aquél se había dejado y preguntó:

—¿Y esto?

Él se encogió de hombros.

—En la mar es cómodo llevar barba.

De nuevo Martina lo abrazó. Tener a Marco cerca era como tener una parte de María y, cuando se separaron, él, tan emocionado como ella, dijo:

—Te veo bien.

Incapaz de hablar, ella tragó el nudo de emociones que pugnaba por salir de su garganta; pero él, sonriendo, añadió:

—Lloronaaaa..., no cambiarás nunca.

Martina sonrió y luego afirmó abrazándolo de nuevo:

—Pero esta vez lloro de felicidad.

Asier, que había presenciado el reencuentro desde el umbral de la puerta, se asomó y, tras intercambiar una mirada con Marco, entró en la cocina y lo abrazó con sentimiento. Una vez que se separaron, Asier miró a una emocionada Martina y le preguntó:

—¿Te ha gustado mi sorpresa?

La joven afirmó con la cabeza.

—Verónica y Xavi lo han esperado —explicó él—. Por eso no han venido esta mañana.

Martina asintió cuando Marco, sonriendo, se mofó:

—Que conste que en un principio sopesamos la idea de que yo saliera de una tarta, pero...

La joven soltó una gran risotada. La felicidad de nuevo llamaba a su vida y, tras agarrarse del brazo de los dos, salieron al jardín, donde, al ver a Marco, todos se levantaron para recibirlo emocionados.

* * *

Esa noche, tras cenar con los amigos y disfrutar escuchando las aventuras de Marco durante todo aquel tiempo, Martina miró a su alrededor. A excepción de sus padres, alrededor de aquella mesa estaban las personas que más quería en el mundo. Unas personas que habían aparecido en su vida de diferentes formas y sin las que ya no podría vivir. Por ello, se levantó y fue hasta su habitación, de donde cogió una caja, y luego regresó al jardín.

Cuando apareció, todos la miraron y Martina, plantándose frente a ellos, anunció:

—Os he dicho que tenía una sorpresa para vosotros y aquí está.

—Hombreeeeeeee, ¡ya era hora! —exclamó Carlos.

Sin demorar más el momento, tras sonreírle a Asier, Martina abrió la caja y, sacando un libro con la cubierta roja, indicó:

—Lo hice. Le prometí a María que lo escribiría, y aquí está.

—¡Tataaaa! —murmuró Julia sorprendida.

Todos se quedaron boquiabiertos.

Ninguno imaginaba que su sorpresa podía ser aquélla. La joven nunca había vuelto a hablar de ello con ninguno, era un tema totalmente olvidado.

Martina tomó aire e indicó:

—Durante años he comenzado historias que perdían fuerza o con las que se me acababan las ganas de terminarlas, pero esta vez no ha sido así. Y no ha sido así porque alguien a quien queremos mucho y que sigue estando aquí con nosotros me dijo que, aunque ella no leyera —todos sonrieron—, intuía que los mejores libros, los más «dabuten y chachis», eran aquellos que contaban una interesante ficción cargada de dosis de realismo y verdad. Y, como necesitaba sacar todo lo que tenía en mi interior, decidí escribir esta novela con todo lo que me ha pasado y que he titulado *¿Quién eres?*

Sus amigos la escuchaban sorprendidos.

—Todos, incluido Enrique, sois personajes de ella, aunque con otros nombres. El único que he conservado ha sido el de María. Ella, a su manera, mientras lo escribía, así me lo pidió.

Todos la miraban en silencio, y ella añadió:

—Cuando terminé la novela, Asier se la entregó a una amiga suya que es editora. Le gustó la idea y decidió hacerme una oferta para publicarla. Asier y yo pedimos que imprimieran estos ejemplares para que los leyerais vosotros. Enrique ya tiene el suyo en Argentina. Quiero que los leáis, y debéis saber que, si creéis que no es de recibo que esta historia salga a la luz, no saldrá. Sólo la publicaré si, una vez que hayáis leído la novela, todos estáis de acuerdo.

Todos se miraron sorprendidos. Que Martina hubiera hecho el ejercicio de recordar a pesar del dolor que había podido causarle era, como poco, admirable. Asier dijo dirigiéndose a Marco:

—Por eso era importante que vinieras, ¿lo entiendes ahora?

Él asintió. A pesar de no haberse juntado con ellos, sí mantenían el contacto, por teléfono o vía email. Pero cuando Asier le comentó que necesitaba que viajara a Madrid por algo importante para Martina, Marco no lo dudó. Por ello, levantándose, cogió uno de aquellos libros de cubierta roja y, mirando a la joven, a la que quería muchísimo, afirmó:

—Aun sin leerlo estoy de acuerdo con lo que hayas escrito al cien por cien. Es tu historia. Es tu vivencia. Y yo no soy nadie para no estar de acuerdo.

Luis, Carlos, Xavi, Verónica, Julia y Eneko se fueron sumando a las palabras de Marco. No les hacía falta leer la novela para estar de acuerdo con lo que aquélla hubiera escrito, y Martina, emocionada, al ver que las lágrimas acudían en tromba a sus ojos, se mofó haciéndolos reír a todos:

—Está visto que nunca dejaré de ser de lágrima fácil.

* * *

Esa noche, cuando todos se hubieron marchado excepto Marco, Verónica y Xavi, que se habían quedado a dormir, Martina no conseguía conciliar el sueño. Habían sido demasiadas emociones juntas. Tras mirar a Asier, que dormía plácidamente, se levantó de la cama y, sin hacer ruido, salió del cuarto para bajar al salón.

Una vez allí, saludó a *Johnny*, que rápidamente se acercó a ella, y entonces miró el equipo de música. Algo en su interior le pedía que escuchara en bucle una canción. Y, sabiendo de la que se trataba, sin dudarlo la buscó. Se puso los cascos para no despertar a nadie de la casa y de inmediato comenzó a sonar *Creep* de Radiohead.

A María y a ella siempre les había gustado aquella canción. Siempre...

Sobre la mesita de centro estaba el libro que tantas lágrimas y recuerdos le había originado escribirlo, pero también el que la había ayudado a superarse y a superar sus miedos. Sentándose en el sofá, Martina lo cogió y miró la cubierta. Luego, tras unos segundos, mientras la canción que adoraba seguía sonando, lo abrió y leyó: «Esta novela está dedicada a Mi Sielo Asul... porque aunque estés lejos de mi mirada, siempre estarás en mis pensamientos».

Y ya no pudo continuar.

Cerrando los ojos, recostó la cabeza en el sofá y, sonriendo por la emoción, pero dispuesta a seguir sonriéndole también a la vida, como María siempre le decía, susurró:

—Como te prometí, tronca, tú has sido la primera en leerlo...

Referencias a las canciones

Inolvidable, CGD East West, S. R. L., interpretada por Laura Pausini.
Creep, XL Recordings Ltd., interpretada por Radiohead.
Vivimos siempre juntos, Parlophone Spain, interpretada por Nacho Cano.
La Flaca, Parlophone Spain, interpretada por Jarabe de Palo.
María, Columbia, interpretada por Ricky Martin.
Have You Ever Really Loved a Woman, Polydor Records, interpretada por Bryan Adams.
Suave, Warner Music Netherlands BV, interpretada por Luis Miguel.
I Don't Want a Lover, Texas, under exclusive license to [PIAS], interpretada por Texas.
I Will Survive, Dessca Entertainment Inc., interpretada por Gloria Gaynor.
Más, Warner Music Netherlands BV, interpretada por Alejandro Sanz.
¿Y si fuera ella?, Warner Music Netherlands BV, interpretada por Alejandro Sanz.
Bitch, Capitol Records, LLC, interpretada por Meredith Brooks.
Don't Speak, Interscope Records, interpretada por No Doubt.
Torn, BMG Entertainment International UK & Ireland Ltd., interpretada por Natalie Imbruglia.
Mi soledad y yo, Warner Music Spain, S. A., interpretada por Alejandro Sanz.
In the Navy, Can't Stop Productions NYC, interpretada por Village People.
Right Here Waiting, Frontiers Records, interpretada por Richard Marx.
I Will Always Love You, Arista Records LLC, interpretada por Whitney Houston.
My Heart Will Go On, Sony Music Entertainment, interpretada por Céline Dion.

Lost in Love, RCA Records, interpretada por Air Supply.

How Can You Mend a Broken Heart, Hi Records, under exclusive license to Fat Possum, interpretada por Al Green.

Sobre un vidrio mojado, Polygram Ibérica, S. A., interpretada por Los Secretos.

It's Oh So Quiet, Wellhart Ltd./One Little Indian Ltd., interpretada por Björk.

For the Good Times, Hi Records, under exclusive license to Fat Possum, interpretada por Al Green.

Let's Stay Together, Hi Records, under exclusive license to Fat Possum, interpretada por Al Green.

Lo echamos a suertes, Parlophone Music Spain, S. A., interpretada por Ella Baila Sola.

Say What You Want, Texas, under exclusive license to [PIAS], interpretada por Texas.

Flor de lis, Universal Music Spain, S. L., interpretada por Ketama.

Chiquilla, DRO East West, S. A., interpretada por Seguridad Social.

Angels, Universal Island Records, a division of Universal Music Operations Limited, interpretada por Robbie Williams.